바람이
불어오는
길

THE WINDWARD ROAD

한 자연학자의 카리브 해 탐험

존 버로스 상과 오 헨리 상에 빛나는
바다거북 생태 탐사 여행기

바람이
불어오는
길

THE WINDWARD ROAD

아치 카 지음 | 강대훈 옮김

황소걸음
Slow & Steady

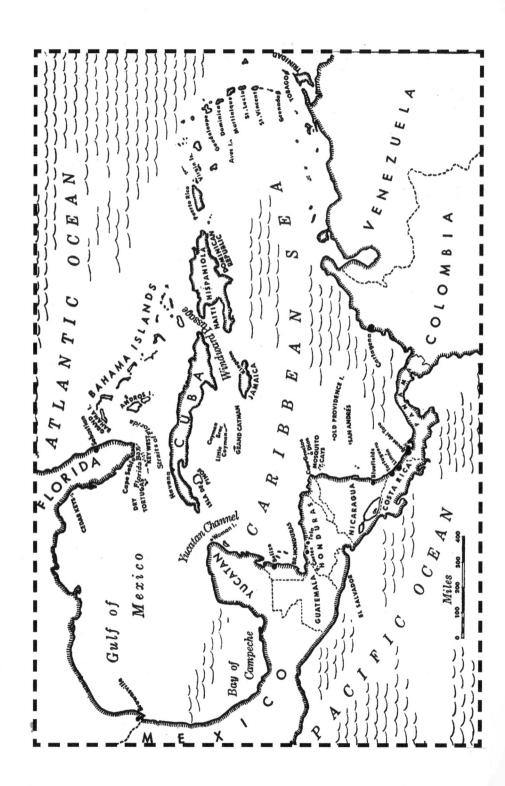

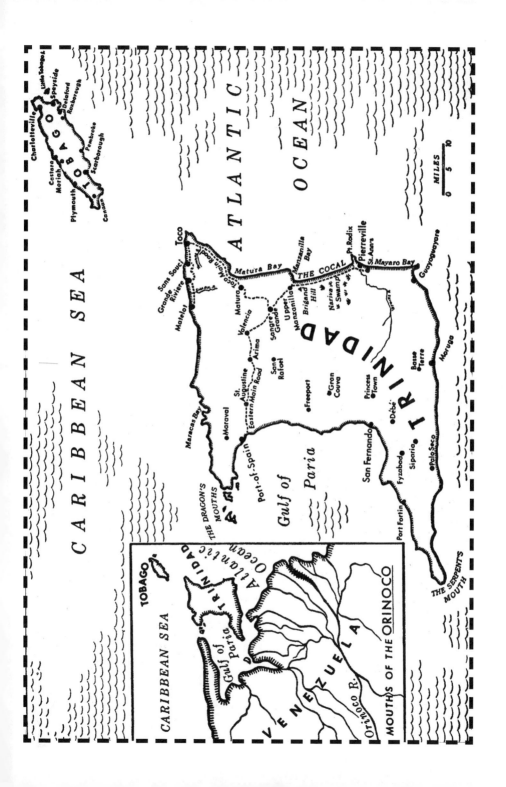

차례

2014년판 추천사

1956년에 출간된 아치 카Archie Carr 박사의 전설적인 책『바람이 불어오는 길The Windward Road』의 개정판 추천사를 쓰게 된 것을 영광으로 생각한다. 플로리다대학교University of Florida 출판부의 요청으로 이 책을 다시 읽으면서 내 삶과 보전생물학 분야, 바다거북을 구하자는 카 박사의 부름에 응해 행동에 뛰어든 수많은 생물학자와 보전생물학자, 환경운동가들에게 이 책이 미친 영향을 되새겼다. 나는 카 박사와 그의 저작에 깊은 영향을 받은 사람 중 한 명이다. 내가 평생해온 일은 카 박사나 그의 가족과 긴밀히 얽혀 있다. 그의 책에 추천사를 쓰고, 그와『바람이 불어오는 길』이 남긴 귀중한 유산에 대해 말할 수 있게 되어 다시 한 번 감사한다.

중요한 사실은 이 책이 오늘날 세계적으로 진행되는 바다거북 보호 운동의 초석을 마련했다는 점이다. 바다거북에 대한 정보를 찾아 카리브Carib 해 전역을 떠돈 카 박사의 이 별난 여행기는 카리브 해 주민과 다양한 열대 생물에 대한 그의 깊은 열정을 담고 있다. 카 박사는 바다거북의 놀라운 생활사, 카리브 해의 문화와 해양생태계에서 바다거북의 중요성을 유려한 문체로 기술했다. 이는 전문가뿐 아니라 일반인도 쉽게 읽을 수 있다. 독자들은 이 책을 통해 카 박사의 여행에 동행하게 될 것이다. 그의 유쾌한 유머 감각을 맛보고, 그가 묘사한 자연계의 복잡한 신비로움에 경외감을 느낄 것이다. 또 바다거북을 비롯해서 때 묻지 않은 자연에 대한 그의 열정과 염려에 전염될 것이다.

이 책의 마지막 장 「바다거북 무리의 귀환The passing of the Fleet」에서 그는 유럽인의 신세계 정복에 푸른바다거북[1]이 수행한 핵심적 역할을 언급한다. 또 해양생태계에서 바다거북의 역할에 대한 아무런 이해 없이 마구잡이로 바다거북을 포획하는 현실을 안타까워한다. 이 책의 마지막 페이지에서 카 박사는 푸른바다거북을 구하기 위한 행동을 요청한다. 그는 푸른바다거북의 미래가 불투명한 상황에서 인간이 개입해야 한다고 보았다. 바다거북의 산란지를 보호하고, 무분별한 포획을 금지하고, 개체수를 회복하기 위해 기회를 주자고 한 것이다. 카 박사는 바다거북 종에게 닥친 위기 앞에서도 그들의 미래에 대한 희망을 놓지 않았다. 그러나 인간의 즉각적인 행동이 필요하다고 보았다.

레이첼 카슨Rachel Carson이 『침묵의 봄Silent Spring』에서 DDT 같은 살충제를 무분별하게 사용하는 데 경종을 울렸듯이, 카 박사의 『바람이 불어오는 길』은 바다거북을 무분별하게 포획하고 그들의 산란지를 파괴하는 데 경각심을 불러일으켰다. 이 책이 출간되기 전, 세계의 푸른바다거북 개체수는 거의 눈에 띄지 않은 채 급격히 줄어

---

1 열대 바다에 서식하는 커다란 초식성 바다거북. 맛 때문에 높은 평가를 받는다.—옮긴이. 이하 동일.

들고 있었다. 케이맨Cayman제도와 버뮤다Bermuda 해역 등에 위치한 그들의 주요 산란지는 사라진 상태였다. 코스타리카나 토르투게로 Tortuguero[2] 같은 몇몇 대규모 산란지도 세계적으로 바다거북 고기와 등딱지, 알의 수요가 늘어 파괴되고 있었다. 카 박사는 바다거북이 직면한 재난을 국제사회에 최초로 알린 인물이며, 이들의 멸종이 카리브 해는 물론 세계 바다에 생태적·경제적·미적으로 얼마나 큰 손실인지 처음으로 우려한 인물이다.

이 책의 메시지에 최초로 응답한 인물은 조슈아 파워스Joshua B. Powers다. 그는 뉴욕출판협회 대표였는데, 카 박사가 생태학부 교수로 재직하던 플로리다대학교의 지역신문사 「게인즈빌 선The Gainesville Sun」의 편집자에게 『바람이 불어오는 길』을 건네받아 읽었다. 이후의 자세한 이야기는 카 박사의 다음 책 *So Excellent a Fishe*(물고기보다 뛰어난)에 나온다. 이 인연으로 카 박사와 조슈아 파워스, 성공한 사업가이자 자선가 존 핍스John H. Phipps가 카리브해보전조합Caribbean Conservation Corporation을 창설했다. 이는 바다거북 연구와 보존이라는 목적을 위해 세계 최초로 세워진 기관이다.

조슈아 파워스는 영향력 있는 사람이었다. 그의 동료 중에는 미국의 신문사나 출판사 대표, 성공한 사업가나 주 정부의 고위 관료들이 있었다. 그는 『바람이 불어오는 길』을 읽고 사라지는 바다거북을 염려하는 카 박사에게 뭔가 도움을 주고 싶었다. 1958년 조슈아

---

2 코스타리카 북동부 연안의 해변 마을. 마을 앞의 토르투게로 해변은 서반구 최대의 푸른바다거북 산란지이자, 멸종 위기에 처한 다른 바다거북들의 중요한 산란 해변이다. 코스타리카 정부에서는 현재 이곳을 국립공원으로 지정하여 엄격하게 관리한다.

파워스는 『바람이 불어오는 길』 수십 권을 동료들에게 보냈는데, 그 중에는 라틴아메리카나 카리브 해에 직접적인 관심이 있는 이들도 있었다. 그는 책과 함께 수신인이 "푸른바다거북친선협회Brotherhood of the Green Turtle에 회원으로 선출"되었다는 편지를 부쳤다. 이 협회의 설립 취지는 "산비둘기처럼 사라져가는 바다거북을 보호하고, 카리브 해 주민들이 소중한 자산을 보존하며, 더 훌륭한 가능성을 찾아낼 수 있도록 협력하여" 카 박사를 돕자는 것이었다. 이듬해 가을에는 카 박사도 이 협회에 참여했고, 이 조직은 카리브해보전조합에 공식 합병되었다. 카리브해보전조합이라는 명칭은 50년 이상 사용되다가 2010년, 조합의 취지와 활동 구역을 더 정확하게 명명하기 위해 바다거북보전협회Sea Turtle Conservancy로 바뀌었다. 카 박사와 카리브해보전조합(현 바다거북보전협회)은 국제적 바다거북 보존 운동이 움튼 씨앗이다.

바다거북보전협회는 창립 이후 반세기 동안 바다거북의 기본적인 생활사와 놀라운 이주 패턴, 해양생태계에서 바다거북이 차지하는 역할을 밝혀내기 위해 여러 가지 연구를 수행하고 지원했다. 협회의 활동 결과 코스타리카 토르투게로 해변이 세계에서 처음 바다거북 산란지 보호 구역으로 지정되었고, 바다거북 종을 보호하기 위한 각종 국제법과 규정이 제정되었다. 카 박사가 개발한 바다거북 모니터링 기술은 지금도 세계에서 사용되고 있다.

협회가 토르투게로 해변에서 장기적으로 수행한 연구는 저명한 후속 학자들과 자연보호 관계자들에게 현지 조사 연구의 전범으로 자리 잡았다. 그 결과 오늘날 바다거북이 발견되는 거의 모든 지역에서 바다거북을 보호하고 모니터링하기 위한 관련 기관과 학자, 봉사자를 찾을 수 있다. 플로리다대학교의 '아치 카 바다거북연구센터' 같은 유수의 대학 과정은 바다거북에 대한 지식을 심화할 열정적이고 뛰어난 인재를 계속 배출한다. 가장 중요한 사실은 전 세계 많은 지역에서 바다거북 개체수가 증가했다는 고무적인 증거가 등장한다는 점이다. 바다거북 개체수 복구를 위한 카 박사의 염원이 실현되고 있으며, 장기적인 보전 노력도 진행 중이다. 이 모든 것이 『바람이 불어오는 길』의 유산이다.

바다거북보전협회의 1차 목표는 푸른바다거북의 개체수 복구에 도움이 되도록 바다거북의 생태와 번식에 대한 자료를 수집하고, 바다거북의 대규모 산란지인 토르투게로 해변을 보호하는 것이었다. 1959년 카 박사와 바다거북보전협회는 토르투게로 해변에서 해마다 바다거북 모니터링과 꼬리표 부착 프로그램을 실시하기로 한다. 이들은 카리브 해의 전통적인 바다거북 사냥꾼인 벨라도르velador에게도 바다거북을 잡지 말고 꼬리표를 부착해 놓아줄 것을 요청했다. 1970년에는 30킬로미터에 이르는 토르투게로의 검은 해변과 인근 열대우림 지역이 '토르투게로 국립공원'으로 지정 · 보호되기에 이른다. 그 후 토르투게로 해변에서 바다거북과 알 포획이 제한되고, 나중에는 전면 금지된다. 그곳에서 무분별한 바다거북 포획은 더 수익성 있고 지속 가능한 사업인 에코 투어리즘으로 전환된다. 오늘날 해마다 10만 명이 넘는 관광객이 푸른바다거북을 보기 위해 토르투게로를 방문한다. 이로 인해 지역 투어 가이드, 레스토랑, 바, 호텔 등은 상당한 수입을 얻는다. 살아 있는 바다거북이 지역 커뮤니티에 훨씬 더 귀한 존재가 된 것이다. 『바람이 불어오는 길』의 영향으로 바다거북보전협회와 코스타리카 정부, 토르투게로 지역 커뮤니티가 공동으로 실시한 보전 프로그램은 카리브 해에서 푸른바다거북 개체수 복구라는 카 박사의 비전을 멋지게 실천하고 있다.

이 추천사를 써달라는 요청을 받은 뒤, 나는 카 박사가 바다거북을 조사하기 위해 탐험한 '머나먼 카리브 해 연안'을 여행할 기회가 있었다. 코스타리카의 토르투게로 해변, 파나마의 치리키Chiriquí 해변[3], 리워드Leeward 제도나 버뮤다 같은 지역 말이다. 각 지역을 다룬 이 책의 장을 읽으면서, 나는 이 책이 각 지역 주민과 그곳의 바다거북에 얼마나 큰 영향을 미쳤는지 알 수 있었다. 카 박사가 『바람이 불어오는 길』을 쓰고 반세기가 지난 지금, 이 책에서 다룬 거의 모든 주요 산란지, 더 나아가 잠깐 언급되었을 뿐인 소규모 산란지에서도 바다거북을 보호하기 위한 기관들이 조직되어 활동하는데, 이는 놀라운 일이다.

앞에서 토르투게로 해변의 성과를 언급했지만, 이 책의 영향력은 거기에서 멈추지 않는다. 이 책의 「보카스 델 토로Bocas del Toro」 장에 묘사된 파나마 보카스 델 토로에서는 해변 앞으로 모여들던 바다거북 무리를 이제 찾아볼 수 없다. 보카스 델 토로 연안을 바라보는 술집들과 차가운 맥주는 여전히 남아 있지만, 보카스 델 토로 시의 주

---

3   파나마 북서부에 있는 해변.

요 산업은 매부리거북 등딱지를 전 세계에 공급하는 일이 아니다.

카 박사는 이 책에서 치리키 해변으로 가려다 멈춘 이야기를 들려준다. 당시 그는 푸른바다거북 산란지를 찾는 중이었고, 치리키 해변이 매부리거북의 산란지라고 생각했다. 이 추측은 옳았다. 한 세기 이상 치리키 해변에서는 해마다 1톤에 달하는 매부리거북 등딱지가 수집되었기 때문이다. 그 결과 한때 카리브 해에서 가장 큰 규모를 자랑하던 매부리거북 산란지는 이제 그 흔적만 남았다.

2003년 바다거북보전협회는 미국야생동물보존협회WCS, 스미소니언열대연구소STRI, 치리키 해변에 사는 응고베-부글레Ngöbe-Buglé 원주민과 함께 토르투게로 해변의 성공적 프로젝트를 모델 삼아 치리키 해변에서 매부리거북 장기 모니터링과 보전 프로그램을 시작했다. 이제 갓 10년이 넘은 프로젝트지만, 우리는 치리키 해변에서 매부리거북의 산란 성공률이 높아지고 불법 포획이 크게 줄었음을 확인하고 있다. 산란지가 회복되는 것이다. 치리키 프로젝트는 심각한 멸종 위기에 처한 매부리거북 개체수를 복구하기 위한 것이지만, 첫해의 모니터링 자료에 따르면 치리키 해변은 장수거북의 중요한 산란지기도 하다. 그해 치리키 해변에서 6000개가 넘는 장수거북 산란굴이 발견되었기 때문이다. 우리는 장수거북 모니터링과 보호 활동도 프로젝트에 포함했고, 현재 치리키 해변의 장수거북 산란지는 안정된 수준이거나 조금씩 회복되는 것으로 보인다.

카 박사는 카리브 해 전역에서 바다거북 산란지가 파괴되는 상황을 언급하며 플로리다 멜버른Melbourne 해변 근처의 인디언 강Indian

River 라군Lagoon[4]에서 푸른바다거북 개체수가 감소했다는 이야기도 하고 있다. 당시 카 박사는 그 사실을 몰랐지만, 플로리다 동해안의 내륙 연안은 토르투게로, 플로리다, 멕시코, 그 외 카리브 해 여러 산란지에서 부화한 푸른바다거북의 중요한 섭식지였다. 그 후 센트 럴플로리다대학교University of Central Florida의 루 에흐라흐트Llew Ehrhart 박사와 그의 연구생들은 수십 년간 플로리다 동해안 중부의 어린 푸른바다거북들과 성체가 된 붉은바다거북, 푸른바다거북, 장수거북 개체수를 체계적으로 모니터링했다.

에흐라흐트 박사 역시(그는 친구들에게 '에흐라흐트 박'으로 불렸다) 아치 카처럼 바바라 슈로더Barbara Schroeder, 딘 바글레이Dean Bagley, 시모나 케리아니Simona Ceriani 등 새로운 세대의 바다거북 연구자를 여럿 길러냈다. 에흐라흐트 박사의 플로리다 해안 연구는 미연방 최초로 바다거북 야생 보호 구역을 설립하기 위한 과학적 근거가 되었다. 이 구역에는 바다거북 보전에 누구보다 크게 기여한 카 박사의 이름이 붙었다. 1990년 미연방 의회가 플로리다 멜버른 해변과 베로 Vero 해변 사이 약 36킬로미터를 '아치 카 국립야생보호구역Archie Carr National Wildlife Refuge'으로 지정한 것이다. 이 구역은 서반구에서 가장 큰 붉은바다거북 산란지이자, 미국에서 가장 중요한 푸른바다거북 서식지다. 지금은 상당수 장수거북도 이곳에서 산란한다.

그 후 아치 카 국립야생보호구역에서 각종 보호 기관과 연방 정부, 주 정부, 지역 협회, 에흐라흐트 박사 팀이 공동으로 펼친 바다

---

4 삼각주, 사주 등에 의해 먼 바다와 분리되어 생긴 석호.

거북 보전 활동은 놀랄 만한 결과를 끌어냈다. 세 바다거북 종의 산란율이 모두 증가했고, 이 글을 쓰는 현재 푸른바다거북의 산란율은 세계 어느 해변보다 빠른 속도로 늘었다.

나는 『바람이 불어오는 길』을 20여 년 전에 처음 읽었다. 카 박사의 아내 마조리 카Marjorie Carr가 선물로 준 것이었다. 그녀는 열렬한 환경보전론자고, '플로리다환경지킴이Florida Defenders of the Environment'라는 작지만 영향력 있는 단체를 만든 사람이다. 이 조직의 목표는 플로리다의 강과 하천을 보호하는 것이었다. 나는 대학을 졸업하자마자 그 단체에 고용되어 당시 미국에서 뜨거운 환경문제 중 하나인 오클라와하Ocklawaha 강을 되살리자는 캠페인을 담당했다. 5년 동안 그녀는 내 인생의 중요한 스승이 되었다. 나는 그녀에게서 환경 보전의 생리에 대해 철저한 교육을 받았다.

마조리 카가 내게 처음 준 과제가 『바람이 불어오는 길』을 읽으라는 것이었다. 알도 레오폴드Aldo Leopold의 『모래 군의 열두 달A Sand County Almanac』처럼 아치 카의 글에도 생물 보전에 대한 철학과 윤리가 있었다. 인간이 자연에 미치는 영향력을 바라보는 관점에서 카 박사는 시대를 앞서 간 사람이다. 그는 생태계와 생물군집이 스스로 지탱할 수 있는 임계점이 있으며, 그 때문에 생물 다양성을 보존하기 위해 인간의 개입과 행동 변화가 필요하다고 주장했다.

이 책은 물론 카 박사의 저작에서 계속 등장하는 테마는 미래 세대를 위해 자연을 지켜야 한다는 책임감이다. 다음 글은 중앙아메리카의 미래에 대한 카 박사의 짧은 에세이에서 발췌한 것인데, 이 문제에 대한 그의 철학을 여실히 보여준다. "방치된 우리 세대의 시끄러운 외침 너머로, 한때 이 세계가 어땠는지 묻는 그들과 우리 후손의 목소리가 있을 것이다. 우리는 그 목소리에 귀 기울여야 한다. 그렇지 않으면 뒷날 그들의 격렬한 멸시가 흙으로 돌아간 우리 귓속의 먼지를 흔들 것이다."『바람이 불어오는 길』은 마조리 카가 건넨 순간부터 내 애독서가 되었다. 이 책은 바다거북뿐만 아니라 모든 생물 보호와 보전 분야에서 필독서다.

이 책에 친숙한 사람들은 대부분 책의 본제를 기억하지만, 카 박사는 이 책에 '한 자연학자의 카리브 해 탐험'이라는 부제를 달았다. 여기에도 의미가 있다. 이 추천사를 부탁받기 전에 거의 10년 동안 나는 『바람이 불어오는 길』을 한 페이지 한 페이지 찬찬히 읽은 적이 없었다. 이 책에 대한 나의 생각과 이 책의 유산을 사람들과 나누려는 생각도 하지 못했다. 그러나 추천사를 쓰기 위해 책을 다시 읽으면서 카 박사가 여행 중에 느낀 순수한 기쁨과 모험심에 여러 번 놀랐다. 그는 단순히 바다거북에 대한 자료를 조사한 학자가 아니다. 그는 자신이 여행한 중앙아메리카의 땅과 야생동물, 그곳의 주민을 사랑했다. 자연에 대한 어린애 같은 열광은 그의 책 전체에 스며들었다. 나는 이 점이 『바람이 불어오는 길』이 그토록 많은 사람들에게 영감을 주는 원천이 된 이유라고 생각한다.

카 박사의 철학, 특히 환경 보전에 대한 철학은 『바람이 불어오는 길』이 나올 무렵에도 여전히 진화하고 있었다. 그는 1979년판을 낼 때 서문에 이 문제를 언급했다. 예를 들어 이 책이 쓰인 1950년대 중

반에 그는 바다거북 양식이 유망한 보호 전략이라고 생각했다. 기회가 있을 때마다 바다거북 고기와 알을 먹었고, 매너티를 포함해서 지금 우리 눈에는 다소 놀랍게 느껴지는 많은 동물도 먹었다. 그러나 독자들은 시대적 맥락을 고려해서 이 책을 읽어야 할 것이다. 또 1979년판 서문에 언급되듯, 카 박사의 환경에 대한 의식도 발전하고 있었음을 고려해야 한다. 바다거북의 생활사와 인간이 바다거북 생존에 끼치는 위협 등에 대해서 많은 발견을 한 뒤, 그의 환경 윤리 역시 성장했기 때문이다.

오늘날에는 카 박사를 알고 지낸 사람들을 만나기가 점점 힘들어진다. 나 역시 그를 직접 만난 적이 없다. 마조리 카와 나의 인연은 카 박사가 세상을 떠난 뒤 시작되었고, 나는 그의 가족과 친구, 글을 통해 그를 알게 되었다. 그러나 카 박사를 개인적으로 아는 사람도 여전히 있다. 전 세계 바다거북 커뮤니티에서 이 사람들은 보통 '1세대 학자old turtle guard'로 불린다. 앤 메일런Anne Meylan, 잔 모티머Jeanne Mortmer, 카렌 비욘달Karen Bjorndal 같은 이들인데 이 뛰어난 생물학자 삼인방은 '카 박사의 천사들'로 알려졌다. 카 박사가 지도한 마지막 박사 과정 학생이기 때문이다. 그들은 카 박사의 유머 감각과 전염성이 강한 자연에 대한 경외감을 이야기하기 좋아한다. 바다거북을 포함해서 보호되어야 할 여러 생물을 위해 이런 전염성은 더욱 확산될 필요가 있다.

내 인생의 경로를 생각할 때면 내가 카 박사와 그의 글—특히 이 책—에 얼마나 큰 영향을 받았는지 깨닫고 놀란다. 나는 환경 보전과 관련된 내 경력이 마조리 카와 진행한 작업에서 시작되었다고 말했다. 1990년대 초 바다거북보전협회는 카 박사의 막내아들 데이비드 카David Carr가 이끌고 있었다. 데이비드 카는 플로리다에서 새로운 바다거북 보호와 교육 프로그램을 시작하기 위해 마조리 카의 소개를 받아 나를 고용했다. 1990년대 이전까지 바다거북보전협회의 활동은 대부분 토르투게로를 비롯해 카리브의 해변에서 진행되었다.

새로 시작한 플로리다 바다거북 프로그램은 때 이른 성공을 거뒀다. 특히 바다거북 자동차 표지판 사업은 엄청난 규모로 성장해 플로리다 주 바다거북 보호 프로그램의 주요 수입원이 되었다. 바다거북 표지판 사업은 '바다거북 보조금 프로그램Sea turtle Grants Program'에도 기여했다. 이 프로그램은 비영리 기관과 주 정부, 플로리다의 여러 대학에서 수행하는 바다거북 연구ㆍ교육ㆍ보호 프로젝트를 지원하는 사업이다. 1997년까지 데이비드 카는 바다거북보전협회를 이끌었고, 그 뒤 내가 바다거북보전협회의 대표가 되었다.

그 일이 있고 일주일 뒤, 나는 서른 살이 되었다. 마조리 카는 내 생일에 편지와 선물 꾸러미를 보냈다. 그녀는 축하한다며 카 박사의 유품을 선물로 주었다. 카 박사가 처음 코스타리카를 여행할 때 구한 바다거북 조각이었다. 돌로 만든 그 조각은 콜럼버스Christopher Columbus가 미 대륙을 발견하기 이전 시대의 것이었다. 마조리 카가 그 조각을 내게 준 것은 엄청난 책임을 물려준다는 의미였다. 바다거북보전협회를 위해 일하는 것은 내게 엄청난 영광이었다. 나는 카 박사의 유산과 『바람이 불어오는 길』이 불러일으킨 그 모든 운동이 이어질 수 있도록, 조금이나마 내 방식으로 기여해야 한다는 책임을 잊지 않는다.

오늘날 바다거북이나 해양 환경 보전 분야에서 일하는 모든 이들은 어떤 식으로든 카 박사의 연구와 교육, 저작에 감명을 받았다. 2012년 5월 21일 해 질 녘, 50명 남짓한 사람들이 아치 카 국립야생보호구역에 모여 카 박사의 서거 25주년을 기념했다. 카 박사의 동료와 과학자, 학생, 바다거북보전협회 직원, 주 정부와 연방 정부의 보호 기관 직원, 플로리다 지역의 바다거북 마니아들이 모였다. 그는 참으로 다양한 사람들에게 영감을 불러일으킨 것이다.

그날 우리는 아치 카 국립야생보호구역의 바다거북 산란 해변을 뒤로하고, 카 박사가 자신에게 어떤 영향을 주었는지 개인적인 사연을 이야기했다. 한마디씩 하는 사이에 학생들은 『바람이 불어오는 길』을 포함해 카 박사의 저작에서 발췌한 구절을 낭독하기 시작했다. 그것은 바다거북 보호 운동을 처음 시작한 분에게 바치는 감동적인 헌사이자, 카 박사와 그의 유산이 아직 살아 있음을 보여주는 장면이었다. 여러분도 이 책을 읽고, 『바람이 불어오는 길』에 감명받아 행동에 뛰어든 전 세계 수많은 바다거북 마니아 가운데 한 명이 되기 바란다.

데이비드 갓프리David Godfrey
현 바다거북보전협회 이사

1979년판 추천사

1956년에 출간된 『바람이 불어오는 길』은 기념비적인 책이다. 지은이가 서문에 썼듯이 이 카리브 해 탐사의 주목적은 바다거북, 그중에서도 푸른바다거북에 관한 자료를 수집하는 것이었다. 이 책은 카리브 해를 떠돌며 그가 보고, 배우고, 느끼고, 생각한 기록이다. 이 책은 독자를 자극한다. 재미있으면서도 교육적이고, 사람들을 행동으로 이끄는 책은 흔치 않다. 이 책은 그런 책이며, 독자에게 충격과 감동을 남긴다.

내가 이 책을 처음 안 것은 일간지 「게인즈빌 선」의 발행인이자 미주출판협회의 헌신적인 멤버 윌리엄 페퍼William M. Pepper 경을 통해서다. 그를 방문했을 때, 나는 *High Jungles and Low*(높은 정글과 저지대)라는 책을 읽고 있다고 말했다. 그러자 윌리엄이 말했다. "그 책도 훌륭하지만 『바람이 불어오는 길』을 읽어봐요. 작가 양반이 카리브 해변을 돌아다니며 쓴 책이죠. 한때 거기 많았지만 사라져가는 푸른바다거북에 대한 이야기가 나와요."

나는 그 책을 읽고 윌리엄이 한 말을 이해했다. 매력적이고 유머러스하며, 동시에 놀랄 만큼 진지한 이야기였다. 하루는 뉴욕New

York에서 미주출판협회 집행위원회 간부 회의가 열렸다. 우리는 회의를 마치고 점심 식사를 하러 갔다. 나는 그 자리에서 위기에 처한 푸른바다거북 이야기를 꺼냈다. 당시 테이블에 있던 사람들은 내 말에 정중하게 귀를 기울였다. 그들은 내 별난 이야기를 흥미로워했지만, 곧 이야기는 친숙한 다른 주제로 넘어갔다.

나는 사무실로 돌아와 비서에게 『바람이 불어오는 길』을 20권 사오라고 말했다. 그 책을 친구들에게 보내면서 그들이 '푸른바다거북친선협회' 멤버로 선출되었다고 덧붙였다. 모두 만장일치로 관심을 보이며 신속하게 답변을 보내왔다.

나는 그때까지 나를 그토록 사로잡은 책의 저자를 만나거나 이야기를 나눈 적이 없었다. 그래서 그에게 편지를 썼다. 그의 이름을 허락 없이 사용한 것과, 앞으로 펼칠 활동에 관해 양해와 조언을 구하는 내용이었다. 그는 내 계획에 기뻐했고, 푸른바다거북을 보호하자는 우리의 캠페인이 시작되었다. 나는 코스타리카를 방문해서 농무부 장관에게 토르투게로 바다거북 산란지에서 우리가 수행할 바다거북 보호와 연구 프로젝트를 승인해달라고 요청했다. 농무부 장관은 이를 허락했다. 나는 코스타리카의 수도 산호세San José에 있는 친구 잭 펜델Jack Fendell에게 도움을 요청했다. 1959년 뉴욕 오찬 모임에서 푸른바다거북친선협회가 공식적으로 출범했다. 존 핍스가 우리 협회 자매기관인 카리브해보전조합의 총책임자를 맡기로 했다. 아치 카는 토르투게로 지사를 담당하면서, 바다거북 구조 프로그램의 토대가 되는 학술 연구를 지휘했다.

그리고 20년이 지났다. 우리 프로젝트는 야자나무 숲 사이 소박한 캠프에서 시작했지만, 거기에 자극받은 코스타리카 정부는 토르투게로 해변을 국립공원으로 지정했다. 이제 그 해변은 많은 관광객과 과학자들이 찾는 명소가 되었다. 한편 토르투게로에서 진행한 바다거북 연구는 푸른바다거북의 생활사를 상당 부분 밝혀주었다. 그 내용은 한때 멸종 위기에 처했던 바다거북을 보호하는 운동에 커다란 기여를 했다.

조슈아 파워스
뉴욕출판협회 대표

1979년판 서문

『바람이 불어오는 길』이 처음 나온 뒤 오랜 시간이 흘렀다. 20여 년 동안 세상은 많이 변했고, 나 역시 변했다. 이 책을 찬찬히 읽어 내려가다 보니 내용을 추가하고, 부연하고, 나 자신을 정당화하고 싶은 충동이 든다. 그러나 23년이 지난 지금, 이 책에 담긴 주제를 상황에 맞게 다시 쓰는 일은 방대한 작업이다. 그래서 부족하지만 다소 긴 서문을 덧붙이기로 했다. 이 서문에는 몇몇 장의 후일담을 간략히 소개하고, 오늘날 독자들에게 시대착오적으로 느껴질 몇몇 사항을 해명하고자 한다.

처음 『바람이 불어오는 길』을 쓰게 된 사연은 다음과 같다. 나는 1952년 *Handbook of Turtles*(거북 안내서)를 쓰기 전부터 이 책에 대한 아이디어를 품고 있었다. 그러다 *Handbook of Turtles*를 쓰면서 바다거북의 자연사에 대해 알려진 것이 거의 없음을 알았다. 바다거북은 놀랄 만큼 경이로운 생물로 느껴졌고, 야생적인 먼 바다 어느 곳에서 우리가 모르는 신나는 짓을 하고 있을 것 같았다. 나는 처음부터 푸른바다거북이 먼 거리를 여행하는 이주 생물이며, 뛰어난 항해자라는 카리브 해 어부들의 생각이 옳다고 봤다. 그게 사실이라면 푸른바다거북의 서식지와 이주 범위를 조사하는 것도 과학적으로 가치 있는 일이 될 수 있었다. 이런 매력 외에도, 푸른바다거북은 까마득한 옛날부터 카리브 해 주민들의 중요한 식량원이었다. 심지어 이 거북은 유럽이 아메리카 대륙을 식민지화하는 데 도움을 준 생물이다. 그러는 와중에 푸른바다거북의 개체수는 안타깝게도 점점 줄었다. 그러니까 내가 바다거북에 끌린 이유는 여러 가지다. 나는 바다거북에 대해 조사할 수 있는 모든 것을 알아내겠다고 결심했다. 『바람이 불어오는 길』은 내가 보고 사색한 기록이다. 이 책에는 내가 바다거북을 찾아 헤맨 처음 몇 해 동안 어울린 매력적인 카리브 사람들의 이야기도 있다.

나는 이 책이 현재 카리브 해의 푸른바다거북이 직면하고 있는 우울한 생존 전망을 조금이라도 개선하는 데 도움이 되었으면 한다. 이 책은 환경 도서로서 비교적 출발이 괜찮았다. 제일 처음 쓴 이 책의 마지막 장 「바다거북 무리의 귀환」은 1952년, 미국생물학연구소의 연례 총회에서 읽혔다. 또 다른 장인 「검은 해변The Black Beach」은 『마드모아젤Madamoiselle』지에 실렸으며, 1956년 오 헨리O Henry 단편상을 수상했다. 1956년에 출판된 책은 존 버로스John Burroughs 상을 수상했고, 외국에서도 출간되기 시작했다. 물론 그중에는 소련에서 출판된 30코펙짜리 해적판도 있다. 그 책에는 편집자가 임의로 추가한, 지은이가 프롤레타리아 성향이 있다는 장이 실렸다.

그러나 그런 해괴한 일이 일어나기 전에, 뉴욕출판협회 대표 조슈아 파워스가 우연히 이 책을 읽었다. 이 책이 그에게 라틴아메리카에 대한 자신의 애정을 구체화할 수 있는 한 가지 방법을 제시한 모양이다. 즉 카리브 해 연안국들이 그들의 생물자원 중 하나인 바다거북을 구할 수 있게 돕자는 것이었다. 그는 이 책을 영향력 있는 친구 20명에게 보내 관심을 호소했다. 친구들이 관심을 보였고, '푸른바다거북친선협회'가 만들어졌다. 이 협회의 목표는 "푸른바다거북을 바다로 돌려보내고, 매일 밤 거북수프를 마시는 윈스턴 처칠Winston Leonard Spencer Churchill 경에게 권고 메시지를 보내는" 것이었다. 친구들에게 벤Ben으로 불린 플로리다 탤러해시Tallahassee 출신 존 핍스와 당시 미국자연사박물관American Museum of Natural History 이사 짐 올리버Jim Oliver가 협회의 창립 위원이 되었다. 벤은 협회에 경제적 안정을 제공했고, 짐은 해군과 연줄을 통해 나중에 미 해군이 바다거북 연구와 보호를 지원하도록 했다. 한편 미국철학회American Philosophical Society와 미국 국가과학재단National Science Foundation 역시 협회에 보조금을 지원했다. 덕분에 코스타리카 토르투게로의 바다거북 산란 해변에 캠프를 짓고, 인력을 동원해 바다거북에게 꼬리표를 부착하는 사업을 실시할 수 있었다.

협회의 차후 발전상은 내 책 *So Excellent a Fishe*와 여러 곳에 자세히 썼다. 협회는 나중에 카리브해보전조합이라는 법인이 되었는데, 본사는 탤러해시에 있고 회장은 존 핍스가 맡았다. (현재 조합의 회장은 존의 아들 콜린 핍스Colin Phipps다.) 코스타리카 토르투게로 해변에는 미국 과일 회사에서 지은 현지 조사용 건물이 몇 채 있었다. 우리는 그 낡은 건물을 얻어 꼬리표 부착 프로젝트의 본거지로 삼았다. 또 코스타리카 정부와 협상을 거쳐 바다거북 산란 해변에서 상업적 포획을 금지하는 법안을 제정했다. 1956년 토르투게로에서 시작한 꼬리표 부착 프로그램은 지금도 계속되고 있다.

　카리브해보전조합과 바다거북에 관심 있는 모든 이들이 힘을 합쳐 맨 처음 시작한 국제적 바다거북 보호 프로젝트는 우리가 '푸른바다거북 작전'이라 부른 거창한 사업이다. 푸른바다거북 작전의 궁극적 목표는 관할하는 나라에 상관없이 카리브 전역에서 바다거북의 산란 해변을 복구하는 것이었다. 이 프로젝트를 실시하면서 우리는 토르투게로 해변의 거북 알들을 멀리 떨어진 다른 해변에서 부화했다. 우리는 어린 거북들이 성체가 되었을 때 연어처럼 그들이 부화한 해변으로 돌아가 산란하리라고 예상했다. 토르투게로 해변에서는 해마다 수백만 개 알이 부화한다. 그래서 우리는 푸른바다거북 작전을 위해 수천 개 알을 다른 곳에 옮겨도 무리가 없다고 판단했다.

　우리는 8년 동안 해마다 10월이면 새끼 거북 수천 마리를 부화했다. 알들을 푸에르토리코에서 날아온 미 해군의 수륙양용 비행기에 실어, 열 곳이 넘는 해변으로 옮겼다. 그러다 베트남전쟁이 터져 우리를 날라주던 비행기들이 전장으로 떠났다. 프로젝트도 막을 내렸다. 그때까지 우리는 어린 거북 수만 마리를 콜롬비아, 트리니다드Trinidad 섬, 세인트빈센트Saint Vincent 섬, 그레나다, 세인트루시아, 푸에르토리코, 벨리즈, 유카탄Yucatán반도, 이나구아Inagua 섬, 비미니Bimini 제도, 안티구아Antigua 섬, 나소Nassau 연안, 버뮤다제도, 바베이도스[5] 그리고 미국 플로리다의 세이블Sable 곶[6], 인디언 강, 드라이토르투가스Dry Tortugas 제도[7], 이슬라모라다Islamorada, 커내버럴Canaveral 곶[8]에 있는 19개 해변으로 실어 날랐다.

푸른바다거북 작전은 정확히 8년 동안 진행되었다. 당시는 포획된 바다거북의 성장 속도를 보고 푸른바다거북이 생식능력을 갖추는 시기를 추산했다. 우리는 푸른바다거북 암컷이 일반적으로 5~6세가 되기 전에 산란능력이 생기는 것으로 보았다. 그래서 5년, 6년 심지어 7년이 지났는데도 위에서 말한 해변으로 돌아와 알을 낳는 거북이 없자, 속이 타기 시작했다. 8년째 가을, 우리가 그해 어린 바다거북 수송 작전을 모두 끝냈는데도 거북이 산란하는 모습은 관찰되지 않았다. 우리는 프로젝트를 종료하기로 결정했다.

그러나 버뮤다제도가 남았다. 마지막 두 해 동안, 우리는 원통하게도 프로젝트에 결정적인 결함이 있었다는 것을 깨달았다. 어린 바다거북이 처음 헤엄친 바다의 냄새나 맛을 기억한다면, 그들이 커서 짝짓기 철이 되었을 때 고향에 돌아오려는 본능과 이주 능력이 생기는 게 사실이라면, 우리가 열심히 실어 나른 거북들은 (우리가 옮겨 놓은 해변이 아니라) 토르투게로 해변으로 돌아오려고 할 것이 분명했다. 우리는 비행기가 올 때까지 며칠 동안 그 거북들을 토르투게로 연안 바다 우리에 두었기 때문이다.

푸른바다거북 작전이 6년째 되던 해에 우리는 어린 바다거북 대신

---

5   전부 중앙아메리카의 카리브 해에 있는 나라나 섬, 해변이다.
6   플로리다 주 남서부의 곶.
7   미국 남부 멕시코 만 플로리다반도 앞바다에 있는 제도.
8   미국 플로리다 주 동부의 곶.

알을 통째로 옮기기 시작했다. 이렇게 알을 실어 나른 해변 중 하나가 버뮤다제도에 있었다. 2년 뒤 프로젝트가 끝났을 때도 알은 계속 버뮤다제도로 수송되었다. 우리 프로젝트 연구원인 클레이 프릭Clay Frick의 가족이 버뮤다제도에 알 반입이 금지된 1977년까지 계속해서 알을 옮겼다.

이 프로젝트가 푸른바다거북의 개체수를 복구했는지는 분명히 증명할 수 없다. 그러나 적어도 두 가지 중요한 진전이 있었다. 하나는 카리브 해의 중요한 생물자원인 푸른바다거북의 현실에 희미하나마 국제적인 관심이 일어나기 시작했다는 것이다. 다른 하나는 '로스트 이어lost year'[9]라 불리는 푸른바다거북의 초기 생활사에 관한 제인 프릭Jane Frick의 연구다. 어린 바다거북들이 태어나 첫해를 어디에서 보내는지는 지금도 수수께끼다. 지금까지 제안된 가설 중 하나는, 이들이 표류하는 사르가소[10]로 들어가 해초 더미가 흘러가는 대로 떠돌며 음식과 피난처를 찾는다는 것이다. 그렇게 등딱지가 한 뼘 크기가 될 때까지 자란 다음, 연안으로 돌아온다는 것이다. 산란 해변에서 갓 태어난 새끼가 사르가소로 들어가는 가장 확실한 방법은 파도를 거슬러 먼 바다를 향해 똑바로 헤엄치는 것이다. 최근까지 파도 속으로 들어간 새끼 거북들의 행동은 거의 알려지지 않았다. 제

---

9 바다거북 생활사에서 부화한 뒤 처음 1년 정도를 가리키는 용어. 알에서 부화해 바다로 들어간 새끼 거북들은 어느 정도 자란 뒤 육지와 가까운 연안으로 돌아올 때까지, 일정 기간 동안 아무 데서도 쉽게 포착되거나 발견되지 않았다. 이를 관찰한 아치 카는 이 기간을 'lost year'라 명명했다(나중에 그는 이 기간이 1년보다 훨씬 길어질 수도 있음을 깨닫고 'lost years'로 고쳐 부른다). lost years의 수수께끼는 반세기 가까이 바다거북 생활사 연구의 핵심적인 주제 중 하나였다.

10 모자반속에 속하는 대형 갈조류.

인 프릭은 이 주제를 연구하기 위해 놀랄 만큼 단순하고 용감한 방법을 택했다. 바로 새끼 거북들을 뒤따라 헤엄치는 것이었다. 그녀는 물안경과 오리발을 착용하고 약 2.5미터 아래에서 헤엄치는 거북들을 따라 몇 시간이고 헤엄쳤다. 평균 수심이 800미터쯤 되는 논서치Nonesuch 섬[11] 근해에서 1.6킬로미터 혹은 그 이상 헤엄치기도 했다. 보트가 멀리에서 따라가며 주변 지형을 보고 방향을 조정해주었다. 이 단순한 방법으로 제인은 새끼 거북들이 일제히, 먼 바다를 향해 쉬지 않고 헤엄친다는 것을 증명했다. 나중에 그녀는 토르투게로 해변의 새끼 거북들도 연안에서 쉬지 않고 50~60킬로미터를 헤엄쳐 먼 바다로 나가는 것을 관찰했다. 제인 프릭의 관찰은 로스트 이어의 수수께끼에 새로운 전망을 열어주었다. 푸른바다거북 작전에 아무 성과가 없었다 해도, 제인 프릭의 연구는 그 모든 것을 보상하고 남았을 것이다.

이 책에 실린 내용 중 후일담이 가장 드라마틱한 것은 첫 장에 소개한 리들리거북의 이야기다. 이 책이 출간되고 처음 몇 해 동안 독자들이 가장 많이 한 질문도 리들리거북의 수수께끼다. 리들리거북의 짝짓기 장소에 대한 비밀은 *So Excellent a Fishe*에 자세히 썼다. 그러나 사람들은 여전히 묻는다. 결론부터 말하면, 멕시코 건축가 안드레스 에레라Andres Herrera가 1947년 촬영한 영상에 리들리거북 수수께끼의 해답이 있다. 그는 멕시코 연안의 한 해변에서 대낮에

---

11 버뮤다제도에 속한 섬.

리들리거북이 수없이 모여드는 환상적인 장면을 촬영했다.[12] 거기 담긴 경이로운 내용을 생각하면 그 영상이 왜 18년이나 지나서 빛을 봤는지 믿기지 않는다. 그 영상은 산란하는 리들리거북의 장엄한 비밀 집회를 보여준다. 영상 속 해변은 멕시코 탐피코Tampico[13]와 미국 텍사스Texas의 브라운스빌Brownsville 사이에 있는 란초누에보Rancho Nuevo 마을 근처로 추정되는데, 멕시코 만 연안에 있는 그 1.6킬로미터 해변에 리들리거북 4만 마리가 모여든 것으로 보인다. 이로써 멕시코인들이 '아리바다arribada'라고 부르는 리들리거북의 대규모 산란 집회의 정체가 밝혀졌다. 아리바다는 지금까지 관찰된 척추동물의 사례를 통틀어 가장 강렬한 번식과 산란의 본능을 보여준다.

나는 이 모든 내용을 *So Excellent a Fishe*에서 거의 미친 듯이 설명했다. 이 책의 첫 장 「리들리거북의 수수께끼The Riddle of the Ridley」에서 내가 경험한 오랜 실망을 이해한 독자라면, 내가 왜 그렇게 흥분했는지 알 수 있을 것이다.

그러나 리들리거북의 수수께끼가 풀렸을 무렵, 우리가 간과할 수 없는 또 다른 문제가 등장했다. 1940년대에 벌어진 대규모 아리바다가 더는 관찰되지 않았고, 이 거북들이 멸종을 앞두고 있다는 게 분명해졌기 때문이다. 멕시코 정부는 바다거북 보호에 관심 있는 이들의 서한을 받고, 1966년에 생물학자들을 란초누에보 해변으로 보내 아리바다를 감시하게 했다. 또 무장한 해군이 연안 주위를 순찰하며

---

12 이 영상은 유튜브에서도 감상할 수 있다. http://www.youtube.com/watch?v=W4u3GL9SyyM (1947 Kemp's Ridley Sea Turtle Nesting)
13 멕시코 동부 타마울리파스(Tamaulipas) 주 동남부의 항구도시.

밀렵꾼이나 코요테를 쫓게 했다. 세계자연보전연맹IUCN은 켐프리들리바다거북(이하 켐프바다거북)을 멸종 위기종으로 지정했고, 전 세계에서 더 많은 사람들이 상황을 염려하는 편지를 보내기 시작했다. 계절이 갈수록 란초누에보 해변에서 들려오는 소식은 암울해졌다. 1977년에 내 불안은 극에 달했다. 당시 내가 세계자연보전연맹 종보전위원회 의장이던 피터 스콧Peter Scott 경에게 쓴 편지가 있다. 이 편지는 내가 얼마나 큰 두려움에 사로잡혔는지 보여준다.

피터 의장님께

이 심란한 편지가 켐프바다거북의 위기와 관련해 의장님께 처음 보내는 편지는 아니지만, 어쩌면 마지막 편지가 될지도 모릅니다. 세계자연보전연맹에서 지난번 멕시코 정부에 전달한 성명서 때문에 상황이 무척 어려워졌습니다. 그래서 이번 4월 총회 때 종보전위원회에서 이 문제를 다시 한 번 거론해주시기를 부탁드립니다. 안타깝게도 저는 그 총회에 참석할 수 없어 이 문제를 직접 설명하지 못합니다. 그렇지만 이는 정말 중대하고 복잡한 문제입니다.

지난주에 저는 한 잡지에 리들리거북에 대한 기사를 써야 했습니다. 그래서 현재 켐프바다거북의 유일한 산란지인 란초누에보 해변의 바다거북 개체수 기록을 모조리 찾아봤습니다. 그리고 이 문제의 심각성을 분명히 깨달았지요. 저는 더 많은 정보를 찾으려고 4일 동안 텍사스 브라운스빌을 방문했습니다. 거기에서 일라 로이체Ila Loetcher, 디얼 애덤스Dearl Adams, 카바노 프란시스Kavanaugh Francis, 그 외에 리들리거북을 살리려고 사우스파드레 South Padre 섬[14]에 설립된 조직의 멤버들과 아리바다의 현 상황을 논의했습니다. 저는 세계 최대 새우잡이 선단이 있는 포트 이사벨Port Isabel[15]에서 이틀을 보냈습니다. 그곳 트롤선에 일일이 들러서 제가 16년 전에 했듯이, 리들리거북의 생존에 관심 있는 새우잡이 어부들과 이야기를 나눴습니다. 16년 전에는 그들의 트롤선과 그물, 조업 시간 등이 정확히 오늘날의 절반 규모였고, 새우 값도 8분의 1 수준이었습니다. 그때는 켐프바다거북이 텍사스나 멕시코뿐 아니라, 플로리다 해안과 더 북쪽의 대서양 연안에서도 많이 잡혔습니다.

제가 그곳의 새우잡이 부두를 처음 방문한 16년 전에는 실수로 잡힌 켐프바다거북의 흔적을 어디에서나 볼 수 있었습니다. 제가 말을 건 어부들은 하나같이 그 거북을 잘 알았습니다. 그들은 켐프바다거북이 그 지역에서 유일하게 풍부한 바다거북이라고 했습니다. 거북 때문에 손상된 새우들을 안타까워하면서 말입니다. 그러나 지난주에 그곳을 방문했을 때, 거의 모든 어부들이 리들리거북이 어떤 거북인지도 몰랐습니다. 조심스럽게 말씀드리면 저의 유일한 관심 분야는 바다거북의 꼬리표를 수집하고, 회수된 꼬리표를 통해 바다거북을 연구하는 것입니다. 제가

---

14 텍사스 주 남동부 연안에 있는 섬. 멕시코 국경에서 조금 북쪽에 있다.
15 멕시코 북서부의 항구도시.

뭔가 촉구하길 좋아하는 관료 타입은 아니라는 점을 분명히 말씀드릴 수 있습니다. 제가 새우잡이 부두에서 관찰한 켐프바다거북의 포획 빈도 차이는 이제 우리의 현실입니다. 플로리다와 그 너머의 리들리거북 서식지에서도 상황은 같습니다. 현재는 어느 해변에서도 켐프바다거북이 거의 잡히지 않습니다. 남은 개체가 얼마 되지 않기 때문입니다.

저는 새우잡이 어선을 방문한 뒤에 텍사스새우잡이협회의 총회에 참여했습니다. 의도치 않은 켐프바다거북 포획에 대한 어부들의 전반적인 태도를 알고 싶었기 때문입니다. 멕시코시티 Mexico City의 한 사무실에서 저는 총회의 간사 르네 마르케스René Márquez를 비롯한 여러 사람들과 오랫동안 대화했습니다. 1976년 아리바다 때 모인 켐프바다거북의 개체수를 알기 위해서죠.

켐프바다거북에게 무슨 일이 일어났는지는 표로 나타낼 수 있습니다. 지난 수십 년간 란초누에보 해변으로 산란하러 온 거북의 수를 세면 아리바다의 규모 변화를 알 수 있습니다. 저는 대표적인 세 해안을 골랐습니다. 이 수치는 비교적 정확한 것입니다. 다음 표는 란초누에보 해변이 발견된 뒤 아리바다의 규모와, 짝짓기 하러 온 거북의 숫자를 보여줍니다(아리바다 때 거북의 개체수에서 전체 짝짓기 거북의 개체수를 추산한 방법은 필요하다면 나중에 설명하겠습니다).

연도	산란하기 위해 돌아온 암컷	짝짓기 하러 온 전체 거북
1947년	40,000	162,400
1970년	2,500	10,150
1974년	1,200	4,872

 이 숫자는 그 자체로 모든 걸 말해줍니다. 켐프바다거북은 분명 위기에 처했고, 이런 상황이 지속된다면 2~3년 혹은 5년 뒤에 멸종할 것입니다. 1950년대에 켐프바다거북은 인간의 과도한 포획과 자연 상태의 높은 포식압[16] 때문에 급격히 감소했습니다. 지금은 어선의 부수 어획이 개체수를 마지막으로 줄이고 있습니다. 새우잡이가 지금처럼 활발하지 않고 거북이 많던 시절에는 이 원인이 중요치 않았습니다. 그러나 지금 부수 어획은 켐프바다거북의 씨를 말리고 있습니다.

 켐프바다거북은 다시 살려낼 수 있습니다. 그러나 결정적 조치가 취해지지 않는다면 이들은 바다에서 사라질 것입니다. 저는 종보전위원회에서 멕시코의 새 대통령에게 공식 서한을 보내 현재의 위기를 설명하고, 대서양 바다거북을 멸종 위기에서 구할 수 있는 조치를 취해달라고 요청해주시기를 부탁드립니다. 이 문제에 관심 있는 관련 기관이나 인물들에게도 서한을 보내라고 멕시코 대통령에게 요청해주십시오. 여기 서한을 작성하기 위해 필요한 자료를 동봉합니다. 성공적인 총회 개최를 바라고,

16 잡아먹혀 개체수가 감소하는 일.

거기 참석할 수 없음을 진심으로 유감스럽게 생각하며 편지를 마칩니다.

이 편지를 쓸 무렵에는 단지 란초누에보 해변을 보호한다고 켐프 바다거북의 멸종을 막기 어려울 것처럼 보였다. 규모가 커지는 새우 산업이 점점 큰 피해를 끼치고 있었기 때문이다. 새우잡이 어선의 수가 몇 배로 늘어났고, 그물도 훨씬 커졌으며, 저인망으로 바다를 훑는 시간이 켐프바다거북의 질식 한계 시간보다 길었다. 어선의 부수 어획은 한때 무시해도 좋을 정도였지만, 켐프바다거북 개체수가 급감한 상태에서는 생존을 위협하는 중요한 원인이 되었다.

우려가 최고조에 달한 1975년 가을, 멕시코 국립수산부와 미국의 네 기관(미국 수산청NMFS, 어류와 야생동식물보호국, 국립공원관리청, 텍사스공원과 야생동식물보호국)이 참여한 국제조직에서 바다거북 구조 프로그램을 개발하기 위해 여러 차례 회의를 열었다. 첫 회의는 텍사스 브라운스빌에서 멕시코 국경을 넘으면 나오는 마타모라스Matamoras에서 열렸다. 그 회의에서 결정된 사항 중 하나는 코퍼스크리스티Corpus Christi와 브라운스빌 사이의 파드레 섬 국립공원에 켐프바다거북의 새로운 산란지를 만들자는 것이었다. 파드레 섬의 해변은 훌륭하고 바다거북도 거의 없었다. 우리는 산란할 켐프바다거북을 그리로 이주시킬 계획이었다. 그 계획이 성공한다면 켐프바다거북의 앞날은 훨씬 밝아질 것이었다. 일라 로이체와 그녀의 동료들역시 같은 생각으로 란초누에보의 켐프바다거북 알을 여러 해 동안 파드레 섬으로 옮겨왔다. 물론 아직까지 뚜렷한 성과는 발견되지 않았고, 그런 시도가 성공한 사례는 없지만. 이 구조 프로그램에서 합의된 또 다른 사항은, 아리바다 기간 동안 멕시코 정부가 란초누에보 해변을 관리할 수 있도록 미국 측에서 인력과 차량을 지원한다는 것이었다.

이렇게 결정된 바다거북 이주 프로그램은 과정이 복잡했다. 어린 바다거북을 새로운 해변에 이주시키기 위해 먼저 거북 알 2000개를 파드레 섬에서 부화해야 했다. 그리고 어린 거북들이 해변을 가로질러 파도 속으로 들어가면 그물로 잡는 것이다. 그 거북들은 텍사스 갤버스턴Galveston의 미국 수산청 실험실로 옮겨 8개월 동안 키운 뒤, 크기에 알맞은 환경에 방류되었다. 이런 방식을 '헤드 스타트(유리한 출발)'라고 하는데, 갓 태어난 거북을 노리는 천적들을 피하는 것이 목표다.

헤드 스타트나 바다거북 이주 작업은 검증된 실험 방법이 아니다. 또 헤드 스타트로 방류된 바다거북들이 성공적으로 생존한 예는 없다. 생식능력을 갖출 때까지 살아남은 개체가 발견되거나, 다른 곳에 새로운 바다거북 군집이 생겨난 적도 없다. 따라서 두 가지 방법은 현재 실험 단계에 있다고 할 수 있다. 그러나 둘 중 하나 혹은 둘 다 성공하지 말란 법은 없다. 게다가 켐프바다거북의 상황이 절망적이라 미국 측에서도 위험을 감수하기로 결정했다. 그 밖에 멕시코 측과 균형을 맞추기 위해, 미국 측도 란초누에보 해변에서 부화한 새끼 수천 마리를 갤버스턴에서 8개월 동안 키워 방류했다.

란초누에보 프로젝트의 후속 사업도 급박하기는 마찬가지였다. 여기에서는 미국 측이 란초누에보 해변 관리에 필요한 제반 사항을 지원했다. 이 사업의 미국 측 감독관 피터 프리처드Peter Pritchard는 1960년대 초에 박사 과정 일부를 란초누에보 해변에서 수료했고, 그 뒤로도 그곳의 바다거북 생태에 관심이 많았다. 란초누에보 해변 관리를 지원하겠다는 미국 측 약속에 따라, 피터는 센트럴플로리다대학교의 유능한 젊은이들을 팀에 합류시켰다. 그 학생들은 멕시코 생물학자나 해군들과 함께 해변을 감시했다. 그들은 한 계절 동안 독특한 임무를 성공적으로 수행했다. 이 글을 쓰는 지금, 그들의 두 번째 시즌 작업이 진행 중이다.

한편 이 책을 쓰는 동안, 갤버스턴에서 키운 리들리거북의 새끼들은 꼬리표를 달고 멕시코 만으로 방류되었다. 몇몇의 등딱지에는 작은 라디오가 부착되어 방류 뒤 이동 경로를 비행기로 추적할 수도 있었다. 그렇게 8개월 동안 키운 수많은 켐프바다거북 새끼들이 자기 운명을 찾아 흩어졌다. 지금으로서는 언젠가 그들이 파드레 섬에 무리 짓거나, 란초누에보의 줄어든 형제들에게 돌아갈 수 있기를 바랄 뿐이다.

레이첼 카슨의『침묵의 봄』이 출간되기 전, 내가『바람이 불어오는 길』을 쓸 때만 해도 사람들은 자연의 지속 가능성에 대해 참으로 순진한 생각을 했다. 자연이 고갈될 수 있다는 사실이 알려졌지만, 생물 종이나 그들의 서식지가 얼마나 빠르게 사라질 수 있는지는 사람들의 뇌리에 깊이 새겨지지 않았다. 나 역시 자연이나 야생동물에 큰 애정이 있는 동물학자였지만, 이 책을 쓸 때만 해도 경솔하게 야생동물을 즐겨 먹었다. 환경 보전 의식도 충분히 성숙하지 못한 상태였다. 오늘날 이 책의 몇몇 독자들은 지금 멸종 위기종이나 취약종으로 분류된 몇몇 야생동물을 내가 게걸스럽게 먹어댔다는 사실이 불편할 것이다.

나는 당시에도 이런 모순적인 태도 때문에 희미한 양심의 고통을 느꼈다. 『바람이 불어오는 길』을 쓰기 위해 작성한 메모들을 훑어보다가 이런 글을 발견했다.

원고로 묶여 나온 책의 일부를 살펴보고 있다. 주관적인 열정, 미숙한 의견이 많다. 때로 내 상충하는 감정이 독자들에게 혼란을 줄 것이다. 유감스런 일이지만 이건 나로서도 어쩔 수가 없다. 예를 들어 나는 바다거북에 대해 분별 있고 공정한 태도로 말하기 시작한다. 그러다 곁길로 빠지고 곧 나의 본심이 드러나는데, 이런 감정들은 내가 말했듯이 모순되는 것이다. 모순 중 하나는 이런 것이다. 한순간 나는 바다거북이 처한 불안정한 생존 전망에 안타까워하는 것처럼 보인다. 그러나 다음 순간, 나는 바다거북 요리를 맛본다는 생각에 군침을 흘린다.

이런 모순 때문에 마음이 편치 않았다. 그러나 그때는 바다거북을 먹었고, 다른 야생동물도 먹었다. 여기에서 그런 행동을 합리화하고 싶은 마음은 없다. 다만 지금은 그러지 않으려고 노력한다.

예를 들어 지금 나는 토르투게로 해변에서 푸른바다거북을 절대 먹지 않는다. 합법적으로 각 마을에 할당된 바다거북 요리를 누가 권해도 마찬가지다. 이건 맛이나 영양 면에서 많은 것을 포기하는 일이다. 우리 캠프가 있는 토르투게로 해변에서 고기는 귀한 음식이고, 바다거북은 맛있는 요리이기 때문이다. 우리는 산란하는 바다거북은 죽이지 말아야 한다는, 이곳에서 환영받지 못하는 법규를 준수하고 있다. 우리는 바다거북 요리를 하는 가정집의 부엌 옆을 지나갈 때마다 침을 흘릴 뿐이다.

초판 독자들이 나를 질책한 부분 중 하나는, 내가 바다거북뿐만 아니라 모든 동물을 먹는다는 점이었다. 나는 음식을 가리지 않는 사람이라 여행 중에 특정 지역에서 귀하게 여기는 요리는 전부 먹어 보려고 노력한다. 여러 원주민과 다양한 야생동물이 사는 카리브 해에는 어딜 가나 새로운 요리가 있다. 모스키토 해안Mosquito Coast[17]의 원주민이 쌀, 유카, 플랜테인[18], 코코넛 기름과 곁들여 먹는 고기 요리가 얼마나 다양한지는 다음 메뉴를 보면 알 수 있다. 이것은 전부 니카라과 연안에서 잡히는 척추동물을 요리한 것이다. 다음 메뉴와 소개 글은 조지 핌George Pim 선장의 *Dottings on the Wayside*(길가를 수놓은 것들)에서 인용했다.

---

17 니카라과 북동부에 위치한 해안. 바다거북의 이주 습성과 관련해 이 책에서 비중 있게 다루는 지역이다.
18 채소처럼 요리해서 먹는 바나나 비슷한 열매.

거기에는 3연대 파견병이 전해준 메뉴 목록이 있었다. 그의 캠프가 있는 모스키토 해안에서 치러진 잔치 메뉴였다. 이 메뉴는 18세기 말 그 지역의 문명 수준이 얼마나 높았고, 미식 수준이 얼마나 대단했는지 보여준다.

캘러패시

양념 매너티	구아나 프리카세[19]	와리 스테이크
	바다거북 수프	
아르마딜로 카레	원숭이 바비큐	앵무새 파이
	영양 구이	
훈제 페커리[20]	인디언 토끼 찌개	히카테 찜
	캘러피	

핌 선장은 빅토리아Victoria시대 영국인에게 다소 낯선 현지 용어로 이 메뉴들을 기록했다. 그러나 토르투게로 기준에서 이 메뉴들은 화려하긴 해도 새로울 게 없다. 토르투게로 해변에 머무르는 동안 우리는 저기 나온 요리들을 전부 맛보았고(물론 저 메뉴들을 한 번에 먹은 적은 없지만), 그것도 상당히 맛있게 먹었다.

앵무새는 예외다. 우리는 토르투게로에서 앵무새를 먹어보려다 실패했다. 내가 산호세에서 7달러를 주고 산 앵무새다. 당시 물가로 꽤 비싼 액수였지만 아깝다는 생각은 들지 않았다. 그 앵무새가 대

---

19 잘게 다진 고기와 채소를 넣은 요리.
20 아메리카 대륙에 사는 돼지와 닮은 동물.

부분 별 관련이 없는 단어들이긴 해도, 몇몇 단어를 분명하게 말할 수 있었기 때문이다. 우리가 앵무새를 먹으려고 한 것은 오실롯[21]이 녀석을 죽였기 때문이다. 우리 캠프의 연구원 셰프턴Shefton은 그 앵무새를 요리하려다 여섯 시간 만에 곤죽을 만들고 말았다.

앵무새를 제외하고 앞의 메뉴에 나와 있는 다른 동물들은 아주 귀한 것들이다. 그중에서도 몇몇 생물은 특히 소중하다.

매너티는 바다소의 일종으로, 잡아먹기에는 귀한 경이로운 생물이다. 매너티 고기는 우리 캠프의 주식은 아니었지만, 원주민 사냥꾼들이 가끔 사 오곤 했다. 매너티가 멸종 위기에 처했다는 사실을 깨닫기까지 산호세 시장에서 사 온 매너티 고기는 우리가 가장 환영하던 음식이다. 우리는 1964년부터 매너티 고기를 먹지 않았다. 오늘날 이 생물은 중앙아메리카의 모든 해안에서 멸종 위기에 처했고, 이들을 위한 더 나은 보호 정책이 절실한 상황이다.

구아나는 이구아나로, 커다란 초식성 나무 도마뱀을 말한다. 여기에서는 알을 밴 암컷만 먹는다. 토르투게로 해변의 강어귀에는 이구아나의 산란장이 있었다. 해마다 3월이면 암컷 이구아나들이 숲을 가로질러 모래톱으로 알을 낳으러 왔다. 그러면 소년들이 날마다 강어귀로 왔는데, 산란굴에 있는 불쌍한 이구아나를 끌어내 마을에서 팔거나 잡아먹기 위해서다. 알과 함께 요리된 이구아나 찜은 맛이 아주 좋다. 그러나 토르투게로 해변의 이구아나 군집은 규모가 작기 때문에, 소년들의 이구아나 사냥을 통제하지 않으면 이 생물도 곧

---

21 아메리카 열대 지역의 고양이과 점박이 동물. 재규어와 닮았지만, 크기가 작고 점무늬가 다르다.

사라지고 말 것이다.

와리는 주둥이가 흰색을 띠는 페커리로, 카리브 연안 저지대에서 약 100마리 혹은 그 이상이 무리 지어 다닌다. 와리 역시 맛이 좋아서 한때 그곳 원주민의 주식이었다. 지금은 카리브 연안의 인구가 늘면서 와리 역시 개체수가 감소하고 있다. 토르투게로 지역도 마찬가지다.

아르마딜로는 토르투게로 해변에서 그다지 인기 있는 메뉴가 아니다. 니카라과 내륙에서는 이 요리가 상당히 유명하지만, 카리브 연안 원주민은 대부분 이를 경멸한다. 아르마딜로 고기는 거의 아무 맛도 느껴지지 않는다. 그러나 마늘, 고수 잎, 칠리로 잘 훈제하면 먹을 만하다. 메뉴판에서는 아르마딜로를 이용해 카레를 만든 것이 인상적이다.

메뉴판에 나온 원숭이 요리의 재료는 십중팔구 고기 맛이 괜찮은 거미원숭이일 것이다. 지금 나는 피도 눈물도 없는 사람들이나 원숭이 요리를 먹는다고 생각하지만, 예전에는 그러지 않았다. 다행히도 현재 토르투게로 국립공원에서는 모든 원숭이들이 엄격히 보호된다. 그래서 원숭이들도 마을 근처로 서서히 돌아오고 있다.

페커리는 목도리페커리를 말한다. 이들은 상당히 넓은 지역에 분포하며, 앞에 소개한 와리보다 몸집이 조금 작다. 그러나 이들의 서식지는 와리의 서식지만큼 넓지 않다.

인디언 토끼는 테페스퀸테, 즉 넬슨 파카[22]로 아구티[23]나 카피바라[24] 같은 설치류지만 뒤의 두 동물보다 훨씬 맛이 좋다. 이 동물의 이야기는 「재규어 해변Tiger Bogue」 장에서 중점적으로 다루었다.

히카테(스페인어로는 히코테아라 부른다)는 연못거북과에 속하는 민물거북이다. 몸집이 큰 암컷이 특히 맛이 좋다. 그래서인지 이 민물거북은 카리브 연안 전역에서 다른 민물거북보다 개체수가 적다.

메뉴판의 영양은 숲에 사는 뾰족한 뿔 사슴을 말한다. 크리올Creole[25] 원주민이 '염소'라 부르고, 스페인어로는 '카브라 데 몬테'라고 한다. 위 메뉴로 잔치를 벌인 병사들은 영양보다 그 지역에 사는 흰꼬리사슴을 먹는 게 나았을 것이다. 맛이 더 좋기 때문이다. 그러나 열대우림 지역에서는 영양이 더 흔하다.

다음으로 푸른바다거북 요리를 보자. 캘러패시(바다거북 등살)는 바다거북의 등딱지와 거기에 붙은 고기와 지방을 말하고, 캘러피(바다거북 뱃살)는 배딱지 혹은 거기에 붙은 차진 부위를 말한다. 바다거북 수프는 제대로 끓이면 세계에서 가장 기막힌 맛을 자랑하는 요리다. 잘 끓인 바다거북 수프는 영미권에서 최고의 미식 메뉴라고 당당하게 말할 수 있다. 바다거북 보호 운동을 하면서 내가 치른 가장 큰 희생은 바다거북 수프를 끓은 것이다. 나는 아주 힘들게 바다거북 요리를 끓어서, 바다거북 식용에 대한 내 태도는 간단하지 않다. 예를 들어 나는 바다거북을 불법 거래하는 이들을 비난해왔다. 그럼

---

22 아메리카 열대 지역에 사는 커다란 설치류. 갈색 몸에 수직으로 흰 점이 있고, 몸집은 1개월 된 새끼 돼지만 하다. 구우면 믿을 수 없을 만큼 맛이 좋다.
23 중남미산 들쥐의 일종.
24 중남미의 강가에 사는 큰 토끼같이 생긴 설치류. 최근에는 애완용으로도 기른다.
25 유럽인과 흑인의 혼혈인.

에도 슈퍼마켓 가판대에서 불법 포획된 바다거북 통조림을 보면 왜 멸종 위기에 처한 거북을 판매하느냐고 그곳 주인을 질책하거나, 매니저에게 앞으로 그런 걸 팔지 않겠다는 약속을 받아내지 못하고 있다. 그런다고 지속적인 불법 거래가 중단되지 않는 것은 바다거북의 공급이나 통조림의 유통, 소비 등이 대부분 은밀하게 행해지기 때문이다. 이런 사례는 나처럼 바다거북 요리를 즐기던 환경 보전론자의 곤혹스러움을 잘 보여준다.

내가 종종 비난받은 또 다른 이유는, 이 책에서 푸른바다거북 양식을 옹호하는 것처럼 보였다는 점이다. 관건은 의미 해석의 차이다. 나는 '양식'이 아니라 일종의 '바다목장'을 생각하고 있었다. 내 구상은 바다거북을 해초가 풍부한 연안에서 기르며 개체수도 늘리고, 열대 연안 저서 생태계의 풍부한 생물자원도 활용하게 하자는 것이었다. 그러면 바다거북의 수요도 충족하고, 자연 상태의 바다거북 포획도 줄일 수 있을 것 같았기 때문이다. 이후 바다거북 양식이 시도되었다. 비싼 배관 설비가 설치된 탱크에서 특수 제조된 고단백 식사를 공급해 바다거북을 기른 다음, 투자비를 회수하기 위해 종래의 바다거북 수프 시장을 국제적 규모로 확대하려는 시도가 있었다. 그러나 거기에 쓰인 기술과 자본력은 대다수 양식업자들이 감당할 수 있는 수준이 아니었다. 바다거북 양식을 통한 새로운 시장 개척은 사실상 불가능한 것으로 판명되었다. 나는 자연 상태의 바다거북 남획이 중단되기 전에는 바다거북 거래 중단이 이들을 살리는 유일한 방법이라고 생각한다. 지금까지 바다거북 양식에는 상당히 불쾌한 찬반 논쟁이 오갔으며, 거기에 사람들이 허비한 시간도 엄청나다. 나는 이 책에서 바다거북 양식에 대한 내용을 쓰지 말았어야 했다는 자책까지 했다.

개인적으로 『바람이 불어오는 길』을 출간하고 가장 우울했던 일은, 혐오스런 신조어 '주크juke'를 없애려는 나의 노력이 수포로 돌아갔다는 점이다. 「보카스 델 토로」 장에 이 내용이 소개되는데, 나의 노력은 완전히 실패했다. 그 일은 법정에서 진술했기 때문에 다시 언급하지 않으려고 한다. 그러나 여전히 내가 옳았다고 생각한다. 미국 남부와 카리브 연안에 있는 소박하고, 시골스럽고, 레코드판 몇 장과 사근거리는 여자들이 있는 술집은 'jook'다. 그러나 결국 다른 이들의 주장이 받아들여져 사전에는 juke가 등재되었다. 이제 와서 jook라는 말을 다시 살리려고 애쓰는 일은 헛수고일 것이다. 시의성을 잃었기 때문이다. 지금은 거의 아무도 그 단어를 쓰지 않는다. 그러니 jook라는 단어는 그냥 사라지기 바랄 뿐이다.

『바람이 불어오는 길』을 위한 자료를 모으던 시절을 회상하면 당시 카리브 주민들의 이야기가 얼마나 옳았는지, 그들의 이야기를 통해 우리가 얼마나 설득력 있는 가설을 세웠는지 생각나서 흐뭇해진다. 내가 토르투게로의 산란 해변을 조사하던 무렵부터 지금까지 우리는 새끼 거북 약 1만 7000마리에게 꼬리표를 달았다.[26] 그중 1400마리가 먼 거리를 헤엄쳐 태어난 해변으로 돌아왔다. 이는 1950년대

---

26 아치 카는 1950년대 후반부터 중앙아메리카 연안에서 바다거북 꼬리표 부착 사업을 했다. 이를 통해 바다거북 역시 짝짓기와 산란을 위해 태어난 해변으로 돌아오는 회유성어족임이 밝혀졌다.

에 그곳 어부들이 말해준 이야기와 정확하게 일치하는 결과다. 동물학자들조차 바다거북의 귀소본능을 잘 모르던 시절에, 앨리 이뱅크스Allee Ebanks 선장이나 케이맨제도의 사냥꾼들은 바다거북이 섭식과 산란을 위해 아주 먼 거리를 주기적으로 오간다는 사실을 알고 있었다. 심지어 그들은 바다거북의 이주 경로와 시기까지 알았다. 케이맨제도의 바다거북 선장들과 토르투게로 어부들은 니카라과 바다거북들이 토르투게로 연안에서 짝짓기 한다는 것을 알았다. 그들을 비롯해 몇몇 콜롬비아 어부들은 콜롬비아와 파나마의 바다거북들이 짝짓기 철이 되면 먼 북쪽의 코스타리카로 간다는 것도 알았다. 아주 먼 카리브 동부 해역에, 카리브 해에서 유일한 대규모 바다거북 산란지가 있다는 것도 알려졌다. 그곳은 몬트세랫Montserrat 섬에서 수백 킬로미터 떨어진 아베스Aves 섬[27]이었다. 토르투게로에는 바다거북이 코스타리카 해변에서 한 번 이상 산란한다는 것을 모르는 사람이 없었다. 어떤 사람들은 거북들이 세 번에서 여섯 번까지 산란한다고 말했다. 현재까지 밝혀진 바로는 그것 역시 사실인 듯하다. 바다거북이 예전에 산란한 해변에서 다시 산란하는 장소 회귀성도 널리 알려졌다. 물론 당시에는 그런 능력을 실제보다 조금 높게 평가한 측면이 있다.

이런 이야기는 계속된다. 우리가 22년간 바다거북에게 꼬리표를 붙이면서 밝혀낸 사실 중에, 카리브 어부들에게 알려지지 않은 것은 하나뿐이었다. 바로 바다거북이 이주하는 주기의 신기한 변화와 리

---

27 카리브 해의 먼 동쪽에 있는 베네수엘라령의 작은 섬.

듣이다. 푸른바다거북은 대부분 연이은 해에 산란하지 않는다. 이들은 대부분 3년 뒤에 돌아오며, 2년이나 4년 뒤에 오기도 한다. 카리브 해 어부들과 앨리 이뱅크스 선장도 이 사실은 몰랐다. 개별 거북들이 이주 주기를 바꿨다가 예전의 주기로 돌아갈 수 있다는 사실은 더더욱 몰랐다. 이 사실은 꼬리표를 달고 돌아온 바다거북들에 의해 아주 천천히 밝혀졌다.

한 가지 중요한 문제에서는 카리브 해 주민들의 지혜가 완전히 빗나갔다. 푸른바다거북이 고갈되지 않는 자원이라는 점이다. 나는 토르투게로에 간 첫해, 우리의 요리사인 그곳 여인 시벨라Sibella에게 물었다. 푸른바다거북들이 지금 같은 포획을 얼마나 오래 견뎌낼 것 같은가, 하고. 그녀는 대답했다. "그놈들은 절대 안 끝나요, 아치. 그놈들은 문제없어요." 시벨라는 나중에 손자들을 돌보기 위해 리몬Limón[28]으로 떠나면서 딸 주니Junie를 우리 캠프의 요리사로 두고 갔다. 그때까지 나는 해마다 같은 질문을 던졌고, 그녀의 대답은 같았다. "그놈들은 안 끝나요, 아치. 끝날 수가 없어요."

그 이유를 물으면 시벨라는 "저것들은 모든 바다에서 오니까요"라고 대답했다. 내가 바다거북들은 바다 '가장자리'에 살 뿐이라고 해도 그녀는 믿지 않았다. 그러다 1978년이 되었다. 이유를 알 수 없지만, 그해 토르투게로 해변에는 20년 전보다 훨씬 많은 바다거북이 찾아왔다. 나는 어쩐지 시벨라가 그걸 문제 삼을 거라는 생각이 들

---

28 코스타리카 동부의 주요 해안 도시. 아프리카계 카리브 원주민이 많이 거주하며, 리몬 주의 주도다. 도시의 정식 명칭은 푸에르토리몬(Puerto Limón).

었다. 그러다 산란철이 끝나갈 무렵, 하루는 아침 식사를 하려고 식당으로 들어가자 시벨라의 딸 주니가 말했다. "엄마가 편지에 박사님을 나무라야 한다고 썼어요." 나는 다 알았지만 짐짓 왜 그러냐고 물었고, 주니는 말했다. "박사님이 항상 바다거북이 '끝난다'고 했다고요. 올해는 박사님이 어떻게 대답할지 물어보라고 했어요."

내가 할 수 있는 대답은 시벨라, 그해 나는 아주 많은 바다거북이 돌아와 행복했다는 것이다.

게인즈빌에서

아치 카

1956년판 서문

　카리브 해에는 무역풍이 거세다. 그래서 몇몇 섬에서는 동서남북을 거의 쓰지 않는다. 이를테면 이모네 집을 방문할 때 그들은 바람을 등진 방향인지, 바람을 향해 가는 방향인지 묻는다. 아주 작거나, 바위투성이거나, 인구가 극소수인 섬들을 제외하고, 카리브 해의 거의 모든 섬에는 항상 바람이 불어오는 해변을 향해, 혹은 그 해변과 나란히 뻗은 길이 있다. 이것이 '바람을 향해 난 길windward road'이다. 나는 이 단어를 골똘히 생각해보고 좋아하게 되었다. 그러자 내가 쓰는 책의 내용이 대부분 수백 킬로미터 가까운 카리브 해변을 걷다가 떠오른 거라는 사실이 생각났다. 카리브의 아름다운 해변들은 파도에 깨끗이 씻긴, 바람이 불어오는 쪽의 지대가 높은 해변이 많다. 이 해변들이 내가 걸어온 '바람을 향해 난 길'이며, 그것은 아름다운 길이었다. 열대 지역에서 길을 잃었다면 바람을 향해 걸어가면 된다. 그곳이 무역풍이 내륙으로 불어오는 쪽이니까.

　트리니다드 섬[29] 북서쪽 마라카스Maracas 만에 자동차를 세워두고

---

29 베네수엘라 북동부 연안에 있는 서인도제도 최남단의 섬. 현재는 트리니다드 토바고의 일부로, 그중 큰 섬을 말한다.

그곳의 경이로운 해변을 걸어보라. 혹은 자메이카의 높은 북부 해안을 따라 산책해보라. 나 역시 가보기 전에는 그곳의 아름다움을 믿지 못했다. 토바고Tobago 섬[30]의 스카버러Scarborough에서 스페이사이드Speyside까지 바람을 향해 난 길을 따라 가보는 것도 좋다. 이 지역은 서인도제도로 불리던 곳이다. 바다가 잔잔하다면 배를 타고 리틀토바고 섬으로 가서 낙원에 사는 새들을 구경하는 것도 좋다. 쿠바 아바나Havana를 벗어나 서쪽으로 간 다음, 바람을 거슬러 바라코아Baracoa[31]로 가도 된다. 그리고 만에 있는 작은 레스토랑에서 올리브유로 구운 라비루비아스[32]를 주문하는 것이다. 타운을 둘러보면 작은 집들이 있고, 그 집들의 마당에는 자연석을 깎아 만든 풀장이 있다. 풀장의 맑은 물속에는 붉은바다거북이 있는데, 그들은 암탉처럼 버젓이 사람들과 함께 산다. 코스타리카에 가거든 리몬을 벗어나 근처 언덕 위로 가보라. 아래쪽 커다란 바위 사이로 보석처럼 빛나는 야자나무 해변이 보일 것이다.

혹은 7월에 그랜드케이맨Grand Cayman 섬[33]으로 가보라. 그 무렵이면 섬의 너른 관목 숲을 뚫고 조지타운으로 산들바람이 분다. 바람은 관목 숲의 모기들을 흩어놓고, 곧 빈터는 작열하는 태양 아래 맡겨진다. 그러면 바람을 등진 방향은 쾌적하지 않다. 이제 바람 부는

---

30 트리니다드 토바고 중 작은 섬.
31 쿠바 동부의 항구도시.
32 도미류에 속하는 중간 크기의 맛 좋은 물고기. 보통 영어로는 방어(yellowtail)라고 부른다.
33 쿠바 남서부의 케이맨제도에 속한 섬. 케이맨제도의 세 섬 가운데 제일 크며, 수도는 조지타운(Georgetown)이다. 케이맨제도는 그곳의 뛰어난 바다거북 선장들 때문에, 아치 카가 이 책에서 중요하게 언급하는 지역이다.

쪽으로 다가가면서 주위 환경이 어떻게 변하는지 살펴보라.[34]

이때는 택시를 타는 게 좋다. 그랜드케이맨 섬에는 택시 두 대가 있다. 하나는 조지 포터George Potter라는 남자가, 다른 하나는 허니서클Honeysuckle이라는 금발 여자가 모는 택시다. 전화기에 동전을 넣고 조지 포터한테 돌려달라고 하면 그의 아내가 받을 것이다. 그녀는 베이Bay 제도[35]에 갔다가 막 돌아왔다. 섬으로 돌아오는데 폭풍이 불어닥쳐서 요동치는 배를 달래려고 무거운 요리용 난로를 버렸다는 것이다. 조지 포터가 전화를 받으면, 그는 넌지시 아내도 데려갔으면 한다고 말할 것이다. 그는 아내가 다른 볼 일이 있다고 말하지만, 사실 아내와 함께 있고 싶다. 예약을 마치면 당신은 젊은 조지와 출발할 준비를 한다. 그때 어디에선가 가족 여섯 명이 나타나, 당신은 그들과 차를 같이 써야 한다. 그러나 그랜드케이맨 섬 주민들은 유쾌한 사람들이다. 차 안이 비좁다는 사실은 아무도 신경 쓰지 않는다.

이제 마음을 편하게 먹어야 한다. 마음속에 바라는 게 있어도―예를 들면 시원한 그늘 같은 것―뭔가 조치를 취할 수 있을 때까지 느긋하게 기다려야 한다. 뜨거운 날씨 같은 건 잊어버리고, 이방인이라고는 찾을 수 없는 이곳의 조용한 매력에 빠져보라. 이런 섬에

---

34 일반적으로 열대지방에서 특정 지형(예를 들면 언덕)을 향해 바람이 불 때 바람과 마주한 방향(windward)은 습윤하고 식생이 풍부한 반면, 바람과 등진 건너편(leeward)은 건조하고 식생이 단조롭다. 이는 고도 변화에 따른 공기의 단열팽창과 단열압축 때문에 나타나는 현상으로, 우리나라 태백산맥에서도 같은 원리로 푄이 발생한다.
35 온두라스 북부 연안의 섬들.

서는 그런 매력을 직접 찾아야 한다. 아무도 당신에게 그런 걸 팔지 않기 때문이다. 그랜드케이맨 섬에서는 아무도 당신에게 뭔가 팔려고 하지 않는다.

그랜드케이맨 섬의 바람이 불어가는 쪽 끄트머리에는 녹슨 듯 갈색을 띠는 화석 암초대[36]가 있다. 사람들은 그 지역을 '아이언 해안 Iron Shore'이라 부른다. 택시를 암초대 근처 바위를 깎아 만든 웅덩이 앞에 세워보자. 웅덩이에는 매부리거북이 산다. 이제 매부리거북을 눈부신 햇빛 아래로 건져 올려보자. 그리고 여러 층으로 된 그들의 등딱지에서 오색 불꽃이 튀는 모습을 관찰하는 것이다. 그다음은 항해술과 어부들로 유명한 케이맨제도의 영광이 어떻게 만들어졌는지 살펴봐야 한다. 그들의 오랜 전통이 유지되는 조선소에 들러보자. 그곳 조선공들은 마호가니로 튼튼하고 가느다란 배의 몸체를 만들고 있을 것이다. 그건 제대로 봐야 한다. 평생 한 번 볼 수 있는 광경이기 때문이다.

이제 바람이 불어오는 쪽으로 난 길을 따라 10킬로미터 정도 간다. 이때는 서두르지 않는 게 좋다. 타이어에 소라고둥이 밟히는 소리가 나거든 차를 멈추고 뭐가 밟혔는지 찬찬히 들여다봐도 좋다. 그때 하얀 돌길 위로 자전거를 탄 사람이 지나갈지도 모른다. 키가 크고 몸이 갈색으로 그을린, 맨발에 마른 남자가 챙 넓은 밀짚모자를 쓰고 그곳을 지나갈 것이다. 남자는 타이어에 밟힌 소라고둥을 천천히 들어 올리고는 이러면 안 된다고 한바탕 연설을 늘어놓다가,

---

36 과거의 암초나 산호초 지대가 육지로 융기, 노출되어 화석화된 지역.

자전거 바구니에 있는 열대어를 보여줄 것이다. 당신이 그랜드케이 맨 섬에서 만나는 것은 그런 것들이다. 마을을 거의 벗어나면 눈부신 도로 가장자리에 작은 상점이 있다. 상점 앞에는 분필로 철도 시간표를 흉내 낸 메뉴판이 있다.

그곳도 그냥 지나쳐서는 안 된다. 조지에게 부탁해 차를 세우고, 방금 도착한 물품이 뭔지 물어보라. 그러면 차에 탄 사람들은 아주 즐거워하면서 여러 가지를 말해줄 것이다.

그래도 여전히 그 섬이 낯설다면, 조지에게 조지타운에서 요리를 제일 잘한다는 로자벨 비드Rosabelle Byrd의 집이 어딘지 물어보라. 조지는 억새 지붕을 얹은 오두막을 가리킬 것이다. 그 집으로 들어가 로자벨에게 그녀의 음식을 맛보고 싶었다고 말하라. 그녀는 반갑다는 듯 당신의 갈비뼈를 쿡 찌를 것이다. 이때는 놀라지 말고 그녀가 자랑하는 케이맨 섬의 물고기 찜 이야기를 들어라. 그것이 이 섬의

37　자메이카 요리에 쓰이는 향신료.
38　당밀, 생강, 육두구 등으로 만든 자메이카 케이크.

부야베스[39]다. 그녀는 대구나 무환자나무 열매, 박제된 검은 게 등에 대해 말할 것이고, 푸른바다거북 요리가 케이맨 섬 주민을 얼마나 강하고 용기 있게 만들었는지 이야기할 것이다. 로자벨에게 요리를 해놓겠다는 약속을 받고, 다시 섬의 건조한 내륙으로 가보자. 그러면 잠시 후 바람이 불어오는 해변에 도착한다. 처음에는 바람에 흔들리는 나무들 사이로 해변이 보일 것이다. 그다음에는 얼굴에 신선한 바닷바람이 느껴지다가, 곧 바람에 밀려오는 파도와 몇 세기 전 원주민이 세운 폭풍에 부서진 석벽의 흔적을 볼 것이다. 드디어 바다에 온 것이다. 당신은 조지에게 여기에서 기다릴지 같이 갈지 물어보려 하지만, 조지는 아내와 장난치며 바닷게를 쫓고 있다. 당신은 그들을 내버려둔다. 지금 당신은 바람이 불어오는 해변에 있고, 바람을 등진 내륙의 부담스런 열기는 사라졌다. 무역풍이 불면 해변의 덤불에 붙은 검은연부리아니[40]의 깃털이 흔들린다. 움직이지 않는 것은 바위들뿐이다. 이제 바람에 흔들리는 카수아리나[41] 숲을 가로질러 걸어보자. 사람들에 따르면 그 나무들은 예전에 한꺼번에 심겼다. 오래전 폭풍이 카수아리나 씨앗을 어딘가에서 실어 날랐다는 것이다. 당신은 곧 깨끗한 모래 마당이 있는 하얀 집 앞에 도착한다. 그 집 옆에는 작은 레스토랑이 있다. 그 안에는 테이블이 세 개 있고, 탬파와 블루마운틴이라는 상표가 붙은 커피 병이 있다. 처음부

39 향신료를 많이 넣은 프랑스 남부의 생선 수프.
40 열대 아메리카산 두견의 일종.
41 오스트레일리아산 목마황속 떨기나무. 오스트레일리아 소나무라고도 불린다.

터 거기에 오고 싶었다는 듯, 테이블에 가서 앉자. 그러면 흑인 소녀
가 커피를 가져와 당신에게 말을 걸 것이다. 그녀는 당신이 백인이
라는 사실에 별로 신경 쓰지 않을 것이다. 당신이 오래전부터 그 외
로운 고장에 살던 사람이라는 듯이.

당신은 그곳에 오래 머무르고 싶다는 생각을 할지도 모른다. 그늘
과 커피, 미모사 덤불 사이의 바람 소리, 마당 주변의 통나무와 바
위, 야자나무 둥치와 꼬리를 굽히고 그 주변을 맴도는 도마뱀을 보
면서. 어떻게 두 세계가 이 작은 섬에서 하나로 만나는지 생각하면
서. 그러나 조지가 오기 전에 그 소녀에게 물어보라. 가시덤불을 지
나 멀리 케이맨브랙Cayman Brac 섬[42]이 보인다는 해변으로 어떻게 갈
수 있는지. 그 해변에는 커다란 파도를 막아줄 암초도 없고, 푸른바
다거북이 좋아할 만한 부드러운 갈색 모래톱이 길게 펼쳐질 뿐이다.
내가 그랬던 것처럼 뚜렷한 이유 없이 그곳으로 가보라. 막연한 설
렘으로 400년 전, 7월이면 그곳으로 몰려들던 수많은 푸른바다거북
사이를 항해하며 옛 탐험가들이 느꼈을 경이를 품고. 그리고 열기로
이글거리는 인적 없는 모래 해변을 바라보며, 변해가는 세계에서 점
점 사라지는 바다거북들을 생각해보라. 그리고 나서 야외 레스토랑
의 그늘로 돌아가 바람을 맞으면 된다. 곧 조지가 당신을 숙소로 데
려다 줄 것이다.

내가 열대 지역에 대한 갈망을 키워갈 무렵에는 이른바 정통 과학

42　케이맨제도의 세 섬 중 하나.

자들이 '탐험'을 경멸했다. 그들의 견해에 따르면 탐험이나 탐사는 학문적 무능의 분명한 표지였고, 뭔가 꿍꿍이가 있는 속임수였다. 당시는 몇몇 무모한 사람들이 성급히 열대 지역을 둘러본 다음, 센세이션을 일으킬 만한 내용을 꾸며 써놓고 그걸 과학을 위한 탐사라고 주장하던 시절이다. 정직한 사람이라면 그런 상황을 슬퍼할 수밖에 없었다. 그러나 '탐험'이 해롭다는 말은 난센스다.

사실—독자들도 눈치 챘겠지만 당시에는 나도 이 사실을 몰랐다—탐험이란 정신의 특별한 상태고, 아주 즐거운 행위며, 아무에게도 해를 끼치지 않는, 제대로 하면 개인에게 커다란 자산이 되는 경험이다.

이 책에서 다루는 카리브 해 여행의 주된 목적은 바다거북, 그중에서도 푸른바다거북에 대한 자료를 수집하는 것이었다. 나는 붉은바다거북과 리들리거북, 매부리거북, 장수거북에 대한 자료도 수집했다. 그러나 이 책은 바다거북에 대한 책이 아니다. 바다거북을 조사한 자료만으로는 책이 되지 못할 것이다. 카리브 해 여행은 바다거북의 생활사라는 그림을 완성하기 위한 퍼즐이었다. 그 여행의 최종 결과는 흥미로웠지만, 퍼즐을 맞추는 과정은 반복되는 작은 발견, 전체에서 보면 아무것도 아닌 듯 사소한 발견의 반복일 뿐이었다. 그 헤매는 과정에서 얻은 작고 신기한 사실을 모아놓은 것이 이 책이다. 그것들이 언젠가 큰 가치가 있기를 바랄 뿐이다. 마지막으로 독자들에게 열의에서 우러난 탐색 혹은 그런 종류의 모든 여행은, 우리가 꿋꿋이 활로를 찾고 옆길로 새지 않는다면 모험 중에 맞닥뜨린 모든 노고를 보상해준다는 말을 하고 싶다. 낯선 곳으로 떠나는 여행은 우리를 괴롭힐 수도, 즐겁게 할 수도 있다. 그런 의미에서 이 책은 여행기다.

그러나 독자들이 바다거북 이야기도 재미있게 읽을 수 있으리라 생각한다. 그들은 아직 멸종되지 않았고, 나는 바다거북에 대해 새롭게 밝혀진 사실을 이 책의 첫 장과 마지막 두 장에서 다뤘다. 나머지 장에는 카리브 해에서 겪은 다른 에피소드를 기록했다.

The Windward Road

리들리거북[43]의 수수께끼

3미터가 넘는 작살이 긴 포물선을 그리며 수면 위를 날았다. 작살은 바다 아래로 미끄러져 가는 어둑한 물체를 향해 물속으로 내리꽂혀, 바다거북의 등딱지 바로 앞에 떨어졌다. 거북은 달아나서 수면 위로 떠오르기 시작했다.

"놓쳤네요." 내가 말했다. 그러나 다시 보니 아니었다. 작살을 던진 사람은 노련한 어부 요나 톰슨Jonah Thompson이다.

바다거북 같은 목표물은 어떻게 맞힐까? 우리가 탄 작은 배의 고물이 바닷물 위에서 심하게 흔들렸다. 거센 바람이 수면에 수많은 주름을 만들었다. 바닷물은 어지러이 흩어지는 햇빛 때문에 은색으

---

43 중앙아메리카의 카리브 연안에 주로 서식하는 바다거북. 올리브리들리바다거북과 켐프리들리바다거북이 있다. 바다거북 중에서 비교적 작고, 민물거북과 가장 친연 관계가 가깝다. 우리말로는 각시바다거북이라 부르는데, '각시'는 주로 외양이 고운 생물에게 붙는 이름이다(각시수련, 각시붕어, 각시납작조개 등). 그러나 북미와 카리브 해에서 이 거북은 '잡놈거북' '튀기거북' 등 다소 경멸적인 이름으로 불렸고, 잡혔을 때 행동도 사나워 이 책에서는 '리들리거북'으로 옮겼다. 우리나라 바다에는 이 거북이 살지 않는다.

로 빛났다. 바다거북은 배에서 9미터 앞쪽, 수심 1미터쯤에 있었다. 토끼처럼 잽싸게 달아나는 모습이 갈아놓은 밭 위를 달려가는 겁먹은 멧돼지 같았다. 다른 점이 있다면 육지에서 멧돼지는 선명히 보이지만, 푸른 물속에서 바다거북은 흐릿한 얼룩처럼 보였다.

"맞았어." 요나 선장이 말했다. 고물에 놓아둔 바구니에서 작살 줄이 풀리고 있었다.

"어떻게 하신 거죠?" 내가 물었다.

"내가 올해 예순다섯인데 어릴 때부터 잡았으니까. 푸른바다거북은 더 어려워. 그놈들은 갈매기처럼 날쌔거든. 여기 이놈들은 리들리거북이오."

그는 갈고리로 작살의 막대를 당긴 다음, 부드럽게 풀려가는 줄을 들어 양손으로 쥐었다. 줄이 팽팽해지면서 배가 조금 밀려갔고, 대략 15미터 앞쪽에서 거북이 앞발로 수면을 때렸다. 요나 선장은 조심스럽게 줄을 감았다. 우리 배와 수면에 있는 거북이 천천히 가까워졌다. 배와 거북이 거의 닿았을 때, 그는 팽팽한 작살 줄을 옆쪽 소년에게 건넨 다음 퍼덕이는 거북의 앞발 위로 솜씨 좋게 올가미를 던졌다. 줄을 잡아당기자 거북이 뱃전으로 끌려와 갑판에 쿵 하고 떨어졌다. 뒤집힌 거북은 네 발로 갑판을 마구 후려치기 시작했다.

"좀 물러나요. 이놈들은 미쳤어. 리들리거북은 항상 이 모양이지." 요나 선장이 말했다.

나는 로프 끝으로 바다거북의 얼굴을 살짝 건드렸다. 거북은 로프를 덥석 물더니 다시 네 발을 흔들며 미친 듯이 갑판을 후려쳤다.

"리들리거북은 뒤집힌 채로 오래 두면 안 돼요. 이놈들은 미쳤소. 스스로 상처를 내는 놈들이지."

나는 이렇게 대서양 리들리거북을 처음 알게 되었다. 그것은 리들리거북의 위대한 미스터리를 알게 된 순간이기도 했다.

바다는 그런 위대한 신비들을 감추고 있다. 분명 육지에서도 배워야 할 것이 많지만, 바다는 자연의 역사에 대한 근원적 질문들의 해답을 간직한 3차원 공간이다. 먼 바다 어느 곳에서 젊은 연어들은 길을 잃고, 프리빌로프Pribilof제도에 사는 바다표범은 태어난 바위를 떠나 바다로 간다. 알 수 없는 힘과 우연이 만나 적조가 생기고, 적조는 플로리다의 비옥한 연안 생태계를 주기적으로 침범한다. 물고기 수천 마리가 죽고 관광객은 악취를 피해 달아난다. 그 뒤 적조는 사라지고, 바다는 여전히 제멋대로인 모습으로 이해되지 않은 채 남는다. 인류에게 호기심이 생긴 이래, 그들은 작은 연못에 사는 어린 뱀장어들을 언제나 신비로워했을 것이다. 그 뱀장어들이 바다에서 왔고, 그들의 부모가 알을 낳기 위해 바다로 갔다는 이야기는 천체물리학 이론만큼이나 불가해한 것이다.[44] J. L. B. 스미스Smith가 바다에서 실러캔스를 발견한 15년 전, 그 물고기는 살아 있는 화석이었다. 생물학자들에게는 과거를 여는 위대한 열쇠였고, 공룡을 찾아낸 것만큼이나 감동적인 발견이었다. 누가 저 푸른 청새치나 고래상어, 백상아리의 경로를 추적할 수 있을까? 누가 산갈치와 대왕오징어 이

---

44 뱀장어는 회유성어족으로 바다에서 태어나 강이나 하천에서 여러 해 동안 산 다음, 바다로 돌아가 산란하고 생을 마감한다.

야기를 해줄 수 있을까? 정겹게 생긴 숭어들이 어디에 수백만 개 알을 낳으며, 반짝이는 풀잉어 떼가 어디에서 왔는지 누가 말해줄 수 있을까?

그리고 리들리거북이 어떤 생물인지 누가 말할 수 있을까?

요나 톰슨 선장이 플로리다 만의 샌디 키Sandy Key[45]에서 리들리거북을 처음 끌어 올린 것은 18년 전 일이었다. 당시 나는 항해에 능숙한 자연학자 스튜 스프링어Stew Springer를 만나러 플로리다 만에 갔다. 그는 플로리다키스 제도 북부의 이슬라모라다 섬에서 상어를 잡고 있었다. 그는 내게 쓴 편지에서 어부들이 상어 미끼로 가져온 바다거북에 대해 불평을 했다. '성질이 아주 고약한 놈이야. 납작한 회색 거북인데, 머리가 크고 짧다네. 등딱지는 넓어. 잡히면 배 위에 얌전히 있는 푸른바다거북과 다르지. 성질은 더럽지만 철학자 같은 데가 있는 붉은바다거북도 아니야. 정말이지 거슬리고 위험한 녀석이야. 이놈은 뱃전으로 끌어 올린 순간부터 끝없이 이빨을 딱딱거리고 으르렁거리네. 화가 나서 허공을 물어뜯고, 상처가 날 때까지 앞발을 퍼덕인다니까.' 플로리다키스 제도의 어부들은 녀석을 리들리거북이라 불렀지만, 스튜는 어느 책에서도 그 거북의 정확한 이름 —사실은 어떤 정보도— 을 찾아내지 못했다고 썼다.

나 역시 마찬가지다. 스튜의 편지를 읽고 나는 녀석이 60년 전에 켐프리들리바다거북(이하 켐프바다거북)이라고 명명된 바다거북일 거

---

45 플로리다반도 남부 플로리다키스(Florida Keys) 제도에 있는 섬 중의 하나.

라고 추정했다. 이는 키웨스트Key West 섬[46]에 살던 어부 리처드 켐프 Richard Kemp의 이름을 딴 것으로, 그는 하버드대학교Harvard University 비교동물학박물관에 근무하던 새뮤얼 가먼Samuel Garman 교수에게 그 바다거북의 표본을 주었다. 지금까지 켐프바다거북의 생활사에 대해 알려진 것은 없다. 대다수 사람들이 켐프바다거북과 붉은바다거북 을 구분하지 못하고, 그런 거북이 있는지도 모른다. 몇몇 파충류 학 자들이 켐프바다거북을 관찰한 기록이나 그 동물의 골격에 대한 언 급을 남기기도 했지만, 파충류를 공부하는 학생들은 대부분 그 거북 을 본 적이 없다. 그래서 켐프바다거북이 공상 속의 생물은 아니더라 도, 어딘가 열등한 종이어서 학문적으로 접근할 가치가 없다는 생각 이 널리 퍼졌다. 그러나 스튜는 그렇게 생각하지 않았고, 나는 그의 그런 면을 존경했다. 나는 플로리다로 가서 그 다혈질 바다거북을 직 접 보기로 했다. 내가 지금껏 리들리거북에게 애착을 느끼는 이유 중 하나는 그때 플로리다키스 제도를 여행한 기억 때문인지도 모른다.

나는 아내와 같이 갔다. 그때 우리는 젊었고 플로리다키스 제도 에는 아직 부동산 바람이 불지 않았다. 몇몇 외지인이 기웃거리기 는 했지만, 그곳에 사는 사람들은 대부분 콘치Conch―영국인과 바하 마인의 혼혈―거나, 100~200년 전 그곳에 난파한 선원들과 바다거 북 사냥꾼들의 후손이었다. 플로리다키스 제도에서는 지금도 배 없 이 물고기를 잡을 수 있다. 산호초는 거의 천연 상태고, 그루퍼[47]와

---

46 미국 플로리다 주 남서쪽에 있는 섬.
47 농어과의 입이 큰 저서성 어류를 총칭하는 말. 플로리다와 서인도제도 연안에서 흔히 발견된다.

머튼피시[48]가 사람 옆을 지나쳐 가며, 맹그로브 돔[49]도 보인다. 어느 해변이나 산호초 구역에서도 방어나 다채로운 포크피시[50]를 한 배 가득 잡을 수 있고, 퀸트리거[51]나 우럭, 스페인 놀래기도 낚을 수 있다. 날씨가 나쁜 날에도 조금 불만스럽기는 하겠지만, 최소한 돔류는 많이 잡힌다. 당시 돔은 지금보다 두 배는 크고 입이 불타는 듯한 주홍색이며, 맛은 지금보다 훨씬 좋았다.

요리가 아니라 아드레날린이 솟구치는 짜릿함을 느끼고 싶다면 창꼬치 루어낚시를 하면 된다. 풀잉어 떼를 쫓아가거나, 원시적 평화 속에서 먹이를 먹는 여울멸[52]을 볼 때까지 얕은 연안을 천천히 걸어도 좋다. 조심스럽게 다가가면 그중 한 마리를 낚을 수 있을지도 모른다. 그리고 나면 당신의 인생이 전과 같이 보이지 않을 것이다.

자연이 보여줄 수 있는 온갖 경이로움을 간직한 플로리다키스 제도는 정말 근사한 곳이었다. 해안 고속도로가 막 뚫린 상태였지만, 그 섬들이 언젠가 마이애미Miami의 교외가 될 거라는 징조는 아직 없었다. 물론 알아채기 힘들게, 언젠가 그렇게 될 거라는 불길한 예감은 있었다.

뒷날 그 사랑스런 만은 해수욕을 즐기려는 사람들로 붐빌 것이고, 해변은 쓰레기로 더러워질 것이다. 석양은 온갖 네온사인으로 흐려

---

48 열대 아메리카 연안에서 잡히는 아주 맛있는 도미류.
49 플로리다 연안에 서식하는 통돔속의 어류.
50 놀랄 만큼 화려하고 즙이 많은 물고기. 앤틸리스(Antilles)제도와 산호초가 있는 카리브 해 연안의 얕은 바다에 산다.
51 대서양 산호초 연안에 사는 화려한 열대어.
52 얕은 바다에 사는 중간 크기 어류. 같은 크기 어종 가운데 가장 날쌘 낚시용 물고기로 평가되기도 한다.

질 것이고, 고속도로와 가까운 곳에 사는 악어들이 제일 먼저 사라질 것이다. 그리고 모든 연안에서 물고기가 줄어들거나, 사람을 겁내기 시작할 것이다. 오래된 마호가니와 왕자나무의 은빛 둥치들도 캐비닛 상점으로 팔려 갈 것이고, 보석을 닮은 나무 달팽이도 자메이카산 층층나무 가지에서 사라질 것이다.

다만 섬들의 구성과 모양은 변하지 않을 것이다. 멕시코만류의 쪽빛 바닷물은 언제나 만의 동쪽 끝에서 찰랑일 것이다. 만 안쪽에는 믿을 수 없을 만큼 화려한 스펙트럼을 자랑하는 이회토 연안이 터키석 빛에서 녹색, 비취색에 이르는 모든 물빛을 담고 있을 것이다. 어린 맹그로브 수천 그루가 있는 작은 섬과 커다란 검은 해면도 살아남을 것이다. 그리고 새로 온 참바리[53]가 오래전 어부들이 버린 배의 말뚝 근처에서 보금자리를 꾸밀 것이다.

어떤 것들은 미래에도 남는다. 그러나 아내 마지Margie와 내가 스튜의 리들리거북을 보러 간 시절에는 그 섬들이 매우 아름답고 청정해서, 차라리 그곳으로 이어지는 길이 없었으면 하는 생각이 들 정도였다. 젊은 자연학자만큼 천성적으로 진보와 개발을 싫어하는 사람은 없다. 나는 그 섬들이 태양과 햇빛, 흰왕관비둘기와 붉은 너구리, 작은 사슴 같은 동물들과 로위Lowe, 톰슨Thompson, 스위팅Sweeting처럼 조용한 사람들에게 맡겨지기를 얼마나 열렬히 희망했는지 기억한다. 물론 우리도 포함해서 말이다.

그때 마지가 정말 사람들이 소라고둥 수프를 먹는 기쁨을 단념해

---

53 돗돔속의 큰 물고기.

야 한다고 생각하는지 물었다. 나는 당연히 그렇다고 대답했다. 전 세계에 소라고둥 수프는 제한되었고, 인간들이야 어딜 가나 넘쳐나니까. 그리고 20년이 더 흘렀다. 지금은 그 섬들을 전부 뒤져도 소라고둥을 찾을 수 없다. 당신이 특별히 거기 오래 산 주민이어서 소라고둥의 은신처를 알지 못하는 이상, 그걸 찾을 길은 없다. 소라고둥은 바위게나 다른 낚싯감처럼 사라졌다.

그러나 리들리거북은 여전히 거기 있고, 우리는 그들에게 관심을 기울여야 한다.

우리가 스튜의 오두막에 짐을 풀기도 전에, 그는 다시 우리를 데리고 바다로 나갔다. 마타콤베Matacumbe[54] 출신 요나 톰슨 선장과 그를 꼭 닮은 아들도 왔다. 요나 선장은 1935년 허리케인 때 다리 하나를 잃었다. 시속 300킬로미터로 몰아치는 바람과 높이 3.6미터 파도가 낮은 섬들을 덮쳐, 허리케인 경로 위의 모든 것을 휩쓸었을 때다. 당시 공식 통계에서만 800명이 사망했다. 그들은 대부분 1차 세계대전 때 용병으로 일한 상이군인으로, 마타콤베 저지대의 텐트에 살고 있었다. 공식 집계보다 훨씬 많은 사람들이 죽었다는 걸 누구나 알았다. 살아남은 사람들은 대부분 원주민이다. 그들은 빽빽한 맹그로브숲 사이에 단단히 닻을 내린 작은 배 위에서 미쳐 날뛰는 바람과 파도를 견뎠다. 폭풍이 만든 해일에 철도 위 기차가 박살이 나고, 육중한 강화 콘크리트 더미가 내륙 쪽으로 30킬로미터나 밀려갔는데도, 작고 초라한 배 위에 있던 그들은 살아남았다.

54 플로리다키스 제도의 한 섬.

요나 선장도 살아남았지만 한쪽 다리를 잃고 말았다. 어디에선가 날아온 나무둥치가 그를 반 토막 낼 뻔했다. 보통 사람이라면 불구가 되었을 테지만, 그는 빠르게 건강을 회복했다. 그리고 플로리다 키스 제도 최고의 뱃사람이라는 명성을 되찾았다. 요나 선장은 내가 본 어떤 사람보다 작살을 능숙하게 다뤘다. 그는 날씨와 바다, 물고기를 잘 알았고 무엇보다 바다거북에 정통했다.

그는 갑판에 끌어 올린 리들리거북을 보더니 말했다. "어떤 사람들은 이놈들이 잡종이라고 말하지." 나는 그의 말에 귀 기울이며 다음 이야기를 기다렸다.

"이놈들이 어디에 알을 낳는지는 아무도 몰라요. 무리 지어서 한 번, 기껏해야 두 번 정도 해변에 오긴 하지. 그런데 정작 본 사람은 없소. 우린 이놈들이 붉은바다거북과 푸른바다거북 사이에서 난 튀기라고 생각한다오." 그다음 그는 조금 난처한 듯 웅얼거렸다. 나는 정확히 알아들었지만 아내는 그런 것 같지 않았다. 내가 들은 말은 이랬다.

"저놈들이 그 짓 하는 걸 한 번도 못 봤어… 천한 잡것들이지."

"저 사람이 뭐라고 했어요?" 마지가 물었다.

"몰라도 돼." 내가 말했다.

"저 거북들이 잡종이라서 더럽다고요?"

"뭐 그런 얘기지."

"지나치게 사람들 입장에서 생각하는 거 아녜요?" 마지가 조금 불쾌하다는 듯 물었다.

"그럴지도 모르지." 리들리거북의 짝짓기를 볼 수 없다면 요나 선장의 생각이 틀렸다고 하기 어렵다. 그러나 그의 생각은 내 마음에 들지 않았고, 그건 지금도 마찬가지다.

그런데 리들리거북이 다른 바다거북 종을 반씩 섞어놓은 것 같지 않고, 고유한 습성이 있으며, 나름 독특하고 개성이 뚜렷한 듯 보인다는 사실이 나를 괴롭혔다. 노새는 암말과 수나귀 사이에서 태어난 잡종이지만, 리들리거북은 그 자체로 고유한 종이다. 나는 그때 요나 선장의 설명에 고개를 끄덕이면서도 언젠가 이 문제를 파헤쳐보리라 결심했다.

앞에서 말했듯이 그건 18년 전의 일이다. 그렇지만 지금까지 나는 거의 밝혀낸 것이 없다. 리들리거북의 미스터리는 오히려 점점 커지고, 나는 그때보다 문제의 해답에서 멀어진 느낌이다. 그 해답은 은밀해서 나는 리들리거북이 북아메리카에서 가장 신비한 동물이라고 생각하게 되었다.

무엇보다 이 바다거북의 이름에는 사소하지만 불편한 것이 있다. 리들리거북! 그 이름은 어떤 이름이고, 어디에서 왔을까? 나는 퍼넌디나Fernandina[55]에서 키웨스트, 멀리 펜사콜라Pensacola[56]까지 플로리다 연안을 두루 돌면서 이 문제를 추적했다. 내가 리들리라는 명칭의 유래를 물으면 사람들은 어리둥절해하거나 알 수 없다는 표정을 지었다. 마치 고등어를 왜 고등어라 하고, 개를 왜 개라고 하는지 묻는

55　플로리다 주 북동쪽 어밀리아(Amelia) 섬에 있는 해변.
56　플로리다 주 북서부에 있는 해안 도시.

다는 투였다. 한번은 어떤 사람이 리들리라는 이름이 '물라토' '튀기' '노새─거북'이라고 말해주었다. 그 거북이 잡종임을 뜻한다는 것이다. 그러나 대다수 해변에서 그 거북의 이름이 왜 리들리인지 아는 사람은 없었다. 어부 20∼30명 가운데 한 명 정도는 그 거북을 '리들러ridler'로 발음했다. 그것이 리들리의 어원에 좀더 가까운 초기 단계의 말인지 몰라도, 증명할 방법이 없었다. 그러나 리들리거북에 관해 우리가 모르는 다른 사실들과 비교하면 이름의 유래 같은 건 사소한 문제다. 그걸 모르는 게 찜찜하긴 해도 사기가 꺾일 정도는 아니다.

더 풀기 힘든 수수께끼는 이 거북들의 서식 범위, 즉 이들이 출현한다고 알려진 영역의 범위다. 다른 모든 바다거북─장수거북, 푸른바다거북, 붉은바다거북, 매부리거북─은 대서양, 카리브 해, 태평양, 인도양 등에서 발견된다. 게다가 카리브 해와 정확히 반대편에 있는 인도 태평양은 육지와 차가운 해류로 분리되었는데, 두 바다에서는 여전히 각 바다거북들이 놀랄 만큼 비슷한 규모로 발견된다. 카리브 해 연안의 콜론Colón[57]에서 푸른바다거북을 잡아, 운하를 건너 태평양 연안의 파나마시티Panama City로 와보라. 가져온 거북을 거기 있는 태평양의 푸른바다거북과 비교해도 다른 점을 찾기 힘들다. 이런 현상은 파나마지협[58] 양쪽에 사는 많은 해양 생물─척추동물이든 무척추동물이든─에게도 적용된다. 두 지역은 수천 킬로미

---

57 카리브 해 연안에 있는 파나마의 항구도시.
58 북아메리카와 남아메리카 대륙을 잇는 지협. 동서로는 태평양과 카리브 해를 잇는다.

터나 떨어져 있는데도 양쪽 생물은 거의 다르지 않다. 파나마지협이 카리브 해 생물을 동태평양의 친척들과 갈라놓은 것이 최소한 3000만 년 전임을 생각하면, 정말 놀라운 일이다.[59]

리들리거북 역시 이런 패턴에 들어맞는다. 즉 대서양에도 리들리거북이 있고, 그것과 매우 비슷한 동태평양의 리들리거북이 있다. 두 거북은 대부분 서식 범위 내의 따뜻한 바다에 산다. 가끔 해류 때문에 표류하지 않는 한, 이들은 케이프 혼Cape Horn[60]이나 희망봉Cape of Good Hope의 끝 지역에서도 만나지 않는 것 같다. 원인을 알 수 없지만, 리들리거북은 바하마나 버뮤다제도에서 발견되지 않는다. 반면 다른 바다거북들은 그곳에 많이 살았고 또 살고 있다. 더 이상한 점은 리들리거북이 카리브 해에도 살지 않는다는 것이다.

리들리거북의 서식 범위를 명확히 파악하는 것은 간단한 문제가 아니다. 바다거북은 오후에 잠깐 배를 몰고 나가서 잡을 수 있는 생물이 아니며, 지구의 어떤 박물관에도 정말 훌륭한 바다거북 표본이 있는 경우는 드물다.

그 유명한 킨제이Alfred Kinsey[61]는 섹스라는 주제에 몰두하기 전에 곤충을 연구했다. 한때 그는 나뭇가지에 벌레혹[62]을 만드는 작은 말벌 그룹의 모든 것이 알고 싶었다. 킨제이는 시간이 나면 자동차를 몰고 말벌 서식지 수백 군데에 들러 벌을 수집했다. 그는 말벌

---

59 현재는 파나마지협이 약 300만 년 전에 생겨난 것으로 추정된다.
60 남미 최남단의 곶.
61 앨프레드 킨제이(1894~1956). 하버드대학교 동물학 교수를 지냈고, 인간의 성생활에 관한 연구서 『킨제이보고(Kinsey Reports)』를 썼다.
62 식물의 줄기나 잎, 뿌리 등에서 볼 수 있는 비정상적인 혹 모양의 구조.

1만 7000마리를 잡아 논문을 썼고, 그 논문은 고전이 되었다. 동물의 서식 범위를 연구하려면 그렇게 해야 한다. 그러나 바다거북에 대해서는 그럴 수가 없다.

내가 지난 18년간 어부들에게 얻었거나, 샀거나, 어시장에서 도살된 걸 봤거나, 하버드대학교 비교동물학박물관이나 미국자연사박물관, 대영박물관 등에서 본 리들리거북을 전부 합해도 100마리 정도다. 여기에 리들리거북에 관한 몇 안 되는 출판물과 조심스럽게 추려낸 어부들의 이야기를 더해도 자료는 부족하다. 그러나 이것으로도 리들리거북이 얼마나 별난 생물인지 대략 소개할 수는 있다.

리들리거북이 많이 서식하는 장소는 두 곳이다. 스와니Suwannee 강[63] 삼각주에서 플로리다 만까지 이어지는 멕시코 연안과 세인트오거스틴Saint Augustine[64]에서 멜버른까지 이어지는 플로리다 동부 연안이다. 동부 연안에서 리들리거북을 잘 아는 이들은 꽤 멀리 나가 조업하는 트롤선 어부들이다. 이 말은 그렇게 먼 남부 지역에서도 리들리거북이 플로리다 해류[65]—멕시코만류[66]의 원류—에 실려 북쪽으로 이동한다는 뜻이다. 커내버럴의 한 어부는 지난 20년 동안 리들리거북을 1000마리 정도 잡았다고 주장했다. 멕시코 연안에서는 리들리거북이 그곳의 바다거북 산업을 지탱하는 푸른바다거북과 함께 잡힌다. 리들리거북은 종종 푸른바다거북과 같이 팔리는데, 구매

63 미국 조지아(Georgia) 주와 플로리다 주를 거쳐 멕시코 만으로 흘러드는 강.
64 미국 플로리다 주 동북부의 항구도시.
65 북아메리카 동쪽 유카탄해협에서 플로리다해협을 지나 북상하는 해류.
66 멕시코 만에서 북아메리카 동해안을 따라 북동쪽으로 흐르는 해류. 유속 4~5노트(시속 7~9킬로미터)에 방대한 유량이 특징이다.

플로리다 커내버럴 곶에서
트롤선에 잡힌 켐프바다거북.

4개월 된 켐프바다거북. 이 거북과
아래 두 거북은 아치 카가 직접 키운 것이다.

18개월 된 켐프바다거북.

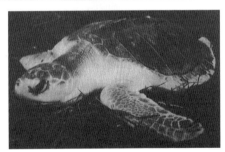

30개월 된 켐프바다거북.

자들은 대부분 둘을 구분하지 못한다. 리들리거북 역시 푸른바다거북처럼 멕시코 연안에 서식하는 것으로 보인다. 멕시코 연안에 설치된 그물에는 보통 한 번에 리들리거북 두세 마리가 잡힌다. 그러나 붉은바다거북은 거의 잡히지 않는다.

플로리다를 벗어나면 리들리거북은 멕시코 연안부터 텍사스에 이르는 전 지역에서 발견된다. 멕시코 국경부터는 정보가 줄어드는데, 그 너머의 리들리거북 서식지는 아직 알려지지 않았다. 멕시코 바다거북에 대한 극소수 기사를 보면 다른 네 가지 바다거북은 언급되지만, 리들리거북은 빠져 있다. 대서양 연안의 리들리거북 분포는 생물지리학적 의미에서 이들의 진정한 '서식 범위'—특정한 동물이 점유하거나 자발적으로 다니는 영역—라고 할 수 없다. 이는 플로리다 해류와 멕시코만류에 따른 일방적이고 수동적인 분산에 가깝다. 즉 흩어져서 돌아오지 않는 것이다. 추방된 리들리거북의 운명은 해류를 따라 떠돌며 경로를 거의 제어할 수 없다는 의미에서 플랑크톤의 운명과 흡사하다. 해류 가장자리의 거북들은 어쩌면 연안 쪽으로 빠져나와 해변 근처에서 서식할 수 있을지도 모른다. 그러나 해류 깊숙이 들어간 거북들은 그대로 해류를 따라 떠돌 수밖에 없다. 리들리거북들이 어디에서 플로리다 해류로 유입되는지는 내가 밝혀내야 할 부분이다. 그러나 리들리거북이 노스캐롤라이나North Carolina, 뉴욕 항, 마서즈 빈야드Martha's Vineyard[67] 등에서도 발견되는 것은 플

---

67 미국 매사추세츠(Massachusetts) 주의 남동쪽 끝, 코드(Cod) 곶에서 남쪽으로 6킬로미터 거리에 있는 섬.

로리다 동해안에서 북쪽으로 흘러가는 거센 플로리다 해류 때문이다. 이것은 거의 의심할 여지가 없다. 리들리거북에 대해 알려진 바는 적지만, 이 거북들이 위 지역에서 태어나지 않은 것은 분명하다. 그들은 그리로 운반되는 것이다.

해류를 따라 떠도는 거북들은 매사추세츠 연안에서도 멈추지 않는다. 멕시코만류가 계속 거북들을 데려가기 때문이다. 그 거북들이 얼마나 즐거울지는 아무도 모르지만, 그들은 지구적인 해류의 흐름을 타고 차가운 북대서양으로 이동한다. 거기에서 멕시코만류는 조금 느려져서 동쪽으로 방향을 틀고, 그랜드뱅크Grand Bank[68]의 가장자리 위를 미끄러져 간다. 그러다 북극의 얼음을 드문드문 헤치며 결국 서유럽 쪽으로 갈라진다. 그 흐름이 참기 힘든 영국의 날씨를 만들고, 리들리거북을 때로 아일랜드나 콘월Cornwall, 시칠리아Sicilia, 남프랑스, 아조레스Azores제도[69]의 해변에 좌초시킨다.

따라서 리들리거북의 서식 범위는 특정한 해역이나 연안이 아니라 멕시코만류라고 할 수 있다. 적도해류와 동쪽으로 부는 무역풍은 유카탄해협을 지나 멕시코만류를 생성한다. 리들리거북은 이 거대한 지구적 순환의 일부다. 멕시코만류의 해수면은 대서양 해수면보다 15~45센티미터 높다. 이 때문에 멕시코 동부 연안에서 시계 방향으로 난류가 순환하며, 그다음 플로리다해협 사이로 흐르는 바닷물이 플로리다 해류가 된다. 그리고 바닷물은 앤틸리스해류와 만나

---

68 캐나다 뉴펀들랜드(Newfoundland) 남동부 근해의 얕은 바다로, 세계 4대 어장 가운데 하나.
69 포르투갈 앞바다에 있는 제도.

는데, 플로리다 해류와 앤틸리스해류가 정확한 의미의 '멕시코만류'를 형성한다. 이 만류는 처음에는 유속 약 3노트(시속 5.5킬로미터)로 북쪽으로 이동한다. 리들리거북은 이런 흐름의 어딘가에 편입되었으며, 그 과정에서 느리게 거의 5000킬로미터를 흘러가다 영국에 닿는다.

이 말이 리들리거북이 유럽에서 자주 발견된다는 뜻은 아니다. 나는 최근 대영박물관에서 영국 리들리거북 6마리를 봤는데, 현재로서는 세계 최고의 바다거북 표본이다. 대영박물관에 소장된 유럽산 바다거북 표본은 이것들뿐이며, 자연학자들이 입수한 영국 연안의 리들리거북을 합쳐도 12마리가 되지 않을 것이다. 리들리거북을 포함해 모든 바다거북은 유럽 연안에서 희귀하다. 미국에서 출발한 리들리거북 중 6마리가 대영박물관에 안착하기까지 얼마나 많은 거북들이 긴 여행을 떠났을지 문득 궁금해진다.

대영박물관 표본들의 두 가지 특징은 리들리거북의 비밀스런 생활사와 관련해서 중요한 사실임에 틀림없다. 일단 이 표본들은 작다. 크기가 20센티미터 이하고, 그중 하나는 10센티미터 정도밖에 안 된다. 이 거북들은 10~12월에 좌초되었다. 이 거북들이 작은 것은 어린 거북이 큰 거북보다 해류에 잘 휩쓸리기 때문인 것 같다. 그러나 왜 1년 중 특정한 시기에 좌초되었는지는 아직 설명할 수 없다.

리들리거북이 멕시코만류에 휩쓸린 지점이 플로리다반도의 최남단 근처였다면—이 가정을 지지하는 증거가 있다—유럽까지 오는데 1년 혹은 그 이상이 걸렸을 것이다. 아무리 거북이라 해도 그사이에 전혀 먹지 않는다는 건 불가능해 보인다. 따라서 리들리거북이 얕은 연안에서 게나 연체동물을 잡아먹는 저서성 동물이라도 멕시코만류 내에서 어떤 식으로든 먹이 문제를 해결한다고 봐야 한다.

리들리거북이 언제 멕시코만류로 들어가는지 알아내려면 새끼 거북들이 부화하는 해변을 찾으면 되지 않느냐고 묻는 독자들이 있을지 모른다. 맞는 말이다. 문제는 그런 해변이 발견되지 않았다는 점이다.

나는 아직 리들리거북이 짝짓기 한다는 과학적 증거를 발견하지 못했다. 지금은 요나 선장이 들려준 이야기뿐이다. 내가 알아본 바에 따르면, 리들리거북이 쌍을 지어 구애하거나 짝짓기 하는 장면을 본 사람은 없다. 사람들은 끊임없이 바다거북을 잡고 도살해서 몸속을 뒤진다. 그러나 알을 밴 암컷 리들리거북을 발견한 사람은 없다. 다른 바다거북 암컷들이 거의 1년 내내 몸에 지니고 다니는 노란 구슬만 한 알조차. 리들리거북이 해변에서 산란하는 모습도, 부화한 새끼들도 발견되지 않았다. 현재 관찰된 가장 작은 리들리거북은 영국 해안에 떠밀려온 10센티미터 크기의 새끼다. 갓 태어난 리들리거북은 2.5센티미터보다 조금 클 것으로 예상되기 때문에, 그 정도면 최소한 몇 달은 자란 것이다. 다 자란 리들리거북보다 2~3배 큰 붉은바다거북도 부화한 직후에는 3센티미터 정도에 불과하다. 그뿐 아니라 갓 부화한 어린 거북들은 모두 배꼽에 부드러운 흉터가 있다. 거북들이 알 속에 있을 때 난황[70]이 붙어 있던 부분이다. 또 새끼 거북의 코끝에는 난치라는 돌기가 있다. 이들은 알에서 빠져나올 때

이 부위를 사용한다. 어린 거북들은 부화한 뒤에도 몇 주 동안 이런 유아기의 흔적이 보인다. 그러나 이런 흔적이 있는 리들리거북은 아직 발견되지 않았다.

앞에서 말한 어부 리처드 켐프는 1880년에 이 바다거북을 하버드 대학교로 가져와서 말했다. "이놈들은 12월부터 2월까지 알을 낳으러 해변으로 와요. 그렇지만 얼마나 자주 오고, 얼마나 많은 알을 낳는지는 모르겠어요." 나는 그가 정말 그런 사실을 알았다고 생각하지 않는다. 키웨스트에 있는 내 친구 스튜의 상어잡이 캠프를 처음 방문했을 때, 나는 리처드 켐프가 한 말을 생각하고 있었다. 그가 말한 리들리거북의 산란철은 일반 바다거북과 묘하게 반대였다. 그걸 증명하려고 몇 가지 노력을 했지만 성과는 없었다. 홈스테드 Homestead[71]에서 키웨스트까지 수많은 어부들과 이야기했지만, 모두 리들리거북이 겨울에 알을 낳는다는 말은 들은 적이 없다고 했다. 다른 계절에도 리들리거북의 알이나 산란 장면, 그들의 새끼를 본 사람이 없었다. 해터러스Hatteras 곶[72]에서 미시시피Mississippi 강어귀까지 내가 만난 150명이 넘는 베테랑 어부들도 대부분 똑같이 말했다. 나는 구할 수 있는 성체 리들리거북을 모두 해부했고, 리들리거북을 잡는 시장의 어부들에게도 물어봤다. 그러나 리들리거북의 수수께끼는 깊어질 뿐이었다.

---

70 알의 노른자위. 부화할 때까지 새끼가 자라는 데 필요한 영양분을 함유하고 있다.
71 플로리다 남동부의 도시.
72 미국 노스캐롤라이나 주 동남부의 곶.

내가 물어보면 바다거북 사냥꾼이나 어부들은 세 가지 대답을 내놓았다. 그들은 대부분 요나 선장처럼 리들리거북이 짝짓기를 하지 않고 다른 두 종 사이에서 태어난다고 말했다. 세인트루시에 St. Lucie[73]의 늙은 어부가 이야기했다.

"저놈들은 새끼를 낳지 않아요. 튀기니까. 붉은바다거북이 푸른 바다거북에 올라타서 만들어진 놈들이지. 짝짓기 철에 붉은바다거북은 뭐든 올라타요. 나무 막대라도 올라탈걸. 올해도 리들리거북의 새끼들이 없어요. 노새처럼 고자거든."

내가 이야기한 사람들 중 소수가 리들리거북도 다른 모든 생물처럼 짝짓기를 한다고 말했다. 다만 그들은 어딘가 먼 곳에서, 우리가 볼 수 없는 데서 짝짓기 한다는 것이었다. 그곳은 아마 한 박식한 남자에게 발견되지 않은 카리브 해의 먼 바다일 것이다. 그 박식한 남자는 어쨌든 미국인이다.

이런 이야기는 내게 힘을 주었으며, 믿고 의지할 수 있는 생각이었다. 반면 리들리거북이 부모도, 피붙이도 없는 생물이라는 생각은 나를 맥 빠지게 했다. 리들리거북이 카리브 해 어느 곳에서 짝짓기를 한다면 아직 그 장소를 모르는 것이 부끄러운 일은 아니다. 카리브 해는 넓고, 나는 그중 몇 군데 연안만 알고 있으니까. 리들리거북은 내가 아는 그 연안에 나타나지 않았을 뿐이다. 그러나 그렇게 생각한다 해도 증명된 것은 없다.

나는 카리브 연안의 여러 장소를 방문했지만, 10여 나라와 섬 어

---

73 플로리다 동부의 해안 도시.

디에서도 리들리거북의 흔적은커녕, 리들리거북을 아는 사람도 발견하지 못했다. 그때 내 심정이 어땠을지 상상해보라. 나는 바다거북 사냥꾼과 배를 타기도 했고, 우리에 갇힌 바다거북을 보기도 했다. 쓰레기 더미에 널린 바다거북 등딱지와 박물관에 박제된 표본도 봤다. 북반구에서 가장 훌륭한 바다거북 산란 해변을 거닐기도 했다. 수많은 것을 봤지만, 리들리거북은 거기 없었다. 어딜 가나 사람들은 네 가지 바다거북을 알고 있었다. 리들리거북은 아니었다.

이건 커다란 충격이었다. 결국 문제는 멕시코만류로 거슬러 올라갔고, 내가 풀어야 할 숙제가 되었다. 내가 아는 게 별로 없다는 사실이 당황스러웠다.

흔하게 접한 세 번째 설명은 소규모 리들리거북 무리가 바다 어느 곳에 있다가 해마다 6월이면 다른 바다거북들과 같은 장소, 같은 시각에 산란한다는 것이었다. 나는 믿을 만한 사람들이 진지하게 이런 말을 하는 것을 다섯 번이나 들었다. 그들은 리들리거북이 알을 낳는다고 생각되는 구체적인 해변의 지명까지 말해주었다. 질문과 대답을 주고받는 가운데 그중 네 곳은 신빙성이 없는 것으로 드러났다. 떠도는 이야기거나 다른 바다거북과 혼동한 것이었다. 다만 한 경우에서는 내가 여러 해 동안 갈고 닦은 집요한 추궁과 질문으로도 논리적 허점을 찾아낼 수 없었다. 그는 리들리거북이 해변에서 알 낳는 것을 봤다고 했다. 그러나 우리 이야기는 교착 상태에서 끝났다. 그는 25년 전 달이 뜬 밤에 리들리거북 한 마리가 알을 낳더라는 기억에 집착했고, 나는 그가 증거 없이 지나치게 자기 이야기에 빠졌다고 생각했다.

　나는 해마다 6월 보름달이 뜬 날, 리들리거북이 붉은바다거북처럼 플로리다 주 국도 근처 해변에서 알을 낳을지도 모른다는 사실을 인정한다. 그러나 여전히 그걸 입증할 증거가 없다.

　이것이 리들리거북의 수수께끼다. 멕시코 연안 동부와 플로리다 반도의 남해안에 많이 서식하고, 그곳 사람들에게 잘 알려진 커다란 식용 생물. 플로리다 해류와 멕시코만류에 실려 대서양 연안을 따라 북쪽으로 이동하지만, 어찌 된 일인지 해류의 동쪽 지역으로는 절대 이동하지 않아 바하마나 버뮤다제도에서는 전혀 알려지지 않은 거북. 이 표류하는 거북들은 해류를 벗어나 북쪽의 매사추세츠 주 연안에 나타나기도 하고, 유럽까지 가기도 하며, 아주 드물게 방향을 바꿔 아조레스제도나 그 너머까지 흘러가기도 한다. 이렇게 광대한 영역에서도 이들의 산란 활동은 아직 관찰되지 않았다.

　독자들은 어떻게 생각하는지? 나는 언젠가 해답이 우리 눈앞에 떨어질 거라 생각했지만, 이제 그런 기대는 접었다. 그 답은 우리가 찾아내야 하고, 거기에는 열의와 상상력과 인내가 필요하다. 시행착오를 통해 다양한 가능성과 장소를 체계적으로 조사하다 보면 언젠가는 문제가 풀릴 것이다. 이 문제는 주말에 떠나는 현지답사 정도로는 풀 수 없다. 실험실에서 파고들 수 있는 문제도 아니다. 그 해답은 어처구니없을 만큼 단순하고 명료할 가능성이 높다. 그러나 거기까지 이르는 과정이 고되고 힘든 수수께끼의 연속일 것이다.

　뭔가 새로운 사건을 기다리면서 리들리거북에 대한 자료 중 쓸 만한 것을 가려내고, 그 자료를 활용할 방안을 생각해보는 것도 유익할 것이다. 당장 도움이 되지 않더라도 말이다. 우리가 과학적 법칙이라 부르는 것은 대부분 이론에서 시작한다. 이론이란 검증되기 전에는 지적 상상력이 만들어낸 허구일 뿐이다. 이론을 정식화하려면 아무리 터무니없어 보이는 설명이라도 우리가 관찰한 사실에 가능한 모든 설명을 조사하면 된다. 과학사를 보면 가장 괴상한 생각이 최고의 것으로 판명되기도 했다.

리들리거북의 수수께끼도 입수할 수 있는 모든 가설을 편견 없이 살펴봐야 한다. 그것이 글 모르는 어부에게서 나왔든, 심술궂은 학계 동료에게서 나왔든, 내 고민에서 나왔든, 가설의 목록을 전부 펼쳐놓고 하나씩 평가해서 공정한 판단을 내려야 한다. 그 결과가 현재 리들리거북의 수수께끼에 대한 잠정적 해답이 될 것이다. 틀린 것일지도 모르지만, 그것이 지금 우리가 내놓을 수 있는 최선의 해답이다.

지금까지 제안된 가장 단순한 설명은 리들리거북이 번식하지 않고 저절로 생겨난다는 것이다. 이 설명은 우리가 아는 한 가장 명쾌하고, 옛날부터 타당한 설명으로 인정받은 유일한 것이다. 그러나 지금은 생물학자들이 모든 생물은 적어도 하나의 부모가 필요하다는 것을 밝혔기 때문에 이 견해를 막무가내로 받아들일 수 없다.

조금 비틀어 생각해볼 수도 있다. 이건 친구들이 말해준 내용인데, 그중 몇 명은 적어도 완벽하게 정상이다. 리들리거북도 한때 짝짓기와 번식을 했지만, 어느 날 갑자기 그 능력을 잃어버린 것은 아닐까? 갑작스런 종족적 불운 때문에 불임이 된 것은 아닐까? 이게 사실이라면 우리가 현재 보는 리들리거북은 멸종을 향해 달려가는 가문의 마지막 생존자인 셈이다. 이건 터무니없는 생각은 아니지만, 조금 유치하고 무책임한 설명처럼 느껴진다. 솔직히 이 견해에는 별로 수긍이 가지 않는다. 다만 공정성 차원에서 언급해둔다.

우리는 일단 리들리거북이 짝짓기를 한다는 가정에서 출발해야 한다—어떤 식으로든, 어떤 장소에서라도. 그렇다면 관건은 그들이 짝짓기 하는 장소와 방법이다. 새끼 리들리거북들은 분명 어느 곳에선가 어떤 식으로든 태어나고 있지만, 우리가 아직 파악하지 못한 것이 틀림없다.

어쩌면 리들리거북은 알을 낳지 않고 바다뱀처럼 먼 바다에서 직접 새끼를 낳는지도 모른다. 이건 충분히 있을 수 있고, 어느 해변에서도 리들리거북의 산란지나 알이 발견되지 않았다는 사실도 설명해준다. 문제는 새끼를 밴 암컷이 발견된 적이 없다는 점이다. 알을 낳든 새끼를 낳든 임신은 해야 한다. 뿐만 아니라 알을 낳지 않는 거북은 우리의 이해에서 지나치게 벗어난다. 거북들은 집요할 만큼 변하지 않은 생물이다. 새끼를 낳는 거북은 알을 낳는 개만큼 기이하다. 어디에 살든—건조한 육지든, 민물이든, 바다든—지금까지 알려진 모든 거북은 땅을 파고 흰색 알을 낳는다. 거북들은 백악기 이래 그 행동을 반복해왔다.

리들리거북 역시 전통대로 알을 낳지만, 산란 장소가 바다라고 하면 어떨까? 멀리 떨어진 바다에서 물에 뜨는 알을 낳기 때문에, 우리가 해변에서 어린 거북을 보지 못한다면? 이들이 산란하는 바다가 아주 멀다면 암컷이 거기까지 가는 데 한참 걸릴 것이다. 그렇다면 암컷들은 알을 운반하지 않을 때만 우리 눈에 띌 수 있다. 이것 역시 바로 이전 아이디어의 변주로, 그것보다는 낫지만 같은 이유 때문에 과학적으로 인정할 수 없다. 이 방법은 거북이 갑작스럽게 진화하기에는 혁신적인 전략이다. 알다시피 거북은 지난 5000만 년 동안 거의 변하지 않았다. 게다가 다른 파충류나 바다거북의 알을 바닷물에 오래 담가두면 난황이 염분에 전부 파괴된다. 이 경우 먼 바다에 사는 리들리거북이 아주 새롭고 기발한 알을 발명했다고 가정해야 하는데, 역시 받아들이기 힘들다.

어쩌면 우리가 헷갈리는 이유는 이들의 짝짓기 '방식'이 아니라, 짝짓기 '타이밍'이 독특하기 때문인지도 모른다. 산란철이 아주 짧거나, 특이하거나, 기간이 제한되는지도 모른다. 새해 전날이나 십이야[74]에 알을 낳는지도 모르고, 1년 중 가장 짧은 밤 혹은 가장 추운 밤에 알을 낳는지도 모른다. 다른 대서양 바다거북은 늦봄에서 이른 여름 사이 몇 주 안에 알을 낳는다. 그러나 리들리거북은 바다거북 사냥꾼들이 다른 일에 몰두하는 한겨울에 알을 낳는지도 모른다. 그러지 말란 법은 없다. 그러나 이 설명도 지금껏 알을 밴 리들리거북 암컷이 발견되지 않았다는 사실을 설명하지 못한다. 플로리다 해변에는 한겨울에도 사람들이 꽤 있다. 드라이브를 하거나, ATV를 타거나, 낚시를 하거나, 데이트를 하거나, 조개를 줍거나 심지어 수영

---

74 주현절 전날 밤(전통적으로 크리스마스 경축 기간의 끝을 나타냄).

을 하는 사람들이 있다. 따라서 아무리 겨울이라 해도, 아무리 거북들이 믿을 수 없는 방식으로 흔적을 남겼다 해도, 그걸 알아차린 사람이 아무도 없다는 것은 믿기 힘들다. 앞에서 말했듯이 이것은 어부 리처드 켐프의 의견이다. 내 생각에 그는 아마도 주워들은 이야기를 한 것 같다.

그다음으로 미국의 리들리거북들은 다른 곳에서 태어났지만, 멕시코 연안으로 헤엄쳐 왔거나 해류에 실려서 거기에 도착했다고 생각할 수도 있다. 이 가설은 그럴듯해 보인다. 실제 그런 해류가 있기 때문이다. 이 해류는 리들리거북을 아프리카에서 앤틸리스제도로, 멕시코만류로 실어다 줄 수 있다. 그러나 멕시코만류에 가끔 휩쓸리는 외국의 리들리거북 군락을 살펴보면, 멕시코 연안의 리들리거북은 이런 식으로 유입되지 않았음을 알 수 있다. 일단 멕시코 연안에는 리들리거북이 풍부하다. 그 군집은 우연히 표류하다가 모인 것이라고 보기 힘들다. 결정적으로 멕시코 연안의 리들리거북과 서아프리카 혹은 남아메리카 태평양 연안—해류에 의해 외부의 리들리거북이 플로리다 해안으로 유입될 수 있는 유일한 지역—의 리들리거북 사이에 단순하지만 분명한 차이가 있다. 플로리다에서 태어나지 않은 리들리거북은 플로리다 리들리거북보다 상부 등딱지의 판갑[75]이 2~6개 많다. 멕시코 연안의 모든 리들리거북이 적도해류를 타고 왔다면, 이 거북들이 중간에 등딱지의 판갑 개수를 바꿨다고 믿어야 한다. 가끔 멕시코 연안의 리들리거북이 적도해류를 타고 미국 연안

75 거북 등딱지를 구성하는 판. 키틴질로 되었으며, 오각형과 육각형 등 형태와 무늬가 다양하다.

으로 오는 일은 가능하다. 그랬다면 그 거북은 3년 전 플로리다 해류를 타고 휩쓸렸다가, 세계를 한 바퀴 돌고 나서 고향 바다로 온 녀석임에 틀림없다. 멕시코 연안에 나타난 모든 아프리카 리들리거북도 등딱지의 판갑 개수로 식별할 수 있다. 따라서 해류 역시 리들리거북의 수수께끼를 푸는 데 별 도움이 되지 않는다.

알려진 대로 리들리거북은 잡종이라는 견해를 받아들이고, 다른 잡종 생물처럼 불임이라고 생각하면 어떨까? 앞에서 말했듯이 대다수 어부들과 바다거북 사냥꾼들은 이렇게 믿는다. 심지어 *Riverside Natural History*(강가의 자연사)[76]에도 그렇게 기록되었다. 리들리거북은 대부분 붉은바다거북 수컷과 푸른바다거북 암컷 사이에서 태어난다고 알려졌지만, 종종 부모가 반대라고 하는 이들도 있다. 더 질이 나쁜 리들리거북은 붉은바다거북과 매부리거북 사이에서 태어난다거나, 가끔 매부리거북과 푸른바다거북의 튀기라고 하는 사람도 있다.

이 문제는 상당히 미묘해서 나는 이 견해를 거부한 결과 친구 몇 명을 잃었고, 내가 존경하던 사람들에게 순진한 멍청이로 여겨지고 말았다. 리들리거북에 대해 우리가 아는 것과 모르는 것 때문에 이들이 잡종이라고 말하기는 쉽다. 자손을 낳을 수 없는 중세의 카스트라토나 노새 같은 동물처럼 말이다.

그러나 앞서 말했듯이 태평양에도 리들리거북이 산다. 태평양에서는 수컷이 암컷을 쫓아다니며 그들을 붙잡고 짝짓기 한다. 그러면

---

76 1888년 미국에서 출판된 동물학 교과서. Kingsley, John Sterling; Hellwald, Friedrich von.

암컷은 해안으로 가서 모래 해변에 굴을 파고 흰색 알을 낳는다. 그리고 알이 부화하면 난치와 배꼽 흉터가 있는 새끼 리들리거북들이 태어난다. 다른 모든 거북처럼 말이다.

어떻게 한 지역의 리들리거북은 잡종이고, 다른 지역의 리들리거북은 고유종이 될 수 있을까? 아카풀코Acapulco 해변[77]의 리들리거북은 짝짓기를 하는데, 탬파Tampa 해변[78]의 리들리거북은 다른 두 바다거북 사이에서 태어난단 말인가? 그건 맥 빠지는 생각이고, 지지할 수 없는 설명이다.

내가 지적했듯이 대서양과 태평양에 사는 리들리거북은 그 엄청난 거리 때문에 정확히 동일하지는 않다. 그러나 그들은 거의 같으며, 다른 어느 거북보다 서로 닮았다. 내가 발견한 차이는 태평양 리들리거북이 등딱지 판갑이 몇 개 더 많다는 것, 때로 좀더 푸른빛을 띤다는 것, 신체 비율에서 사소한 차이가 있다는 것 정도다. 상식적으로도 그 거북 중 하나는 리들리거북이, 다른 하나는 붉은바다거북이 낳았다고 믿기는 힘들다.

차라리 태평양 리들리거북을 몰랐다면 문제는 간단했을 것이다. 생선 가게 근처의 내 어부 친구들은 태평양 리들리거북을 몰랐다. 그들은 평화로울 수 있다. 그러나 나는 그렇지 않다. 생물학 박사가 그런 이야기를 믿을 수는 없으니까. 리들리거북도 다른 모든 생물처럼 짝짓기를 한다.

---

77 멕시코 남서부 태평양 연안의 해변.
78 미국 플로리다 주 서부에 있는 해변.

잡종 이론에 대한 반박은 리들리거북이 일종의 돌연변이라는 가능성도 부정한다. 즉 리들리거북이 다른 바다거북—예를 들어 붉은 바다거북—에게서 가끔 태어나는 이상한 변종이라는 것이다. 그러나 정상적으로 짝짓기 하는 태평양 리들리거북을 생각하면 돌연변이 이론 역시 허술하다. 설령 그럴 수 있을지도 모르나, 가능성은 거의 없다.

그렇다면 리들리거북의 산란지를 사람들이 지금까지 발견하지 못했다는 견해, 즉 리들리거북도 다른 바다거북과 같은 시간과 장소에 산란했지만 사람들이 리들리거북과 다른 거북을 구분하지 못했다는 견해에는 뭐라고 할 수 있을까?

내가 보기에 이 생각은 지나치다. 내가 별 소득 없이 수백 시간 넘게 카리브 해변을 걸은 일이나, 동물학을 전공한 내 친구들 혹은 수행원들이 산책한 것이 충분하지 않았을 수 있다. 그러나 조 사클린 Joe Saklin, 토니 로위Tony Lowe, 파코 오르테가Paco Ortega 혹은 내가 플로리다 동부에서 만난 불법 바다거북 사냥꾼들처럼 평생을 바다에서 보내고도 리들리거북을 보지 못한 어부들의 경우는 어떻게 설명할까? 이들은 1년에 석 달 동안 커다란 타이어를 붙여 개조한 모래벌판용 자동차를 타고 해변을 누비면서, 띄엄띄엄 배치된 해안 경비원의 눈을 피해 바다거북 수백 마리를 잡는다. 이들은 항상 그렇게 해왔고, 지금도 위험을 무릅쓰고 그 일을 한다. 최근 몇몇 제과 회사에서 바다거북 알로 케이크를 만들면 아주 맛이 좋다는 사실을 알고 비싼 값에 사들이기 때문이다. 이런 조리법은 사우스캐롤라이나South

Carolina의 주부들이 알던 것이다. 또 미국 동남부의 고속도로를 따라 늘어선 조잡한 술집과 바비큐 상점에서는 1파운드(450그램)에 50센트짜리 햄버거 패티에 1파운드당 25센트짜리 붉은바다거북 고기를 사용한다. 이 어부들은 재미로 바다거북을 잡는 게 아니다. 이들은 억세고 실용적인 사람이다. 나는 이 어부들이 자신들이 얼마나 터프한지 보여주려고 수렵 감시관을 바다에 던진 일을 알고 있다. 이들은 바다에 관한 전문가들이다. 이들은 리들리거북을 잘 알고, 해변을 알며, 긴 여름밤에 거기에서 일어나는 일을 안다. 물론 그런 밤에는 멋진 일이 일어나지만, 리들리거북이 산란하지는 않는다. 이 어부들은 내게 리들리거북은 절대 해변으로 올라오지 않는다고 말했다. 나는 바다거북 밀렵을 비난하지 않았기 때문에 이들 중 몇 명을 사귈 수 있었다. 리들리거북이 바다거북 산란철에 나타났다면, 몇 시간 안에 이들에게서 연락이 왔을 것이다.

그러나 리들리거북이 유명한 산란 해변으로 찾아오지 않는다고 가정해보자. 탐피코와 보퍼트Beaufort[79] 사이에는 수많은 해변에 있다. 아직 사람들이나 피서객의 발길이 닿지 않은, 지도에 나오지 않는 해변도 있다. 그렇다면 우리는 아무것도 확신할 수 없다. 우리가 정확한 장소를 발견하지 못했을 뿐인지도 모른다. 탐사되지 않은 해변을 전부 조사할 때까지 우리는 아무것도 확정할 수 없다. 리들리거북은 사람의 발길이 닿지 않는 작은 섬이나 플로리다 제도의 어딘가 혹은 미국 남동부 연안의 외진 해역에서 산란하고 있을지도 모른다.

79 미국 사우스캐롤라이나 주 남부에 있는 도시.

우리는 이 가설을 택해야 한다. 이는 지금까지 리들리거북에 대해 알려진 내용과 일치할 뿐만 아니라, 터무니없는 가정도 적다. 수백 킬로미터에 이르는 연안의 모래 해변을 빠짐없이 뒤져야 하니 성가신 가설이긴 하다. 이런 사실은 조금 터무니없게 느껴진다. 어떤 바다거북도 산란지를 그토록 까다롭게 고르지 않기 때문이다. 그러나 리들리거북은 여러 면에서 보통 바다거북과 다르다는 것을 기억해야 한다. 몇 가지 결점이 있지만, 현재로서는 이 가설이 여러 선택지 가운데 최고인 것 같다.

내 생각에 리들리거북의 수수께끼를 풀기 위해서는 작고 고립된 해변을 훑어봐야 한다. 그건 아마 우리 코밑에 있는, 전혀 기대하지 않은 해변일 것이다. 어떤 독자들은 세이블 곶이나 드라이토르투가스 제도가 떠오르겠지만, 그렇게 쉬운 장소는 아닐지 모른다. 사람들은 그곳에서 오랫동안 바다거북을 잡아왔다. 내 생각에 팜비치 Palm Beach에서 멜버른 사이, 플로리다 동해안의 유명한 바다거북 산란지는 아닐 것 같다. 그 해변은 잘 알려졌고 방문객도 많다. 새니벨Sanibel이나 보니타 비치Bonita Beach, 나폴리Napoli[80]도 아니다. 플로리다 북서부 연안에 있는 섬들도 아닌 게 분명하다. 그러나 플로리다 연안 밖일 가능성은 없을 것이다. 한편 조지아 주나 사우스캐롤라이나 주의 시Sea 제도[81] 혹은 베라크루스Veracruz[82]에서 브라운스빌 사이의 멕시코 어부들이 놓친 해변 같지는 않다. 그랜드바하마Grand

---

80 전부 플로리다 남부의 해변.
81 미국 사우스캐롤라이나 주와 조지아 주, 플로리다 주 북부 연안의 제도.
82 멕시코 동부의 주.

Bahama 섬이나 터크스케이커스Turks and Caicos 제도[83] 사이의 섬도 아닐 것 같다.

과거에 몇몇 동물학자들은 카리브 해에도 리들리거북이 산다는 사실을 한 다리 건너 줄기차게 인용했다. 우리가 그들의 말을 믿는다면 이렇게 중얼거릴 수 있을 것이다. 젠장, 이놈들은 분명 어디에선가 짝짓기 하고 있을 거야. 그러나 여전히 내게는 위로가 되지 않는다. 이 책의 나머지 장에서 나는 카리브 해의 여러 지역을 여행한 이야기를 썼다. 그 모든 시간에도 녀석들의 수수께끼는 나와 함께 있었다. 나는 다른 것들에도 열광했지만—내가 주로 찾아 헤맨 푸른바다거북과 예측하지 못한 숱한 여정, 재미있는 오락거리—내 모든 여정에서 가장 흥미로운 것은 카리브 해에서 발견되지 않는 리들리거북의 수수께끼였다.

이제 남은 것은 몇몇 지역을 차근차근 탐색하는 일뿐이다. 나는 먼저 플로리다 만으로 돌아갈 것이다. 플로리다 곶과 플로리다키스 제도 사이, 섬들이 많은 얕은 바다로. 거기에는 샌디 키 같은 작은 섬들이 열 개 이상 있다. 리들리거북을 찾으러 그곳으로 간 자연학자들은 거의 없다. 그곳 해변은 대부분 맹그로브숲이라 바다거북의 산란이 불가능하다. 그러나 몇몇 지역은 맹그로브숲이 없는 모래 해변이다. 그런 해변은 길이가 짧고 폭도 좁지만, 리들리거북이 원하는 곳일지도 모른다. 그곳의 만은 플로리다 해류와도 가깝다. 그 해류는 떠도는 리들리거북을 멕시코만류로 밀어 넣어, 이들이 가장 풍

---

83 서인도제도 중 바하마 동남부에 있는 영국령의 두 제도.

부한 플로리다 연안으로 실어다 줄 수 있다. 아직 리들리거북이 발견되지 않은 것은 갓 부화한 바다거북 특유의 은밀한 습성 때문일 수 있다. 알을 밴 암컷들이 우리가 모르는 지역적·계절적 이주를 하기 때문일 수도 있다. 터무니없어 보일지 모르나, 지금으로서는 이것이 우리가 내놓을 수 있는 가장 설득력 있는 해답이다.

산란 중인 올리브리들리바다거북, 수리남.

나는 요나 선장이 아주 오래전에 작살을 던진 그 만에 머무르며 해답을 찾았어야 했다고 생각한다. 아마 대서양의 모든 리들리거북은 요나 선장이 맨 처음 잡은 거북이 살던 그곳에서 왔을 것이다. 바다소와 여울멸, 최후의 바다악어들이 사는 따뜻하고 맑은 바다에서. 이듬해 여름, 첫 번째 보름달이 뜰 때면 우리의 긴 의문도 끝날 것이다. 리들리거북의 수수께끼는 시작된 곳에서 끝날 것이다.

The Windward Road

바람이 불어오는 길

여러분은 아직 리들리거북의 이야기를 다 듣지 못했다. 남은 이야기는 어떤 의미에서 가장 헷갈리는 부분이다. 최근에 일어난 일인데, 적어도 내가 리들리거북의 신비를 어느 정도 안다고 생각하고 한참이 지난 뒤였다. 그 일은 내가 리들리거북이 살지 않는다고 말한 카리브 해 남동부의 한 해변에서 일어났다.

그곳은 바람이 불어오는 길 너머의 야생적인 트리니다드 북동부 해안가였다. 해안 절벽 가장자리까지 숲이 우거졌고, 그 아래 커다란 파도가 울퉁불퉁한 편암 절벽을 향해 끝없이 달려들었다. 당신과 세계 사이에는 아무것도 없었다. 거센 바람과 동쪽 멀리 희미하게 보이는 토바고 섬뿐이었다.

나는 마틀롯Matelot[84]의 해안 절벽 위에 자리잡은 정부 숙박 시설에 머물렀다. 어느 날 늦은 오후, 나는 깊숙한 베란다 그늘 아래 해먹에

---

[84] 트리니다드 섬 북부의 해안 도시.

누워 쉬고 있었다. 그날은 가파른 열대우림을 오르며 개구리와 뱀을 잡고, 모라 나무[85] 아래에서 황혼 무렵의 불가능한 색조를 카메라에 담느라 하루를 보냈다. 피곤해서 무역풍이 불어오는 현관의 해먹에 누워 라임을 띄운 럼주 한 잔 마시니, 일개 대학교수인 내가 왕처럼 느껴졌다. 그 순간은 아무것도 부럽지 않았다. 나는 그저 해먹에 누워 바람이 흔드는 걸 느끼면서, 머리를 괴고 바다를 바라보았다.

숙소의 지붕과 난간 너머로 푸른 바다와 하늘이 보였다. 그것은 노출이 부족한 컬러사진 같았다. 현실로 느껴지기에는 색조가 지나치게 깊은 컬러사진. 저 멀리 토바고 섬의 푸른 그림자가 하얀 구름 사이로 우뚝 솟아 있었다. 바다 위 작고 둥근 구름은 파란 하늘을 배경으로 떠가는, 파열한 목화솜 더미 같았다. 구름은 멈추거나 섞이지 않은 채, 바다 위로 정돈된 그림자를 던지며 육지를 향해 다가왔다.

하얗게 부서지는 파도와 구름의 그림자 사이에서 마틀롯 어선들이 조업을 하고 있었다. 그중 20척 정도는 안을 파낸 작은 통나무배였다. 배들은 설탕 자루를 기워 만든, 믿을 수 없을 만큼 커다란 삼각돛을 달았다. 돛은 바람 방향으로 커다랗게 부풀어 경주용 요트의 돛처럼 보였다. 허름한 돛을 단 배들은 절벽 바로 아래부터 거의 시야가 닿지 않는 곳까지 커다란 바다 위에서 솟구치거나 미끄러지며 움직였다. 뒤에서 바람을 받으며, 바다를 가로지르며, 모든 것을 쓸어가는 무역풍을 타고 곤두박질치기도 하면서.

---

85 콩과나무과, 실거리나무아과에 속하는 카리브 연안의 커다란 나무.

바다 위를 지나가는 구름 그림자 옆에 다른 무언가가 있었다. 2000제곱미터 정도 되는 어두운 구역으로, 이쪽으로 오지는 않고 암초 너머에 머물렀다. 그것은 돌출한 곳을 지나 연안을 따라 움직였다. 나는 그게 어떤 구름의 그림자인지 보려고 고개를 들었다. 그때 하늘에서 울부짖는 갈매기들과 급강하하는 군함조를 보았다. 물속에서 검은 뭔가가 사선으로 튀어 오르고 물거품이 어지럽게 부서지는 가운데, 킹피시[86]들이 그림자 가장자리에서 수면 위로 솟구쳤다. 더 큰 놈들이 킹피시를 덮치고 있었다.

그제야 나는 연안 근처에서 움직이는 그림자가 작은 물고기 떼라는 것을 알았다. 그 물고기 떼가 소리를 내거나 흩어지지 않은 채 모여 있는 곳으로 흰 돛을 단 어선들이 모든 방향에서 몰려오고 있었다. 킹피시나 돌고래나 와후[87]들이 앤초비보다 그들의 미끼를 좋아하기 바라면서. 길들여지지 않은 커다란 파도가 끝없이 밀려오고 있었다. 암초 위에서, 차례대로, 길길이 포효하며, 해변의 돌출물과 바위 더미로 다가와 부서졌다.

나는 그 마을의 유일한 백인이었고, 근방에서도 유일한 백인일지 몰랐다. 나는 이 사실이 흡족했다. 백인에게 반감이 있어서가 아니며, 내 친한 친구 중 몇 명은 백인이다. 어떤 여행기의 저자라도 일정 지역에서 자기가 유일한 백인이라는 사실을 알았을 때, 희한한 만족감에 그걸 언급한다. 그 심정을 이해할 수 있을 것 같았다.

---

86 농어목 전갱이과의 바닷물고기. 낚시와 식용으로 유명하다.
87 고등어를 닮은 물고기로 열대 바다에 산다. 빠르고 강해서 마이애미의 보트 낚시꾼들이 탐내는 물고기.

뒤쪽 부엌에서는 커다란 아샨티Ashanti[88] 여자가 2킬로그램이 넘는 고등어를 손질하고 있었다. 그것은 나의 고등어였다. 그녀는 고등어를 두 쪽으로 갈랐다. 반쪽은 손가락만 한 토마토와 마늘을 넣어 찜으로 만들고, 나머지 반쪽은 오스트레일리아산 버터를 발라 맹그로브 장작 위에서 굽기 시작했다. 버밍엄Birmingham산 오븐에는 빵나무 열매 반쪽이 들었다. 나는 이 세계의 평화 속에 있었다.

바다거북에 대한 관심 때문에 나는 요리사의 남편과 친해졌다. 그는 마을의 바다거북 사냥꾼들을 깨우려고 절벽 아래로 갔다. 또 소년 세 명이 나를 위해 밖에서 동물을 잡고 있었다. 도마뱀은 3펜스, 뱀은 16펜스였다. 현관 아래 잔디가 난 경사지에는 암염소와 당나귀가 묶여 있었다. 염소는 자기보다 높은 가지에 달린 구아버 열매[89]를 먹으려고 계속 뒷발로 몸을 일으켰다. 당나귀는 회색에 몸집이 작은 서인도산이다. 귀가 길고 차분한 당나귀는 금욕적이면서도 호색적이고, 조용하며 이상한 동물이다. 기분이 내킬 때면 동물의 울음소리 중에서 가장 희한한 소리를 냈다. 야생적이고 달콤하며, 환상적이고 충격적인 울음소리였다. 그 소리를 들으면 전쟁 전, 안개 낀 멕시코의 새벽이 생각난다.

갑자기 현관 끝에서 발자국 소리가 들렸다. 거북 사냥꾼이 돌아온 것이다.

그는 내게 바다거북을 잘 아는 남자들이 서쪽으로 15킬로미터쯤

---

88 서아프리카의 한 부족.
89 분홍색 과육이 있는 열대 아메리카산 과일.

떨어진 마을에 있다고 말했다. 나는 고맙다고, 내일 아침에 가봐야 겠다고 했다. 그는 가는 길을 알려주었다. 내 테이블에 요리된 고등어 반쪽이 올려졌다. 우리 대화는 더 이어지지 않았다.

다음 날 아침, 나는 작은 영국제 자동차를 길 끝에 세워두고 해안 절벽 밑으로 이어진 좁은 길을 따라 천천히 걸어갔다. 나는 마틀롯에서 마라카스 만 사이에 펼쳐진 트리니다드 섬 북부 해안과 맞먹는 풍경을 어느 곳에서도 본 적이 없다. 한순간 길은 우뚝 솟은 곳 위로 이어졌다. 거센 바람이 부는 허리까지 오는 관목 숲을 통과하자, 부드럽고 키 큰 나무들이 자라는 정글 입구의 조용한 협곡이 펼쳐졌다. 거기에는 아래쪽 작은 만의 야자나무가 자라는 둥근 해변으로 이어진 내리막길도 있었다. 해변 쪽으로 30분쯤 걸어가면 바다거북 산란지가 나온다. 먼 산에서 흘러내린 얼음처럼 차가운 물이 그 만의 맑고 따뜻한 바닷물과 합류하는 파란 수역도 구경할 수 있다. 어린 개구리들이 게와 같이 살고, 작은 바라쿠다가 화려한 딱정벌레를 사냥하는 곳이다.

나는 천천히 오두막 몇 채가 있는 곳까지 걸어갔다. 디즈니 만화에 나오는 것처럼 작고 높고 지붕이 뾰족하며, 은빛을 띠는 판잣집이었다. 집들은 야자나무와 빵나무가 자라는 경사지 근처에 있었다. 그 집들 아래로 깊은 만이 있었다. 그 만은 튀어나온 화강암 사이에 있는 초승달 모양 모래벌판인데, 피오르fjord만큼 좁은 곳이었다. 만에는 출항 준비를 하는 배 10여 척이 있었다. 어떤 배는 커다란 삼각 돛만 펼친 상태였고, 어떤 배는 바람에 펄럭이는 은빛 보조 돛을 달

앗다. 어떤 배는 해안 절벽 아래 바다를 미끄러져 갔다. 배 한 척은 만의 입구 쪽에서 파도에 흔들렸다.

나는 해안 절벽 위 오솔길에서 통나무배 하나가 아래쪽 모래 해변에 있는 것을 보았다. 남자 세 명이 배를 바다에 밀어 넣으려고 준비하고 있었다. 나는 그들에게 몸을 구부리고 인사했다. 그 오솔길에서 나는 분명 괴상한 이방인이었을 것이다. 배낭을 메고 진흙투성이 바지를 입은, 피부가 흰 남자. 그러나 그곳 사람들에게는 재치와 선의가 있다. 내륙의 소박한 사람들이 땅에서 배우듯, 그들은 바다에서 그걸 터득한다. 그들은 나를 잠깐 응시했다. 그러더니 무릎 깊이 물속에 서 있는 나이 든 남자가 말했다. "안녕하시오, 친구."

"혹시 여기에 바다거북 사냥하는 분들이 있습니까?" 내가 물었다.

그들은 잠깐 나를 쳐다보았다. 그러더니 물속에 있던 남자가 말했다. "뭐라고요?"

"여기에서 바다거북을 잡느냐고요?"

"아, 거북? 가끔 잡지."

"잘됐군요. 여기에서 잡는 거북이 몇 종류나 되지요?"

그건 일상적인 일이었다. 딱히 좋은 예감 같은 건 없었다. 나는 모든 어부들에게 그런 식으로 말한다. 그리고 수천 킬로미터가 넘는 카리브 연안에서 한 번도 리들리거북에 관한 이야기를 들은 적이 없었다.

세 남자는 자기들끼리 뭔가 중얼거렸다. 목소리가 낮아 들리지는 않았다. 그들은 손가락을 들고 머뭇거리는 몸짓을 했다. 의견 일치를 보는 데 문제가 있는 것 같았다. 그러다 아까 내게 말을 걸지 않은 남자 중 한 명이 나를 올려다보며 뭐라고 외쳤다. 나는 아무것도 알아듣지 못했다.

"뭐라고요?" 내가 소리쳤다.

그 남자는 어깨를 으쓱하고 웃더니 상당히 시무룩해졌는데, 이유를 알 수 없었다.

"바다거북 얘기를 한 거요, 저 친구." 처음에 인사한 나이 든 어부가 말했다.

"무슨 말로 얘기한 거죠?"

"사투리요."

"어디 사투린데요?"

그들이 다시 낮은 목소리로 중얼거렸다. 그러더니 나이 든 남자가 말했다.

"프랑스어요, 친구. 프랑스어를 했소."

그러자 다른 어부들이 그의 어깨를 잡고 크게 웃으며 야단치기 시작했다. 그들은 곧 차분해져서 나를 보았다. 물속의 남자가 말했다.

"카리브 어. 사람들이 카리브 어라고 하는데, 우린 그냥 사투리라고 불러요."

나는 잠깐 생각했다.

"그렇군요. 아까 바다거북 종류가 어떻게 되는지 여쭤봤는데… 몇 종류를 잡으시죠?"

"우린 다섯 종류를 잡소, 친구."

"그렇군요." 그러다 나는 충격을 받고 소리쳤다.

"잠깐만요, 다섯 종류라고요?"

이번에는 나이 든 남자가 조금 엄한 눈초리로 나를 쳐다보았다. 그들 전부 그랬다. 갑자기 소리를 지른 것은 백인치고 조금 무례한 행동이었다. 나는 가래침을 뱉었다. 허물없이 행동해서 그 상황을 얼버무리려는 것이었다.

"좋아요, 다섯 종류. 이제 그 다섯 종이 어떤 놈들인지 물어봐도 될까요? 이 근방에서는 대부분 네 종을 잡던데요. 나머지 한 종이 뭐죠?"

"우리도 자주 보는 건 네 종류죠. 우린 옥스불을 잡소. 그게 뭔지 압니까?"

"매부리거북hawksbill, 알죠. 혹시 장수거북도 잡습니까?"

"그게 뭔데요?"

"시커멓고 큰 놈이죠. 등에 골이 있고, 바다거북 중 제일 큰 놈이에요. 트렁크백이라고도 하는데."

"아, 트렁크복. 잡아요. 우린 그걸 오리눅 거북이라 부르죠."

"그렇군요. 좋아요, 푸른바다거북도 잡죠?"

"물론."

"붉은바다거북loggerhead도 잡겠군요."

"로거릿도 잡죠. 그놈들은 깊은 곳에서만 잡혀요."

나는 숨을 깊이 들이마셨다. 불가사의한 내용은 없었다. 나이 든 어부는 덤덤하게 말했다.

"그럼 마지막 종류는 뭐죠?"

"바탈리요, 선생." 나머지 두 사람도 고개를 끄덕이고 중얼거렸다. "바탈리."

"바탈리가 뭐죠? 나는 모르는 놈인데, 어떻게 생겼습니까?"

그러자 그가 설명했다.

"작은 놈이요, 선생. 회색이고, 등딱지가 둥글고 로거릿(붉은바다거북)처럼 머리가 크지. 바탈리는 거의 안 와요. 오리눅 홍수[90]가 약해지고 바다에서 강한 해류가 있을 때만 오지. 그놈들은 성질이 더러워요. 뒤집어놓으면 긁고 물고 난리를 치니까."

나는 그가 말한 걸 믿을 수 없었다. 그는 계속했다.

"어떤 사람들은 이놈을 하트브레이크 거북이라 부르지. 갑판에서 심장이 멈춰버릴 때도 있으니까. 이놈들은 영 안 좋아. 항해를 못 견디니까. 우리도 이놈들은 안 데려가요. 하트브레이크 거북. 우린 그놈들을 봄에만 잡는데, 해류가 강할 때 한 시즌에 3~4마리 잡죠."

그것은 18년 전, 수천 킬로미터 떨어진 연안에서 요나 선장이 해준 이야기와 흡사했다. 그 노인은 리들리거북이 트리니다드 해안으로 온다고 말했다. 그가 치명적인 착오를 하지 않았다면, 또 정교한 거짓말로 나를 놀리는 게 아니라면, 영국 해안에 리들리거북이 좌초되듯이 이곳 해안에도 리들리거북이 좌초된다는 뜻이었다. 카리브해에는 남쪽으로 흐르는 해류도, 리들리거북도 없다. 그렇다면 바탈리라는 거북은 오직 아프리카에서 이곳으로 올 수 있다!

---

90 오리노코(Orinoco) 강의 범람을 말함.

노인이 말한 해류는 부분적으로는 멕시코만류의 끄트머리에 있는 북적도해류, 부분적으로는 아프리카 남서부에서 오는 벵겔라Benguela 해류의 연장인 남적도해류다. 리들리거북이 그 해류에 몸을 싣는 방법은 두 가지다.

멕시코만류가 유럽에서 남쪽으로 방향을 틀 때, 거북들이 거기에 합류한 다음 아조레스제도 너머로 이동했을 수 있다. 그리고 아프리카 대륙에서 서쪽 브라질로 흐르는 해류에 몸을 맡긴 것이다. 그렇지 않다면 이들은 멕시코 연안 태생이 아니라, 서아프리카 열대 연안에 살다가 길을 잃은 리들리거북인지도 모른다. 둘을 구분하기는 쉽다. 아프리카 리들리거북은 등딱지 가장자리에 큰 판갑이 6~7개 있지만, 멕시코 연안의 리들리거북은 5개다. 내가 직접 봤다면 노인이 말하는 리들리거북이 어느 것인지 쉽게 알아냈을 것이다.

이것이 어느 정도 마음의 평정을 찾았을 때 내 머릿속에 떠오른 생각이었다.

"혹시 바탈리의 등딱지를 하나만 주실 수 있을까요? 어디에나 널려 있는 거요. 아니면 두개골이라도. 그놈들을 하나라도 볼 방법이 없습니까?"

물속의 노인은 조금 미안해하는 것처럼 보였다.

"그런 건 갖고 다니지 않소, 선생."

"그러면 그놈들이 산란하러 올 때 쉽게 잡을 수 있나요?"

노인은 다시 슬픈 표정을 지었는데, 나는 그 이유를 알 것 같았다.

"그 거북들은 알을 낳지 않소. 우린 해변에서 그놈들을 본 적이 없

트리니다드 섬 북부의 해안에 있는 마틀롯.

어요."

결국 똑같은 이야기로 돌아왔다. 이제 뭘 할 수 있을까? 식은땀이 났다. 어부들은 그 주제에 대해 긴 이야기를 늘어놓았다. 새들이 쓰레기 더미에서 모이를 쪼는 게 보였다. 신께 자비를 구하고, 수수께끼가 풀릴 날을 기다리는 수밖에 없었다.

나는 한 번도 리들리거북에 대한 증거를 충분히 모으지 못했다. 나는 트리니다드의 마을과 바다거북에 관심 있는 몇몇 친구들, 해안 절벽 아래에서 만난 어부들을 남겨두고 미국으로 돌아왔다. 나는 여전히 하트브레이크 거북이 어떤 녀석인지 알 수 없었다.

바탈리가 리들리거북이라면 녀석들은 아프리카에서 해류를 타고 왔을 것이다. 그 해류에는 지구를 한 바퀴 돈 다음 섞여든 플로리다의 바닷물도 들었을 것이다. 그 해류는 세네갈 연안을 지나가는데, 그곳 해변 중 하나가 바탈리(하트브레이크 거북)의 고향이다. 한때 마틀롯 너머의 해안 절벽, 바람이 불어오는 길 앞쪽 해변을 찾아오던 그 거북 말이다.

The Windward Road

바르가스 공원의 나무늘보

바깥은 한낮인데 바르가스Vargas 공원[91]은 황혼 무렵 같았다. 광장 근처 더운 거리에서 리몬 시민들은 하루 일과를 마감한 뒤였다. 자전거와 택시 몇 대가 덜거덕거리며 지나갔고, 구두닦이 소년은 간헐적으로 새된 소리를 질렀다. 그늘진 공원에 있는 나무늘보들은 대부분 움직임을 멈춘 지 한참 지났다. 녀석들은 인도 월계수[92]의 높은 가지에 몇 시간째 조용히 매달려 있었다. 무심코 그 모습을 본 사람은 아마 나무늘보들이 모두 잔다고 생각할 것이다. 그러나 나는 녀석들을 조금 더 알았다. 아니 최소한 그러길 바랐다.

바로 내 위에 나무늘보 한 마리가 있었다. 나는 녀석이 어떤 들끓는 감정에 휩싸였다는 느낌을 받았다. 겉으로 뚜렷하게 드러나는 감정은 아니지만, 그 동물 안에 뭔가 있었다. 나무늘보와 녀석의 감정,

91 코스타리카 동부의 해안 도시 리몬에 있는 중앙 공원.
92 뽕나무과에 속하는 인도 원산의 상록교목.

그 결과를 기다리는 조마조마함 때문에 나는 리몬에 머문 지 닷새째 되는 날, 그 공원의 희미한 그늘을 쉽게 떠날 수 없었다.

햇빛이 이글대는 리몬 거리에서 바르가스 공원으로 들어가면 마치 청량한 봄 속으로 깊이 잠수한 것 같았다. 햇빛도, 피부에 닿는 공기의 감촉도 그대로였다. 키 큰 나무들의 가지는 촘촘히 얽혀서, 햇살 몇 줄기가 땅 위로 내려앉을 뿐이었다. 만에서 불어오는 산들바람은 높은 나뭇가지 사이를 빙빙 돌며 표류했다. 카리브 해의 작은 타운에서 하릴없이 시간이 가기를 기다려본 적이 없는 사람은 이런 장소의 매력을 상상하기 힘들 것이다. 나는 리몬에 닷새 동안 머무르며 시간을 대부분 기다리는 데 썼다. 나무늘보와 그늘, 바람 부는 바르가스 공원이 없었다면 정말 나무에라도 올라가고 싶을 만큼 더운 곳이었다.

그곳 항공사의 사무실을 처음 찾아간 날, 나는 소박한 규모에 충격을 받았다. 방 하나에 카운터가 가로놓였고, 그 앞에 응접 공간이 있었다. 카운터 뒤에는 테이블, 타자기, 젊은 여직원이 있었다. 그녀는 코스타리카 여자들이 대개 그렇듯 얼굴이 예뻤다. 나는 내일 비행기 한 대를 전세 내고 싶다고 말했다. 그녀는 조금 침울한 표정을 지었다.

"우리 비행기 상태가 안 좋아요." 그녀가 스페인어로 말했다.

"우리 비행기? 비행기가 한 대뿐인가요? 문제가 뭐죠?"

"아무도 몰라요. 파코Paco 씨가 알아내려고 애쓰고 있어요. 수요일에 산호세로 갔는데, 화산 위로 지나치게 높이 날았어요. 해발고도

4000미터 이상으로. 그건 우리 비행기한테 좋지 않아요. 그리고 돌아오자 비행기가 고장 났죠. 시사올라Sixaola, 라 바라la Barra[93]로 가는 손님들이 전부 기다려야 했어요."

"그러면 내가 언제 그 비행기를 세낼 수 있을지 불확실한가요?"

"어디로 가고 싶은데요?" 그녀가 말했다.

"토르투게로. 아마 라 바라도."

"우리도 그쪽으로 가요. 그런데 굳이 왜 빌리려고 하죠? 승객으로 타도 서비스는 같아요. 대신 훨씬 싸고요."

"낮게 날면서 바다거북을 찾고 싶어요."

"파코 씨도 낮게 날면서 거북을 찾는 걸 좋아해요."

"그래요? 내가 부탁하면 공중에서 한 바퀴 돌 수도 있나요?"

"음, 그러면 비용이 좀 더 들 거예요. 그렇지만 구아로[94]와 가면 거의 승객 요금으로 갈 수 있어요."

"구아로? 그게 뭔데요?" 구아로는 중앙아메리카에서 폭넓게 쓰이는 스페인어 '아구아디엔테aguardiente'의 속어로, 지역에서 만든 사탕수수 럼주를 뜻한다. 그녀는 땅에서 1미터 정도 허공에 손을 댔다. 미국인들처럼 손바닥 대신 손등이 밑으로 향했다.

"높이가 이 정도 되는 술통이에요. 토르투게로에 있는 애틀랜틱 무역 회사에는 모스키토 원주민[95]이 엄청 많아요. 그 사람들이 구아

---

93 모두 코스타리카의 도시 이름.
94 중남미의 대표적인 사탕수수 럼주.
95 중앙아메리카 카리브 연안에 사는 해양 부족. 오늘날 대다수 모스키토 원주민은 흑인과 혼혈이다.

로를 마시죠. 그들은 토요일 밤에 구아로가 없으면 슬퍼해요. 가끔 어디론가 사라지기도 하고요."

"좋아요, 낮게 날 수만 있다면 같이 타는 건 상관없어요. 그 비행기는 언제쯤 준비될까요?"

"비행기는 먼저 시사올라와 바라 델 콜로라도Barra del Colorado에 가야 해요. 당신은 비행기 수리가 끝난 다음 날 출발할 수 있어요. 좀 늦어지면 이틀 뒤에 출발하고요. 시간은 언제로 할까요? 정오쯤 괜찮으세요?"

나는 그러겠다 하고 닷새째 기다리는 중이었다. 나는 아침마다 자전거와 말, 한번은 큰돈을 주고 택시를 빌렸다. 그리고 해안가를 따라 올라가거나 비옥한 내륙지역으로 가서 개구리나 뱀, 도마뱀 등을 잡았다. 암초 뒤쪽 해변에서 수영을 하거나, 바다거북 우리를 방문하고, 강에서 낚시도 했다.

나는 매일 정오에 광장으로 와서 기다렸다. 그리고 시원한 그늘에서 나무에 매달린 나무늘보들을 보았다. 뭔가 기다릴 때 나무늘보를 보는 것만큼 좋은 방법은 없다. 그건 『전쟁과 평화War and Peace』를 읽는 것만큼이나 흥미롭고, 당신을 지치게 하지도 않는다. 한 마리를 30분쯤 보고 있으면 녀석이 잎사귀가 많은 가지로 이동하려는지, 엉덩이나 긁으려는지 알아챌 수 있다. 어떤 행동을 하든 녀석이 실행에 옮기는 데는 다시 꼬박 30분이 더 필요하다.

바르가스 공원에는 나무늘보 9마리가 있다. 내가 말을 건 어떤 남자는 25마리가 있다고 주장했지만, 닷새 동안 녀석들의 숫자를 센

결과 매번 9마리였다. 사람들에게 물어봐도 9마리가 맞는 듯하다. 그들이 기억할 수 있는 먼 옛날부터 그랬다고 한다. 나무늘보 9마리는 인도 월계수 28그루에 산다. 고무나무 가지는 필로덴드론[96]과 얽혀, 높은 곳에 우거진 나무 지붕이 만들어졌다. 공중에 나무늘보가 안심하고 다닐 수 있는 길과 목초지가 있는 셈이다.

바르가스 공원의 나무늘보는 세발가락나무늘보다. 이들은 파나마와 코스타리카 지역에 살며, 온두라스에서 볼리비아까지 저지대 숲에서 발견되는 나무늘보속이다. 나무늘보는 이상한 포유류 중 하나다. 이들은 분류학적으로 개미핥기나 아르마딜로와 함께 빈치목에 속한다. 그러나 개미핥기나 아르마딜로는 괴상한 측면에서 나무늘보의 적수가 되지 못한다.

먼저 나무늘보는 어떤 행동을 하더라도 이상해 보인다. 다 큰 개체는 몸무게가 11킬로그램 정도 되고, 목이 길며, 둥근 머리에는 귀가 없다. 눈은 툭 튀어나왔고, 긴 다리는 관절이 없는 것처럼 보인다. 손과 발에는 구부러진 발톱이 세 개 있는데, 이것으로 나뭇가지 아래에 뒤집힌 채 매달린다. 이들의 털은 뻣뻣하고 성기며, 우기에는 녹조류가 털 위에 자란다. 그래서 몸빛이 전체적으로 녹색을 띠는데, 이것은 위장술에 도움이 되는 듯하다.

그러나 이런 녀석의 외양도 믿을 수 없는 느릿느릿함만큼 흥미롭지는 않다. 나는 이 용어를 객관적으로 '느리다'는 뜻으로 사용한다. 이 단어에 덧붙은 '비난받을 만한 느림'이라는 의미 없이 쓴다는 말

---

96 토란과에 속하는 열대 아메리카산 상록 덩굴식물.

이다. 나무늘보의 느림은 자연의 경이 중 하나다. 그 느림은 움직임을 비웃는 듯하고, 기묘하게 기계적이며, 보는 사람을 불안하게 한다. 이들에게는 수축성 근육이 없는 듯하다. 아메바도 보아를 발견하고 달아나는 나무늘보보다 빨리 움직일 것이다. 어떤 동작이나 참을 수 없을 정도로 느리고 둔하기 때문에, 녀석들은 항상 머뭇거리고 또 변덕스럽다.

나무늘보가 아주 간단하고 쉬운 동작을 할 때—예를 들어 다른 가지로 손을 뻗는다고 하자—녀석이 정말 그 행동을 할지, 다시 한번 생각 중인지 확실히 알려면 수십 분을 기다려야 한다.

이 모든 특징에도 나무늘보가 멍청하며, '의식 수준이 원시적'이라고 말하는 건 부당한 일이다. 나무늘보는 전혀 멍청하지 않을지도 모르고, 물리적 느림은 녀석의 습성일 뿐이며, 심지어 우리가 아직 이해하지 못한 유용한 적응 수단인지도 모른다. 어떤 동물행동학자도 나무늘보에게 관심을 기울이지 않았다. 예를 들면 아무도 나무늘보의 학습 능력을 테스트하기 위해 미로실험[97]을 한 적이 없다. 나무늘보를 대상으로 미로실험을 진행하는 일은 기술적으로 상당히 어렵고, 엄청난 시간이 필요하리라 짐작된다. 그러나 나무늘보에게도 이 실험을 해야 한다. 나는 여전히 나무늘보가 그들의 삶의 방식이 요구하는 것조차 수행할 수 없을 만큼 어리석은 동물이라고 생각하지 않는다.

아직 그런 설명을 들어본 적은 없지만, 나무늘보의 느림은 어떤

---

97 동물에게 미로를 빠져나오도록 하여 지능, 학습 능력 등을 실험하는 일.

의미에서 높은 나뭇가지에 살면서 터득한 적응 패턴이 아닌가 싶다. 나무에서 살아가는 몇몇 동물은 아주 날쌔다. 예를 들어 다람쥐는 민첩성의 모범이다. 그러나 나무늘보, 카멜레온, 늘보원숭이는 그와 반대다. 이들은 모두 나뭇가지 꼭대기에 살며, 움직임이나 이동이 기묘할 정도로 둔하다. 이 동물들은 진화적으로 가깝지 않다. 늘보원숭이는 여우원숭이─인간 같은 영장류─의 일종이고, 카멜레온은 도마뱀의 친척이며, 나무늘보는 개미핥기의 친척이다. 그런데 땅에 사는 나무늘보의 친척인 개미핥기는 그처럼 별나게 느리지 않다. 따라서 나무늘보의 느림은 나무에 사는 데 적응하기 위한 방편이라고 보는 게 타당할 것이다. 신생대 홍적세에 나무늘보의 친척들은 땅 위에 살았고, 그중 몇몇은 황소만큼 컸다. 그들은 '땅 나무늘보'라 불렸지만 곰만큼이나 민첩했고, 오늘날 나무에 사는 나무늘보와 전혀 다른 생물이었다.

나는 공원에서 사람들에게 자주 물어봤지만 그 나무들이 언제 심겼고, 나무늘보가 언제부터 거기 살았는지 알아낼 수 없었다. 어떤 사람들은 그 나무들과 나무늘보가 항상 거기 있었다고 했다. 그건 명백한 실수다. 인도 월계수는 원산지가 아시아이기 때문이다. 몇몇 사람들은 나무늘보를 좋아한 어떤 남자가 1890년대에 나무늘보 한 쌍을 거기 풀어놓았다고 했다. 그 무렵엔 벤자민고무나무도 충분히 자라서 나무늘보가 살아가는 데 필요한, 촘촘하게 연결된 나무 지붕이 형성되었다는 것이다. 공원 벤치에 있던 나이 든 여자에 따르면, 예전에 리몬 시장이 그 나무늘보가 공원의 미관을 망치는 골칫덩어리들이기 때문에 쏴 죽여야 한다고 말했다고 한다. 경찰들이 군용 라이플을 메고 공원에 나타났고, 나무늘보를 모두 죽였다고 했다. 나는 그녀에게 오늘 아침에도 공원에서 나무늘보 아홉 마리를 보았다고 말했다.

"맞아요, 지금은 아주 많죠. 내 생각에 그때 경찰들이 두 마리 정도 놓친 것 같아요. 새끼를 밴 암놈 한 마리를 놓쳤거나." 여자는 강조하듯 말했다.

바르가스 공원의 나무늘보와 인도 월계수 숲이 언제 만들어졌는지 알려주는 자료가 분명 어딘가에 있을 것이다. 그러나 그건 중요한 문제가 아니다. 토착 동물 한 종과 이국 식물 한 종이 그 공원에 살면서 자연스런 균형에 도달했다는 점이 중요하다. 나무늘보는 전적으로 나뭇잎을 먹고 살지만, 그 나무를 일정 한계 이상으로 파괴하지 않는다. 나무늘보의 세대가 이어지면서 어떻게 그런 균형이 유지되었는지 살펴보는 것도 재미있을 것이다. 나무늘보는 이 공원에서 인도 월계수의 잎과 열매를 먹을 뿐, 다른 식량은 없다. 여기에서 나무늘보의 개체수를 조절하는 핵심 인자는 먹이 공급이라고 보는 게 옳을 것이다. 이런 개체수 균형은 밀가루 통에 든 바구미나 수프 속에 든 원생동물에서는 쉽게 발견되지만, 자연 상태에서는 그렇지 않다. 척추동물은 더욱 그렇다. 인도 월계수 28그루가 있는 도시 중앙의 공원에 나무늘보 한 쌍이 도입되었고, 이들은 30~40년 혹은 그 이상이 지난 다음 9마리라는 개체수 균형에 도달했다. 어떤 동물학자도 이런 사실을 예상하지 못했을 것이다.

이 놀라운 생물 군집이 도시 주민들의 삶을 거의 방해하지 않는다는 점이 흥미롭다. 예전에 희귀하게도, 양다리로 어미의 배에 매달린 아기 나무늘보가 나무 아래로 떨어진 적이 있었다. 역시 아주 드물고 전례가 없는 일이지만, 이때 어미 나무늘보는 나무에서 기어 내려와 맨땅 위를 힘겹게 기어가서 옆 나무 둥치에 몸을 기댔다. 그때 지나가던 사람들과 할 일 없는 이들이 그 가련한 장면을 봤다. 소년들은 소리를 지르며 하나 둘 나무늘보에게 다가갔다. 그들이 떨어진 새끼와 낮잠을 자다 황당한 일을 당한 어미를 골리려는 찰나, 거리에서 경찰관이 나타나 동물을 괴롭히지 말라고 소리쳤다.

　한번은 정말 아찔한 순간이 있었다. 나무늘보 한 마리가 나무 위에 걸린 전깃줄을 타고 부산한 거리 위쪽으로 한 발씩 기어왔다. 그때는 주변에 있던 모든 사람들이 그 장면을 보며 한 마디씩 했다.

　"날쌘 페테가 감전될 텐데." 스페인어로 나무늘보는 페레조소 perezoso다. 그러나 중앙아메리카에서 나무늘보는 페리코 리게로perico ligero, 즉 '날쌘 페테'[98]라고 한다. 매우 역설적인 토착어의 사례가 아닐 수 없다. 그때 거리의 창문에는 남미와 크리올 소녀들이 빼곡히 고개를 내밀고 있었다. 그들은 나무늘보가 건물 옆 전봇대에 도착하기 전에 멈추게 해야 한다고 공원 근처의 경찰관에게 소리 질렀다. 몰려든 소년들은 자전거에 기대선 채, 뭔가 짓궂은 말을 하고 싶어 잔뜩 흥분한 상태였다. 그들은 소리 지르며 휘파람을 불었다.

---

98 페리코, 페테 등은 스페인어권에서 흔한 남자아이 이름이다. 문자 그대로 해석하면 '날쌘 놈' '날쌘돌이' 정도가 된다.

"어이, 어서 집에 가라고! 페리코야! 내가 너보다 먼저 집에 도착하겠다!" 한 소년이 외쳤다.

그 와중에 누군가 전기회사에 전화를 했고, 곧 사다리 달린 트럭이 도착했다. 나무늘보는 끌어 내려져 공원 나무 위로 돌아갔다. 사람들은 흩어지거나 삼삼오오 모여서 곧 있을 선거 이야기를 했다. 나무늘보는 사람들에게서 잊혔다.

리몬에 머무른 지 닷새째 되는 날, 나는 녀석들을 가만히 쳐다보고 있었다. 때는 정오였다. 나는 벤치에 누워 나무 그늘 사이에 매달린 나무늘보 두 마리를 쳐다보았다. 다른 벤치에도 사람들이 있었지만, 그들은 내게 익숙해져 아무도 주의를 기울이지 않았다. 나무늘보 한 마리가 팔을 내밀어 덥수룩한 반대쪽 다리를 긁었다. 할아버지들의 괘종시계만큼이나 느리고 정확한 리듬으로. 녀석들은 몇 시간이고 아무것도 하지 않고 가만히 있었다. 나는 한 녀석에게 흥미를 잃은 상태였다. 그러나 다른 녀석이 나를 자극했다.

내가 보기에 두 번째 나무늘보는 거의 15분 동안 첫 번째 나무늘보에게 다가가려는 것 같았다. 이 접근이 우연이 아니라면, 첫 번째 나무늘보는 암컷이고 두 번째는 수컷이 분명했다. 닷새 동안 기다린 끝에 나무늘보가 사랑하는 순간을 처음 보는 건지도 몰랐다. 동물 자체만큼이나 느린 상하 움직임… 나는 강렬하고 거의 병적인 호기심을 느꼈다. 이 접근은 나무늘보의 사랑이 시작되기 전, 일종의 징조인 셈이었다.

나는 더 오래 기다렸다. 발정기의 수컷으로 추정되는 나무늘보는 자신이 바라는 목표에서 50센티미터도 떨어지지 않았다. 녀석은 여전히 움직이고 있었다. 분명 녀석의 움직임에는 목표가 있는 것 같았고, 그의 진짜 목표가 교미인지, 싸움인지, 단순한 사교인지 빨리 알고 싶었다. 둘의 거리가 20센티미터 정도로 좁아졌을 때, 나무늘보는 죽은 듯 멈췄다. 그리고 앞발 하나를 가지에서 뗀 다음 천천히 앞으로 가져가다가, 갑자기 그 자세를 유지했다. 녀석은 거의 1분 동안 그렇게 매달려 있었다. 그러더니 거의 알아챌 수 없게 고개를 돌리기 시작했다. 천천히 고개를 떨구고 왼쪽을 보았다가, 180도 돌려 오른쪽을 보았다. 그리고 다시 앞쪽을 본 다음 그대로 멈췄다. 녀석은 앞쪽의 나무늘보를 뚫어져라 쳐다보는 것 같았다. 그런 행동이 무슨 의미인지 알 수 없지만, 애가 탔다는 것은 말할 수 있다. 뭔가 일어나려고 했다.

그때 뭔가가 일어났다. 한 소년이 내 어깨를 건드렸다. "세뇨르(선생님), 비행기 수리가 끝났어요!" 그의 목소리는 흥분에 넘쳤다.

"잠깐만, 저기 봐. 저기 나무늘보들 말야." 나는 조심스럽게 위쪽을 가리켰다. 소년은 나뭇가지 꼭대기를 쳐다보고 나무늘보 두 마리를 발견했다. 한 녀석은 자기 몸을 리드미컬하게 긁고, 다른 녀석은 세 다리로 가만히 매달려 있었다.

"네, 선생님. 저건 언제나 볼 수 있어요. 쟤들은 저기 살거든요."

"그래, 나도 알아. 하지만 지금 녀석들이 뭘 하려고 하지?" 나는 여전히 흥분해서 말했다.

"한다고요?" 소년이 말했다.

"그래, 저 녀석들이 지금 뭘 하려는 거냐?"

그는 아리송한 듯 서성였다. 자신이 이해하지 못할 내 장난스런 질문의 의미를 알아내려고 애쓰는 것 같았다. "쟤들이 뭘 하려고 하느냐고요?" 그는 소심하게 말했다.

"그래, 이 녀석아. 왜 그러냐?"

그는 어깨를 으쓱하고 양팔을 젓더니 나무늘보를 보았다. 그리고 부드러운 책망을 담아 나를 쳐다보았다.

"저것들은 한낮이 될 때까지 저기 매달려 있어요. 그러다가 더워지면 자러 가죠. 그런데 선생님, 항공사 아줌마가 선생님이 얼른 와야 한대요. 파코 아저씨가 오늘 오후에 시시올라로 가요. 선생님은 내일 비행기를 탈 수 있고요. 파코 아저씨가 떠나기 전에 선생님을 보고 싶어 해요." 그는 다시 한 번 자기가 여기 온 목적을 말했다.

나는 한숨을 쉬며 벤치에서 몸을 굴려 일어났다. 그다음 소년에게 줄 동전을 찾았다.

"좋아, 고맙다."

그러나 소년은 집요했다. 그는 뭔가 다짐받고 싶어 했다.

"비행기를 고쳤다는데 기쁘지 않으세요?" 그가 나를 쳐다보며 말했다.

나는 전혀 기쁘지 않았다. 속은 기분이 들었다. 닷새를 기다리다 이제 나무늘보 두 마리가 벌일 사랑의 의식을 눈앞에 두었는데, 갑자기 그 낡은 비행기가 수리된 것이다.

"음, 기쁘기도 하고 언짢기도 하네."

세크로피아 나무[99]에 매달린 세발가락나무늘보. 바르가스 공원의 나무늘보는 인도 월계수 잎을 먹었지만, 나무늘보의 주식은 세크로피아 나뭇잎이다.

사진_ 브라이언 맥납(Brian McNab)

소년은 눈을 크게 뜨더니 나를 보았다. 내 심사가 뒤틀린 이유가 내가 어른이기 때문인지, 백인이라서 그런지 알 수 없다는 투였다. 그러나 그는 자기가 태어난 이 작은 도시에서도 인생이 결코 단순하지 않다는 사실을 깨닫고 있었을지 모른다.

99 쐐기풀나무과에 속하는 열대 나무.

The Windward Road

토르투게로

경비행기 엔진이 탈탈거리다가 큰 소리를 내며 시동이 걸렸다. 파코 씨는 몸을 구부려 내 쪽의 문을 닫고, 열리지 않도록 와이어 두 개로 고정했다. 그는 우리 뒤쪽 객실 3분의 1을 차지하는 57리터짜리 구아로 통이 잘 묶였는지 확인했다. 그다음 비행기의 꼬리날개를 흔들어보고 엔진 출력을 1500아르피엠에 맞춘 뒤, 예열을 위해 그대로 켜두었다. 그는 마그네토[100] 하나를 시험하고 다른 하나도 시험했다. 둘 다 소리는 같았다. 그는 정지 상태에서 다시 엔진 출력을 2000아르피엠까지 높였다. 엔진은 시끄럽지 않았다. 그는 행복한 표정으로 나를 보며 말했다.

"전부 고쳤어요."

프로펠러를 돌리던 소년이 파코 씨의 주의를 끌려고 팔을 좌우로 흔들었다.

---

100 항공기에서 엔진을 점화하는 데 쓰이는 발전기.

"전부 괜찮아요?"

"그래." 파코 씨가 대답했다.

그가 기어를 앞으로 밀자, 비행기가 흔들리며 움직이기 시작했다. 작고 두툼한 바퀴는 축축한 모래에 깊은 골을 만들었다. 우리는 맞바람을 받으며 270미터 정도 가서 오던 방향으로 기체를 180도 돌렸다. 비행기는 해초가 쌓인 얕은 파도 위를 지나, 덜컹거리며 가던 길을 그대로 돌아왔다. 파코 씨가 조종 스틱을 앞으로 밀자 꼬리날개가 올라갔다. 다시 조종 스틱을 당기자 덜컹거림이 멈추면서 비행기가 모래 위로 날아올랐다. 기체가 약 3미터 떴을 때 그는 방향타를 오른쪽으로 돌렸다. 비행기는 얕은 파도 위를 날았다. 우리는 다시 한 바퀴 돌아 작은 격납고의 알루미늄 지붕 위로 돌아왔다. 소년과 세관원 그리고 군인의 반짝이는 금니가 보였다. 그들은 모두 손을 흔들었다. 비행기가 부드럽게 날아올라서 다행스러워했다.

"오케이, 토르투게로로!" 파코 씨가 말했다.

"여유 있게 갑시다. 연안에서 400미터 안쪽으로 붙어서 가줘요. 혹시 바다거북을 보면 주위를 한 바퀴 돌고요. 얼마나 낮게 날 수 있죠?" 내가 물었다.

"소금물이 엔진에 닿지 않을 정도까지요." 파코 씨가 대답했다.

그는 훌륭한 비행사다. 어디에서든 일자리를 구할 수 있을 것 같았다. 그를 보면 어린 시절 내가 살던 텍사스의 작은 마을에 찾아오던 곡예 비행사들이 생각났다. 파코 씨에게는 작고 녹슨 비행기로 파도 위 3미터 높이를 날거나, 해발 3400미터가 넘는 이라수Irazú 산[101]을 넘는 것도 일상이었다. 날이 선 야구 모자를 쓴 그는 원주민 특유의 부드러운 얼굴에 완벽한 자신감이 배어 있었다. 그 낡은 비행기에 관해서라면 너트 하나, 베어링 하나까지 잘 아는 사람의 자신감이었다. 그에게는 배짱이 있었다. 그러나 배짱만으로 비행기를 조종할 수는 없다. 그곳 해안으로 오기 전에 파코 씨는 산호세에 있는 커다란 항공사의 수리공이었다. 그는 수리하던 비행기를 조종하고 싶어서 일을 그만두었다. 그 비행기가 아무리 느리고, 작고, 낡았어도.

비행기가 해수면에서 약 90미터 고도로 날며 서쪽으로 갈 때, 아래 수면에 바다거북 한 마리가 떠 있는 것이 보였다. 나는 파코 씨의 어깨를 건드리며 거북을 가리켰다. 그는 몸을 기울이더니 내가 가리킨 곳을 보았다.

"카레이(매부리거북)네요." 그가 말했다.

"내가 보기엔 푸른바다거북 같은데요." 내가 말했다.

파코 씨는 고도를 낮췄고, 비행기는 수면에서 20여 미터 높이까지 내려갔다.

"플로타(아주 큰 푸른바다거북)는 늦게 와요. 이제 카레이가 올 때고, 카날레스(장수거북)도 나타나겠죠. 사람들은 푸른바다거북이 오는 때에 관심이 있지만요."

우리는 바다거북 위를 다시 한 번 지나갔다. 나는 녀석을 자세히 보았다. 녀석은 수면 가까이 떠올라 있었고 바닷물은 맑았다. 푸른바다거북이었다.

---

101 코스타리카 중동부 센트럴 산맥에 있는 활화산. 높이가 3432미터다.

"내가 착각했군요. 푸른바다거북이네요. 내 생각에 여기 사는 놈 같아요. 사람들이 그러는데, 몇 마리가 이 근처에 산대요. 그렇지만 무리가 도착할 때는 수십, 수백 마리나 볼 수 있어요."

"그 무리는 어디에서 오죠?" 내가 물었다. 카리브 연안에서 500명 정도 되는 어부들에게 물어본 것처럼.

"누가 알겠어요? 사람들 말로는 유카탄반도 근처라고 하던데." 파코 씨는 다시 방향을 틀었다.

바다거북 위를 한 바퀴 돌았다. 이번에는 세 마리가 보였다. 아까 본 몸집이 크고 꼬리가 짧은 암컷 주위에 수컷 두 마리가 있었다. 녀석들은 몸집이 좀 작고, 어뢰처럼 생긴 등딱지에 30센티미터쯤 되는 굵은 꼬리가 있었다. 한 녀석이 목을 암컷의 등딱지 위로 길게 빼고, 이리저리 물을 튀겼다. 다른 수컷은 약 6미터 거리에 조용히 떠 있었다.

구애의 삼각관계가 내 관심을 끌었다. 나는 이런 예를 물에 떠서 교미하는 민물거북들에게서 많이 보았다. 내가 살던 플로리다 집 근처에 연못이 있었는데, 가을이 되면 민물거북들이 짝짓기를 했다. 놀랍게도 거북들의 조합은 자주 경쟁적 수컷 두 마리와 암컷 한 마리로 구성되었다. 내가 살던 곳의 연못 주변에서 10월에 볼 수 있는 거북들은 절반 이상 이런 삼각관계를 형성했을 것이다. 암컷이 마음을 정하고 교미가 시작되면, 선택받지 못한 수컷은 다른 데로 간다. 이유야 어떻든, 거북의 그룹이 네 마리 혹은 그 이상으로 구성된 경우는 드물다. 열대 바다에서 구애하는 푸른바다거북 무리를 처음 제대로 본 그때, 녀석들의 조합 역시 친숙한 세 마리라는 사실이 인상적이었다.

"이놈들은 이제 됐어요. 계속 갑시다." 내가 파코 씨에게 말했다.

비행기는 수면과 최대한 가까운 거리를 유지하면서 원래 코스로 날아갔다. 그사이 우리는 바다거북 15마리를 보았다. 전부 매부리거북과 푸른바다거북으로 세 마리짜리 그룹이 셋, 두 마리짜리 그룹이 하나, 나머지는 혼자였다. 연안에서 조금 먼 곳으로 가보았지만 바다거북은 없었다. 해변 위쪽으로 다시 날아보니 모래 위에 산란 흔적이 선명했다. 심지어 알을 낳은 장소까지 보였다. 바다거북이 만든 V자형 발자국이 끝난 지점에 봉곳한 둔덕이 있었다. 이 비행은 성공이었다. 나는 파코 씨를 찌르며 말했다.

"자, 이제 전세 비행은 그만하죠. 일반 승객으로 돌아갈게요."

"좋아요."

이 짧은 여행은 내게 두 가지 면에서 중요했다. 먼저 미국의 푸른바다거북과 매부리거북이 인도양의 바다거북처럼 산란철에 짝짓기를 한다는 확실한 증거를 얻었다. 또 적당한 고도로 날아가는 경비행기에서 맑은 바다에 떠 있는 푸른바다거북과 모래벌판 위의 산란 흔적을 쉽게 발견할 수 있다는 것을 확인했다. 이것은 경비행기를 물새의 이주 연구에 쓰듯이, 바다거북의 개체수나 산란지 조사에도 사용할 수 있다는 의미다. 꽤나 유용한 발견이다.

파코 씨가 엔진 출력을 한 단계 높였다. 한동안 비행기의 고도가 높아졌다. 그는 앞쪽의 해변을 둘러보더니 갑자기 뭔가를 가리켰다.

"저기가 토르투게로예요." 그가 말했다.

내 눈에는 해안에서 조금 튀어나온 부분밖에 보이지 않아 그렇게 말했다.

"강이 해변 바로 뒤로 흐르고 있어요. 튀어나온 부분 바로 뒤쪽으로요." 파코 씨가 말했다.

파코 씨는 계속 고도를 높였다. 갑자기 빽빽한 숲 사이로 뻗은 가느다란 선이 보였다. 바다 쪽으로 비스듬하게 흘러내리는 강이었다. 강은 아주 좁은 숲을 사이에 두고, 해변과 평행하게 한참을 흘렀다.

"마을은요?" 나는 멀리 앞쪽을 쳐다보며 물었다.

"저쪽으로 좀더 가야 해요." 파코 씨는 우리가 있는 데서 3~5킬로미터 떨어진 내륙 쪽의 길고 울퉁불퉁한 지점을 가리켰다. "보여요? 저기요."

바다와 평행하게 흐르던 강줄기는 야자나무 숲 근처에서 천천히 바다로 흘러들었다. 야자나무 숲은 강과 바다 사이로 1.6킬로미터 혹은 그 이상 펼쳐졌다. 야자나무 숲 사이로 흩어진 초가지붕 수십 개가 보였다.

"어디에 착륙할 거죠?" 내가 말했다.

"저기, 해변이오." 파코 씨가 다시 가리켰다.

이제 고도가 충분히 낮아져 몇몇 지형이 또렷하게 보였다. 안심이 되는 풍경은 전혀 아니었다. 해변에는 엄청난 쓰레기가 있었다. 강 어귀 쪽으로 날아가자 쓰레기는 더 많았다. 비행기 아래로 거의 끝없이 이어지는 나무 막대와 부러진 돛대, 제멋대로 떠다니는 제재목이 있었다. 숲 사이에 모래벌판이 있나 살펴보았지만, 활주로는 눈에 띄지 않았다.

"저 나무 더미 위로 착륙할 건 아니죠?" 내가 말했다.

"저기로 해야죠. 저게 공항이에요." 파코 씨가 대답했다.

"그런데 활주로는 어디 있죠? 최소한 수백 미터는 돼야 하는데… 활주로도 없는 공항이 있어요?"

"저기를 봐요, 저쪽이오."

파코 씨는 왼팔을 두 번 부드럽게 굽히며 앞쪽을 가리켰다. 내 눈에 그건 활주로처럼 보이지 않았다. 그는 잠시 조종간에서 손을 떼고 오른손으로 왼팔을 주물렀다.

"저기로 갈 거예요. 저기 옆 수풀, 보여요? 저기 있잖아요."

"맙소사!" 나는 절박하게 말했다.

"괜찮아요. 아주 엉망은 아니에요. 덤불이랑 막대가 조금 있죠. 나무나 통나무는 없어요."

"전에 착륙해봤어요?" 내가 말했다.

"글쎄요, 승객이 없을 때 구아로는 가져왔죠. 하지만 비행기를 조종하다가 승객을 잃은 적은 없어요. 몇 번 구아로 통을 잃어버리긴 했어도, 승객을 잃은 적은 없으니 안심해요."

나는 아래쪽의 하얀 파도를 쳐다보았다. "바람은 어때요? 당신이 말하는 활주로와 거의 직각으로 부는 것 같은데요."

"문제없어요. 별로 강하지도 않으니까요. 겁먹지 말고 비행기에 몸을 맡겨요."

어쩐지 비행 훈련을 하는 기분이었다. 그때까지 나는 두 시간 남짓 그 비행기를 탔지만, 파코 씨의 비행 이력은 수백 시간이었다. 그에게 비행 일지 같은 게 있다면 말이다. 나는 미리 겁내지 않으려고 노력했다.

우리는 강어귀를 날고 있었다. 파코 씨는 갑자기 스틱을 기울여 고도를 낮췄다. 그리고 머리가 쭈뼛 설 만큼 순식간에 그 형편없는 활주로 끝으로 급강하했다. 그 잔해 사이로는 활주로가 보이지 않았다. 어쨌든 비행기는 나아갔다. 나는 최대한 겁먹지 않으려고 애썼지만 겁이 났다. 우리는 지면 바로 위에서 수평비행을 하고 있었다. 뭔가에 살짝 부딪혀도 비행기는 폭발할 것 같았다.

"빌어먹을!" 파코 씨가 갑자기 버럭 소리를 질렀다. 그는 엔진 출력을 높이며 그 작은 비행기의 고도를 확 높였다.

나는 비행기 바퀴 아래쪽에서 빠르게 달리는 개 20마리를 보았다. "저게 뭐죠?" 그 질문은 제정신으로 한 게 아니었다. 나는 완전히 겁에 질렸다.

파코 씨는 평정을 찾은 상태였다. "시퀴레스Siquirres[102]의 개들이죠. 개새끼들! 바다거북 알을 파먹는 놈들이에요. 휴우, 아까 저놈들이 활주로 덤불 뒤에 있었어요." 그는 낄낄대며 웃기 시작했다.

"시퀴레스의 개가 도대체 뭐죠?" 나는 조금 짜증이 나서 물었다. 사실 여전히 겁에 질려서 대답을 듣고 싶지도 않았다.

"시퀴레스에서 온 개들이에요." 파코 씨가 말했다.

---

102 코스타리카 리몬 시내에 있는 상업과 서비스의 중심지.

"아주 재밌는 상황이네요. 근데 저것들이 여기에서 떼로 뭘 하는 거죠? 시퀴레스는 숲을 따라 한참 가야 있잖소. 50킬로미터 정도. 안 그래요?"

"저놈들은 바다거북 알을 먹어요. 그 맛을 알고 떼를 지어 몰려오죠. 6월이면 이 근방에 우글거려요."

비행기는 다시 한 번 바다 위를 선회한 다음 착륙을 시도했다. 이번에는 제대로 고도를 낮추고 통나무 두 개 사이로 깔끔하게 착륙했다. 비행기의 바퀴와 꼬리날개가 동시에 바닥에 닿았다. 우리는 그 조잡한 활주로로 들어와 안전하게 속도를 낮춘 다음, 두 번 방향을 틀어 목재 더미 사이에 안착했다. 비행기는 아무 데도 부딪히지 않았다. 나는 그제야 숨을 제대로 쉴 수 있었다. 우리는 비행기를 몰고 천천히 해변을 올라가 한 오두막 쪽으로 다가갔다. 막대 네 개와 야자나무 줄기로 지붕을 엮은, 모래벌판 위의 집이었다.

오두막 아래에는 몸집이 거대하고 엄청나게 늙은 흑인 남자가 있었다. 그 지역 어딘가에 서아프리카 흑인의 핏줄이 있어서, 완벽하게 정정한 70대 노인들을 길러내는 것 같았다. 에너지가 넘치고 재미있는 여자들과 늘 그녀들을 즐겁게 하는, 25세 때 하던 일을 그 나이가 되도록 하는 은색 수염이 난 남자들 말이다. 오두막 아래 있는 노인이 그중 한 명이었다. 그는 카리브 인이지만, 이곳 원주민의 핏줄보다 서아프리카 혈통이 강하게 느껴졌다.

파코 씨는 비행기에서 내려 내가 앉은 좌석 쪽 문에 감아놓은 와이어를 풀었다.

"안녕하세요, 조지George 할아버지." 그가 말했다.

"좋은 아침이네, 파코." 노인의 목소리는 몸속 깊은 곳에서 우렁차게 울렸다. 그가 다가와 파코 씨와 악수했다. 그는 목을 빼고 걱정스럽게 우리 뒤쪽을 보고 있었다.

"뭘 보세요?" 파코 씨가 이유를 알면서 말했다.

그때 노인은 비행기 짐칸의 고정용 쇠사슬과 자물쇠가 달린 우유통을 보았다. 한순간 그는 표정을 누그러뜨리며 긴 한숨을 내뱉었다. 깊은 바다에서 막 나온 붉은바다거북이 수면에서 공기를 들이마시는 것 같은 소리였다.

"아아! 좋구나, 좋아. 구아로오오구나." 그는 그 단어를 사랑스런 억양으로, 길게 끌면서 발음했다. "구아로—인간의 위안!"

"이쪽은 바다거북을 연구하는 선생님이에요. 이분을 마을로 데려다 주시겠어요?" 파코 씨가 말했다.

"물론." 노인이 말했다. 그는 나를 친근하게 보더니 물었다. "영어하십니까, 선생?"

"네, 조금요. 플로리다에서 왔습니다. 여기에서 토르투게로는 얼마나 멀죠?"

"강 따라 5킬로미터 정도 되는데, 별로 안 멀어요. 배가 한 척 있어요. 구아로 한 통만 들어주시겠소?"

파코 씨는 오두막으로 걸어가 기둥에 매달린 사이잘[103] 배낭을 보았다. "바다거북 알이 있나요?" 그는 조지 노인에게 물었다.

---

103 용설란과에 속하는 식물. 이 식물의 잎섬유로 로프, 바닥 깔개 등을 만든다.

"꽤 있지. 저쪽 배낭에. 그 가방을 줘봐." 노인의 스페인식 영어 발음은 아주 듣기 좋았다.

파코 씨는 가방을 열더니 알을 한 움큼 꺼내서 먹기 시작했다. 조지 노인은 비행기의 구아로 통 쪽으로 걸어가 노끈을 풀고 45킬로그램짜리 술통을 조종석에서 꺼냈다. 그리고 내가 돕기도 전에 한 손으로 통을 어깨에 둘러멨다. 그는 다른 손으로 내 카메라 가방과 침낭, 좌석 바닥의 파인애플 송이를 들었다.

"나머지는 제가 들죠. 다 드실 수 있습니까?" 내가 말했다.

조지 노인은 내 질문이 재미있는 모양이었다. 크게 웃음을 터뜨리더니 유쾌하게 살짝 비꼬아 말했다. "그럴 수 있을 것 같소, 선생."

나는 파코 씨와 악수를 하고, 일주일쯤 뒤에 나를 데리러 와줄 수 있는지 물었다. 그는 걱정하지 말라고 했고, 우리는 악수를 나눴다. 나는 노인을 따라 걸어갔다. 좁은 길을 따라 200미터쯤 걷자, 야자나무 줄기로 엮은 조지 노인의 오두막이 나왔다. 큰 망고나무 주변에서 벌들이 윙윙거리고, 개 두 마리가 그늘에서 자고 있었다. 오두막 뒤쪽으로는 어둡고 조용한 강이 흘렀다. 커다란 케이폭나무[104] 아래 선착장에는 통나무배 두 척이 묶여 있었다. 하나는 깨끗하고 다른 하나는 물에 젖어 썩고 있는데, 그 안에 나뭇잎과 올챙이들이 우글거렸다. 조지 노인은 내 침낭을 깨끗한 통나무배에 얹고 나더러 타라고 말했다. 그는 가느다란 뱃머리 쪽에 구아로 통을 놓고 끈으로

104 중앙아메리카 원산인 목화나무과의 낙엽교목. 높이는 17~30미터에 달하고 가지가 수평으로 퍼진다. 줄기 밑 부분의 속이 비어 원주민들이 이 나무의 밑동을 두드려 북소리를 내기도 한다.

묶은 다음 선미 쪽에 앉았다. 그리고 큰 나뭇가지와 리아나[105] 덩굴 사이에 있던 배를 천천히 몰아, 소용돌이치는 강의 가장자리로 나갔다.

우리는 강을 가로질러 길게 굽은 맞은편 강가로 나갔다. 반짝이는 검은 강물 위를 미끄러지는 동안 노 젓는 소리만 주변의 침묵을 깨뜨렸다. 처음에 우리 배는 강어귀에서 출발했다. 강가엔 풀이 자라는 저지대와 들쑥날쑥한 맹그로브숲이 있었다. 상류로 올라가자 야자나무와 위스코욜[106] 숲이 나오고, 그다음 커다란 나무가 자라는 진짜 숲 기슭이 나왔다. 나무들은 높이 솟았거나 강 쪽으로 기울었다. 리아나 덩굴이 감고 오른 것도 있고, 나무를 죽이는 푸른색 기생 덩굴식물에 덮인 것도 있었다. 강의 느낌은 처음에는 천천히, 그다음에 격렬하게 밀려왔다. 선착장에서 마을까지는 배로 30분 정도 거리였다. 그러나 그 짧은 여행으로 내가 전에 알던 모든 열대의 강이, 결코 지치지 않는 건장한 등이 믿음직스러운 흑인들이 모는 통나무배를 타고 강을 거슬러 오르던 옛 시절이 떠올랐다.

그건 아무리 사소한 일이라도 우리 기억에서 진정으로 사라지는 법이 없다는 사실을 말해주었다. 강가 근처 숲의 냄새. 장난치듯 수면의 나뭇잎 위로 뛰어오르던 한가로운 동갈치들. 젊은 타폰[107] 떼가 강 중앙으로 지나갈 때 뿜어내는 은빛 광채. 눈처럼 하얀 매의 자태. 어디에서나 비슷한 물새들이 주는 놀라움. 카리브 해 전역에서 볼

---

105 열대산 칡의 일종.
106 카리브 연안 저지대에 자생하는 야자나무로, 사탕수수를 닮았다. 가시가 있고 줄기가 가늘다.
107 풀잉어류에 속하는 북미 남해산의 큰 고기.

수 있는 장밋빛 노랑부리저어새. 미국에서 보던 것과 다르지 않은 앤힝가[108], 알락해오라기, 가마우지, 여섯 가지 왜가리. 그리고 플로리다 종들과 비슷해서 둘을 구분하려면 캘리퍼스와 자가 필요할 정도인, 뒤뚱거리는 흰눈썹뜸부기와 쇠물닭.

오래전에 커다란 이구아나 한 마리가 높은 곳에서 강을 내려다보다가 갑자기 물속으로 뛰어들었을 때의 충격과 놀라움이 기억났다. 그리고 강의 저지대에 사는 노랑목앵무새의 울음소리가 산잉꼬의 크고 거친 울음소리와 얼마나 닮았는지 떠올랐다. 옛날에는 생물이 내는 울음소리로 그것들을 분류하려고 했다는 사실이 생각났다. 이런 상념에 젖어 있는데, 갑자기 참새보다 작은 초록색 물총새가 뱃머리의 수풀에서 솟아올라 강을 가로질러 갔다. 녀석의 소리는 북미산 물총새가 내는 울음소리의 익살맞은 방언처럼 느껴졌다.

조지 노인이 수다스런 사람이 아니라 다행이었다. 그는 힘들이지 않고 노를 저었고, 나는 열대의 풍경에 취해 있었다. 태양은 높이 떠서 이글거렸고, 강물은 흑요석처럼 검게 빛났다. 어디에선가 꾸준히 산들바람이 불어왔다. 조지 노인은 능숙하게 배를 강가의 그늘 아래로 몰았다. 그때 노 젓는 리듬이 깨졌다. 그는 우거진 위스코욜 사이로 작은 개울이 흐르는 강둑 쪽을 쳐다보고 있었다. 그는 한 지점을 가리켰고, 나는 강둑에서 이쪽을 바라보는 맥[109]을 보았다.

"산소요. 저지대에서는 잘 볼 수 없는 놈들이지."

---

108 가마우지의 일종. 아메리카뱀가마우지.
109 중남미와 서남아시아에 사는 유제 포유류로, 코가 뾰족하고 돼지 비슷하게 생겼다. 중앙아메리카 크리올 사람들은 맥을 '산소(mountain cow)'라고 부른다.

그는 노를 뱃전에 놓고 조용히 나를 불렀다. "저기 봐요, 선생."

그는 강가에 늘어진 포도 덩굴 하나를 들어 올렸다. 그 뒤에 볏이 근사한 도마뱀이 있었다. 바실리스크다. 녀석은 다 자란 수컷으로, 몸길이가 35센티미터 정도였다. 초록색 몸에 긴장한 채 눈을 반짝이고 있었다.

"스페인 사람들은 이놈을 예수도마뱀이라고 부르죠. 지저스 크라이스트. 왜 그런지 압니까?"

나는 알지만 물어보았다. "왜죠?" 그러자 조지 노인은 즐거운 듯 보였다.

"이놈들이 물 위를 걷기 때문이오. 한번 봅시다."

그는 갑자기 쥐고 있던 포도 덩굴을 세게 흔들었다. 도마뱀은 다른 나뭇가지로 옮겨간 다음, 반짝이는 눈으로 조지 노인을 보았다. 그러나 그게 전부였다. 조지 노인은 슬퍼 보였다. 도마뱀이 그를 실망시킨 것이다.

나는 배낭을 열고 새총을 꺼냈다. 단단한 모라 나무와 자단으로 만들어 광을 낸 멋진 새총이다. 아내가 온두라스의 한 소년에게서 사준 것이다. 나는 총을 가지고 다닐 수 없는 곳에 갈 때면 그 새총을 챙겼다. 나는 그걸로 도마뱀을 쏘곤 했다. 22구경 권총보다야 못하지만, 거의 맞먹을 정도로 좋았다. 조지 노인은 새총을 들고 다니는 중년의 백인 남자를 보지 못했을 것이다. 그러나 그의 주름진 얼굴에는 놀라는 기색이 보이지 않았다. 어떻게 그럴 수 있을까? 나는 바실리스크보다 이 문제가 궁금했다. 그때 우리 배가 강변에서 멀어지고 있었다. 나는 배 바닥에 있는 젖은 흙을 한 움큼 떠서 적당히 이겨 총알을 만들었다. 그다음 도마뱀에게 새총을 쏘았다. 흙으로 된 총알이 도마뱀 주위로 산산이 튀었다. 도마뱀은 겁을 먹고 마치 돌멩이처럼 검은 강물로 뛰어들었다. 그는 잠깐 물속에 잠겼지만 다시 떠올랐다. 가느다란 앞발을 앞쪽으로 뻗고 굽은 꼬리를 뒤쪽에 둔 채, 녀석은 갑자기 기관총을 쏘듯 뒷발로 격렬하게 수면을 때렸다. 그 동작은 아주 민첩해 거의 날갯짓에 가까워 보였다. 녀석은 강으로 가라앉는 일 없이 수면 위를 달려갔다. 녀석이 뛴다는 걸 알아차렸을 때, 어느새 반대편 강기슭에 닿은 상태였다. 녀석은 강가로 올라선 다음, 다람쥐처럼 날쌔게 덤불 속으로 사라졌다.

조지 노인이 기뻐했다. "보셨죠? 왜 이놈들이 예수도마뱀이라고 불리는지?"

"주님의 이름을 걸고, 네."

잠시 뒤 우리는 벌거벗은 어린아이들이 있는 오두막을 지나쳤다. 그 뒤로 비슷한 오두막이 몇 채 더 보였다. 강을 조금 더 올라가자, 사람들이 애틀랜틱 무역 회사 건물에 새로 처마를 다는 모습이 보였다. 그렇게 우리의 여행은 끝났다.

나는 한 시간도 안 되어 다시 강가로 왔다. 이번에는 벌목 창고와 바나나 창고의 관리인 돈 요요 키로즈Don Yoyo Quiroz가 부두에서 나를 태워주기로 했다. 그는 내가 숙소를 정하기도 전에 상류의 물류 기지를 보여주겠다고 했다. 우리는 강력한 모터가 달린 사각 나무배를 타고 출발했다.

나는 야생 지대에서 발생하는 외부 소음에 치를 떨 정도로 혐오감이 있다. 배의 모터 소리라면 더욱 그렇다. 사실 나는 여러 차례 모터배의 도움을 받았고, 그것의 기능성을 비난할 자격은 없다. 모터는 다방면에 활용되는 효율적인 기계다. 그렇다 해도 조용한 숲 속에서 모터는 폭도이자, 인간이 야생 세계를 침해하는 상징이며, 불길한 물건이다. 숲의 태곳적 고요를 깨뜨리는 모터배의 굉음과 빠른 속도, 일렁이는 물결, 강가의 생물에게 가해지는 불쾌한 충격은 내 신경을 건드리고, 불안하게 하며, 그런 모든 여행에 입맛을 잃게 한다. 나도 목적지에 빨리 도착하는 게 좋다는 건 안다. 그러나 그 방식이 지나치게 교활하고 공격적이다.

우리는 강을 따라 13~14킬로미터를 거슬러 올라갔고, 키 큰 나무들이 있는 숲 초입에 도달했다. 요요 씨는 코스타리카 연안에 마호가니가 별로 없다고 말했다. 놀라웠다. 원인은 알 수 없지만, 거기에는 마호가니가 별로 없었다. 사실 니카라과와 콜롬비아 사이에는 마호가니가 풍부하게 생산되는 나라가 없다. 대신 이곳 토르투게로에는 건축용 목재로 좋은 세드로마초[110]가 많다. 월계수도 있고, 강 뒤쪽의 조금 깊은 숲에는 스페인 삼나무가 많다. 스페인 삼나무는 열대 목재 중 여러 면에서 최고라 할 수 있다. 상류로 올라가는 데는 30분이 조금 덜 걸렸다. 그사이 우리는 나무와 강물, 커다란 머스코비오리[111] 한 마리밖에 보지 못했다. 우리 배는 녀석이 산책을 즐기던

---

110 남미산 멀구슬나무과의 나무. 널빤지나 건축용으로 사용됨.
111 남미 열대지방에 사는 식용 오리.

낮은 나뭇가지 아래를 재빨리 스쳐갔다. 30분 동안 내가 들은 소리도 배의 모터 소리뿐이었다.

우리는 강굽이를 돌아 작은 모터배를 강변에 댔다. 말뚝 위에 설치된 선착장은 키 큰 나무들 앞쪽, 평평하고 젖은 강변에 있었다. 선착장 옆으로는 작은 강의 지류가 흘렀는데, 그리로 짐을 실은 긴 나무배들이 오갔다. 상류 쪽으로 10킬로미터 남짓 올라가면 있는, 범람원 너머의 작은 바나나 농장에서 푸른 바나나 송이를 가득 싣고 오는 배들이다. 그것은 '독립적인' 바나나 사업체로, 나는 그것이 어떻게 운영되는지 궁금했다.

우리 앞쪽에서 모스키토 원주민 10여 명이 18킬로그램짜리 바나나 송이 더미를 배에 싣고 있었다. 그 바나나는 탬파[112]로 갈 예정인데, 수송에 최소한 엿새가 걸린다. 토르투게로 연안의 험한 모래톱을 잘 지났을 때의 이야기다. 일꾼들은 빠르고 정확한 동작으로 줄기에서 바나나 송이를 자른 다음, 그걸 배에 싣고 바로 출항시켰다. 40킬로그램짜리 바나나 송이 10만 개를 최고 속도 18노트(시속 33킬로미터)의 배에 실어, 놀라울 만큼 정확한 일정으로 뉴올리언스New Orleans나 모빌Mobile[113]에 출하하는 것이다. 나는 소규모 독립 기업이 어떻게 이윤을 내는지 궁금했다.

관리인 요요 씨에게 물어보았다. 그는 코스타리카의 케이로즈Quirozes 출신이었다. 케이로즈는 높고 시원한 고지대로, 커피 산지이

112 미국 플로리다 주 서부의 항구도시.
113 미국 앨라배마(Alabama) 주 남서부의 항구도시.

며 유럽계 코스타리카인이 대부분 사는 곳이다. 그곳 여자들은 아메리카 대륙에서 가장 아름답다. 요요 씨는 유능하고 지적이며, 푸른 눈이 아름다운 스페인계 코스타리카인이다. 스페인계 사람들은 불편하고 외로운 열대 캠프에서도 늘 쾌활했다.

"바나네라 같은 회사와 어떻게 경쟁이 되죠?" 바나네라는 코스타리카에 있는 미국의 과일 회사다.

"우리는 아무와도 경쟁하지 않습니다. 탬파로 보내는 바나나로 약간 수입을 얻죠."

그 말은 이상하게 들렸다. 나는 아직 그가 한 말을 이해하지 못했는데, 빈약한 경제 지식 때문이려니 한다.

요요 씨는 토르투게로 해변에서 내가 묵을 숙소를 찾았다. 굴뚝처럼 생긴 높은 오두막 2층으로, 초가지붕 아래 바람이 잘 통하는 다락방이다. 방은 모든 방향으로 시야가 탁 트였다. 1층은 덧문을 닫아 어둑했는데, 다락방으로 이어지는 거의 수직으로 된 계단이 있었다. 1층 바닥에는 바나나 더미와 숙소를 짓는 데 쓰이는 목재가 널렸다. 집 옆쪽 땅에는 뚜껑이 달린 깊은 구멍이 있었는데, 물탱크와 우물을 반쯤 섞어놓은 듯한 공간이다. 집 주변에는 삼나무 슬래브로 만든 높이 3미터 말뚝 울타리가 있었다. 그래서 약간 난공불락의 요새 같은 느낌을 주었다. 요요 씨에게 이상한 구조물에 대해 물었다.

그건 토요일 밤에 모스키토 원주민이 들어오지 못하게 하려고 만든 울타리다. 집이 그렇게 높은 것은 울타리 위쪽에서 불어오는 바닷바람을 맞기 위해서다. 그는 더 필요한 게 없는지 물었다. 나는 배가 고프다고 했다. 그는 마을에 요리를 잘하는 부인에게 내 이야기를 해놓겠다며, 그녀의 집으로 가는 길을 알려주었다. 나는 다락방에서 바다를 쳐다보았다. 저 멀리 수평선과 파도가 보였다. 한 남자가 무릎 정도 오는 해변에서 낚시하고 있었다. 더 가까운 곳에는 모스키토 원주민의 오두막이 눈에 들어왔다. 그중 한 오두막 뒤에서 셔츠만 입은 꼬마가 비틀거리며 수탉을 쫓아갔다.

나는 짐을 다락방으로 옮긴 다음 사다리를 타고 1층으로 내려가 마을 쪽으로 걸어갔다. 요요 씨는 할 일이 있었다. 아직 오후지만 저녁을 먹으러 갔다. 나는 타운의 오두막 사이를 걸어 다니며 요요 씨가 말한 부인이 누군지 물어보았다. 그곳 사람들은 대부분 모스키토 원주민이나 크리올 원주민이다. 그 명칭은 자메이카 이주민의 후손들이 자신들을 부르던 이름이다. 그 밖에도 펄 라군Pearl Lagoon의 오리노코 마을이나, 더 멀리 텔라Tela나 벨리즈 같은 데서 온 카리브 사람이 있었다. 메스티소[114]는 세 가족뿐이었다.

마을은 강과 바다 사이의 좁은 야자나무 숲을 따라 길게 형성되었다. 나는 거의 마을 끝에 도착할 때까지 사람들에게 그 부인이 누군지 물어보았다. 그러나 사람들은 대부분 웃거나, 어리둥절해하거나, 우울한 표정을 지었다. 내 질문을 어떻게 이해시켜야 할지 알 수 없었다. 내가 찾으려는 집에 레스토랑이나 하숙집, 펜션 같은 단어를 쓰면 이상할 것 같았다. 나는 요요 씨가 말해준 문구를 사용해서 요리를 한다는 부인이 누군지 물었다. 마침내 나는 커다란 갈색 얼

114 스페인계 백인과 북미 원주민의 피가 섞인 라틴아메리카 사람.

굴에 유쾌해 보이는 니카라과 출신의 부인을 발견했다. 그녀는 연기 자욱한 부엌에서 바깥을 보고 있었다. 나는 그녀에게 스페인어로 인사했다.

"안녕하세요! 이 근처에 식사를 제공하는 부인이 계십니까?"

그녀는 근처 오두막 중 마지막 집을 가리켰다. 그녀가 서 있는 집에서 네 번째였다. 페인트를 칠하지 않았고 널빤지 벽과 야자나무 지붕이 있는, 낮고 제멋대로 생긴 집이었다. 그 집은 주변 오두막보다 두 배 정도 크고, 닭장과 돼지우리로 둘러싸였다. 집의 일부는 땅 위에, 일부는 높이 60센티미터 정도 되는 기둥 위에 세워졌다. 그 기둥 아래 그때까지 내가 본 가장 큰 암돼지 한 마리가 벽에 엉덩이를 문대고 있었다.

"식사는 저기에서 팔아요." 그 여자가 말했다.

나는 배가 고파 거의 탈진 상태였기 때문에 그녀에게 진심으로 감사했다. 식당으로 가서 출입문을 두드렸다. 그러자 세련되게 생긴 물라토[115] 여인이 나타났다. 그녀는 깔끔하고 차분해 보였고, 부드럽고 노래하는 듯한 악센트로 내게 뭘 원하는지 물었다. 자메이카나 모스키토 원주민 혹은 내륙 크리올 원주민의 억양이 아니었다. 나는 저녁 식사를 할 수 있는지 물었다. 그녀의 얼굴에 잠깐 당황하는 빛이 스쳐가는 걸 보니, 아직 요요 씨가 내 소개를 하지 않은 모양이었다. 그러나 별문제는 아니었다. 그녀는 잠깐 생각하더니 말했다.

"좋아요. 바다거북 드세요? 갓 잡은 바다거북이 있어요. 물고기도

---

115 중 · 남아메리카에 사는 백인과 흑인의 혼혈.

있고요."

"어떤 물고기죠?"

"돌고래요."

"어떻게 요리하는데요?"

"어쨌든 해드릴 수 있어요."

나는 둘 다 먹겠다고 말했다. 토르티야[116]도 부탁했는데, 그녀는 약간 경멸하는 듯한 표정으로 조금 주겠다고 말했다. 그녀는 난로의 석탄에 불을 붙이고, 항아리를 가져와 요리를 시작했다. 나는 레몬이나 라임도 부탁했다. 그건 없었다. 그녀는 잠시 생각한 끝에 타마린드 소스가 담긴 작은 항아리를 내왔고, 커다란 텀블러도 주었다. 내 알루미늄 물통에는 럼주가 조금 있었다. 나는 럼주 한 모금 분량을 글라스에 따른 뒤, 타마린드 소스를 살짝 뿌렸다. 그리고 점토 필터에 정수한 물을 그 위에 부었다. 맛을 보니 괜찮았다. 나는 그녀도 한 잔 마시고 싶은지 물었다. 그녀는 종교적인 뉘앙스 없이 도수가 높은 술은 마시지 않는다고 말했다. 차나 코코넛 과즙, 타마린드 에이드 같은 음료를 더 좋아한다는 것이었다.

그녀는 자신의 이름이 시벨라라고 했다. 나는 그녀의 억양에 관해 물었고, 시벨라는 산안드레스San Andrés[117] 출신이라고 대답했다. 그녀는 내 발음이 왜 그렇게 이상한지 물었다. 나는 미국 출신이라고 했다. 그녀는 항상 미국에 가보고 싶었다고 말했다.

---

116 밀가루나 옥수수 가루를 이용해서 만든, 빈대떡처럼 생긴 멕시코 전통 음식.
117 콜롬비아의 섬.

시벨라는 혹시 빵나무 열매를 원하는지 물었다. 나는 언제든 좋으니 굽든 튀기든 삶든, 자유롭게 요리해서 달라고 했다. 그녀는 이틀 전에 테페스퀸테—코커스패니얼[118] 정도 크기에 줄무늬가 있는 설치류—를 잡았지만, 지금은 그 요리가 없다고 말했다. 나는 바다거북과 돌고래면 괜찮다고 대답했다. 시벨라는 메뉴를 정하고 밖으로 나가서 딜리나무[119] 가지 사이에 올려놓은 바구니를 내려 뚜껑을 열고 바다거북 고기와 알을 꺼냈다. 그다음 바다거북 뱃살—푸른바다거북의 배딱지 부분으로 바다거북 수프의 주원료—이 걸린 벽 쪽으로 걸어갔다. 그녀는 못에 걸린 바다거북 뱃살에서 배딱지 사이에 있는 말라가는 젤리를 조금 잘라냈다.

시벨라는 부엌으로 돌아가 잘라낸 바다거북 뱃살을 끓일 쇠 냄비와 조약돌만 한 알을 끓일 다른 냄비를 준비했다. 그녀는 바다거북 고기를 500그램 정도 잘라 정사각형으로 썰었다. 거기에 거북 등딱지에서 긁어낸 바다거북 기름을 넣었다. 푸른바다거북이라는 명칭은 바로 이 기름의 색깔에서 온 것이다.[120] 그다음 양파라고 부르는 커다란 백합 모양 식물을 찾아냈다. 내가 보기에는 리크[121] 같았다. 그녀는 그걸 통째로—푸른 부분과 하얀 부분 전부—잘라 바다거북 고기와 섞고, 후추 대용으로 올스파이스[122] 가루를 조금 뿌린 다음 코코넛 기름이 끓는 커다란 냄비에 넣었다. 이 요리가 끓으면서 쉭

---

118 몸집이 작은 개의 한 종류.
119 적철과에 속하는 열대 아메리카산 나무로, 껍질이 단단하고 열매가 달콤하다. 가구용으로 쓴다.
120 푸른바다거북이란 명칭은 이들에게서 짜낸 기름 색깔이 올리브유처럼 푸른빛이어서 붙었다.
121 큰 부추같이 생긴 채소.
122 서인도제도산 나무 열매를 말린 향신료.

쉭거리는 동안 시벨라는 거북 알의 껍데기를 벗기고, 바다거북 뱃살에 물을 조금 부은 뒤, 거북 알과 기름 약간, 다진 마늘 두 스푼 정도를 넣었다. 고기가 익어서 갈색으로 변하고 있었다. 그녀는 고기 국물을 전부 버리고, 남은 고기와 거북 알, 바다거북 뱃살을 냄비에 넣었다. 그리고 물과 소금을 뿌린 뒤 뚜껑을 덮었다. 그녀는 토르티야를 구하러 밖으로 나갔다.

나는 오랫동안 테이블에 앉아 메모하면서, 바다거북 요리에서 나는 기막힌 냄새를 무시하려고 애썼다. 그 와중에도 아래층의 커다란 암퇘지는 자려고 그러는지 신음을 하고, 낑낑대고, 기둥에 자기 몸을 비벼대고 있었다. 나는 돼지를 보려고 잠깐 밖으로 나갔다. 그 돼지는 누워 있을 때조차 내가 본 암퇘지 중 가장 골격이 컸다. 가장 뚱뚱한 돼지는 아니라도 말이다. 나는 타마린드를 뿌린 럼주를 한 잔 더 만들어, 시간을 때우려고 해변 쪽으로 나갔다. 사방은 점점 어두워지고 바람이 거세져 야자나무 잎사귀가 흔들렸다. 흐릿한 어둠 저편, 북쪽의 플로리다에서 나는 아주 먼 곳에 와 있었다.

젊은 모스키토 커플 한 쌍이 해변의 통나무 뒤에서 이야기하고 있었다. 그 모습을 보자 온두라스 커플들은 밖에서 손도 잡지 않는다는 사실이 떠올랐다. 최소한 온두라스 최상위 계급에게 이는 불문율이다. 토르투게로 해변을 공공장소라 말하기는 그렇지만, 두 지역 사람들이 다른 것은 사실이다. 나는 산악 지역에 사는 온두라스인의 과묵함이, 마야Maya 인이 비교적 섹스에 관심이 적었다는 주장과 관련이 있는지 생각해보았다. 한 인류학자는 그 원인이 마야 인의 멸망에 영향을 끼쳤다고 말하기도 했다. 그렇게 본다면 이곳 모스키토 인의 미래는 아주 밝은 편이다.

통나무 뒤의 커플은 처음에 호기심 어린 눈으로 나를 부드럽게 쳐 다보다가, 더는 관심을 보이지 않았다. 나는 럼주를 다 마시고 시벨 라의 집으로 돌아갔다. 그녀는 집에 돌아와 있었고, 식당은 기막힌 냄새로 가득했다. 나는 마음을 가라앉히기 위해, 토르티야를 가리비 껍데기에 담긴 소금에 살짝 찍어 먹었다. 시벨라는 그게 멍청한 짓 이라고 생각했다. 토르투게로 연안에서 옥수수는 싸구려 음식이고, 그 지역 사람들은 거의 아무도 토르티야를 좋아하지 않는다. 그들은 토르티야를 좋아하는 사람을 경멸한다. 토르티야를 가축 사료 정도 로 생각하기 때문이다.

"나는 효모로 만든 빵을 좋아해요. 옥수수빵도 괜찮고요." 시벨라 가 얌전 빼듯 말했다.

"나는 그것들을 좋아하지 않아요."

드디어 저녁 식사가 완성되었다. 나는 시벨라가 물끄러미 쳐다볼 정도로 맹렬하게 음식에 달려들었다. 내게는 긴 하루의 첫 식사였 다. 바다거북과 돌고래 요리는 둘 다 맛이 아주 좋아서 우열을 가리 기 힘들었다. 그러나 바다거북에 좀더 끌렸고, 나는 배가 꺼지기 전 에 바다거북 요리를 먹어 치웠다.

남긴 음식을 보면서 포만감에 취해 있는데, 갑자기 아래층의 암 돼지가 소름이 끼치도록 비명을 지르기 시작했다. 돼지는 정확히 내 발 아래 있었고, 소리가 엄청났다. 분명 극심한 스트레스를 받는 듯

2개월 된 장수거북(가죽등거북이라고도
한다). 토르투게로, 코스타리카.

토르투게로 해변의 장수거북. 코스타리카.

사진_ 데이비드 카

부엌 앞에 서 있는 시벨라.
토르투게로, 코스타리카.

오실롯과 재규어 가죽을 들고 있는 이바라Ybarra
부인(후아나 로페즈Juana Lopez). 그녀가 닭장에서
오실롯은 막대기로, 재규어는 22구경 라이플로
잡았다. 그녀는 토르투게로에 있는 우리의 연구
캠프에서 이 가죽을 팔려다가 멸종 위기 동물을
죽였다는 비난만 들었다.

했다. 귀를 찢는 듯한 첫 비명 뒤로 계속 낑낑대는 소리가 들렸다. 시벨라가 달려 나가 집 아래를 쳐다봤다. 어두워서 아무것도 보이지 않았기 때문에, 그녀는 급히 부엌으로 들어와 야자나무 다발에 불을 붙이고 다시 나갔다. 나도 따라갔다. 그녀는 몸을 구부리고 횃불 너머 어둠 속을 들여다보았다. 갑자기 그녀가 한숨을 쉬었다.

"들어가 봐야겠네요. 나뭇단을 하나만 더 가져다 줘요."

"무슨 일이죠?"

"바다거북이에요. 커다란 매부리거북이 늙은 암퇘지를 구석으로 몰아붙였어요. 돼지를 밟고 지나간 것 같아요."

나는 부엌으로 가서 나뭇단에 불을 붙인 다음, 아래층 돼지우리로 기어들었다. 시벨라가 말한 대로였다. 그때까지 내가 본 가장 거대한 매부리거북이 앉아 있었다. 녀석의 눈꺼풀이 깜박거리고, 목젖이 고동치는 게 보였다. 녀석은 여전히 암퇘지의 출구를 가로막고, 분개한 채 신음을 내면서 웅크리고 있었다. 녀석은 자기가 뭔가를 가로막고 있다는 걸 의식하지 못했을 것이다. 녀석에게도 생각이 있다면 신경호르몬과 산란 본능, 생존의 위협과 관련된 것뿐이리라.

"이런 일이 자주 있나요?" 그건 단순히 바다거북 한 마리가 집 아래에서 자던 암퇘지 위로 기어오른 사건이 아니라, 바다거북을 보려고 수천 킬로미터를 달려온 한 남자 앞에서 벌어진 일이었다.

"아뇨, 우린 보통 저 암퇘지를 돼지우리에 가둬요."

"내 말은 바다거북이 여기에 자주 오느냐고요."

"여기에는 자주 안 와요. 우리 집처럼 축사나 울타리가 없는 집으로 가죠."

나는 그 거북에게 꼬리표를 달아 놓아주고 싶다고 말했다. 시벨라는 놀랍게도 반대하지 않았다. 그녀는 여기에서 매부리거북은 잡지 않는다고 말했다. 나는 기둥 아래로 들어가 바다거북의 앞발에 끈을 묶고 녀석을 끌어냈다. 나는 모넬제 금속[123] 꼬리표를 녀석의 등딱지에 붙였다. 그리고 녀석이 기어온 흔적을 찾기 위해 해변 쪽으로 걸어갔다. 거북은 바다에서 나와 100미터 정도 기어온 다음 이 오두막의 안뜰로 들어온 듯했다. 부드러운 모래와 익숙지 않은 형체들이 녀석을 혼란스럽게 하고, 산란을 방해한 모양이다. 거북은 바다에서 나와 방향을 꺾은 다음 시벨라의 집에 도착하기 전에 두 오두막을 더 지나온 것이다. 그렇게 이동한 거리는 총 230미터 정도였고, 그때 거북의 진행 경로를 막은 것이 암퇘지다. 이것은 산란하러 온 바다거북에게 좋지 않은 일이었다. 거북에게는 자신의 본능과 호르몬에 의지해 안전한 산란굴을 찾아낼 권리가 있었다. 다시 말해 시오트[124]가 자라고 파도가 닿지 않는 위쪽 해변에서, 앞발로 굴을 팔 수 있는 부드럽고 깊은 모래언덕을 찾아낼 자격이 있었다.

나는 시벨라의 집으로 돌아갔다. 그리고 바다거북의 앞발을 잡고 뒤집어 등딱지가 밑으로 가게 해서 해변으로 끌고 갔다. 파도가 치는 곳에서 거북을 뒤집자 녀석은 천천히 목을 뻗더니, 어리둥절하고 멍청한 표정으로 둘러봤다. 나는 어서 바다로 들어가라고 녀석을 발

---

123 산에 강한 니켈, 구리 등의 합금. 상표명.
124 우리나라의 갈대나 억새와 비슷한 북미 동남부 해안 지대 원산의 벼과 식물. 황량한 모래 해변에도 뿌리를 잘 내려 모래톱 침식을 방지한다.

로 밀었다. 거북은 한번 털썩 주저앉더니, 배 아래 바닷물을 느끼자 갑자기 정신이 드는 모양이었다. 녀석은 바다 쪽으로 빠르게 기어가 파도 속으로 들어갔다.

나는 집으로 돌아가 시벨라에게 내일 아침 일찍 식사하러 오겠다고 말했다. 그리고 어두워지는 마을 길을 천천히 걸어 내 다락방으로 돌아갔다. 두서없이 뻗은 마을 길 사이에서 나는 열 번 넘게 길을 잃었고, 매번 모르는 집에 침입해서 도움을 청해야 했다. 밤이라 집은 대부분 문이 닫혀 있었다. 그러나 벽의 갈라진 틈으로 램프 불빛이나 요리용 불길이 보였고, 처마 밑으로는 연기가 새어 나왔다. 모르는 사람의 집 앞에서 고함을 지르고, 안쪽에서 어떤 반응이 오나 살펴보는 일은 흥미로웠다. 어떤 집에서는 대답이 없었다. 의심하는 듯 낮은 목소리로 소심하게 웅얼거리는 소리만 들렸다. 그런 때는 빨리 다른 곳으로 자리를 옮겼다.

나는 이곳저곳 더듬거리다가 오두막 근처로 돌아왔다. 눈에 익은 울타리와 우물을 발견하고, 캄캄한 다락방으로 기어올랐다. 랜턴을 켜고 잠깐 침대에 앉았다. 곧 물을 뜨러 다시 내려가야 했는데, 그게 무척 귀찮았다.

그때 밖에서 목소리가 들렸다. 내다보니 랜턴 불빛 아래 누르스름하게 빛나는 흑인 몇 명이 있었다. 그들은 나와 함께 온 구아로 통주변에 서 있었다. 조지 노인이 구아로 통에 앉아 파이프 담배를 피웠다. 그는 부드럽고 큰 목소리로 두 소년에게 뭔가 지시했다. 소년들은 구아로 통을 긴 막대에 매달고 운반할 준비를 하고 있었다.

"안녕하세요, 조지 할아버지. 그 술로 뭘 하시는 거죠? 내일까지는 손대지 않을 줄 알았는데." 내가 소리쳤다.

그는 일어서서 크게 대답했다. 랜턴 불빛에 이가 하얗게 빛났다.

"자물쇠를 채워놓으려고."

그가 일어섰고, 두 소년은 어깨에 막대를 걸었다. 조지 노인은 랜턴을 들고 나를 돌아보더니 말했다. "이게 어떤 술인지 알고 싶으면 선생도 내일 저녁에 들러요. 내일이 이놈들 월급날이라오."

소년들이 크게 웃었고, 어둠 속에서 동의하는 듯한 고함이 들려왔다. 나는 이들의 조상인 삼보[125]를 생각했고, 이들의 술에 대한 변함없는 사랑을 생각했다. '빅 드렁크Big Drunk' 파티는 한 세대 전만 해도 미셸라mishla라는 전통술로 벌이는 축제였다. 축제가 있기 며칠 전에 소녀들은 녹말을 당분으로 발효하기 위해 카사바[126] 뿌리를 씹어 카누에 뱉어놓았다. 그 축제는 일종의 방탕한 의식으로, 축제 기간에는 마을 사람들이 모두 카누로 몰려들어 인사불성이 될 때까지 마셨다. 지금 원주민이 미셸라 대신 마시는 구아로는 싸구려 술이다. 럼주 원액에 타닌과 퓨젤유를 부은 것으로, 0.5리터만 마셔도 정신이 가버린다. 그렇지만 구아로도 미셸라와 비교하면 도수가 약하고 위생적인 술이다. 나는 그들이 조상의 전통술을 아는지 궁금했다. 조지 노인을 다시 불렀다.

"내가 보기에 그건 미셸라보다 나은 거 같은데, 맞습니까?"

---

125 남미에서 인디언과 흑인의 혼혈인.
126 열대지방의 나무. 뿌리를 식용함.

갑자기 어둠 속에서 고함치고 폭소를 터뜨리며 온갖 찬반 의견을 내놓는 소리가 들렸다.

"맞아요, 선생. 미셸라가 훨씬 세죠. 근데 무척 더러워서 이 근방에서는 아무도 안 마셔요."

조지 노인은 구아로 통을 철썩 때렸다. "이제 가자." 그러자 두 소년이 희미한 빛무리를 그리며 천천히 움직였다. 구아로 통이 소년들의 장대 아래에서 무겁게 흔들렸다. 조지 노인은 기분 좋게 취한 듯, 스페인어로 크게 외쳤다.

"엘 구아로오오오. 엘 알리보 데로스 옴브레!(구아로는 인간의 위안이로다!)"

검은 해변

나는 토르투게로에서 파리스미나Parismina[127]까지 이어진, 길고 쓸쓸한 검은 해변에서 이바라 부인을 처음 만났다. 해변에는 사람들이 거의 없고 통나무만 여기저기 흩어져 있었다. 인적이 드물었기에 이바라 부인이 내게 준 인상은 더욱 강렬했고, 그녀가 실제보다 훨씬 가치 있는 사람으로 생각된 것 같다. 사람을 판단할 때 상황의 힘을 무시할 수 없는 법이다.

나는 그때 장수거북의 산란지를 찾고 있었다. 8킬로미터나 걸었지만 장수거북의 흔적은 없었다. 매부리거북이나 푸른바다거북의 흔적뿐이고, 그나마 푸른바다거북의 흔적도 드물었다. 오래전 산란하러 온 대규모 푸른바다거북 무리—이곳 주민들이 '함대'라고 부르는—가 남긴, 거의 지워진 자국들뿐이었다. 구름 한 점 없이 이글거리는 대낮이 시작되었다. 육지에서 불어오는 바람 때문에 무역풍은 불

127 카리브 해 코스타리카 연안에 있는 해안 마을.

지 않았다.

　나는 걸어오다가 3킬로미터 전쯤에서 시퀴레스의 개들을 만났다. 파코 씨가 이틀 전 비행기에서 말한, 계절에 따라 무리 지어 돌아다니는 잡종 개 무리다. 이 개들은 해마다 5~6월이 되면 내륙 쪽에 있는 다른 도시에서 시퀴레스나 철길을 따라 이 해변으로 모여든다. 이 개들이 뭘 감지하고 이리로 몰려드는지는 아직 밝혀지지 않았다. 그러나 이들은 산란하는 바다거북들이 오면 50킬로미터가 넘는 거리의 정글과 늪지, 맹그로브숲을 가로질러 이곳 해변에 모여서 바다거북 알을 포식한다. 내가 만난 개는 여덟 마리였고, 허기 때문에 사나워진 상태였다. 그들은 사납게 짖으며 한동안 내 뒤를 따라왔다. 마치 바다거북이 늦게 도착하는 것이 내 탓이라고 비난이라도 하는 투였다. 그러다가 해변의 모래언덕 너머 야자나무 숲 사이로 사라졌다. 해변을 걷는 동안 시퀴레스의 개들과 농게 외에 다른 생물은 눈에 띄지 않았다.

　바다로 눈을 돌려도 보이는 건 없었다. 배도 없고 수면 위로 솟은 바다 생물의 지느러미도 없었다. 하얀 파도도 없고 밀려오는 파도를 막아줄 모래톱이나 곶도 없었다. 1000걸음쯤 가면 한 번씩, 더위를 피하려고 숨어 있는 제비갈매기의 희미한 울음소리가 들려왔다.

　그러다 파도 너머, 반짝이는 푸른 너울 위에 한동안 검은 그림자가 보였다. 여러 군데에서 모여든 앤초비 떼가 수면 근처에서 놀며 선회하고 있었다. 나는 곧 바다와 하늘에서 어떤 배고픈 생물들이 나타날지 지켜보았다. 앤초비 떼는 항상 포식자를 몰고 다니기 때문이다. 그때 돌연히 크고 길쭉하며, 어슴푸레하게 빛나고, 2킬로그램이 넘을 듯한 전갱이들이 나타났다. 그들이 앤초비 무리의 가장자리를 공격하자, 몇몇 앤초비가 물 위로 튀어 올라 은빛으로 반짝였다. 때로 전갱이들이 수면 위로 짧은 포물선을 그리며 튀어 오르기도 했다. 그것들은 머리부터 뻣뻣하고 어색한 자세로 솟구쳤다. 그때 배스용 낚싯대와 루어를 가지고 전갱이를 잡으면 좋겠다는 생각이 들었다.

곧 울부짖는 갈매기들이 고기 떼를 발견했다. 녀석들은 바다 위를 돌며 구슬픈 음조로 끼룩거렸다. 그러다 회색 펠리컨이 내 뒤에서 소리 없이 날아왔다. 녀석들은 잠깐 솟구치더니 물고기 떼를 향해 급강하하기 시작했다. 그리고 흩어진 물고기 떼 사이로 다시 떠올라 제가 잡은 것들을 근엄하게 살펴봤다. 펠리컨은 파도에 조금씩 떠밀려 갔고, 앤초비 떼는 천천히 남쪽으로 이동하고 있었다. 그러다 물고기 수백만 마리가 본능적으로 완벽하게 조화를 이뤄 순식간에 사라졌다. 제비갈매기는 가는 날개를 퍼덕이며 하늘로 솟구쳐 눈부신 대낮의 광채 속으로 사라졌다. 이제 물 위에 떠 있는 건 펠리컨뿐이었다.

나는 발목까지 빠지는 뜨거운 모래밭을 휘청거리며 걸어갔다. 화산재와 흑유리로 된, 입자가 고운 모래밭이었다. 날이 무더워 모래가 신발 위로 올라오면 정강이가 뜨거웠다. 해변 가장자리에는 바다에서 밀려온 목재들이 쌓여 있었다. 거대한 삼나무의 은색 둥치, 코스타리카의 강에서 떠내려온 월계수, 저지대 목재, 파나마나 니카라과에서 떠내려온 마호가니 등이었다. 수십 년간 6월의 홍수는 벌목꾼이 베어놓은 나무를 검은 해변으로 쓸어 왔다. 해변 앞쪽으로는 포효하는 야생의 바다가 있었다. 구름 한 점, 바람 한 줄기 없는 정오에 열대 바다는 유쾌한 산책 코스가 아니다. 게다가 이 해변에는 엄청난 쓰레기가 있어서 그것들을 피해 깊고 뜨거운 모래언덕으로 올라갔다가, 다시 바닷물과 모래가 만나고 장수거북의 흔적이 보이는 축축하고 좁은 모래 구역을 따라 걸어야 했다. 그건 힘든 일이었다. 장수거북에 대한 내 열정은 정오의 무더위 속에 서서히 시들어갔다. 근처 통나무 아래에서 낮잠이나 자야겠다고 생각하는 찰나, 내가 찾던 것을 발견했다.

짧고 넓적한 V자형 자국이, 파도가 밀려오는 모래 깊숙이 각인되었다. 쐐기 모양 자국의 아래쪽 끝은 파도에 지워진 상태였다. 위쪽은 부드러운 모래언덕 사면의 넓게 파이고 홈이 난 구역에서 끝났다. 장수거북이 걸어가면서 남긴 V자형 자국은 두 발 너비가 트랙터의 바퀴 폭과 맞먹었다. 마치 바퀴 달린 육중한 트랙터가 바다에서 올라와 젖은 모래에 깊은 흔적을 남기고, 이리저리 휘저은 다음 바다로 돌아간 것 같았다.

그것은 장수거북의 산란굴이다. 나는 그때까지 장수거북의 발자국을 보지 못했지만 의심할 여지가 없었다. 그것은 중앙아메리카 해변에서 공식적으로 처음 관찰·기록된 장수거북의 산란굴이기도 했다. 그러나 내게는 단순한 통계 이상으로 의미가 있었다. 그것은 내가 어린 시절부터 찾아 헤맨 바다 생물이 육지에 남긴 흔적이었다.

깊은 바다에 사는 괴물이 1년에 한 번 원시적인 파충류의 본성을 따라 해변에 와서 모래밭에 굴을 판 다음, 미래의 어린 씨앗을 뿌려놓은 것이었다. 거북은 발가락이 없는 평평한 앞발로 굴을 메우고 돌아보지도 않고 바다로 갔을 것이다. 그 굴은 고래나 수장룡인 플레시오사우루스만큼 이동 능력이 뛰어나고, 전 세계 바다를 제 집으로 삼아온 해양 파충류의 작품이다. 수백만 년을 바다에서 살아온 생물이 육지에 남긴 자취이자, 1년 중 단 하룻밤, 한 시간 사이에 암컷 한 마리가 남긴 흔적이다.

독자들도 알겠지만 나는 장수거북이라는 종에 대해 호기심이 넘치다 못해 열광할 정도다. 나는 잠시 상념에 젖어, 찌는 듯한 공기와 햇볕 아래 그 산란굴을 내려다보고 있었다.

짜릿한 발견의 환희가 가신 뒤, 나는 카메라 가방과 물통을 바닥에 내려놓고 바다거북이 남긴 산란굴을 살펴보기 시작했다. 거북의 흔적은 상당히 많았다. 장수거북 암컷은 종종 몸무게가 450킬로그램 혹은 그 이상 나간다. 이들에게는 거의 환상적인 호르몬 신경계가 있어 독특한 습성을 보인다. 장수거북은 뛰어난 감각으로 파충류학자나 붉은긴코너구리가 알을 파헤치지 못하도록 묻는다. 이들은 뭍으로 올라왔다는 흔적은 지울 수 없기 때문에, 과도한 흔적을 남겨서 약탈자들에게 혼란을 준다. 그 해변에서 내가 장수거북의 산란굴을 찾으려고 파헤친 모래 더미의 면적은 지름이 최소 4.5미터다. 그 윤곽은 원형에 가깝지만, 내 눈에는 아무런 흔적이 보이지 않았다. 나는 구역을 세분화해 거의 모든 곳을 파야 했다. 장수거북 알은 사람 허리 깊이에 묻혀 있었기 때문에, 그 일은 아주 힘들었다.

나는 막대를 들고 굴을 찾기 시작했다. 처음에는 이곳저곳 무작위로 찔러보다가, 곧 주변을 체계적으로 오가면서 막대를 최대한 깊이 넣었다. 규칙적이고 촘촘한 격자 형태로 많은 구멍을 뚫었지만, 여전히 굴은 발견되지 않았다. 매부리거북이나 푸른바다거북의 산란굴을 찾는 데 유용한 가느다란 막대가 이번에는 별 쓸모가 없었다. 표면 아래 단단한 모래층을 뚫으려면 더 튼튼한 막대가 필요했다. 내가 체중을 싣고 올라설 수 있는 막대 말이다.

주위를 둘러보았다. 그곳은 탁 트인 해변이고, 거친 파도가 전부 쓸어 가서 떠밀려 온 나무가 없었다. 간간이 보이는 은색 나무를 하나씩 시험해보았지만, 전부 뱀처럼 굽었거나 햇빛과 바닷물에 부식돼 쓸 만한 게 없었다. 그러다 괜찮은 참대나무를 발견했지만, 휴대용 나이프로는 그걸 둘로 쪼갤 수 없었다. 나는 야자나무 줄기를 주워 가장자리를 다듬고 뾰족하게 만들었다. 그러나 모래 속을 찌르자 바로 부러졌다.

나는 장수거북의 산란굴을 찾고 싶어 애가 탔다. 그러나 지금은 찾을 방법이 없다는 게 점점 분명해졌다. 좌절감은 더욱 커졌다. 마체테[128]를 가져오지 않은 게 원망스러웠다. 주변에 나뒹구는 부석 가장자리를 칼로 다듬어보려고 했지만, 돌의 둥근 면은 사탕처럼 부서지면서 칼을 더럽힐 뿐이었다. 짜증이 나서 그 돌을 옆쪽에 있던 월계수 통나무를 향해 던졌다. 돌은 정확히 나무에 맞아 산산조각이

128 날이 넓고 무거운 칼. 무기로 쓰이기도 한다.

났다.

그때 갑자기 여위고 푸른 잡종 개 한 마리가 통나무 뒤에서 튀어 나왔다. 녀석은 나를 향해 짖기 시작했다. 녀석의 발은 적개심을 드러내고, 간간이 뒤쪽을 쳐다보는 모양이 내가 모르는 지원군이 있다는 투였다.

그때 나는 1.8미터쯤 되는 통나무 위로 어떤 얼굴을 보았다. 얼굴은 곧 사라졌다. 통나무 옆으로 가보니 한 여자가 말을 타고 해변 저쪽으로 전력 질주하고 있었다. 파도 위를 철벅거리며 달려가는 말발굽 소리가 들리고, 기수의 기울어진 등이 보였다. 그녀는 달아나는 게 아니라 말을 세워서 돌리려 하고 있었다. 그 말은 이바라 부인이 아니라 검은 해변의 통나무 뒤에서 불쑥 나타난 백인의 모습과 악취에 놀란 것이었다.

이바라 부인 역시 나를 냉담하게 쳐다보았다. 그러나 부인은 이 해변의 거친 삶에 단련된 여인이다. 그녀는 아무리 기묘한 상황이라 해도 낯선 사람 때문에 겁이 나서 달아나는 여자가 아니다. 부인은 천천히 말을 안심시켰고, 100미터 정도 앞에서 말을 세워 방향을 돌렸다. 그 말은 회색을 띠는 중남미 지방의 종마였다. 작고, 억세고, 엄격하게 육종된 스페인산으로, 이유는 알 수 없지만 이 열대 해변에서 살아남은 것이었다. 바닷바람에 단련된 말은 병에 강하고, 모기에도 안전했다. 조직 속 수분 때문에 낙타만큼이나 갈증을 잘 견디고, 발목이 푹푹 빠지는 모래 해변을 밤새도록 걸을 수 있는 놈이다. 모스키토 원주민의 말은 녀석과 품종이 다르다. 녀석은 근사한 말의 이미지와 거리가 멀었지만, 이 지역에 적합한 종이었다.

이바라 부인의 말은 쥐처럼 생긴 얼굴에 목이 잘록했다. 그건 그 품종 고유의 특징이었다. 말은 내키지 않는 듯 눈을 굴리면서 긴장한 채 내 쪽으로 다가왔다. 주인의 의지가 말의 의지보다 강했기 때문이다.

이바라 부인은 내게 다가오다가 말을 바다 쪽으로 몰아 나를 지나쳤다. 그녀는 고삐를 쥐고 말의 단단한 복부를 발로 차며 나를 힐끗 보았다.

"아디오스![129]"

이 말은 당신을 스쳐 지나가겠다는 뜻이다. 우리가 처한 상황에서 이 인사는 만남과 헤어짐을 포괄하는 '안녕'이라는 단어로, 내가 아는 한 영어나 북미 언어에는 이런 말이 없다. 스페인어는 이토록 미묘해질 수 있는데, 교과서나 선생에게는 배울 수 없는 것이다.

물론 이바라 부인은 나를 보고 멈춰야 할 이유가 없었다. 그러나 그녀가 인사했을 때, 나는 안장에 걸린 9.5킬로그램짜리 바구니 두 개에 하얗게 빛나는 바다거북 알을 보았다. 순간 나는 다른 모든 상황을 잊고 말았다.

그래서 말했다. "부에나스 타르데스![130]" 인사를 교환하자 우리 관계는 갑자기 변했고, 그녀는 예의를 갖추기 위해 말을 멈췄다. 조금은 경계한 채, 내 의도가 무엇인지 보려고.

---

129 스페인어로 헤어질 때 하는 인사.
130 'Good afternoon'에 해당하는 스페인어.

이바라 부인은 보통 우리가 해변에서 만나기를 기대하는 여자가 아니었다. 그녀는 키가 작고 순무처럼 땅땅하며, 입술이 가늘고, 풍성한 적갈색 머리에는 스카프로 묶은 남성용 펠트 모자를 썼다. 스페인 여자 특유의 가느다란 다리에 큰 가슴이 모슬린 상의 위로 드러났다. 옷은 갈색 면 셔츠에 같은 색 치마를 입었다. 그녀는 온두라스 여자들이 그렇듯 두 발을 한쪽으로 모으고 말을 타지 않고, 양다리를 벌리고 앉았다. 외모만 봐서는 어디 출신인지 짐작할 수 없었다. 피부가 아주 검었지만 토르투게로의 흑인들과는 닮은 데가 없었다. 이곳 흑인은 대부분 모스키토 원주민과 카리브 해 흑인의 후손이다. 개중에는 블루필즈Bluefields와 산안드레스 출신 크리올 원주민도 있다. 그녀는 내가 본 어떤 코스타리카인과도 닮은 데가 없었다. 검은색에 가까운 피부와 붉은 머리, 나무 안장에 다리를 벌리고 올라탄 부끄럼 없는 태도를 제외하면, 마타갈파Matagalpa 산맥[131]이나 온두라스 남부에 사는 여자들과 더 비슷했다. 그런 지역에서는 혁명이 불러온 100년 가까운 고난의 세월 때문에 어딜 가나 여자들이 야위고, 비슷한 성격을 보인다. 이바라 부인은 그 여자들이나 자신이 탄 말과 닮았다. 얼굴은 햇볕에 거칠어졌지만, 그 너머에 뭔가 조용한 자신감이 있었다.

"안녕하세요, 나는 파날Panal 출신의 이바라 씨 미망인이에요. 파리스미나 이쪽이오." 그녀가 말을 세우며 말했다.

---

131 니카라과의 산악 지역. 커피 재배와 광산으로 유명하다.

나는 이름을 말하며 바다거북을 연구한다고 했다. 그리고 장수거북의 산란굴 쪽을 가리켰다.

"저게 어떤 거북인지 아세요?"

"당연하죠. 에스 데 카날—장수거북—이잖아요."

"저도 그렇게 생각했죠. 그런데 어떻게 아세요?"

"장수거북만 해변을 저렇게 어질러요. 이쪽 해변은 장수거북이 전부 헝클어놓죠. 그래서 파도 가까이 가지 않으면 말을 타기도 힘들어요."

해변 위아래를 훑어보니 위쪽의 모래가 이상하게 들쑥날쑥했다. 바람에 쌓인 자연스런 모래언덕이 아니었다. 내가 전에 본 어떤 해변과도 달랐다.

"일부는 푸른바다거북 무리가 오고 나서 다른 동물들이 알을 훔치려고 판 거예요. 그러나 모래언덕을 헝클어놓는 건 대부분 장수거북이죠. 여기 이 굴처럼 말이에요. 그런데 왜 다른 곳은 둘러보지 않아요? 저쪽 모래벌판에서 매부리거북 산란굴을 몇 개 찾았는데. 그중 몇 개는 푸른바다거북 거예요. 나는 두 개를 팠죠." 그녀는 안장 옆에 매달린 거북 알 바구니 하나를 툭툭 쳤다.

"저는 매부리거북이나 푸른바다거북이 아니라 장수거북 알을 찾고 있어요."

"그건 매부리거북 알보다 좋지 않을 텐데… 맛이 덜하거든요."

"알을 먹으려는 게 아니라 크기를 측정하려고요."

그녀는 조금 멋쩍은 듯 나를 쳐다보았다. "장수거북 알은 이 정도로 커요." 그녀는 손으로 작은 컵 모양을 만들어 크기를 보여주었다.

"맞아요, 전 그 알을 찍고 싶어요."

"장수거북 알은 1미터 혹은 1.5미터 깊이에 있어요. 그래서 동물들이 찾기 어렵죠. 심지어 재규어도요. 바다거북 알을 전부 찾는 시퀴레스의 개들도 장수거북 산란굴은 못 파내요."

"얼마나 오래 걸리든 상관없어요. 이 근처에 장수거북 산란굴이 있다면 오후 내내 팔 수 있죠. 여기는 표면만 긁다가 딴 데로 갔나 봐요. 붉은바다거북이 종종 그러듯이." 내가 말했다.

이바라 부인은 주변의 푹 꺼진 모래를 자세히 관찰했다. 그리고 라틴아메리카인이 부정의 의미를 표현할 때처럼 손가락을 자기 얼굴 앞에서 좌우로 흔들었다.

"아니에요, 이 밑에 있어요."

"어떻게 아시죠? 이 근처를 전부 찔러봤는데 물컹한 부분이 없었어요." 내가 물었다.

그녀는 다시 나를 보며 손가락을 흔들었다. "깊게 찌르지 않아서 그래요. 장수거북 산란굴에는 물컹한 부분이 없어요. 그냥 찾아야 해요. 그런데 지금 몇 시죠? 정오인가요?"

나는 손목시계에서 땀에 젖은 모래를 털어냈다.

"12시 15분이네요. 급한 일이 있나 보죠?"

"오늘 스페인 사람이 모스키토 원주민에게 급여를 줘요. 받을 빚이 좀 있는데, 그 양반들이 취하기 전에 가야 해요. 목요일에 술통을 싣고 오는 비행기를 봤어요. 아마 오늘 저녁이면 전부 취할 거예요."

나는 같이 타고 온 우유 통 속의 구아로를 떠올리며 그녀의 말이 맞다고 생각했다. 그녀가 말하는 스페인 사람은 토르투게로 애틀랜틱 무역 회사에 있는 요요 씨의 상사 돈 페드로Don Pedro다.

"빚이 얼마죠?" 내가 말했다.

"두 사람 합쳐서 8콜론 정도예요."

"좋아요, 그럼 이렇게 합시다. 장수거북 산란굴을 찾는 걸 도와주면 10콜론을 드리겠소."

이바라 부인은 앞쪽 모래 해변을 보다가 태양을 쳐다보고 한숨을 쉬더니, 높은 안장 위로 다리 하나를 휙 빼 내려섰다.

"그럼 해보죠." 그녀는 무심하게 말했다.

그녀는 늙고 울퉁불퉁한 맨치닐[132] 밑으로 말을 데려갔다. 해변에서 유일하게 나무다운 나무다. 그녀는 고삐를 가지에 맸다.

"이건 독이 있는 나무예요." 내가 말했다.

"그래도 말은 괜찮아요."

"당신 손은요? 나중에 고삐를 쥐어야 할 텐데…."

"걱정 말아요. 나도 괜찮아요. 이 나무를 태울 때 나오는 수액이랑 연기가 위험한 거예요."

"나라면 저런 나무에 말을 매지 않을 텐데요."

"괜찮아요. 당신은 여기 사람이 아니고, 아직 이곳을 겪어보지 않았어요."

---

132 열대 아메리카 연안의 독성 있는 나무. 우윳빛 수액이 피부에 닿으면 심한 자극이 있으며, 야생 사과처럼 생긴 열매는 먹으면 심각한 중독을 일으킨다.

이바라 부인은 안장에 달린 생가죽 칼집에서 낡은 마체테를 꺼내더니, 거북의 산란굴 쪽으로 걸어가서 강아지를 불렀다. 강아지는 위쪽 해변의 풀밭에서 껑충거리며 뛰어와 주인에게 재롱을 부렸다. 그녀는 몸을 굽히고 뭔가를 가리키듯 모래 위의 한 지점을 긁었다. 강아지의 시선을 끌기 위한 것이었다.

"우에보스!¹³³" 그녀가 말했다.

나는 깜짝 놀랐다. 이 단어는 평소에 전혀 다른 의미가 있기 때문이다. 그러나 개는 주인의 말을 알아듣고 바다거북 산란지와 2미터쯤 떨어진 곳을 파기 시작했다.

"바보처럼 굴지 마! 여기, 여기를 파!" 이바라 부인이 말했다.

개는 주인의 어조에 기가 죽어 귀를 축 늘어뜨렸다. 그러더니 곧 자리를 옮겨 다른 곳을 파기 시작했다.

"푸른바다거북이나 매부리거북 산란굴은 필린(개 이름)이 실수하는 법이 없어요. 그런데 장수거북은 못 맞히죠. 이 녀석은 여길 파게 두고 저 뒤쪽을 봐야겠어요." 그녀는 해변 위쪽으로 100미터쯤 떨어진 관목 지대를 가리켰다.

"좋아요." 나는 그녀가 혼자 갈 것 같아서 거기 남아 그 개를 어떻게 격려해줄지 생각했다.

"아뇨, 나뭇가지를 잘라야 하니 당신도 와요. 당신이 나보다 나무를 잘 타겠죠."

---

133 huevo는 스페인어로 알, 달걀 등을 의미하고, huevos는 속어로 남자의 고환, 불알을 뜻한다.

우리는 모자반과 시오트, 이카코[134]를 헤치며 나갔다. 모래언덕을 넘자 빽빽하게 심긴 묘목들이 있었다. 우리는 그 앞에 섰다. 이바라 부인은 적당한 나무를 찾을 때까지 근처를 찬찬히 둘러봤다.

"저기로 올라가서 나뭇가지를 정리해봐요. 저걸 잘라 오면 돼요." 그녀는 덤불 안쪽의 희미한 곳을 가리켰다.

나는 가늘고 부드러운 나무줄기에 정강이를 대고 올라가, 손이 닿는 범위의 모든 잔가지를 꺾었다. 그리고 내려와 그 나무줄기를 자른 다음 공터로 끌어냈다. 이바라 부인은 그 나무를 1.5미터 길이로 자르고, 나무껍질을 벗긴 뒤 끝을 뾰족하게 다듬었다.

"됐어요, 아마 이걸로 될 거예요." 그녀가 말했다.

우리가 돌아가서 보니 개는 바다거북 산란굴에 흥미를 잃고, 다른 데서 농게의 굴을 파고 있었다.

"저놈이 딴짓을 하네요."

그녀는 막대기 끝을 산란 장소 중간에 세우고 힘껏 박았다. 막대기는 빽빽한 모래 속으로 60센티미터 정도 들어갔다. 그녀는 다시 30센티미터 떨어진 곳에 힘껏 막대기를 넣었고, 역시 비슷한 깊이로 들어갔다. 그녀는 12군데를 찔러봤지만, 막대기에는 고운 모래만 묻어 나왔다. 그녀는 잠깐 멈추더니 무릎을 꿇고 근처를 살펴보았다. 모래에 딸려 나온 나뭇가지나 다른 부스러기를 하나하나 뒤적이기도 했다. 잠시 뒤 그녀는 파헤쳐진 해변에서 나팔꽃 줄기를 발견했

---

134 카리브 해 연안의 모래언덕과 해변에서 자라는 나무. 잎이 넓고 윤기가 나며, 열매는 저장용으로 쓰인다.

다. 그걸 잡아당기자 모래에서 1미터쯤 되는 포도 덩굴이 나왔다.

"아마 여기일 거예요. 장수거북이 묻은 거죠." 그녀가 말했다.

이바라 부인은 막대기를 들고 포도 덩굴이 있던 곳 주위를 찬찬히 찔러봤지만, 여전히 산란굴은 발견되지 않았다. 막대에 노른자위가 묻지 않은 것이다. 결국 그녀는 그만두고 머리를 흔들며 조용히 땀을 흘렸다.

"장수거북 산란굴을 찾는 게 쉽진 않아요."

그녀는 손등으로 눈가를 닦았다. 머리칼이 모자 아래로 흘러내렸고, 검은 얼굴에는 땀에 젖은 모래가 서리처럼 묻었다. 나는 그녀가 의혹을 품기 시작했다고 생각했다. 붉은바다거북이 종종 그러듯이 장수거북도 여기에서 눈속임용 산란굴을 만들었다는 내 견해에 점차 동의한다고 말이다.

"여기에는 아무것도 없는 모양이에요." 내가 말했다.

"그런 소리 마세요. 분명 여기에 낳았어요. 항상 그랬으니까. 장수거북은 엄청나게 커요. 다리가 이만하죠." 그녀는 자신의 허벅지와 비교해 보였다. "장수거북은 아주 깊은 곳에 알을 낳아요. 몸무게가 엄청나고 배로 모래를 다지기 때문에, 모래가 훨씬 단단해지죠. 녀석들이 모래를 휘저어서 산란굴을 찾기 어려워요. 알을 찾는다 해도 커서 한입에 먹을 수 없고요. 이렇게 수고할 가치가 없죠. 그렇지만 막대기를 같이 넣어보면 될지도 몰라요. 분명 여기가 맞아요."

나는 나뭇가지 두 개로 수맥을 탐지하듯 근처를 조사했다. 나뭇가지는 놀랄 만큼 정확히 그녀가 가리킨 곳 위에서 멈췄다. 그녀는 라

이빨로 뱀의 머리를 겨눈 사람처럼 말했다.

"정확히 여기예요."

그녀는 막대기를 모래 위에 놓았다. 우리는 그 위에 함께 힘을 주었다. 막대기는 갑자기 딱 소리를 내더니 우리 손 안에서 부러졌다.

"부러졌네요. 가지가 약했어요. 그런데 더 파보고 싶어요? 밤에 장수거북이 산란하고 모래를 덮기 전에 찾으면 쉬울 거예요. 달이 땅 위에 있을 때 말고 바다에 떴을 때요. 여기 검은 해변에는 장수거북들이 매일 밤—하나, 둘, 세 마리군요—알을 낳으러 와요." 이바라 부인이 말했다.

나는 동의한다고 했다. 주머니를 뒤지니 모래와 코스타리카 지폐가 딸려 나왔다. 10콜론을 그녀에게 건네며 도와줘서 고맙고, 땀과 모래 범벅이 되게 해서 미안하다고 말했다.

"아니에요, 받을 수 없어요. 분명 내가 '굴을 찾아내면'이라고 말했으니까요. 당신은 나한테 빚진 게 없어요. 빚이야 다음에 받을 수 있을 텐데요, 뭐." 그녀가 말했다.

"아니에요, 내가 당신을 멈춰 세웠어요. 여기 안장주머니에 돈을 넣어둘게요."

나는 돌아서서 시오트 숲 뒤편에 있는 맨치닐을 향해 걸어갔다. 그때 이바라 부인의 말이 허공에서 날뛰는 모습이 보였다. 나는 갑자기 불안해져서 풀밭을 가로질러 달려갔다. 말은 짧고 뻣뻣한 등을 마구 비틀고 흔들면서 발작적으로 움직였다. 말을 매어둔 가지는 부러졌고, 고삐는 고삐 자루에 감겨 있었다. 말이 몸을 뒤트는 바람에 안장은 배 쪽으로 떨어지고, 안장에 달려 있던 꾸러미는 헐거워져서 모래 위에 나뒹굴었다. 두 바구니 가득 담긴 거북 알은 모래 위에 쏟아진 상태였다. 말이 그 위에서 날뛰었다.

"이봐요, 여기 와서 당신 말 좀 봐요! 말이 왜 저럽니까?" 내가 소리쳤다.

그녀가 달려왔다.

"오, 하늘에 계신 어머니, 몸을 긁고 있나요? 오, 이럴 수가! 몸을 긁고 있어요. 더우면 몸을 긁는데 내가 깜박했네요. 아, 내 알들! 저리 꺼져! 빌어먹을, 이 바보 새끼! 일어나!"

그녀는 해변에 널린 나무를 들고 말이 방어하지 못하는 복부를 후려치기 시작했다. 말은 날뛰기를 멈추고 어색하게 허둥대면서 네 발로 섰다. 녀석은 코를 벌름거리며 귀를 뒤쪽으로 붙이고 눈을 굴렸다. 주인의 태도에 한 방 먹은 듯, 당황해서 주인을 바라보며 서 있었다.

말은 애처로운 몰골이었다. 굴레가 정강이까지 떨어지고, 안장과 빈 바구니와 아직 깨지지 않은 알 꾸러미가 복부에 걸려 있었다. 싸움용 수탉 한 마리도 말의 앞발 사이 끈에 걸려 있었다. 등과 옆구리는 거북 알의 노른자와 흰자, 검은 모래로 범벅이 되었다. 또 피부 여기저기에 나뭇잎과 썩어가는 맨치닐 열매, 거북 알껍데기가 붙어 있었다. 두 살짜리 아이가 장난쳐서 엉망이 된 모양새였다. 아무리 세차게 몸을 흔들어도 말은 전혀 깨끗해 보이지 않았다.

순간 나는 기가 꺾였다. 이 불쌍한 여자에게 무슨 짓을 저지른 것인가! 내 완고함이 그녀의 하루를 망친 것 같았다. 그녀에게 무릎이라도 꿇고, 주머니에 있는 콜론을 털어서 주고 싶었다.

그런데 그녀는 한 손으로 말을 가리키고 한 손은 허공에서 흔들며, 소리 내지 않고 자지러지게 웃고 있었다. 나는 그녀가 정말 재미있어서 웃는지, 아니면 충격을 받아서 그러는지 살펴보았다. 갑자기 그녀가 말했다.

"오, 짐승 같은 놈! 저 미개한 놈! 오, 하늘에 계신 어머니, 어떤 놈이 저놈보다 멍청할까요?"

그녀는 분명히 즐거워하고 있었다. 그 말을 다시 쳐다보자, 내 눈에도 녀석이 우스워 보였다. 우리는 한참 동안 웃었다.

잠시 뒤 내가 말했다. "죄송해요, 전부 제 탓입니다. 이제 어떻게 하면 될까요?"

"아녜요, 상관없어요. 말을 좀 씻겨야겠어요."

이바라 부인은 말의 굴레를 벗기기 시작했다. 그사이에도 그녀는 간간이 허리를 숙이고 몸을 흔들면서 웃어댔다. 나는 그녀가 말에 묶인 끈을 풀고, 안장과 거북 알을 정리하는 것을 도와주었다. 그녀는 마체테로 풀 더미를 조금 잘라 솔을 만들었다. 그녀는 자기 신발과 셔츠, 스커트를 닦은 다음, 파도 속으로 들어가 바지 부분을 씻었다. 그녀는 굴레를 쥐고 말을 얕은 파도 쪽으로 이끌었다.

나도 급하게 풀을 엮어 솔을 만들었다. 그리고 바지를 닦고 그녀를 따라 파도 속으로 들어갔다.

15분 정도 지나자 말은 깨끗해졌다. 젖은 털 뭉치 사이로 푸른 피부가 보이고, 응고된 노른자 자국도 몇 군데밖에 남지 않았다. 이바라 부인은 다시 말을 나무 쪽으로 데려가 마른 풀로 등을 닦고, 삼베로 된 안장용 담요를 얹었다. 그녀는 안장을 깔끔하게 정리했다. 내가 안장을 말 등에 올려 끈으로 묶는 사이, 그녀는 거북 알을 정리했다. 수탉은 죽었지만 말에게 깔린 동물치고 상당히 온전한 상태였다. 이바라 부인은 마체테로 수탉의 목을 친 다음, 피가 뚝뚝 떨어지는 닭의 몸통을 말안장 아래 걸었다. 그리고 스커트를 걷어 올린 다음 신발을 바구니에 넣었다. 마지막으로 손목의 모래를 털고 셔츠를 입은 뒤, 안장에 휙 올라탔다.

나는 다시 한 번 얼마 안 되는 지폐 다발을 내밀었다.

"받아요, 거북 알이랑 수탉이 저렇게 된 건 제 탓입니다." 나는 회유하듯 말했다.

"무슨 소리! 수탉은 원래 죽을 거였고, 매부리거북 알은 언제나 넘쳐나죠. 게다가 푸른바다거북이 곧 올 거예요. 지금 돌아갈 건가요?"

나는 좀더 찾아보겠다고 했다. 그때 내 표정이 조금 우울해 보인 모양이다. 그녀가 이렇게 말했다.

"좋아요, 이쪽으로 조금 가면 야자나무 숲이 있어요. 거기 마실 수 있는 야자열매랑 그늘이 있을 거예요. 그리고 10킬로미터쯤 더 가면 다시 야자나무 숲이 나오는데, 거기 내 집이 있어요. 거기로 오면 오늘 저녁 만조에 알을 낳는 장수거북을 보여줄 수 있어요. 거의 확실하죠."

나는 고맙지만 그렇게 멀리 갈 수는 없겠다고 했다. 그녀가 알아채지 못하게 지폐를 그녀의 신발이 있는 바구니에 슬쩍 넣었다.

"다른 굴을 하나 파보려구요. 여긴 아닌 것 같아요."

"어휴, 소득 없이 고생만 할 거예요. 분명 여기에 낳았어요. 정확히 여기. 다른 굴은 이것보다 훨씬 파기 어려울 거예요."

"하지만 여기는 더 파고 싶지 않아요. 만나서 반가웠어요."

그녀는 측은하다는 듯 나를 보더니, 맨발로 말의 옆구리를 쳐서 파도 쪽으로 몰고 갔다. 말은 경쾌하게 달리기 시작했다. 아마 토르투게로까지 그렇게 갈 것이다. 그녀는 몸을 돌려 손을 흔들었다.

"잘 있어요, 그럼!"

작은 개가 급히 주인을 쫓아 달려갔다. 갑자기 오후의 산들바람이 은빛으로 빛나던 바다를 어둡게 물들였다. 모래 위를 달리는 말발굽 소리가 서서히 멀어졌다. 말발굽 소리가 완전히 사라지자, 부서지는 파도 소리와 무역풍을 타고 활공하는 제비갈매기의 간간이 끊어지는 울음소리만 남았다.

패러독스 개구리

카리브 해 사람들은 그곳을 이에레Iere[135]—벌새들의 땅—라 불렀다. 그곳은 레이크 아스팔트[136]의 땅이고, 스틸 밴드[137]가 유래한 곳이다. 동시에 카리브 해 동부의 제일 남쪽 섬이며, 여기에 자세히 쓸수는 없지만 시골 풍경이 아주 아름다운 곳이다. 그러나 내게 트리니다드는 토코Toco[138]로 가는 바람 부는 길에서 본 안개 낀 새벽의 땅이다. 무엇보다 패러독스 개구리의 고향이다.

그날 아침 나는 이 세상이 굴러가는 방식이 마음에 들었다. 그건 단지 열대에서 맞이하는 또 다른 하루나, 리들리거북에 대한 생각이나, 길 앞쪽에 있는 긴 바다거북 해변 때문이 아니었다. 물론 거기에는 내가 맘껏 산책할 수 있는 해변이 있었지만, 나를 흥분시킨 건 그

---

135 트리니다드 섬을 말함.
136 땅속에서 솟아나온 천연 아스팔트가 지표면에 호수 모양으로 고인 지역 혹은 그런 아스팔트.
137 드럼통을 잘라 드럼 모양으로 만든 타악기를 연주하는 밴드.
138 트리니다드 섬 북동부의 작은 마을.

게 아니었다. 그날 아침 나는 패러독스 개구리 때문에 즐거웠다.

그건 반쯤은 동물학자로서 호기심 같은 것이었다. 내가 거기 간 이유도 개구리가 아니라 바다거북 때문이다. 멋진 해변과 바다거북 사냥꾼들이 사는 마을 때문에 그곳을 경유하기로 했다. 토코로 가던 날 아침, 내 작은 오스틴 40의 엔진 소리가 자욱한 안개 너머로 경쾌하게 울려 퍼졌다. 아침 공기에서는 아주 먼 바다에서 오는 듯한 냄새가 났다. 이른 아침 나른한 파도는 회색 바위 위로 조용히 부서졌다. 나는 기분이 좋았다. 전설적인 패러독스 개구리를 보고, 그들의 노래를 들을 수 있다는 기대 때문이었다.

나는 동물학자가 되기 전부터 개구리를 좋아했다. 내가 그들에 대해 배워야 했던 것들은 오히려 나의 애착을 망칠 뿐이었다. 나는 개구리의 외모와 관점, 특히 따뜻한 밤에 녀석들이 습한 곳에 모여 짝을 찾으려고 노래 부르는 방식을 좋아했다. 밤에 개구리들의 음악을 들으면 즐겁다. 거기에는 어떤 낙관성과 의미가 충만한 것 같다. 그것은 새들의 노래보다 상징적이다. 예를 들어 흉내지빠귀의 노래는 훨씬 더 정교하다. 흉내지빠귀는 자기 영역을 알리기 위해, 다른 수컷들에게 자기 구역을 과시하기 위해 노래한다. 그들의 노래도 달콤하지만 그 목적은 시시하다.

개구리의 노래는 암컷을 유혹하고 인도하기 위한 것이다. 개구리 안팎의 신비한 뭔가가 어린 개구리가 태어날 때임을 알리면, 수컷은 종에 따라 웅덩이 가장자리에 앉아 개골거리거나, 쌕쌕거리거나, 웡웡거리거나, 포효한다. 수컷의 노래는 암컷을 불러 모으고, 이런 식으로 이듬해 개구리가 태어난다. 개구리의 노래는 유장하게 이어지는 생명의 흐름이 빚어낸 울부짖음과 같다.

이것이 내가 그들의 노래를 듣고 싶었던 철학적인 이유다. 그러나 구체적으로 말하면 사람들이 우표를 수집하듯이, 내게는 개구리의 울음소리를 수집하는 취미가 있기 때문이다. 좀더 센티멘털한 이유도 있다. 패러독스 개구리는 특별한 종이어서 과거의 동물학자들에게 상당한 흥분을 주었고, 오늘날 우리가 생각하듯 개구리가 어류에서 진화한 것이 아니라 어류가 개구리에서 진화했음을 보여주는 증거로 여겨졌기 때문이다.

개구리의 전형적인 습성 중 하나는 물로 돌아가서 알을 낳는 것이다. 알은 올챙이로 부화하고, 운이 좋으면 올챙이는 개구리가 되어 물을 떠난다. 그들은 올챙이 때보다 몸집이 훨씬 커진다. 이것이 양서류의 특징적인 생활사다. 다양한 예외가 있지만, 개구리는 대부분 이와 같은 생활사를 겪는다.

패러독스 개구리는 두 가지가 다르다. 먼저 패러독스 개구리는 올챙이 시절에 물 밖에서 살고, 개구리 시절에 물에서 산다. 더 이상한 것은 다 큰 개구리가 아직 유생인 거대하고, 꼬리가 길고, 배가 불룩 나온 올챙이보다 작다는 점이다. 패러독스 개구리는 변태를 겪으면서 몸이 작아지는데, 유생 시절의 커다란 몸집을 회복하지 못한다. 성체는 몸길이가 5센티미터 조금 넘고, 헤엄치기 유리하도록 몸이 가늘고 머리가 뾰족하다. 앞발이 작고, 강력한 뒷발에는 발끝까지 물갈퀴가 달렸다. 이들은 엄지발가락이 독립적으로 움직이는데,

이는 신대륙의 어떤 개구리 종에서도 관찰되지 않는다. 이들은 먹이를 입속에 넣거나, 나뭇가지를 잡거나, 물체의 표면 혹은 바닥에 매달릴 때 이 엄지발가락을 사용한다.

다 큰 패러독스 개구리는 얼핏 보면 아프리카발톱개구리(아프리카에 살고 발톱이 있는 완전 수생 개구리)를 닮았다. 이 개구리는 현재 '임신 개구리'로 알려졌는데, 사람의 임신 테스트에 널리 쓰이기 때문이다. 한편 패러독스 개구리의 올챙이는 그 유명한 멕시코도롱뇽과 비슷하다. 이 도롱뇽은 평생 유생 상태로 사는데, 유아 시절에 생식능력을 갖춘다. 이들은 아가미로 호흡하며, 자신이 태어난 웅덩이 바깥의 건조한 육지로는 절대 나가지 않는다. 물론 톨루카Toluca[139] 시의 재래시장에서 가끔 타말레Tamale[140]로 나오지만 말이다. 그러나 패러독스 개구리의 올챙이가 멕시코도롱뇽의 유생처럼 교미하고 싶어 안달하는 생물은 아니다. 패러독스 개구리의 올챙이 역시 멕시코도롱뇽처럼 뇌하수체나 갑상샘, 혹은 둘 모두 이상이 있다. 그러나 이 올챙이들은 아가미가 폐로 변하고, 큰 꼬리가 근육이 있는 헤엄용 뒷발로 바뀌기까지 생식능력이 생긴다는 보고는 없다.

초기 자연학자들은 작은 패러독스 개구리의 거대한 올챙이를 보고 알에서 부화된 것이 개구리고, 다 자란 것이 올챙이라고 생각했다. 몇몇 사람들은 더 나아가, 이 올챙이의 지느러미 모양 꼬리와 유선형 몸체, 안이 들여다보이는 길고 둘둘 말린 초식성 내장, 황학

---

139 멕시코 중부 메히코(México) 주의 주도.
140 옥수수 가루, 다진 고기, 고추로 만드는 멕시코 요리의 일종.

치[141]를 연상케 하는 배의 형태를 보고 어류가 개구리에게서 진화했다고 생각했다. 이런 특징 때문에 이 개구리 종에 '패러독스'라는 이름이 붙었는데, 나중에 저 논리의 허점이 밝혀지자, 그것이 잘못된 해석이었다는 의미에서 다시 학명에 '가짜Pseudis'라는 이름이 붙었다.[142]

1880년 하버드대학교 비교동물학박물관에 근무하던 새뮤얼 가먼 교수는 앞선 연구자들의 어리석은 호들갑에 대해 짧은 논문을 썼다. 그는 이 개구리 종에 관한 여러 가지 논란을 잠재우면서, 이 개구리의 특이한 점은 올챙이가 지나치게 큰 것뿐이라고 썼다. 그때부터 수많은 자연학자들이 패러독스 개구리를 보고 감탄했다. 그러나 신기하게도 이들의 생활사는 거의 연구되지 않았다. 나도 이들의 짝짓기 습성에 관한 자료를 뒤져보았지만 찾을 수 없었다. 이들이 무엇을 먹는지, 알은 어디에 낳는지, 어디에서 수정이 일어나는지 기록한 것은 물론, 실망스럽게도 이들의 노랫소리에 관한 연구 문헌조차 없었다. 심지어 이들이 노래를 부른다는 언급이나 암시도 없었다.

개구리가 노래하는 것은 이들이 육상에 반쯤 적응한 생물이기 때문이다. 개구리는 대부분 알을 낳고 수정시키기 위해 물로 돌아간다. 이들은 짝짓기 상대를 다시 물속으로 불러들이기 위해 노래한다. 그러나 패러독스 개구리는 암수 모두 물에서 산다. 따라서 누군가는 이들이 짝짓기 충동을 느끼면 노래 부르거나, 고함치거나, 무

---

141 배에 빨판이 있어서 바위나 돌에 달라붙을 수 있는 물고기.
142 패러독스 개구리의 학명은 'Pseudis paradoxa'로 Pseudis는 가짜 혹은 허위, paradoxa는 역설이라는 뜻.

리를 불러 모으기 위해 어떤 행동을 하지 않아도 언제든 만날 수 있다고 생각할지 모른다.

그러나 개구리의 노래는 척추동물의 가장 오래된 소리일 가능성이 크다. 개구리의 조상은 피가 따뜻한 포유류가 출현하기 훨씬 전부터 노래하고 있었을 것이고, 오늘날 개구리는 이런 습성을 완고하게 고수한 것 같다. 시끄러운 데서 살기 때문에 노래 부르지 않는 개구리들도 있다. 그러나 일반적으로 노래는 개구리에게 생존에 유리한 적응 방식이었고, 이들은 계속 노래 불렀다. 완전 수생인 발톱개구리 역시 나름의 울음소리가 있다. 발톱개구리 암컷은 특별한 부름이 없어도 오랜 짝짓기 장소인 물속으로 돌아온다. 그런데 발톱개구리 수컷은 신기하게, 약간은 멋쩍어하며 노래한다. 앞에서 말했듯이 패러독스 개구리는 발톱개구리와 닮은 점이 많다. 전문가에게 물어본 적은 없지만 나는 패러독스 개구리가 소리를 내리라 확신했고, 그 노래를 들어보고 싶었다. 그래서 그날 아침 토코로 가는 길, 내 진짜 목적이 트리니다드 남동부 해안에서 바다거북을 조사하는 것인데도 지도 위 마야로Mayaro 해변[143]의 세인트앤St. Ann 마을을 계속 들여다봤다. 거기에서 패러독스 개구리를 찾을 수 있기 때문이었다.

먼저 나는 세인트앤 마을의 관리자 베르나르 드 베퇴유Bernard de Verteuil 씨를 찾아야 했다. 베르나르 씨는 트리니다드 섬에 관한 두꺼운 책을 쓴 드 베퇴유 씨의 손자다. 훌륭한 자연학인—모든 사람이 내게 그렇게 말했다—그는 마음씨가 따뜻해서 그곳을 찾은 부랑

---

143 트리니다드 남동부에 위치한 만.

자나 방문객을 도와주기 위해 분주한 사람이라고 했다. 당신이 원하는 것이 무엇이든—아나콘다를 잡는 것이든, 아구티[144]를 쏘는 것이든, 홍따오기 떼의 사진을 찍는 것이든—일단 베퇴유 씨를 찾아가면 되었다. 사람들은 내게 그가 패러독스 개구리를 연구하려는 파충류 학자들에게 특히 친절하다고 말했다. 그것이 내가 저녁이 되기 전에 세인트앤 마을에 도착하고 싶었던 이유이자, 이곳 트리니다드 동해안의 바다거북 연구팀이 그렇게 열성적으로 활동할 수 있는 이유이기도 했다.

마틀롯에서 그랜드리비에르Grand Riviere까지 바람 부는 해변[145]은 곳이 이어지고, 모래 해변은 작은 만에서 짧게 나타났다. 나는 차를 세우고 작은 해변을 모두 살펴보았다. 바다거북의 흔적을 찾을 가망은 거의 없었지만, 어느 해변이든 지나치기가 찜찜했기 때문이다. 조용한 아침에 가느다랗고 깨끗한 초승달 모양 모래 해변을 걷는 일은 상쾌했다. 해변 옆으로는 어두운 나무들이 서 있고, 모래벌판 군데군데 희미하게 빛나는 암석층이 솟아 있었다. 그 암석층은 좁은 만에서 비스듬히 돌출했는데, 그 위를 밟으면 암석 더미가 소리를 내며 깨졌다. 즐겁게 산책하다가 산소우치San Souci 해변에서 오래된 흔적 몇 개를 찾았다. 매부리거북이라 하기에는 크고, 장수거북이라 하기에는 좁고 얕은 자국이었다. 푸른바다거북이나 붉은바다거북의 흔적 같았다. 산란굴 하나는 비었고, 근처는 사람과 당나귀의 흔적

---

144 중남미산 들쥐의 일종.
145 모두 트리니다드 북부 해안.

으로 어지러웠다. 다른 산란굴도 누군가 파내 알을 가져간 뒤였다. 작은 만의 중앙 해변은 보통 바다거북이 잘 산란하지 않는 곳인데, 그 해변에는 격리된 아름다움 같은 것이 있어서 거북들이 지나칠 수 없었나 보다.

샤크Shark 강[146]에 다다랐을 때, 마틀롯 쪽으로 뻗은 높은 다리 근처의 넓은 도로변에 차를 세웠다. 전날 밤 이상한 생물의 눈빛을 보고 차를 세운 곳이다. 차에서 내려 대낮의 새로운 느낌으로 그곳을 보았다. 협곡은 저녁에 손전등 불빛으로 보았을 때보다 훨씬 깊었고, 지난밤 내린 비로 세차게 흐르는 강물도 훨씬 멀리까지 내다보였다.

전날 밤 내가 이곳을 지나갈 때는 소나기가 거의 그쳤을 무렵이다. 다리가 보이기 전에 심지어 차 안에서도 강의 물소리가 들렸다. 그다음 다리 위쪽이 눈에 들어왔다. 그때 길게 뻗은 헤드라이트 불빛 사이로 다리 난간 어딘가에서 석탄처럼 빨갛게 타오르는 생물의 눈이 보였다. 빨간 눈이었다. 개구리의 눈이라기에는 밝고, 카이만[147]의 눈이라기에는 어두우며, 나방의 몸체도 아니었다. 거미라기에는 몸집이 크고, 쏙독새라기에는 붉은빛이 적으며, 포유류라기에는 노란빛이나 초록빛이 부족했다. 이것이 내가 차 안에서 헤드라이트 불빛으로 관찰한 그 물체의 인상이다.

나는 차를 멈추고 도로변까지 후진해서 헤드라이트 옆에 섰다. 그

---

146 트리니다드 북부 산악 지역에서 발원해 북쪽 해안으로 흐르는 강.
147 중남미 열대 지방에 사는 악어.

리고 헤드라이트를 끄고 몸을 기울인 다음, 전구 다섯 개가 박힌 사냥용 전등을 앞쪽 멀리 비췄다. 결과는 아까와 비슷했다. 그건 내가 기억 속에서 떠올리거나, 유추할 수 있는 생물의 눈이 아니었다. 나는 앉아서 녀석의 정체가 뭘까 골똘히 생각했다. 그러다 문득 녀석이 움직인다는 것을 깨달았다. 그것은 아주 느리게 움직였다. 45미터 정도 밖에 있었지만 나는 그 생물이 아주 천천히, 분명한 목표를 가지고 다리를 건너는 것을 볼 수 있었다. 녀석은 나처럼 통상적으로 다리 한 끝에서 다른 끝으로 건너가려는 것이 아니었다. 다리 한쪽 측면에서 다른 측면으로, 즉 난간에서 다른 난간으로 건너가려는 것이었다. 그 모습은 다리를 건너는 이상한 방법처럼 보였다. 높은 다리 기둥 옆, 비 때문에 불어난 강물이 포효하는 칠흑 같은 어둠 속에서 말이다.

녀석의 행동은 충분히 이상했지만, 나를 가장 실망시키고 충격에 빠뜨린 것은 그 생물이 뭔지 도저히 알 수가 없다는 사실이었다. 밤에 야생동물에게 불빛을 비추는 것은 내 취미 중 하나다. 또 반사된 눈빛을 보고 그 생물을 알아맞히는 것은 내 소소한 기쁨 중 하나다. 별것 아닌 기쁨이라 여기는 사람이 있을지도 모르고, 그런 취미가 내 경력이나 명성에 거의 도움이 되지 않은 것도 사실이지만, 불빛을 비춘 생물의 눈을 알아맞히지 못했을 때는—최소한 분류학상의 그룹 정도라도—기분이 좋지 않았다.

다리 위에서 맞닥뜨린 이상한 눈은 내게 일종의 도전이었다. 거기 앉아 꽤 오랫동안 골똘히 생각했지만 아무것도 알아내지 못했다. 내 상상력과 경험을 총동원해도 그 눈과 비슷한 것을 떠올릴 수 없었다. 녀석과 나의 거리가 난점 중 하나였다. 빛나는 눈의 주인을 제대로 포착하기에는 거리가 멀었다. 그 눈의 주인이 얼마나 큰지―3센티미터인지 1미터인지―도 알 수 없었다. 그러나 크기를 알았다 해도 그 생물이 무엇인지 맞힐 수 없었을 것이다. 나는 짐작되는 것이 없었고, 그 상황에 들어맞을 법한 생물이 그려지지 않았다. 녀석이 거기에서 뭘 하는지도 알 방법이 없었다.

나는 질려서 생각하기를 포기하고, 녀석 위로 손전등을 비추며 정체를 알아보기 위해 다리 위로 걸어갔다. 충분히 가까이 가서 그 눈을 만져본 뒤에야, 나는 그것이 어떤 새우의 눈임을 알았다.

이 얼마나 납득되지 않는 일인가? 거짓말 같았다. 나는 수백 개나 되는 새우의 눈을 보았다. 그러나 전부 물속에 있는 놈들의 눈이었다. 새우의 눈은 물속에서 부드럽게, 말없이 빛난다. 나는 전에 이런 새우를 잡아본 적도 있다. 꽤 큰 새우인데 전부 맑은 물속에 있었다. 산에서 쏟아져 바다로 흘러가는 급류에 불안정하게 매달린 다리 위에 있는 새우가 아니었다. 다리 여덟 개로 균형을 잡고, 차들이 다니는 방향과 직각으로 다리를 건너는 새우는 더더욱 아니었다. 다리에 차는 거의 다니지 않았지만, 새우는 일반적인 교통 방향과 직각으로 움직이고 있었다. 나는 새우가 얼마나 절박했으면 저럴까 상상해보려 했다. 약간 효과가 있었지만, 내가 받은 충격은 가시지 않았다.

지금 생각하면 나는 지난밤 그 새우를 잡았어야 했다. 당시 벨트에 맨, 개구리가 담겨 있던 가방에 녀석을 담았어야 했다. 그랬다면 그 새우가 정확히 어떤 종류인지, 속과 종은 어떻게 되는지 알 수 있었을 것이다. 그러나 나는 새우에게 손도 대지 않았다. 지금 내가 할 수 있는 최선의 묘사는 이렇다. 그것은 카리브 전역의 맑은 개울에 사는, 원통형 몸체에 다리가 짧고 즙이 많은 민물새우 중 하나였다. 민물새우는 내가 좋아하는 음식 중 하나인데, 카리브 사람들이 민물새우를 뭐라고 부르는지 알아내지 못한 것이 후회가 된다. 나는 민물새우를 온두라스와 니카라과, 파나마의 하천에서 그물이나 작살로 잡곤 했다. 자메이카에서도 비슷한 새우를 잡았다. 쿠바 아바나의 레스토랑 라 사라고사에서 삶은 민물새우를 주문한 적도 있다. 솜씨 좋게 껍데기를 벗긴 새우가 러시안 드레싱을 뿌린 미나리에 얹혀 나왔다. 러시안 드레싱을 골고루 섞고 라임과 신선한 후춧가루를 뿌린 다음, 쿠바 빵과 맥주에 곁들여 먹으면… 아, 그 맛은 말로 표현할 수 없다.

지금 나는 특정한 새우 종이 아니라 일반적인 민물새우의 맛을 이야기하는 중이다. 쿠바인들은 그 새우를 랑고스티노(langostino : 스페인어로 가재)라고 불렀는데, 그 맛은 바닷가재와 비슷했다. 플로리다에서는 이 민물새우가 잡히지 않지만, 그걸 맛보기 위해서라도 카리브 여행을 할 가치가 있다.

그날 밤 다리 위에서 새우를 만났을 때, 나는 녀석의 구체적인 이름이나 맛 따위는 전혀 생각하지 않았다. 다만 녀석이 어떻게 포효하는 급류 위 12미터나 되는 다리 위로 올라왔는지, 어디로 가는지 궁금했다. 녀석이 어디에서 왔고, 어떻게 거기 있는지 알 수 없지만,

조금 기다리면 적어도 녀석이 어디로 가는지 볼 수 있을 것 같았다.

나는 다리 난간에 기대어 손전등을 끄고 기다렸다. 몇 분 뒤 전등을 켰더니 새우는 여전히 앞으로 가고 있었다. 녀석은 분명 맞은편 난간으로 가는 중이었고, 이제 30센티미터 정도밖에 남지 않은 상태였다. 나는 다시 전등을 끄고 기다렸다. 전등을 다시 켰을 때, 새우는 맞은편 가장자리에 도달한 상태였다. 녀석은 떨어지기 직전에 방향을 찾는 건지, 용기를 모으는 건지, 아니면 다른 이유 때문인지 가만히 멈춰 서 있었다. 나는 무슨 일이 일어나는지 보려고 살금살금 도로를 건너 재빨리 다가갔다. 그러나 내가 도착하기 전에 녀석의 결심이 선 모양이었다. 새우는 다리를 반사적으로 홱 움직여 작은 몸을 시커먼 급류 속으로 던졌다. 나는 아래쪽 급류를 향해 전등을 비췄다. 그러나 거친 격류가 용감하게 몸을 던진 다이버를 어디로 데려갔는지, 왜 그런 일이 일어났는지 말해주는 흔적은 아무 데도 없었다. 나는 생각에 잠겨 차로 돌아왔다. 그리고 조심스럽게 차를 돌려 숙소로 갔다.

다음 날 아침, 토코로 가는 길에 나는 막연한 희망을 품고 다리에 차를 세웠다. 대낮에 보면 어제 새우가 왜 그런 행동을 했는지, 적어도 어떻게 다리 위로 기어올랐는지 알 수 있지 않을까 싶어서다. 나는 다리 이쪽에서 저쪽 끝까지 걸으며 다리의 토대와 기둥, 이음매를 살펴보았다. 그러나 궁금증을 풀어줄 만한 것은 찾지 못했다. 나는 팔꿈치를 난간에 대고 흐르는 개울을 쳐다보며 생각하고 또 생각했다. 궁리가 쓸모없어질 때까지 그러다가, 차로 돌아가서 그랜드리

비에르로 향했다. 나는 가는 내내 상상 이상으로 조바심을 내며 그 무척추동물의 기괴한 행동에 몰두했다.

토코에 도착하기 직전에 나는 장수거북의 산란지를 발견했다. 나무들 사이로 흰 모래톱이 보이는 곳에 차를 세웠다. 그리고 차에서 내려 도로와 바다 사이에 있는 하천을 건넌 다음, 낮은 관목 지대를 헤치고 앞으로 걸어갔다. 돌연 이제 막 생긴, 깊게 파인 거북의 산란 흔적을 보았다. 파도 가운데부터 12미터 위쪽의 나팔꽃 더미 가장자리까지 두 줄이 이어졌다. 폭이 아주 넓었기 때문에 일반적인 붉은바다거북이나 푸른바다거북이 아니라는 것은 자로 재보지 않아도 알 수 있었다. 바다에서 육지로 기어왔을 때와 육지에서 바다로 돌아갔을 때 생긴 흔적의 형태나 길이도 달랐다. 녀석이 육지로 온 것은 만조 때임을 알 수 있었다.

트리니다드 섬에서 장수거북이 산란한 자료는 거의 없었다. 사실 카리브 해 전역에서 일어나는 바다거북 산란에 대한 구체적이고 믿을 만한 자료가 거의 없다. 이는 놀라울 정도다. 장수거북이 트리니다드 섬으로 온다는 건 확실하지만, 이를 뒷받침할 출판된 형태의 자료가 있어야 한다. 나는 몇 년 전부터 바다거북에 대한 책을 쓰기 위해 관련 자료를 수집해왔다. 그중 아메리카 연안에서 일어나는 장수거북 산란에 대한 믿을 만한 연구는 두 개 정도였다. 하나는 오래전 자메이카 연안에서 실시된 연구고, 다른 하나는 로스 앨런Ross Allen이 최근 플로리다의 플래글러Flagler 해변에서 실시한 연구다. 나는 전에도 장수거북이 트리니다드에서 알을 낳는다는 데 한 표를 던졌다. 그러나 그것만으로는 충분치 않았는데 장수거북의 흔적을 발견한 지금, 나는 분명히 그렇다고 말할 수 있었다.

앞 장 「검은 해변」에서 나는 장수거북의 산란굴은 그 위치를 정확히 알아도 파기가 상당히 어렵다고 말했다. 그렇지만 이번에는 운이 좋았다. 나는 1.5미터짜리 오래된 자동차 브레이크용 막대가 있었다. 끝이 T자형이라 모래 속에 넣기도 쉬웠다. 장수거북 굴을 찾는 데 이보다 나은 도구가 없었다.

나는 거북의 발자국이 끝난 지점에 헝클어진 모래 무더기를 살펴보았다. 장수거북은 산란굴을 숨기기 위해 엄청난 몸집으로 아주 좁은 구역만 파헤친 상태였다. 구역의 지름이 1.8미터도 되지 않았다. 나는 무작위로 포인트를 선택해서 막대를 찔렀다. 강철 막대는 빽빽한 모래 사이로 힘겹게 50~60센티미터 내려가더니, 잠깐 헐거워졌다가 60센티미터쯤 더 들어갔다. 막대를 뽑아보니 막대 끝 25센티미터 구역에 두꺼운 모래가 묻어 있었다. 장수거북 알의 내용물이 막대에 묻어 모래가 달라붙은 것이다.

나는 막대를 눕혀놓고 작은 삽으로 그곳을 파기 시작했다. 90센티미터 정도 파 내려가니 제일 꼭대기 부분의 알이 나왔다. 굴을 파는 데 한참 걸려서 훨씬 깊게 느껴졌다. 구역별 모래의 단단함을 측정해 실제 거북이 파놓은 굴의 크기가 어느 정도인지 알고 싶어서 천천히 작업했다. 그러나 굴의 외벽과 내부 사이에는 거의 강도 차이가 없어, 그 계획은 포기해야 했다. 어쨌든 나는 굴을 전부 팠고 거북 알 50개를 꺼냈다. 알을 크기별로 세우고 측정한 다음, 가져갈 알을 몇 개 골랐다. 장수거북 알은 골프공이나 붉은바다거북의 알이 아니라 테니스공에 가까웠다. 50개의 평균 지름은 5센티미터보다 컸다. 태평양에 사는 장수거북의 알이나 로스 앨런이 플로리다에서 조사한 장수거북의 알 크기와 거의 비슷했다. 크기만으로도 그걸 낳은 생물이 장수거북임을 알 수 있지만, 더 확실한 특징이 있었다. 내가 파낸 알은 대부분 지름 5센티미터 정도인데, 알 무더기 꼭대기에 조약돌보다 작은 알이 몇 개 있었다. 이 알들은 대부분 흰자뿐이었다. 암컷이 알을 낳을 때 흰자를 만들 수 있는 재료가 조금 남아서, 그걸 버리는 대신 노른자가 빠진 쓸모없는 알을 만들어 새끼들에게 남겨놓은 것 같았다. 가끔 제과점에서 달걀흰자로 만든 비스킷을 다른 비스킷과 함께 진열하듯이 말이다. 내가 파낸 알들은 손톱만 한 것부터 멕시코의 5페소 동전 크기까지 다양했다. 이런 알 크기의 편차는 태평양과 인도양의 장수거북을 연구한 사람들도 관찰한 것이다.

크기 측정을 마치고 그 알들에 감탄할 때쯤—신학자 프랜시스 영Frances Young이 사용한 표현처럼 내 방식으로 '열렬한 경배'를 하는 동안—새벽안개가 걷혔다. 그러자 알과 산란지를 사진으로 찍어도 될 만큼 주변이 밝아졌다. 나는 알을 다시 굴에 넣고 모래로 덮은 뒤, 물건을 챙겨서 차로 돌아왔다.

토코에서 휠더Hulder라는 남자와 잠깐 이야기를 나눴다. 그는 그곳에서 바다거북 전문가로 여겨지는 사람인데, 바다거북에 관한 실제적인 지식이 상당한 듯했다. 그는 리들리거북을 알았다. 이 거북은 절대 해변으로 산란하러 오지 않는다는 사실을 포함해, 그는 다른 어부들이 내게 말한 것과 똑같은 이야기를 들려주었다. 트리니다드와 토바고 섬에서 내가 바다거북에 관해 이야기를 나눈 모든 사람들처럼, 그 역시 장수거북을 '오리눅 거북'이라 불렀다. 그리고 다른 사람들과 마찬가지로 장수거북이 오리노코 강 입구에서 섬으로 찾아오기 때문에 그렇게 불린다고 말했다.

나는 왜 그렇게 생각하느냐고 물었다. 장수거북은 뛰어난 유영생물로 지구의 모든 열대 해역에 서식한다. 오리노코 강이 아무리 거대하다 해도, 내가 아는 한 장수거북은 민물 하천의 이름과 가장 어울리지 않는 바다거북이다. 나는 휠더 씨에게 그 이야기를 했다. 그는 일리가 있는 말이지만 트리니다드 섬의 장수거북들은 항상 오리노코 강에서 온다고 했다. 5~6월이면 안데스Andes 동부 내륙 지역에 우기가 시작되고, 강의 수위가 높아져 범람하면서 쓰러진 나무나 쓰레기 더미, 히아신스, 기타 잔해를 쓸어 하류로 내려간다. 오리노코의 여러 강어귀에서 시작되는 홍수는 엄청나다. 그 홍수는 아프리카에서 서쪽으로 흐르는 해류와 섞인 다음, 트리니다드 연안을 쓸어놓고 거기에 온갖 해양 쓰레기를 밀어놓는다. 강물은 대부분 서쪽으로 흘러 파리아Paria 만[148]으로 유입된다. 트리니다드 섬 남쪽 연안에는 육지에서 밀려온 잡동사니가 쌓이는데, 그중 일부는 트리니다드와 토바고 섬 사이에 쌓인다. 이 잔해는 트리니다드 섬의 동부 연안에 좌초하기도 한다. 장수거북은 바로 이 시기(5~6월)에 모습을 드러낸다. 오리노코 강물이 그들을 데려온다는 것이다. 이 때문에 트리

---

148 트리니다드 섬과 베네수엘라 동해안 사이의 만.

니다드 섬에서 장수거북은 오리눅 거북으로 알려졌다.

나는 장수거북이 트리니다드 섬에 출몰하는 데 오리노코 강의 범람이 얼마나 큰 영향을 끼치는지 아는 바 없다. 어떤 시기에는 오리노코 강의 삼각주 근처에 아주 많은 장수거북이 있을 수도 있고, 이들이 강물의 계절적 흐름에 따라 다른 곳으로 퍼져 나갔을 가능성도 있다. 그러나 장수거북이 다른 곳보다 오리노코 강어귀에 많이 사는 것 같지는 않다. 따라서 오리노코 강이 범람하는 시기와 장수거북이 트리니다드 섬에 도착하는 시기가 거의 같은 까닭은, 장수거북의 산란철이 우연히 북반구 남아메리카의 우기와 일치하기 때문이라고 보는 편이 더 합리적일 것이다.

코스타리카에서 장수거북은 다른 거북들보다 빠른 5월에 산란을 시작한다. 그러다 6월 말이 되면 산란하는 거북의 숫자가 줄어든다. 나는 오리노코 강이 범람하는 5~6월에 장수거북이 트리니다드와 토바고 섬 연안에 나타나는 것이 우연의 일치라고 생각한다. 남아메리카에서는 많은 생물들이 오리노코 강의 범람과 더불어 이동하기 때문에 인과관계가 있는 것처럼 보일 뿐이다. 커다란 가로목거북[149]인 남아메리카 강 거북 역시 때때로 트리니다드 연안에 밀려온다. 커다랗고 이상하게 생긴 장수거북이 내륙 본토에서 온다는 생각은 내륙 본토에서 종종 트리니다드 연안에 밀려오는, 커다랗고 이상하게 생긴 이 강 거북 때문에 비롯된 것 같다.

---

149 지구상의 거북들은 크게 목을 등딱지 안에 넣을 수 있는 것과 없는 것으로 나뉜다. 이때 목을 등딱지 안에 넣을 수 없는 거북을 가로목거북(곡경류曲頸類)이라 하고, 넣을 수 있는 거북을 세로목거북(잠경류潛頸類)이라 한다.

트리니다드 섬에 서식하는 동식물이 대부분 남아메리카 토착종이라는 사실은 별로 놀랍지 않다. 현재 트리니다드 섬의 동식물이 섬이 본토에서 분리된 시절부터 있었던 건 아니다. 그러나 6월이면 내륙에서 다양한 생물들이 트리니다드 섬으로 유입된다는 사실을 기억할 필요가 있다. 예를 들어 지금도 베네수엘라 생물 종은 지속적으로 트리니다드 섬으로 유입되어 일정한 군집을 형성한다. 일단 베네수엘라 본토와 트리니다드 섬의 거리가 가까울뿐더러—서펀츠마우스Serpent's Mouth 해협의 가장 좁은 지점은 몇 킬로미터도 되지 않는다—우기의 해류는 빠르고 지속적이다. 강물의 염도가 낮아서 바닷물 때문에 생물이 피해를 당할 확률도 적다. 분명 자잘한 생물들이 통나무나 쓰레기 더미에 실려 트리니다드 섬으로 끝없이 유입될 것이다. 나는 남아메리카 강 거북 외에 다양한 뱀과 도마뱀이 트리니다드 해변으로 밀려온다는 이야기를 들었다. 한 어부는 내게 해변으로 밀려온 커다란 맹그로브 사이에서 개 한 마리와 젖고 굶주린 작은 원숭이를 발견한 적이 있다고 말했다.

원치 않게 밀려온 이 생물들은 대부분 바다에서 익사하거나 해변의 관목 숲 어딘가에서 죽어갈 것이다. 보금자리가 되어줄 짝을 찾지 못한 채 외롭게 살아갈 수도 있다. 그러나 세대가 오래 지나면 그런 생물들이 성공적으로 정착할 확률도 상당히 높아질지 모른다. 생물학적으로 보면 트리니다드 섬은 베네수엘라에서 떨어진 조각이지만, 장수거북이 거기에서 온다고 생각되지는 않는다.

나는 횔더 씨에게 내 생각을 전부 말하지 않았고, 우리는 좋은 분위기에서 헤어졌다. 그는 다음 조업 때 리들리거북을 잡으면 그걸 포트오브스페인Port of Spain[150]의 어업 사무소로 보내, 플로리다로 수송해주겠다고 약속했다. 나는 토코의 대로변을 따라 사흘 전에 왔던 길로 돌아갔다. 몬 카브리테Morne Cabrite를 지나 톰피레Tompire 강을 건넌 다음, 잠깐 바다거북 어부를 만나려고 마투라Matura에 들렀다. 그러나 만나지는 못했다.

섬 북동쪽에서 상그레그란데Sangre Grande[151]로 이동하다 보면, 아름다운 모라 나무 숲 사이로 길이 수 킬로미터나 이어진다. 모라 나무 숲은 거의 트리니다드에서만 볼 수 있는데, 이 길 옆에 펼쳐진 숲은 트리니다드의 모라 나무 숲 가운데 두 번째로 크다. 당신이 숲을 좋아한다면 트리니다드의 멋진 풍경 중 하나인 모라 나무 숲에 꼭 들러보라.

독자들도 알지 모르지만, 열대 상록 활엽수림의 놀라운 특징 가운데 하나는 다양성이다. 울창한 열대우림 1에이커(4000제곱미터)에는 거목 수십 종이 있다. 어느 곳을 둘러봐도 한 종이 빛과 공간을 독점한다는 인상은 없다. '우점종'이라는 개념은 열대우림 저지대의 다종다양한 수목에게 피상적이고 통계적으로 적용할 수 있을 뿐이다. 그개념은 너도밤나무와 단풍나무, 떡갈나무, 히코리가 미국 동부의 숲을 '독점'했다든지, 목련이나 로렐 떡갈나무, 푸른 너도밤나무, 새우나무 등이 플로리다 북부에 '밀집'했다고 말할 때나 쓰는 것이다. 열

150 트리니다드 토바고의 수도.
151 트리니다드 섬 북동 지역에서 가장 큰 도시. 문자 그대로 해석하면 '많은 피'라는 뜻이다.

대우림에는 수목 종이 왜 그렇게 많은지, 그 다양한 나무들이 어떻게 같은 공간에서, 같은 방식으로, 같은 에너지와 영양분을 얻기 위해 경쟁할 수 있는지 아직 흡족하게 설명된 적은 없다. 적어도 내게는 말이다. 그러나 이런 현상은 모든 열대 상록 활엽수림에서 전형적으로 나타난다.

물론 이런 현상은 전형적이지만 불변하는 것은 아니다. 한때 열대 우림에는 거의 한 가지 나무만 살기도 했다. 당시 숲의 형태는 오늘날과 비슷했고, 점유한 공간도 같았다. 소위 '지배종'으로 구성된 몇몇 숲에서는 한 종이 전체 숲의 80~90퍼센트를 차지했다. 이들은 숲의 저지대도 독점해서 사람 머리까지 오는 작은 묘목은 물론, 땅 역시 자신의 열매로 덮었을 것이다. 이런 숲이 바로 트리니다드 섬의 경이로운 모라 나무 숲이다.

모라 나무 숲의 독점종은 모라 나무다. 이 나무는 남미 북부의 열대 숲, 특히 기아나Guiana[152]에서 흔히 발견된다. 그러나 단일 종으로 숲을 이룬 사례는 트리니다드 섬을 제외하면 거의 아무 데도 없다. 사실 트리니다드 섬의 때 묻지 않은 모라 나무 숲을 걸어봐도, 숲 내부의 풍경이나 느낌은 수목 종이 다양한 본토의 숲과 별반 다르지 않다. 수목생태학자라면 구성의 차이를 눈치 채겠지만, 그 차이가 워낙 미묘해서 얼핏 봐서는 잘 드러나지 않는다. 모라 나무 숲에는 수많은 생물과 다양한 방식으로 살아가는 식물들이 있다. 스스로 영양분을 생산할 수 있는 독립 영양 식물이 있고, 다른 생물에 의

---

152 남미 북동부에 있는 가이아나, 프랑스령 기아나, 수리남 등을 포함한 지방.

지해 양분을 얻는 균류나 기생식물도 있다. 스스로 몸체를 지탱하는 생물(즉 나무와 관목과 약초)이 있는가 하면, 빛을 얻기 위해 다른 식물을 타고 올라 높은 곳을 차지한 착생식물(리아나, 덩굴식물)도 있다. 이 식물들은 스스로 몸체를 지탱하지 못해 지지대를 찾아 덩굴처럼 다른 식물을 옭죄기 시작한다. 이들은 서서히 숙주의 몸체를 빼앗아 그들을 파괴하고 질식시켜 죽인다. 이들은 숙주식물이 죽어 썩기 시작한 뒤에도 그 유령 같은 잔해 위에 자신의 실루엣을 드리운다.

한편 모라 나무 숲에서는 고도에 따라 식생이 다양하다. 이는 열대우림의 특징이다. 이런 식생의 층서화는 본토의 활엽수림보다 이곳에서 뚜렷하게 나타난다. 이곳의 숲은 세 층위로 구성된다. 아래 두 층에 속하는 나무들은 잎과 가지가 울퉁불퉁하고, 제일 꼭대기 층에 속하는 나무들은 잎과 가지가 평평하다. 트리니다드 섬 저지대에 있는 잡종 우림 지대는 이 꼭대기 층이 훼손되어 거목이 간간이 발견될 뿐이다. 반면 모라 나무 숲의 상층부는 가지런히 모여 하나의 군집을 형성한다. 꼭대기 층 나무들의 잎과 가지는 타일처럼 촘촘히 맞물렸다. 내려다보면 약 45미터 높이에서 광대한 나뭇잎의 평원, 굽이치는 잎사귀의 바다를 이룬다. 이 나뭇잎들은 다 자랐을 때 푸른색을 띠며, 단풍이 들면 색깔이 변한다. 포트오브스페인에서 비행기를 타고 토바고 섬으로 가다 보면, 잡종 숲과 모라 나무 숲이 나란한 지역을 여러 번 지난다. 이때 부드럽게 솟구쳐 오른 모라 나무 숲의 꼭대기 층과 잡종 숲의 꼭대기 층이 얼마나 극명한 차이가 있는지 뚜렷이 볼 수 있다.

모라 나무 숲의 나뭇가지와 잎들은 거의 25미터 높이에서 일종의 천장이 되어, 모라 나무 숲은 늘 어두침침하다. 이 끝나지 않는 그늘 때문에 다른 나무는 자라지 못하고 모라 나무만 배타적으로 유지되는 것이다.

모라 나무는 크고 무거우며 콩처럼 생긴 열매를 많이 생산한다. 이 열매는 수정률이 유별나게 높다. 이 씨앗들은 하층 식생대의 가장 어둡고 후미진 곳에 자리 잡고 빠르게 성장한다. 이렇게 생겨난 수많은 묘목들은 한동안 아래쪽에 머무르다가, 틈만 보이면 수령이 아주 오래된 자신의 조상 사이로 솟구쳐 오를 준비를 한다. 산림 관리인에 따르면 모라 나무 숲에서는 이 섬의 어떤 저지대 수목 종도 싹이 나거나, 자라거나, 모라 나무와 경쟁할 수 없다고 한다. 따라서 모라 나무 숲의 생물군집은 폐쇄적이다. 이들은 구성원의 죽음을 철저하게 같은 종으로 대체하고, 자신들의 생존권을 일종의 불가침으로 유지한다. 기후나 지형의 변화가 그곳 환경을 크게 바꾸거나, 사람들이 불과 도끼를 들고 그곳을 찾는 일이 없는 한 말이다.

그러면 왜 트리니다드의 다른 저지대는 모라 나무로 덮이지 않았을까? 트리니다드의 모라 나무 숲과 다른 숲을 비교·연구한 학자들에 따르면, 모라 나무 숲의 살인적인 그늘은 서서히 세력을 넓혀가고, 다양한 수목으로 구성된 숲은 꾸준하고 느리게 줄어든다. 그러면 이렇게 물을 사람이 있을지 모른다. 처음에 다양한 수목으로 구성된 숲은 어떻게 생겨났을까? 모라 나무가 최근에 진화한 종이며, 운이 좋아 생태계에서 공격적으로 군림하기 시작하는 식물일까?

이제 거의 정답에 가까워졌다. 모라 나무는 신종은 아니지만, 지질학적 시간 규모로 볼 때 트리니다드에 새로 유입된 종이다. 비교적 최근인 홍적세 후기(7만 5000~10만 년 전)까지만 해도 트리니다드는 판 구조운동에 따라 섬으로 분리되지 않았다. 당시 트리니다드는 옛 남아메리카 대륙의 경계부에 있었다. 남미 사람들이 야노스Llanos라 부르는 베네수엘라의 초원과 북부 지역의 산맥이 맞닿은 곳이었다. 본토에서 분리된 후, 트리니다드 섬 전역은 야노스로 덮여 있었던 것 같다. 그러나 곧 기후가 변해 숲이 조성될 수 있는 여건이 만들어졌다. 섬에 처음 유입되어 초원을 대체한 숲은 본토의 복합적 상록수림과 거의 흡사했다. 모라 나무가 그 숲에 진출하는 데는 긴 시간이 걸렸다. 이상할 정도로 더딘 진입이었다. 모라 나무의 씨앗은 크고 무거워서 바람에 날리거나 새들이 옮길 수 없었다. 모라 나무는 대부분 열매가 떨어진 자리, 즉 부모 나무 아래에서 자랐다. 큰 폭풍이 일거나 모라 나무 씨앗을 갈아 밀가루를 만든 인디언들이 씨앗을 다른 데로 날라주지 않으면, 모라 나무가 자손을 퍼뜨릴 수 있는 최대 범위는 가장 멀리 뻗은 가지 아래가 고작이었다. 모라 나무는 한 세대가 지나도 고작 1~2미터 이동할 뿐이었다. 이런 식으로 계산하면 모라 나무는 본토와 가장 가까운 트리니다드 섬 가장자리에서—최초의 모라 나무 씨앗은 아마 본토에서 바다를 통해 밀려왔을 것이다—현재의 가장 먼 곳까지 이동하는 데 6만 년이 걸렸다. 그렇다면 트리니다드 섬 저지대가 순종 모라 나무 숲이 아닌 까닭은, 단지 홍적세의 사바나기후가 현재의 열대우림기후로 바뀐 지 얼마 되지 않았기 때문인지도 모른다.

나는 어둑하고 시원한 모라 나무 숲 속을 오랫동안 걸어 다녔다. 이상한 식물들의 친근한 형태와 구조를 살펴보거나, 숲 속에 사는 동물들은 모라 나무 숲과 다른 숲의 차이를 얼마나 알까 따위를 궁금해하면서. 두 숲은 비슷한 공간이지만, 서식이나 먹이 찾기 측면에서 분명히 다른 공간이다. 지금까지 이 주제를 다룬 논문은 많지 않다. 이 숲이 전부 베이기 전에 관련 연구가 진행되기를 기대한다.

상그레그란데에 도착한 나는 어떤 끔찍한 일이 있었기에 스페인 정복자들이 그곳을 '많은 피Big Blood'라고 불렀는지 궁금했다. 사거리에서 행인들에게 한참 물어본 다음에, 나는 남쪽으로 가는 이스턴 대로를 발견하고 그리로 접어들었다. 바로 그때 날카로운 호각 소리가 들렸다. 돌아보니 제복을 입은 경찰관이 나를 향해 손을 흔들었다. 경찰관 앞에서 항상 그랬듯이 나는 약간 긴장한 채 멈춰서 기다렸다. 그는 인상적일 만큼 천천히 다가와서 거의 무표정한 얼굴로 나를 쳐다보았다. 덩치가 크고 피부가 번들거리는 호두색이었다. "뭐 문제라도 있나요?" 그가 말했다.

"이제 괜찮아요. 이스턴 대로를 찾고 있었습니다. 표지판이 없어서요." 나는 변명하듯 대답했다.

"그렇죠, 표지판이 없죠. 이스턴 대로는 찾기 쉬워요." 그는 팔을 휙 뻗어 차들이 달려가는 도로 쪽을 가리키며 말했다. "이게 이스턴 대로입니다."

"나도 그렇게 생각했어요. 이리로 가는 중이었습니다." 나는 그렇게 설명하려고 애썼다.

"좋아요, 그럼 이제 자신감을 가지고 쭉 가십시오." 경찰관은 한 발 물러서더니 짤막한 인사로 내 설명을 묵살했다.

나는 그에게 고맙다고 하고 차를 몰았다. 경찰관에게서 탈 없이 풀려났을 때의 안도감이 느껴졌다. 나는 오랫동안 남동쪽으로 달렸다. 그 사이 이스트 원주민들이 많은 마을과 어퍼 만자닐라Upper Manzanilla[153]를 지나쳤다. 8킬로미터쯤 더 가자 야자나무 숲의 위쪽 끝, 브리건Brigand 언덕의 맞은편에서 만자닐라 만이 보였다. 비로소 바다가 나온 것이다.

그 야자나무 숲은 길이가 20킬로미터쯤 되는데, 약 150년 전에 야자열매를 실은 선박이 좌초해서 생겨났다. 야자나무 숲은 만자닐라의 낮은 해변에서 포인트 라딕스Point Radix[154]까지 이어졌다. 그 유명한 나리바Nariva 습지와 대서양(카리브 해라 불러도 상관없다) 사이의 건조하고 긴 육지 구역을 대부분 메우는 셈이었다. 도로는 해변 조금 위쪽의 야자나무 사이로 뻗었다. 바다는 어두워 보였는데, 오리노코 강에서 흘러온 격류 때문에 바닷물이 탁해진 모양이다. 수풀 더미와 쓰레기, 누렇게 변한 부레옥잠 따위가 파도에 밀려왔기 때문이다. 운전하는 내내 야자나무 숲 사이로 해변과 바다가 보였다. 바다 빛깔은 어둡지만 풍경은 아름다웠다. 그곳을 지나가는 것이 즐거웠다.

조금 더 가자 해변에 10여 명이 서 있는 게 보였다. 그들은 파도

---

153 트리니다드 섬 남동부의 타운.
154 트리니다드 동부의 돌출 지형.

치는 해변 위쪽의 모래벌판을 쳐다보았다. 느낌뿐이지만 그 모임에는 뭔가 시선을 끄는 게 있었다. 나는 속도를 늦추고 그쪽을 쳐다보았다. 한 남자가 팔을 젖혀 모두 주시하는 곳으로 뭔가를 던졌다. 곧 몇몇 사람들이 야자나무 숲으로 달려와 두꺼운 야자나무 껍질과 줄기를 손으로 긁기 시작했다. 그리고 모래벌판의 사람들 틈으로 돌아갔다.

믿기 힘들지 모르지만, 나는 탁 트인 해변에서 그들이 바라보는 물체가 뱀이라는 인상을 받았다. 그건 예사롭지 않은 뭔가였다. 내 생각대로 그건 정말 뱀일 수도 있었다. 나는 상당히 오랫동안 뱀을 잡는 데 필요한 감각과 기술을 연마해왔다. 그래서 뱀에 대해 꽤 안목이 있는 편이고, 모르는 사람이 보면 요술이라고 생각할 만큼 뱀을 잘 찾아낸다. 이렇게 숙달되면 길 위에 아무리 뱀과 닮은 타이어 조각이 있어도 뱀이 아니라는 걸 알아챌 수 있다. 그뿐 아니라 의식적으로 노력하지 않아도 뱀의 색깔과 패턴, 형태를 보고 어떤 종인지 알아맞힐 수 있다. 비전문가라면 그 뱀을 나선형으로 꼬인 오렌지 껍질이나 죽은 고양이로 생각했을 것이다. 이런 감각은 오랜 훈련 뒤에 길러지는 것 중 하나다. 뱀을 찾아다니며 수십 년 헤매본 뒤에야, 즉 살아 있는 뱀이건 죽은 뱀이건, 밤이건 낮이건, 좋은 날씨에 느리게 움직이는 뱀이건 비 올 때 빠르게 기어가는 뱀이건, 숱하게 찾아다닌 뒤에야 길러지는 것이다. 세상에는 사람들이 쉽게 상상할 수 없는 감각이 있는 법이다.

나는 멀리서도 그들이 뱀을 죽이려고 모여들었음을 알 수 있었다.

그들의 태도는 뱀을 만나, 그 뱀을 상당히 긴장한 채 관망하는 사람들의 태도였다. 그들의 시선은 아래를 향해 고정되었다. 거기에는 분명 몸을 반쯤 꼬고, 반쯤은 적대적인 자세로 막대기나 다른 무기가 날아올까 걱정하며 경계 태세를 취한 뱀이 있을 것이다. 개중에는 팔을 든 사람도 있고, 어린아이와 개를 멀리 쫓아 보내는 사람도 있었다. 근엄하고 걱정스런 얼굴을 한 나이 든 남자도 있었다. 그들의 표정을 자세히 볼 수 없지만, 거기에는 분명 영장류의 오래된 분노가 떠올랐으리라. 다리가 없고 몸통이 긴, 물결치듯 기어 다니는 생물이 이 멋진 지구에 산다는 것에 대한 분노. 나는 지금껏 수많은 뱀들의 표본을 수집했다. 그래서 막 뱀을 죽이려는 사람들의 분위기를 잘 안다.

이런 능력은 사실 별게 아니다. 자동차의 엔진을 설계하거나, 모델명을 만드는 사람들의 능력이 훨씬 더 신비롭다.

나는 차를 길가에 세운 다음, 문을 열고 밖으로 나갔다. 해변에 서 있던 트리니다드 사람들은 도발적인 눈빛으로 나를 쳐다보았다. 야자나무 사이를 걸어가다가 뱀에게 던질 것을 찾아 해변 위쪽을 두리번거리는 젊은 남자를 만났다. 나는 그에게 무슨 일이냐고 물었다. 그는 뱀이 있다고 했다.

예감하긴 했지만, 실제 뱀이 있다는 말을 듣고 놀랐다. 나는 어떤 종류인지 물었다. 남자는 본토에서 떠내려온 쓰레기 속에 있던 뱀이라고 했다. 그것들은 대부분 남해안으로 가는데, 해마다 몇 마리가 이쪽으로 온다는 것이다. 그 뱀은 맹독이 있어 해변의 물놀이를 망

어린 매부리거북.
로스로케스Los Roques 섬, 베네수엘라.
사진_ 래리 오그렌(Larry Ogren)

산란 중인 장수거북. 마티나Matina 해변, 코스타리카.

어린 매부리거북.
로스로케스Los Roques 섬, 베네수엘라.
사진_ 래리 오그렌(Larry Ogren)

카리브 해에서 가장 화려한 청개구리들이 사랑을
나누고 있다.

바실리스크. 아주 멋진 나무 도마뱀이다.
토르투게로, 코스타리카.

친다고 했다.

뭔가 끼어들 만한 여지가 생겼다고 확신하면서—위험한 뱀 앞에서 사람들은 모두 동료가 되니까—나는 서둘러 해변으로 내려갔다. 반원을 그린 구경꾼 사이에 작고 통통한 뱀이 있었다. 뱀은 파도에 떠밀려온 히아신스 더미 속에 몸을 숨기려 애썼고, 한 남자는 탄력이 있는 대나무 막대로 뱀을 끌어내 야자열매로 찧어 죽이려고 했다. 내가 관찰한 바에 따르면 녀석은 남미 저지대에서 흔히 볼 수 있는, 완벽하게 무해한 물뱀이었다. 그러나 내가 안으로 들어가 뱀을 잡기도 전에, 수영복을 입은 늘씬한 크리올 소녀가 데려온 작은 개가 광분해서 뱀에게 달려들었다. 개는 뱀을 한 번 문 다음, 5미터 밖 바닷속으로 던졌다.

나는 신발을 벗고 바짓단을 걷어붙인 다음 파도 속으로 들어갔다. 그리고 뱀이 다시 해변으로 쓸려 오거나, 얕은 바다로 밀려가기를 기다렸다. 그러나 아무 일도 일어나지 않았다. 나는 파도를 헤치며 얕은 곳으로 가서 뱀이 떨어졌다고 생각된 곳 근처를 살펴보았다. 개도 헤엄을 치며 근처로 와서 나를 도우려고 했다. 그 뱀은 다시 나타나지 않았다. 개가 번개 같은 공격으로 뱀을 죽인 게 틀림없었다. 바닷물은 정글에서 떠내려온 부식토 때문에 탁한 녹색을 띠어 바닥이 보이지 않았다. 나는 녀석이 물뱀이라 생각했고, 지금도 그렇게 생각한다. 비록 그 물뱀이 트리니다드 섬에도 서식한다는 이야기를 들어본 적은 없지만 말이다.

뱀 찾기를 포기하고 물에서 나오자, 사람들이 나를 의혹의 눈초리로 쳐다보았다. 그들이 겁내는 뱀을 내가 맨발로 잡겠다고 나섰기 때문인 것 같았다. 그 뱀은 독사가 아니라고 하자, 의혹의 눈빛이 더욱 짙어졌다. 나는 신발을 신고 차로 돌아왔다.

나는 차를 몰고 3킬로미터쯤 더 갔다. 중간에 도로와 바다 사이 야자나무 숲에서 자동차 서너 대가 보였다. 차 뒤쪽에서는 사람들이 수영을 하거나 피크닉을 즐기고 있었다. 나는 도로를 달리다가 도마뱀을 잡으려고 여러 번 차를 세웠다. 전부 크고, 빠르고, 잡기 힘든 숲 경주도마뱀 종류였다. 새총으로 녀석들을 열 번 넘게 쏘았지만, 하나도 맞히지 못했다. 나는 차들이 보이지 않는 곳까지 운전한 뒤, 주차할 곳을 찾아보기 시작했다. 아무도 없는 도로를 1.6킬로미터 넘게 달리다 보니 해변으로 이어진 길이 보였다. 그쪽으로 방향을 틀어 야자나무 숲을 지나서 해변에 차를 세웠다. 아름다운 곳이었다. 끝없이 줄지어 선 야자나무와 탁 트인 바다, 흰 모래톱이 펼쳐진 해변이었다.

나는 차에서 내려 도시락을 꺼내고 점심을 준비했다. 포트오브스페인에서 산 스틸턴[155]과 삶은 꼬치삼치 몇 조각이 있었다. 꼬치삼치는 일렬로 무리 지어 다니는 물고기인데, 많은 사람들이 그 맛을 낮게 평가한다. 듣기에는 비릿한 생선 요리 같지만, 처트니[156]를 듬뿍 뿌려 먹으면 꽤 맛이 좋다. 나는 이슬람교 사원 건립 기금을 마련하기 위한 세인트오거스틴의 자선 시장에서 처트니를 샀다. 당시 내

155 푸른 줄이 있고 향이 강한 영국 치즈.
156 과일과 설탕, 향신료, 식초로 만든 걸쭉한 소스. 차게 식힌 고기나 치즈와 함께 먹음.

가 머물던 펜션의 주인은 독특한 매력이 있는 이슬람교도였다. 그녀는 자선 시장 위원회의 멤버였는데, 내게 열 종류가 넘는 처트니 중에서 하나를 골라주었다. 나는 그것을 차에 싣고 다니며 언제든 별볼 일 없는 메뉴—예를 들어 식어버린 삶은 꼬치삼치—에 뿌려 먹었다. 그러면 형편없는 음식이라도 맛이 나아졌다. 도시락에는 길고 노란 인디언망고 몇 개와 물, 라임 주스, 바베이도스 럼주, 보온병에 담긴 커피도 있었다. 점심은 전체적으로 괜찮았다. 최소한 내가 원하는 점심 식사였다. 야자나무 그늘과 선선한 미풍, 수평선 너머로 보이는 오리노코 강변의 풍경 때문에 식사가 더욱 근사했다.

식사를 마치니 거의 정오가 되었다. 나는 도시락을 정리하고 햇빛을 막아줄 모자를 찾은 다음, 탐색용 막대와 카메라 가방, 강철자가 딸린 캘리퍼스를 들고 해변으로 걸어갔다. 해변은 양방향 모두 텅 비었고 파도 소리도 없었다. 딱히 한쪽으로 가야 할 이유는 없지만 남쪽을 택했다. 내가 마지막으로 본 사람들이 북쪽에 있었기 때문이다. 남쪽으로 걸어가면서 나는 서서히 원래 도보 페이스를 찾았고, 해변 위쪽의 마른 모래벌판을 훑어보며 바다거북의 흔적을 찾기 시작했다. 그때 100미터도 가지 않아 뒤쪽에서 야자나무 줄기가 부러지는 소리가 들렸다. 돌아보니 한 흑인 청년이 야자나무 숲에서 해변 쪽으로 덜컹거리며 자전거를 타고 오는 중이었다. 그는 내가 있는 곳까지 자전거를 몰고 와 멈추더니 정중하게 말했다.

"2실링입니다, 선생님."

"뭐라고요?" 내가 말했다.

"2실링. 주차료 말입니다, 선생님."

"주차료? 내 차는 그냥 야자나무 숲에 있는데요. 이렇게 넓은 해변에서 누가 주차료를 받죠?"

"선생님은 해수욕장에 차를 세웠습니다. 만자닐라 해변은 전부 해수욕장이고, 저는 이곳 경비원입니다. 주차료는 2실링입니다."

나는 5실링짜리 동전을 꺼내 그에게 주었다. 그는 거스름돈과 '주차료 2실링'이라고 적힌 티켓을 건네주었다. 내가 다시 걸어가자 그는 뭘 찾는지 물었다. 나는 사실대로 말했다. 그는 바다거북은 이곳 야자나무 해변에 거의 알을 낳지 않는다고 말했다. 한사리 때는 야자나무 숲 바로 앞까지 바닷물이 밀려오는데, 그러면 야자나무 뿌리가 붙잡고 있는 모래가 수직 둑처럼 변해서 바다거북이 오르기에는 가파르다는 것이다.

주차료 때문에 언짢아서 그가 말하는 건 믿고 싶지 않았다. 그러나 그의 설명은 야자나무 해변이 바다거북 산란지로 적당하지 않은 까닭을 밝혀주었다. 나는 바다거북과 야자나무가 서로 맞지 않는다는 그의 설명이 옳다고 생각했다. 바다거북이나 야자나무가 열대 연안의 오래된 거주자임을 생각하면 꽤 이상한 일이다. 그러나 나는 카리브 해에 야자나무가 퍼지면서(야자나무는 지난 300년간 서식지를 엄청나게 넓혔고, 지난 100년 동안에도 마찬가지다) 바다거북의 산란 해변이 크게 줄었다고 생각하기 시작했다. 지질학적으로 안정되거나 최근 생겨난 해변에서는 야자나무가 큰 방해가 되지 않는다. 그러나 침식 중인 해변에서는 야자나무 뿌리가 만든 수직 둑과 파도에 떠다니는 야자나무 잔해들이 바다거북의 산란을 방해할 수 있다. 바다거북은 해초나 야자나무 껍질이 해변에 쌓여 있으면 발길을 돌린다고 알려졌다. 거북들은 야자나무 뿌리로 된 단단한 둑에 오르지 못하며, 뿌리가 우글대는 모래 둑 앞에서 산란하지도 못한다.

그러면서 청년은 바다거북 알을 가져가는 것은 법에 저촉된다고 말했다. 나도 그 사실을 잘 알고, 알을 가져가지 않을 것이며, 다만 알의 크기를 재려 한다고 말했다. 나는 허가증도 있었다. 나는 발걸음을 돌렸고, 경비원 청년은 해변 위쪽으로 가 종이봉투에 싼 점심을 먹기 시작했다.

20~30발자국쯤 갔을 때 바다거북의 흔적을 발견했다. 매부리거북의 흔적 같았다. 녀석은 바다에서 나와 모래 둑이 있는 곳까지 직선으로 나간 다음, 남쪽으로 방향을 틀었다가, 야자나무 뿌리 둑을 따라 시야가 닿는 데까지 계속 기어간 모양이다. 그 둑을 따라가다 높이가 낮아지는 지점을 찾은 것 같았다. 나는 녀석의 흔적을 따라 50~60미터 걸어갔다. 그 근처에서 녀석의 흔적은 바닷속으로 사라졌다. 그렇다면 가능성은 둘 중 하나다. 내가 바다거북의 산란굴을 지나쳤거나, 둑에 오르지 못한 바다거북이 절망해서 그 언저리에 산란했다는 뜻이다.

나는 거북의 흔적을 따라 되돌아갔다. 녀석의 흔적은 일상적으로 밀물이 닿는 야자나무 둑을 따라 길게 이어졌다. 바닷물이 가장 높아지는 대조 때는 분명 야자나무 둑도 물에 잠길 것이다. 그 낮은 둑 아래쪽의 모래는 조수에 씻겨 부드러웠다. 혼란스러운 바다거북이 둑 위쪽의 마른 모래 해변으로 기어오르려고 한 흔적이 군데군데 보였다. 그러나 둑 위 내륙 쪽으로 기어간 흔적은 없었다. 매부리거북이 분한 마음에 알을 품은 채 다른 데로 가버린 모양이라고 생각한 찰나, 길게 이어진 거북의 궤적 중간쯤에서 이상하게 파헤쳐진 모래 더미를 발견했다. 모래 더미 위로는 튀어나온 둑이 있었다. 나는 그곳을 탐사용 막대로 찔러보았다. 파도로 다져진 해변치고는 막대가 쉽게 들어갔다. 막대를 다시 꺼내자 끝에 노른자가 묻었다. 심란한 거북이 조수에 노출된 모래 해변에 알을 낳은 것이다. 그 알들은 다음번 혹은 그다음 만조 때 분명 물에 잠겨 죽을 것이다. 나는 수많은 해변에서 바다거북 산란굴을 보았는데—합치면 수백 곳은 될 것이다—평균 만조선 아래 알을 낳은 경우는 한 번뿐이었다. 당시 어떤 일로 태평양 리들리거북의 본능에 혼란이 온 게 틀림없다. 그 거북은 폰세카Fonseca 만[157]의 조간대에 산란했다. 이번 매부리거북의 본능을 혼란시킨 것은 야자나무 뿌리다. 평생 정확하고 옳은 행동만 하던 야생 거북이 처음으로 어설픈 행동을 한 것이다.

나는 알들을 파내 크기를 잰 다음 굴 옆에 세워두고 사진을 찍었다. 알은 전부 174개로 대부분 지름이 3.8센티미터였다. 전에 장수거북의 굴에서 발견한 것처럼 왜소한 알은 없었다. 그러나 몇 개가 타원형이라는 데 충격을 받았다. 바다거북의 알은 둥글고, 대부분 오차 범위 1밀리미터 내에서 완벽한 구에 가깝다. 그러나 이 산란굴에서 오리 알만큼 길쭉한 알을 7개나 발견했다. 이후 나는 길쭉한 바

---

157 엘살바도르, 온두라스, 니카라과에 둘러싸인 태평양 연안의 만.

다거북 알에 관심을 기울였는데, 매부리거북의 산란굴에서는 매번 몇 개씩 그런 알이 발견된다. 푸른바다거북의 산란굴 하나에서도 그런 알을 발견한 적이 있다.

나는 산란굴과 알의 크기를 잰 다음 잠시 거기 서 있었다. 트리니다드 섬의 매부리거북 산란에 관해서도 쓸 만한 자료를 수집했다는 생각에 흡족한 기분을 느끼면서. 나는 조수가 닿지 않는 위쪽 모래벌판 근처에 새로운 굴을 파면 어떨까, 거기에 알들을 옮겨줄 수 없을까 생각하고 있었다. 그때 뒤쪽에서 모래가 밟히는 소리가 들렸다. 경비원 청년이 자전거를 끌고 오는 모습이 보였다.

"선생님, 이 알들을 어디에서 찾으셨죠?" 그가 놀란 표정으로 말했다.

"저기 사이 굴에서."

"거북이 저기에 알을 낳았다는 걸 어떻게 아셨죠?"

"탐사 막대가 있어요. 나는 일종의 바다거북 알 탐사 전문가예요." 나는 2실링 때문에 여전히 기분이 언짢았다.

청년은 깊은 인상을 받은 것 같았고, 잠시 말이 없었다. 결국 그는 소심하게 그 알들을 어떻게 처리할지 물었다. 나는 다시 묻어주려 한다고 했다.

"저는 이 알 요리를 대단히 좋아합니다만, 선생님."

그가 내게 말해준 법률에 관한 내용을 그에게 다시 들려주었다. 그는 시무룩해 보였고 아무 말이 없었다. 나는 그 알들이 잘못된 자리에 있기 때문에 어쩌면 가져가도 될지 모른다고 했다. 그러자 그의 얼굴이 밝아졌다. 나는 다시 법적으로는 제대로 놓인 알과 잘못 놓인 알 사이에 큰 차이가 없을 거라고 말했다. 그는 거기에서 우울한 논리를 본 모양이었다. 그러나 그가 2실링어치 고통을 받은 것처럼 보였기 때문에, 일단 알을 묻으면 그 뒤의 일은 내 소관이 아니라고 했다. 나는 알 더미를 굴속에 묻고 모래를 덮은 다음, 막대와 가방을 들고 그곳을 떠났다. 해변 쪽으로 걸어가면서 어깨 너머로 뒤쪽을 쳐다보았다. 청년은 산란굴 근처의 모래를 다지며 흔적을 지우고 있었다. 갑자기 그에게 자연을 보호해야겠다는 의식이 생겨난 듯했다. 그러나 계속 지켜보니, 그는 야자나무 뿌리 근처에서 풀 더미를 모으는 중이었다. 그는 풀 더미를 산란굴 옆의 커다란 야자나무 잎사귀 아래 쑤셔 넣었다. 누군가 나중에 바구니를 들고 왔을 때, 알의 위치를 알아볼 수 있도록 하려는 게 분명했다.

나는 2킬로미터 정도를 어떤 바다거북의 흔적도 보지 못하고 걸었다. 다시 해변 위쪽의 야자나무 숲에서 도마뱀이나 잡아볼까 생각하는데, 앞쪽에서 음악 소리가 들렸다. 근처에 사람들이 있는 모양이었다. 그때 갑자기 아까 경비원 청년에게 이 해변의 이름을 묻지 못했다는 것이 생각났다. 이곳에서 관찰한 바다거북 산란 자료에 기입할 지명 말이다. 나는 앞쪽 사람들한테 이 해변의 이름이나 물어야겠다고 생각했다. 음악은 10미터 정도 떨어진 야자나무 숲 앞쪽에서 선명하게 들렸다. 나는 라디오에서 흘러나오는 음악인지, 축음기 음악인지 알고 싶었다. 아직 야자나무 사이에서 사람들은 보이지 않았다. 그러나 가까이 다가가자 소리의 음색이 선명해졌다. 포트오브스페인의 DJ들이 틀지 않은 지 한참 된 '키치Kitch'라는 노래가 축음기에서 흘러나왔다.

키치, 어서 침대로 가요.
당신 머리칼을 빗어줄 작은 빗이 있어요…

나는 더 가까이 가서 야자나무 그늘과 땅 위에 튀어나온 뿌리 주변을 둘러봤다. 여전히 사람은 보이지 않았다. 야자나무 뿌리 위로 올라서자, 딱정벌레 등처럼 생긴 작은 영국제 자동차의 꼭대기가 보였다. 차는 도로와 야자나무 중간쯤에 세워졌다. 차 앞에는 돗자리가 펼쳐졌고 그 위에 점심 식사를 한 흔적이 있었다. 돗자리 옆에 놓인 오래된 테이블 축음기 빅트롤라에서 6년 전 히트한 칼립소[158] 노래가 나왔다.

키치, 나를 울리지 말아요.
내가 당신을 사랑하는 걸 알잖아요, 수줍어하는 당신.

더 먼 곳을 둘러보려고 옆쪽의 나무 그루터기에 올라섰다. 거기에서 야자나무 뒤쪽으로 난 발자국 두 쌍을 보았다. 나는 흠칫 놀라서 조용히 자리를 옮겼다. 그러나 다시 돌아보고 발자국의 방향을 조심스럽게 살폈다. 가볍게 심호흡한 다음, 마른 야자나무 잎사귀를 소

---

158 아프리카계 리듬과 즉흥적인 선율이 돋보이는 카리브 음악. 서인도제도에서 유래했다.

리 나게 밟아서 내 존재를 알리기 시작했다. 그러자 흑인 소년과 원주민 소녀가 나무 뒤에서 일어났다. 나는 겸손하게 인사했다.

그들은 고개를 끄덕이며 뭔가 중얼거렸으나, 거기 앉아서 나를 쳐다볼 뿐이었다. 축음기를 끌 생각은 없는 듯했다.

아, 그녀가 나를 부르고, 나는 대답했지.
나는 가서 그녀의 침대에 누웠어, 그러나 그녀는 로맨스를 원하네!
나는 말했지. 하지만 자기, 나는 준비가 안 된걸.
정말 당신이 내 머리를 빗어주려 한다고 생각했지.

나는 그들에게 이 해변의 이름을 물었다. 차로 돌아가서 남쪽으로 가야 하는데 몇 킬로미터 동안 사람을 못 볼 것 같고, 아까 여기에서 바다거북 산란굴을 발견했기 때문에 이 해변의 이름을 꼭 알고 싶다고 했다. 방해해서 미안하다는 말과 함께.

그 커플을 방해하는 건 정말 미안한 짓이었다. 그건 스웨덴 사람이나, 수 족Sioux[159]이나, 조지아 주의 개척자들에게 다가가 질문하는 것과 의미가 달랐다. 그들의 달콤한 도취는 가벼운 장난거리가 아니다. 그들의 미래가 풀려가는 중이니까. 그 커플은 인구가 폭발적으로 늘어나는 카리브 해에서도 가장 생산력이 왕성한 혈통의 후손이다. 카리브 해는 세계 어느 곳보다 인구가 빠르게 증가하는 지역

159 아메리카 원주민의 한 종족.

이다. 특히 최근에는 아프리카계 아시아인이 폭발적으로 늘어나고 있다. 먼 훗날에는 우리 후손이 그들과 아주 닮을지도 모른다. 상황이 더 나빠질 수도 있고 말이다. 물론 그 아프리카계 아시아인이 아프리카인 특유의 참을성과 유머가 있다면 이 세계는 구원될 것이다. 그러나 앞으로 지나치게 많은 사람들이 태어나리라는 생각을 하면 조금 불안해진다. 세계의 인구 급증 문제는 누군가 해결책을 찾기 전에는 계속 악화될 것이다. 그러니 그 강인한 아프리카-아시아 혼혈인에게 의료 서비스나 음식을 제공할 때, 다시 한 번 생각하는 게 좋을 것이다. 그들에게 새로 나온 간편한 피임 기구를 나눠주는 것도 괜찮겠다.

야자나무 숲에 있던 커플은 아프리카와 인도계 혈통이다. 그들은 미래의 인구문제를 생각하지 않았다. 세계의 운명이 야자나무 숲에 있는 그들의 관계에 달렸고, 지구가 인간들로 가득 차기 전에 누군가 해결책을 찾아내야 한다는 사실도 알지 못했다. 그들은 오직 내가 다른 데로 가주길 바랐다.

나는 그곳을 떠났고, 지구에 대한 걱정도 곧 사라졌다. 근심에 잠겨 있기에는 태양이 뜨거웠다. 나는 푸에르토리코인의 생활수준이 높아지면서 그들의 살인적인 인구 성장률이 멈춘 일을 떠올렸다. 생뚱맞은 생각이지만, 어쨌든 미래는 그런 식으로 제 모습을 찾아갈지도 몰랐다. 도마뱀을 찾으며 걷는 사이, 야자나무 숲 사이로 불던 바람이 잠잠해졌다. 익살스럽고 오래된 발라드 가사가 먼 해변까지 나를 따라왔다.

그녀가 말하네. 키치 보이, 지금 숨으려는 거예요? 내가 왜 침대로 오라고 하는지 알잖아요.

나는 말했네. 좋아, 자기. 자기 생각을 알 것 같아. 하지만 당신은 왜 나를 계─속 그렇게 부르는 거지? 키이이치라고….

야자나무 숲에는 도마뱀이 아주 많았다. 나는 새총과 총알이 있었다. 끈기 있게 녀석들을 쏜 결과 두 마리를 잡았다. 내가 찾던 녀석은 앞에서 말한 숲경주도마뱀이다. 멕시코에서 콜롬비아, 바하마에서 트리니다드 섬까지 카리브 해 근처의 거의 모든 숲에서 발견되는 도마뱀이다. 미국에는 살지 않지만 미국 남부 주에서 흔히 볼 수 있으며, 피부가 부드럽고 줄무늬 여섯 개가 있는 채찍꼬리도마뱀이 이들의 친척이다. 숲경주도마뱀은 늠름하게 생겼고 에너지가 넘친다. 나는 이들이 해변에 떠도는 잔해 속에서 먹이를 찾는 모습을 구경하는 게 좋다. 이들은 매우 신랄한 표정을 짓는데, 거기에 뚜렷한 까닭이 있는 것 같지는 않다. 이들은 잡으면 길들이기 쉽지만, 대신 잡기가 매우 어렵다. 나는 새총으로 잡은 두 마리를 차로 가져와 야자나무 잎사귀 위에 뒤집어놓았다. 그리고 알루미늄 프라이팬을 닦은 뒤 주사기와 바늘을 꺼냈다. 프라이팬에 물을 조금 붓고, 플라스틱 통에 담긴 포름알데히드를 적당히 부어서 10퍼센트 농도로 포르말린을 만들었다. 주사기에 포르말린을 넣고 도마뱀의 배와 머리, 다리, 꼬리에 주사했다. 황산지 두 장에 표본을 잡은 장소와 날짜, 지역을 적고, 그것을 말아 각 도마뱀의 입에 넣었다. 남은 포르말린을 버리고 도마뱀을 잘 펴서 프라이팬에 놓았다. 팔다리를 가지런히 하고 꼬리를 구부려 통 안에 꼭 맞게 넣었다. 그리고 플라스틱판을 프라이팬 위에 놓고 두꺼운 고무 밴드로 묶은 다음, 프라이팬을 표본이 담긴 자동차 안의 주석 박스 위에 놓고 뚜껑을 닫았다. 몇 시간 지나 도마뱀의 몸이 굳은 뒤, 축축한 면직물로 녀석들의 몸을 말아 방수 시트에 넣어두면 된다. 플리오필름 시트[160]는 파충류학자들에게 일종의 축복이다. 예전에 파충류학자들은 표본을 담기 위해 방부제가 든 통을 가지고 다녀야 했다. 그러나 지금은 플리오필름만 있으면 된다. 물론 가방 가득 파충류를 싣고 다니면 조금 이상하게 쳐다보는 사람들도 있지만.

방부 처리를 하고 물건들을 차에 실은 뒤, 야자나무 숲 끝까지 차를 몰았다. 그리고 내륙 지역으로 방향을 꺾어 페리를 타고 오르토이레Ortoire 강[161]을 건넜다. 피에르빌Pierreville의 작은 중심가를 지나 조금 더 가니, 아틀란티스비치게스트하우스가 보였다. 세인트앤 영지 바로 남쪽, 해변을 마주한 교회 옆에 있는 숙소였다. 나는 거기에 방을 잡고 베르나르 베퇴유 씨를 찾으러 해변 쪽으로 걸어갔다.

나는 크리올 소년 몇 명에게 물어 세인트앤 영지와 관리인의 집을 찾았다. 그러나 베퇴유 씨는 안에 없었다. 대신 마르티니크Martinique 섬[162] 출신의 유쾌한 프랑스 여인인 그의 아내가 나를 저녁 식사에 초대했다. 남편에게 들은 바로는 내가 개구리와 곤충에 관심이 많은

---

160 우리나라의 지퍼백과 비슷한 투명 방수 시트.
161 트리니다드 토바고 섬의 큰 강.
162 서인도제도 남동부에 있는 프랑스령 섬.

사람이기 때문에 당연히 식사를 대접해야 한다는 것이었다. 그녀는 이곳에 머무르는 인류학자 두 명도 조금 있으면 돌아온다고 했다.

나는 베퇴유 부인에게 고맙다고 했다. 그리고 뒤집힌 카누에 앉아 이야기를 나누는 어부들을 보러 잠깐 해변으로 나갔다. 꽤 많은 어부들이 큰 파도가 올 텐데 배를 띄우는 게 좋을지 토론을 벌이고 있었다. 나는 경험이 풍부해 보이는 흑인 어부 두 명에게 바다거북 이야기를 했다. 그들은 해변 끝에 있는 작은 집 뒤로 나를 데려가더니, 뒤집힌 푸른바다거북 암컷 두 마리를 보여주었다. 전날 밤 산란하러 온 것을 잡았다고 했다. 나는 그들과 해변을 잠깐 걸었다. 해변에는 바다거북이 남긴 흔적과 산란굴이 있었다. 그들은 산란 중인 바다거북을 건드려서는 안 된다는 법률을 별로 신경 쓰지 않는 모양이었다. 나 역시 거기에 대해서는 아무 말도 하지 않았다. 그들은 내가 오래된 자료에서 읽은, 과거에는 마야로에 바다거북이 많았다는 이야기를 들려주었다. 그들의 할아버지 세대가 젊었을 때는 여기에 대규모 푸른바다거북 산란지가 있었는데, 지금은 하룻밤에 두 마리를 만나기도 쉽지 않다고 했다. 그들은 그 원인이 산란 중인 바다거북을 꾸준히 잡았기 때문이라고 생각했다. 나는 야자나무 숲이 확장된 것도 원인 중 하나라고 생각하는지 물었다. 그들은 아닌 것 같다고 했다. 그들이 사는 해변이 침식이 없는, 즉 만조 때 야자나무 뿌리 둑이 생기지 않는 해변이기 때문인 듯했다.

나는 두 어부에게 고맙다고 말하고, 베퇴유 씨의 집으로 돌아갔다. 문을 두드리자 뜻밖에도 존 고긴John Goggin이 문 앞에 나타났다.

그는 내가 20년 동안 알고 지낸 플로리다대학교의 고고학자다. 내 기억이 맞는다면 그는 지금 게인즈빌에서 강의를 하고 있어야 했다. 나는 어찌 된 일인지 물었다. 그와 그녀의 아내 리타Rita는 예일대학교Yale University 어빙 라우스Irving Rouse 박사와 함께, 세인트앤 영지 북쪽에 있는 인디언 유적지에서 발굴 작업을 하고 있었다. 그들은 내일 자기들이 파놓은 유적지를 보러 오라고 했다. 그때 베퇴유 씨가 들어왔다.

앞에서도 말했듯이 베퇴유 씨는 자기 마음에 드는 여행자나 손님에게 전폭적인 도움을 주는 사람이다. 문제가 무엇이든 말썽이 일어났을 때 베퇴유 씨를 찾아가면 된다. 그는 트리니다드의 시골과 그곳 사람들을 잘 이해했고, 그들 역시 그를 이해했다. 그는 트리니다드 동남부로 여행하는 탐험가들에게는 바꿀 수 없는 보석 같은 존재다. 나는 그가 어떻게 매번 도움과 조언을 구하는 사람들을 귀찮아하지 않는지 궁금했다. 그는 오랫동안 사람 구경을 못 한 사람처럼, 내가 연락 없이 나타난 것도 개의치 않는 것처럼 보였다. 마치 한 번에 손님 세 명을 받아서 즐겁다는 듯이. 내가 패러독스 개구리를 보고 싶다고 하자 그는 기뻐했다. 사람들에게 패러독스 개구리가 있는 연못을 보여주는 일은 그의 작은 기쁨 중 하나였다. 그는 내가 모로코이 거북[163]을 잡았는지 물었다. 나는 아니라고 말했다. 그는 안타까워하며 지금 나가서 잡을 수는 없겠지만, 근처에 사는 중국인이 가지고 있을지도 모른다고 했다.

---

[163] 남미에 널리 서식하는 붉은 발 육지 거북의 일종.

모로코이 거북은 Testudo denticulata라는 학명이 있는 육지 거북으로, 갈라파고스Galápagos제도에 사는 커다란 육지 거북의 친척이다. 이들은 남아메리카 열대에 서식하는 유일한 진짜 육지 거북이다. 이 거북은 다른 서인도제도에도 살지만 사실 트리니다드 토착종이다. 특정 지방의 진기한 고유종을 만나면 항상 그렇듯, 나는 녀석의 표본이 갖고 싶었다. 그러나 베퇴유 씨의 말처럼 모로코이 거북은 나가서 돌아다닌다고 잡을 수 있는 게 아니다. 나 역시 그 거북을 잡을 수 있으리라는 기대는 하지 않았다. 나는 베퇴유 씨에게 내가 가장 보고 싶은 것은 패러독스 개구리라고 했다. 그러나 그는 모로코이 거북이 희귀해지기 때문에 한 마리 잡아야 한다고 말했다. 배에 실어 보낼 수도 있고, 내 트렁크에 자리가 있으니 작은 놈으로 잡아서 비행기에 싣고 가면 된다는 것이다. 그는 중국인이 한두 마리 가지고 있지만, 쉽게 주지는 않을 거라고 했다. 베퇴유 씨는 어쨌든 같이 가서 시도해보자고 말했다. 그것도 지금. 이것이 베퇴유 씨의 방식이다.

우리는 그의 시트로엥 자동차를 타고 야자나무 숲을 빠져나가 고속도로 근처에서 남쪽으로 접어들었다. 그는 조금 달리다 길 옆 잡화점 앞에 차를 세웠다. 상점 계산대 뒤에는 깔끔하고 매력적인 물라토 여자가 앉아 있었다. 베퇴유 씨는 그녀가 이곳 주인인 중국인 리요Lee Yow 씨의 아내라고 말했다. 그는 그녀에게 인사하고 남편이 안에 계신지 물었다. 그녀는 상점 뒤쪽 문으로 가서 남편을 불렀다. 곧 대답이 들렸다. "오케이!" 그리고 중국인 주인이 가게로 들어왔다. 우리는 잠깐 나가서 이야기를 나누었다. 그는 내가 본 중국인 중 가장 험상궂게 생겼다. 삼류 멜로드라마에 나오는 중국인 후만추夫滿誰[164]의 캐릭터 같았다. 작고 뚱뚱하고 지저분한데다, 삐죽삐죽한 머리칼에 입은 벌어졌고 배는 축 늘어졌다. 그가 입은 옷은 마닐라 끈으로 맨 더러운 면바지뿐이었다. 불룩하게 튀어나온 배 때문에 끈은 거의 가려졌다. 그는 맨발로 서서 우리를 보는 와중에도 발가락으로 정강이 뒤쪽을 긁고, 검은색 거위 깃털 끝으로 이를 쑤셨다.

베퇴유 씨는 용건을 설명했다. 우리가 온 이유를 찬찬히 언급하면서 모로코이 거북을 얻고 싶다는 뜻을 우아하게, 일종의 익살스러운 변덕처럼 느껴지도록 내비쳤다. 베퇴유 씨가 이야기하는 동안 리요 씨는 무표정으로, 어쩌면 조금 의혹의 빛을 띠고 서 있었다. 베퇴유 씨는 리요 씨의 결단이 필요한 지점에 도달했다. 그는 단도직입적으로 거북을 팔 마음이 있는지 물었다.

리요 씨가 말했다. "모로코이 거북을 사고 싶다고요?"

베퇴유 씨는 그렇다고 했다. 리요 씨가 그걸 팔려고 잡은 게 아님을 알지만, 지금 손님들이 와 있고 그들에게 모로코이 거북을 주고 싶어 그러니 리요 씨가 선심을 베풀어 한 마리만 팔라는 것이었다. 리요 씨는 자기도 모로코이 거북이 두 마리밖에 없고, 그건 먹기 위해 잡았다고 했다. 베퇴유 씨는 잠깐 거북을 볼 수 있느냐고 물었다. 리요 씨는 의심스러운 표정을 지었다. 그러나 베퇴유 씨는 물러서지 않고 그가 과거에 리요 씨에게 도움을 준 일을 언급했다. 그러자 리요 씨의 아내가 우리를 도왔다. 결국 리요 씨는 가서 거북을 보자고

---

164 영국 소설가 삭스 로머(Sax Rohmer)의 작품 『후만추의 미스터리』에 등장하는 중국인 악당.

했다. 그는 뒤쪽 문으로 나갔다. 우리는 그를 따라 깨끗하게 쓸린 정원을 지나갔다. 정원에는 거위와 닭, 개들이 있었다. 리요 씨는 작은 별채의 문을 열고 안으로 들어갔다. 우리도 그를 따라 들어갔다. 별채의 바닥은 단단하게 굳은 점토로 되어 있었다. 바닥에는 망고 씨앗이 흩어졌고, 시큼한 과일 냄새가 났다. 방 한구석에 넓은 웅덩이가 있고, 모로코이 거북 한 마리가 그 안에 앉아 있었다. 다른 거북한 마리는 방 끄트머리 벽 앞에서 수염 난 망고 씨앗을 한가롭게 씹으며 우리를 보고 눈을 껌벅거렸다.

리요 씨는 열광적 숭배에 가까운 태도로 거북을 쳐다보았다. 사랑스러워 가만히 있을 수가 없다는 투였다.

"오, 귀여운 것들…." 황홀경에 빠진 사람처럼 그의 목소리가 높게 갈라졌다.

나는 불안하게 베퇴유 씨를 보았지만, 그는 아무렇지 않은 듯했다.

"리요 씨, 저 큰 녀석은 얼마에 팔 겁니까?" 베퇴유 씨가 물었다.

이 질문이 리요 씨에게 큰 충격을 준 모양이었다. 그는 방 안을 이리저리 돌아다니다가, 어두운 구석의 돌 사이에 숨은 작은 거북을 쳐다보았다. 다시 그의 얼굴이 밝아졌다. 그는 흥분해서 거북을 가리키며 열성적으로 말했다.

"갈랍을 사시겠다고요? 좋은 갈랍이죠. 정말 좋은 갈랍이에요."

그가 말하는 갈랍은 트리니다드 숲에 사는 반半수생 열대 거북이다. 모로코이 거북보다 자주 발견되는 종으로, 사람 손바닥보다 큰 것이 드물었다.

"아니요, 갈랍은 우리한테도 있어요. 우리가 원하는 건 모로코이 거북이에요, 큰 놈으로. 얼마입니까?" 베퇴유 씨가 단호하게 말했다.

리요 씨는 슬픈 눈으로 그 육지 거북을 쳐다보았다. 그는 믿을 수 없을 만큼 감정적이었다. 곧 울 것처럼 보였는데, 난데없이 아래위로 쿵쿵거리며 뛰기 시작했다. 처음에는 그저 흔들리는 수준이었지만, 점점 더 빠르고 세게 뛰었다. 나중에는 그의 튀어나온 배가 출렁거렸다. 그는 뛰면서 양손을 얼굴 앞에서 흔들었다.

"오, 사랑스러운 것! 이 녀석은 한참 살이 쪘죠." 그는 달려가서 두 손으로 거북을 들고, 우리에게 보여주었다. "아주 많이 먹어요. 무화과도, 망고도! 오, 이 녀석들의 간은 엄청 크죠. 이만큼….” 그는 거북을 덥석 안더니 두 손을 모아 커다란 간 모양을 만들었다. "이 귀여운 것, 귀염둥이, 사랑스러운 간….”

어쩐지 그 거북을 사지 못할 것 같았다. 리요 씨의 행동은 보기에 상당히 부담스러웠다. 나는 밖에서 직접 모로코이 거북을 잡거나, 그냥 집으로 돌아가는 게 낫겠다고 생각했다. 그러나 베퇴유 씨는 아직 리요 씨가 중요한 말을 안 했다는 투로, 무뚝뚝하게 물었다. "좋아요, 리요 씨. 그 큰 놈은 얼마입니까?"

리요 씨가 뛰기를 멈추고 거북을 든 채 지그시 눈을 감았다. 눈을 어찌나 세게 감았는지 몽골인 같은 그의 주름이 깊어져서 협곡처럼 변했다. 얼굴이 괴상하게 찌그러져 전혀 동양인처럼 보이지 않았다. 그는 속삭이는 것보다 조금 큰 목소리로 말했다. "3실링."

베퇴유 씨는 항의하기 시작했지만, 나는 리요 씨가 우리가 그냥 물러나기를 바란다는 걸 짐작했다. 그래서 얼른 사겠다고 했다. 리요 씨는 누군가 자기 재산을 차압하겠다는 선고를 들은 것 같은 표정을 지었다.

"3실링을 내겠다고요?" 그가 날카롭게 말했다.

나는 그렇다고 했다. 그러자 리요 씨는 말없이 그 거북을 별채와 정원을 지나 상점으로 들고 갔다. 그는 거북을 저울에 놓고 무게를 쟀다. 거북은 6.3킬로그램이었고, 리요 씨는 다시 흥분하기 시작했다. 그는 적당한 말을 찾지 못한, 뚱뚱하고 지저분한 아이처럼 손을 흔들며 뛰었다.

"1킬로그램이나 불었어요. 여기에서 한 달 지내면서 과일을 엄청나게 먹었다고요. 오, 통통한 녀석! 알도 낳았고요. 오, 귀염둥이!"

그는 아까 제시한 금액을 후회하는 게 분명했다. 나는 얼른 3실링을 주었다. 그리고 리요 씨 부인에게 인사한 다음 모로코이 거북을 차에 싣고 출발시켰다. 표정이 풍부한 리요 씨의 얼굴은 반쯤 얼이 나갔다. 우리가 그의 자식들을 훔쳐가기라도 한 것 같았다.

우리는 세인트앤 영지에서 갈림길을 지나 세인트조셉St. Joseph 영지로 들어섰다. 패러독스 개구리가 있는 곳이었다. 우리는 차를 멈추고 그곳 관리인과 이야기를 나눴다. 그는 밤에 손전등을 들고 자기네 농장 주변을 둘러보면 분명 개구리를 만날 수 있을 거라고 했다. 그때 베퇴유 씨가 개구리가 가장 많은 웅덩이를 가리켰다. 해가 있을 때는 개구리를 보거나 잡을 수 없기 때문에, 우리는 저녁을 먹으러 세인트앤 영지로 돌아왔다.

저녁을 먹고 나서 베퇴유 씨를 찾는 전화가 왔다. 그는 일 때문에 다른 곳으로 불려가서 결국 나 혼자 9시쯤 세인트조셉 농장으로 갔다. 잠깐 비가 오다 그쳤고, 하늘에는 달이 떴다. 나는 관리인의 집 앞에 차를 세우고 앞쪽 길을 따라 걸어갔다. 그리고 울타리를 거쳐 이슬에 젖은 목초지를 지나갔다. 내 생각에 그쪽이 개구리 웅덩이로 가는 방향 같았다. 그렇지만 한참을 가도 앞쪽에서는 아무 소리도 들리지 않았다. 혹시 패러독스 개구리가 몇몇 개구리들처럼 예측할 수 없는 타이밍에, 가끔씩 우는 개구리가 아닐까 조금 불안해지기 시작했다. 그런 개구리들은 짝짓기 철에도 며칠 혹은 몇 주씩 노래하지 않는다. 그때 멀리서 어떤 소리가 들렸다. 무슨 소리인지 알 수 없지만 희망은 있었다. 나는 빠르게 걸어갔다. 소리는 더 선명하게 들렸고, 소리의 위치도 분명해졌다. 연못 근처로 다가가니 개구리들의 코러스가 격류처럼 사방으로 밀려들었다. 그 소리는 덤불 너머로 퍼져 나가 보이지 않는 안개처럼 나를 에워쌌다.

나는 조금씩 그 소리의 파트와 음색에 익숙해졌다. 세 가지 개구리가 울고 있었다. 내가 처음에 들은 소리는 조금 소심하고 단조로운 노래였다. 개구리들이 있는 위치와 방향은 알 수 없지만, 낮게 쿠욱–쿠욱–쿠욱 하는 소리가 들렸다. 부드럽게 쿠욱– 하는 소리의 위치를 알 수 없어 포기하고 다른 소리에 집중하려는 찰나, 옆쪽 덤불에서 부스럭거렸다. 나는 나뭇가지 사이를 살펴보다가 그 소리가 들리는 곳을 발견했다.

사람 손가락만 한 길이에, 폭은 그보다 조금 큰 청개구리였다. 물 갈퀴가 있는 앞발은 넓지만, 뒷다리가 무척 가늘어 저걸로 어떻게 걸어 다닐 수 있을까 하는 생각이 들 정도였다. 청개구리의 눈은 금 빛인데, 손전등을 비추면 세로로 된 홍채가 천천히 가늘어졌다. 내가 손전등을 비추자 쿠욱- 하는 소리가 멈췄다. 손전등을 끄자 다시 노랫소리가 들렸다. 나는 손전등을 껐다가 바로 켜서 녀석이 우는 장면을 포착했다.

그 뒤로는 쿠욱- 하는 노랫소리를 추적하기가 쉬웠다. 나는 가느다란 청개구리를 두 마리 더 찾았다. 녀석들은 전부 연못 위 나뭇가지에서 수심에 찬 듯 노래를 불렀다. 개구리는 대부분 상대의 사랑을 데시벨로 평가하기 때문에, 수컷은 목청껏 노래한다. 나는 이 개구리만큼 활기 없게 노래하는 개구리를 본 적이 없다. 녀석의 노래는 우리가 어지럽거나 우울할 때, 속으로 다른 생각을 하면서 숨죽여 부르는 허밍과 비슷했다. 이상할 정도로 힘없고, 태평스럽고, 짤막한 소리였다.

녀석은 붉은눈나무개구리다. 이들은 연못 위로 드러난 나뭇가지나 덤불 위에 나뭇잎을 다닥다닥 붙여 둥지를 만든 다음, 그 위에 알을 낳는다. 기발한 방법이지만 이들의 알은 산란과 동시에 수정되어야 한다. 제시간에 암컷이나 수컷 중 하나가 오지 않으면 아무리 기발한 잎사귀 인큐베이터도 무용지물이다. 수컷은 다른 개구리들처럼 둥지를 마련하고, 노래를 불러 암컷에게 수정 시간과 장소를 알려준다. 그렇게 새로운 역사가 시작되는 것이다. 나는 한동안 거기 앉아 열의도, 욕망도 없는 구애 소리에 누가 응하려고 할지 지켜보고 싶었다. 그때 연못에 있는 개구리들의 코러스가 점점 커졌다. 그 사이 내가 듣던 청개구리의 노래는 갑자기 사라졌다.

청개구리 소리가 사라지자 두 가지 노랫소리만 남았다. 그 소리는 중첩되었지만 뚜렷이 구분되었다. 집중해서 들으니 그중 한 노랫가락이 분명하게 들렸다. 분명 어디에선가 들은 노래다. 귀뚜라미 소리처럼 빠르게, 수백 마리 어쩌면 수천 마리가 한꺼번에 내지르는 소리 같았다. 음색도 시끄러운 웅웅 소리부터 거의 음악적인 떤꾸밈음까지 다양했다. 소리는 대부분 얕은 연못의 키 큰 풀숲 사이에서 들렸다. 직접 살펴보지 않아도 온두라스와 파나마에서 본, 작고 황갈색을 띤 남미 청개구리임을 알 수 있었다. 그렇다면 이 소란의 나머지 파트, 즉 전체 코러스의 베이스와 뼈대를 이루는 것이 패러독스 개구리의 노래다.

내가 그렇게 듣고 싶어 한 소리는 전혀 음악적이지 않았다. 그건 귀에 거슬리는 기계적인 소리로, 코를 크게 골거나 둔탁하게 따르릉거리는 소리와 비슷했다. 산발적으로 아르르르르르 하는 소리가 들렸다. 패러독스 개구리의 음색과 질감을 미국 개구리들과 비교하면, 표범개구리와 다람쥐청개구리의 중간쯤 되었다. 패러독스 개구리들은 연못의 깊은 곳 위쪽 수면에서 울었다. 어떤 녀석들은 나뭇가지나 널빤지 주변에 매달렸고, 어떤 녀석들은 자유롭게 이리저리 떠서 헤엄쳤다. 나는 허리쯤 오는 어두운 연못으로 들어가, 살금살금 움직이며 녀석들을 한 마리씩 잡았다. 그들은 노래에 열중했다. 내가 걸어갈 때마다 앞쪽이 조용해졌지만, 노래에 몰두한 수컷들은 잠수하지 않고 그대로 있었다. 손전등 불빛이 수면 위로 환한 달빛처럼 쏟아졌고, 나는 여섯 마리를 잡았다. 나는 손전등을 끄고 기묘한 만족감을 느끼면서 연못 한가운데 서 있었다. 나를 에워싼 패러독스 개구리들의 코러스를 들으며. 나는 저녁 무렵의 두루미처럼—그 무렵 두루미에게는 인생의 스승 같은 분위기가 있다—허리까지 잠긴 채 연못에 서 있었다. 그러는 사이 다섯 마리는 물로 돌아갔다. 그들의 희귀한 노랫소리를 들으며, 녀석들을 물로 돌려보내며 생각했다. 세대가 끝없이 흐르는 동안, 이 개구리들을 달빛 아래 떠서 짝짝이 노래하게 하는 것은 무엇일까.

남미 청개구리는 덤불에서 짝을 부르려고 노래했고, 덤불 속 청개구리는 나뭇잎으로 만든 산란장에서 노래했다. 그렇다면 패러독스 개구리는 무엇 때문에 노래했을까? 노래 부르는 게 즐거워서? 아니면 그 노래가 뭔가 다른 것을 의미하기 때문에? 나는 오랫동안 목청껏 노래하는 개구리들 사이에 있었다. 그러나 그 노래가 무엇을 의미하는지 이해할 수 없었다. 그럼에도 철벅거리며 연못에서 나와 덤불을 헤치고 물을 뚝뚝 떨어뜨리며 이슬에 젖은 목초지를 걸어갈 때, 나의 만족감은 끝이 없었다.

보카스 델 토로[165]

오전에 주크jook[166]는 끔찍한 곳이다. 전날 밤 상쾌하게 잤다 해도 대낮에 주크는 을씨년스럽다. 설상가상으로 나는 전날 거의 못 잤다. 나는 테이블에 앉아 차가운 맥주를 마시며 앞쪽 바다를 쳐다보고 있었다. 보카스 델 토로 너머로 하늘과 바다가 접한 수평선이 보였다. 거기 있는 배 여섯 척은 작은 점처럼 보였다.

기분이 좋지 않았다. 밤에 주크는 괜찮은 곳이다. 그러나 돌아다니고 싶은 열대 연안의 아침에는 아무리 차가운 맥주와 그늘, 바다 풍경이 있어도 주크는 우중충하다. 딱히 주크에 문제가 있다기보다 한동안 어디로도 움직일 수 없다는 게 짜증스러웠다. 나는 점점 어느 곳에 갇힌 기분이었다.

그건 지구의 근원적인 현상, 즉 자전축이 기울었기 때문이다. 지

---

165 파나마 서북부의 콜론 섬 남쪽 끝에 있는 타운. 스페인어로 '황소의 입'이라는 뜻.
166 숙박, 윤락 등을 겸하는 미국 남부와 중앙아메리카의 값싼 선술집.

구는 정확히 춘분점과 추분점 사이에 있고, 지구궤도 역시 두 점을 기준으로 반으로 나뉜다. 이 사실이 짜증스러운 것은 북극이 태양을 향해 상당한 각도로 기울어, 여름이면 태양 광선이 내가 있는 파나마 북부로 쏟아지기 때문이다. 그런 때면 이곳의 하루는 아주 길고 덥다. 지금은 북반구의 여름으로, 열대와 온대 지역의 기온차가 가장 적다. 하지 무렵의 태양은 내 일정을 지옥처럼 만들었다.

나는 보카스 델 토로에 있었다. 거기에서 연안을 따라 콜론 쪽으로 60킬로미터 남쪽에 있는 치리키 해변으로 가야 했다. 시간이 일주일밖에 남지 않아 서둘러야 했다. 내가 찾아낸 교통편은 카누뿐인데, 출발 일정이 불규칙했다. 배는 무엇보다 바람이 좋은 날을 기다렸다. 나는 이글대는 태양 아래 속수무책으로 다시 바람이 불기를 기다리는 수밖에 없었다.

이곳의 긴 낮은 육지 위 공기를 덥혀 상승시킨다. 그러면 북부 내륙과 남부 해안 사이에 만들어진 기압 차가 여러 기단을 움직이게 한다. 기단들은 내가 있는 곳에서 위도 10도 북쪽 혹은 그 너머까지 움직인다. 그렇게 만들어진 보카스 델 토로의 날씨는 견디기 힘들었다.

적도무풍대[167]는 시간이 지날수록 불안정해져 지구의 중앙부를 에워싸면서, 위로 올라가 북쪽으로 부는 무역풍과 맞닿는다. 이 때문에 파나마지협은 국지적 대류와 우리가 예측할 수 없는 여러 기상 원인에 내맡겨진다. 어느 시기에는 바다가 낮에 가열되고 밤에 냉각

---

167 바람이 약하거나 거의 없는 적도 근처의 구역을 말한다. 범선으로 항해하던 시절에 적도무풍대는 뱃사람들에게 공포의 대상이었다.

되어 변덕스러운 해풍과 육풍이 주기적으로 분다. 그러다 적도무풍대의 습한 공기가 육지의 경계부에 접근하면 번개를 동반한 폭우가 쏟아진다. 반면 어떤 시기에는 무역풍이 다시 찾아와 한동안 강한 세력을 유지한다. 카누들이 목적지를 향해 미친 듯이 질주하는 것도 이때다. 그러다 며칠, 심지어 몇 주간 바람이 불지 않으면 바다는 움직임 없는 정물처럼 변한다. 태양은 하늘에서 가느다란 햇무리를 달고 맹렬하게 불타오른다. 이런 시기의 어느 아침, 나는 보카스 델 토로의 주크에 죽치고 있었다.

독자들은 내가 당시 상황을 구구절절하게 설명한다고 생각할지 모르지만, 있는 그대로 말하고 싶을 뿐이다. 나는 미국철학회에서 준 연구비로 여행하는 중이었다. 그런 스폰서를 둔 처지에 아침부터 맥주를 마시며 주크에 앉아 있는 건 상당히 무책임한 행동으로 보일 수 있다. 그러나 앞서 말했듯이 나는 광포한 자연의 힘 아래 내맡겨졌을 뿐이다. 나는 변덕스런 기단의 손아귀에 있는 노리개였고, 기운이 빠지긴 했어도 흥청망청하지 않았다.

여기에서 잠깐 주크jook라는 낱말에 대해 할 말이 있다. jook는 잘 쓰이는 철자가 아니지만, 나는 이 철자에 신념이 있다. 이 단어는 미국 남동부 흑인에게서 유래한 것이다. 서아프리카 방언을 연구하는 이들에 따르면 주크는 표준 월로프 어[168]로, 원래 '나쁜 짓을 하다'라는 뜻이 있는 동사였다고 한다. 이 단어는 조지아 주 연안과 플로리다 북부에서 살아남았으며, 오래전 미국인의 언어에 편입되었다. 물

---

168 세네갈 언어의 하나. 그곳에서 많은 노예들이 아메리카로 끌려왔다.

론 가장 고집 센 남부 지방 백인들은 예외다. 기억하는 사람이 있을 지도 모르지만, 이 단어가 미국 전역에 퍼진 것은 플로리다 주에서 주크를 운영하려면 법적 허가를 받아야 한다는 법안을 공표한 뒤다. 이 소동이 미국 언론의 관심을 끌었다. 한바탕 소동이 지나간 뒤, 미국 대다수 지역과 웹스터 사전에 남은 단어의 철자는 juke다. 이는 귀족 작위 중 하나인 duke(공작)와 각운이 맞는 것으로, 주크의 의미에 어울리는 철자가 아니다. 감비아, 세네갈, 찰스턴Charleston[169], 퍼넌디나에서 이 단어는 언제나 툭took으로 들린다. 철자에 'o'가 두 개 있기 때문이다.

물론 톰 파일스Tom Pyles가 말했듯이 언어에 정당성을 부여하는 것 중 하나는 실제 쓰임새다. 사람들은 말하고 나서 듣고 쓰기를 배운다. 그러나 '주크박스jyukebox'라고 말하는 미국인 수백만, 심지어 영국인의 발음은 그 단어를 '읽고' 나서 생겨났다. 이는 단어의 일반적인 진화 과정과 배치될뿐더러, 발음 자체에도 결함이 있는 음역이다. 나는 미국의 해안평야 지대에서 자란 사람으로, 주크라는 단어에 애착이 많다. 나는 세상에 죄악이 있다는 걸 안 나이부터 그 단어를 썼고, 그 단어의 발음을 이해하지 못하는 음치 저널리스트들의 견해 따위는 단호히 배격했다.

따라서 내가 앉아 있는 보카스 델 토로 만 근처의 지붕이 있는 나무 구조물은 주크jook다. 저 멀리 바다와 하늘의 흐릿한 경계선에서 점 몇 개가 보였다. 그것들은 가만히 있는 물맴이[170]나 배회하는 갈

---

169 미국 사우스캐롤라이나 주의 남동부에 있는 도시.
170 물에 사는 딱정벌레의 일종.

매기, 아니면 단순히 내 눈의 이상처럼 느껴졌다. 그러나 그 점들은 케이폭나무나 삼나무 둥치로 만든 바다거북 카누였다. 연안에서 먹이나 짝을 찾는 푸른바다거북을 잡으려고 노를 젓는 중이었다. 그중 하나를 세내어 치리키 해변으로 갈 수도 있었다. 나는 며칠 전 배를 물색했고, 그중 하나를 구해두었다. 그런데 다른 기회가 찾아왔다. 치리키에 사는 셰퍼드Shepherd라는 남자가 자기 보트를 몰고 그리로 간다는 것이다. 나는 그와 동행하기로 했다. 그래서 바람에 운을 맡기고 한동안 그가 배를 띄우기만 기다렸다. 오늘도 바다는 잔잔하고 고요했다. 아무도 항해하려고 하지 않을 날씨다. 그사이 바다거북 카누들은 바다가 하늘의 일부처럼 보이는 곳까지 나갔고, 나는 주크에 혼자 남았다.

나는 차라리 그들이 부러웠다. 카누들은 먼 바다에 나가 하루 종일 가볍게 흔들릴 것이다. 바람은 죽은 듯 자고, 태양은 얇은 햇무리 뒤에서 이글거릴 것이다. 바다거북이 잡혀서 격렬하게 퍼덕거리는 순간을 제외하면 어부들이 할 일은 없다. 카누에 앉아서 카누 몸체를 다듬거나, 앞에 있는 어부들의 빛나는 등을 보거나, 멀리 수평선이 물안개 속에 가려지는 광경을 바라보는 것 외에는. 나는 전에 그렇게 나가본 적이 있기 때문에 그 일이 주크에 있는 것만큼 무료하다는 걸 잘 안다. 그래도 이런 날에는 주크보다 배 위에 있는 게 낫다는 생각이 들었다.

나는 몸을 구부리고 식탁에 팔꿈치를 기댄 채, 나른하게 건너편 테이블에 있는 두 남자의 대화를 들었다. 바텐더를 제외하면 그들밖에 없었다. 그들은 전날 저녁부터 럼주 잔을 비우면서 이야기하는 중이었다. 그들의 낮은 대화는 밤의 모든 소란을 뚫고—오케스트라의 요란한 쿵쿵거림과 피콜로[171]의 우는 듯한 소리, 젊은 여자들의 비명과 킥킥거림, 남자들이 오가며 내뱉는 장광설과 고함, 파티를 찾아 가까운 섬에서 찾아온 모터 달린 카누의 탈탈거리는 소리—꾸준히 이어졌다. 그들은 라군 뒤쪽의 카카오 농장주다. 시장에 나왔다가 우연히 오랜 친구를 만난 모양이다. 그들은 끝없이 대화를 나누며, 오랜만에 만난 것과 카카오 콩의 시세가 좋은 것 등을 자축했다. 이제 아침 해가 떴고 그들의 눈은 부었다. 그들의 머리는 독수리처럼 어깨 사이로 푹 고꾸라졌다. 그럼에도 그들은 계속 이야기했다. 보카스 델 토로 식 영어는 알아듣기 힘들어 조금 듣다 보면 무슨 말인지 알 수 없어진다. 반면 보카스 델 토로 사람의 스페인어는 초보자라도 쉽게 알아들을 수 있다. 스페인이나 콜롬비아 사람들이 보카스 델 토로와 크리올 사람의 스페인어를 부러워하지는 않겠지만.

보카스 델 토로 식 영어는 내가 들어본 가장 괴상한 영어다. 크리올 사람은 대부분 영어와 스페인어를 모두 사용한다. 그러나 그들이 아끼고 고수하는 언어는 영어다. 크리올 사람은 아주 완고해서 파나마 정부가 경각심을 느끼고, 연안 지역에서 스페인어를 대중화하자는 캠페인까지 벌였지만 아직 별 성과가 없는 실정이다.

니카라과도 그렇듯이 가장 이상한 영어를 쓰는 이들은 지방의 젊

---

171 이 책에서는 주크의 오르간을 지칭한다. 로코코 디자인에 색깔이 화려하고, 주크박스처럼 돈을 넣으면 연주되는 축음기.

은이다. 어린이들은 그렇지 않다. 그들의 영어가 이해하기 쉬운 것은 그들이 속어를 덜 쓰고, 학교 선생이 그들의 언어 습관을 계속 교정해주기 때문이다. 나이 든 사람들도 분명하고 확실한 영어 악센트를 쓴다. 그들의 말은 종종 예스러운 데가 있어 이해하기 쉽다.

그러나 젊은 크리올 사람은 영어를 제멋대로 쓴다. 14~40세 시끄러운 사람들이 여기에 속한다. 그들이 사용하는 영어의 적당한 예를 들고 싶지만, 마땅한 방법이 떠오르지 않는다. 이상한 발음, 단어의 의미를 괴상하게 비틀고 생략하는 방법 등으로는 그들이 사용하는 영어의 실체를 거의 보여줄 수 없다. 가장 충격적인 것은 그들의 독특한 억양, 즉 각각의 음절을 떼어서 억양을 붙이는 방식이다. 그들의 영어 문장은 완벽하게 낯설다.

예를 들어 갓 사춘기를 지난 친구들이 서로 소리치는 걸 찬찬히 들어보자. 그들은 최대한 큰 소리로 끊지 않고 말하려 애쓴다. 처음에 그들이 어떤 언어를 쓰는지 알아채지 못한다면, 그들의 말을 알아듣는 데 오래 걸릴 것이다. 계속 주의를 기울이면 단어인 것도 같고 아닌 것도 같은 희미하게 친숙한 사운드가 들리는데, 이 이상한 사운드를 하나씩 포착하다 보면 그들이 영어를 쓴다는 인상을 받는다. 이때도 그 친구들이 뭐라고 소리 지르는지 알 수 없다. 보카스 델 토로 식 영어를 이해하려면 훈련과 연습이 필요하다.

나는 주크에 앉아 35세 정도로 보이는 카카오 농장주들의 영어에 귀 기울였다. 그들은 충분히 크게 말했지만, 그 의미를 이해하기는 쉽지 않았다. 나는 단념하고 돌아앉아 뭔가 볼 게 없나 하고 주위를 살폈다.

주크는 만의 삼면을 향해 개방되었다. 그 만은 보카스 델 토로의 항구로, 알미란테Almirante 만과 치리키 암초, 카리브 해를 잇는 여러 항로 중 하나 위에 있는 작은 타운이다. 그 항로들이 보카스[172]고, 토로[173]는 타운 앞에 있는 커다란 바위를 말하는데, 옛 선원들은 그 바위가 황소를 닮았다고 생각했다. 따라서 문자 그대로 해석하면 보카스 델 토로는 황소 바위가 있는 치리키 항로들을 말하는데, 타운 역시 같은 이름으로 불리게 되었다. 과거 이곳은 해적에게 중요한 장소로, 바다거북과 매너티를 공급하는 곳이었다. 최근에는 유나이티드 과일 회사 알미란테 지부의 보조항이기도 하다. 내륙 쪽 농장으로 가는 배들은 보카스 델 토로를 경유하지 않지만 말이다.

주크 뒤쪽, 황소 바위 너머는 탁 트인 카리브 해였다. 거기에서 거북을 잡는 배들이 바다로 나가는 중이었다. 바다와 하늘이 뒤섞여 희미해진 지점에 도달하자, 그 배들은 작은 점처럼 보였다. 다시 왼쪽으로 고개를 돌리면, 만의 안쪽에 야자나무가 있는 작은 섬이 맑은 바다 한가운데 떠 있었다. 그 섬 가장자리에서 나이 든 흑인 한 명이 작은 통나무배를 타고 고기를 잡았다. 바텐더는 그가 아프리카계 카리브 사람이며, 기억할 수 없을 만큼 오래전에 벨리즈에서 왔다고 했다. 그 노인은 자신에 찬 동작으로, 동시에 네 가지 방법을 사용해서 고기를 잡았다. 먼저 도미와 그루퍼를 잡기 위해 소라고둥

---

172 스페인어로 '입'을 의미함. 복수형.
173 스페인어로 '황소'를 의미함.

미끼를 달아놓은 낚싯줄이 있었다. 그는 이 낚싯줄에 계속 신경을 썼다. 그리고 뭔가 반짝거리는 것을 미끼로 매둔 짧고 뻣뻣한 손 낚싯줄이 있었다. 강꼬치고기[174]나 킹피시를 잡으려고 배회하는 정어리 떼 사이에 던져둔 것이다. 측면 뱃전에는 기다란 막대 두 개가 세워졌다. 하나는 수면 근처의 물고기를 잡기 위한 작살이고, 다른 하나는 끝이 갈라진 삼지창 모양으로 갯가재를 잡기 위한 것이다. 그는 닻을 올려 배의 위치를 바꿀 때마다 네 세트를 다시 준비했고, 평평한 유리 수경으로 근처 바닥을 조사했다.

작은 섬의 앞쪽에는 하얀 모래 해변이 있었다. 파도가 그리는 동심원 모양 호가 모래 해변 끝에서 줄기차게 생겨났다 사라졌다. 섬의 뒤쪽 해변에는 콘크리트와 야자나무 이엉으로 만든 작은 카지노가 있었다. 수영을 하려는 미라마호텔 고객의 목욕탕으로 쓰이는 곳이기도 하다. 내가 머무르는 이상한 호텔에서는 수영도 충분히 즐길 수 있었던 것이다.

내가 앉아 있는 주크는 외부 표지판이 불편할 만큼 과장해서 알리듯, 미라마의 일부다. 타운 중심가에서 이쪽으로 오는 길에 잡화점이 하나 있는데, 콜론 섬에 있는 봄베이 상점의 시골 버전이라 할 수 있다. 긴 지붕 아래에서 그 잡화점과 이어진 바다 쪽 건물이 호텔인데, 천장이 높고 창문이 작은 객실 여섯 개가 좁은 복도를 따라 배치되었다. 이 복도는 앞쪽 상점에서 뒤쪽 주크까지 이어진다. 객실 뒤쪽에는 커다란 홀이 있고, 그 옆에는 크고 지대가 낮은 화장실이 두

---

174 활동적이고 헤엄을 잘 치는 포식성 어류. 전갱이속에 속한다.

개 있다. 그 화장실에는 한 주에 몇 번씩 물이 공급된다. 그 사이 물이 떨어지면 얼굴이 둥근 원주민 소년이 하루에 두 번 물통을 들고 와서 화장실을 청소하고 쓰레기를 수거해 간다.

객실 뒤쪽에는 '레스토랑&바'라고 쓰인 어둑한 공간이 있다. 안으로 들어가면 한쪽 벽을 따라 긴 조리대가 있고, 다른 쪽 벽에는 긴 바가 있다. 계속 걸어가면 바다가 보이는 밝은 구역이 나온다. 이곳이 의자와 테이블이 몇 개 있는 야외 바로, 내가 주크라고 부르는 구역이다. 간판에는 '마린 바'라고 적혔지만, 플로리다에서 사람들이 주크라고 부르는 곳과 아주 비슷하다. 여기에서는 맥주와 럼을 마실 수 있고, 방에서 춤도 출 수 있다. 피콜로도 있는데, 타운의 불이 꺼지고 만 근처의 해류가 강해지는 새벽 2~3시까지 연주한다. 피콜로 연주가 없을 때는 작은 로컬 밴드가 와서 공연한다. 이곳을 찾는 많은 손님들이 배를 이용하기 때문에, 주크의 뒤쪽 플랫폼은 부두와 이어진다. 섬이나 다른 곳에서 온 배들이 여기에 정박하고 떠나간다.

아무 표지판도 없지만, 사실 미라마호텔은 일종의 윤락가다. 고급 창녀들이 있는 곳은 아니라도 하룻밤 섹스는 할 수 있다. 자체적으로 그런 서비스를 제공하지는 않지만, 다른 데서 여자를 데려오면 호텔에서 도와준다. 내가 거기 나타나 사흘쯤 오직 숙박을 위해 방을 잡자, 프런트에서는 꽤 충격을 받은 모양이다. 지금껏 그런 일이 없었기 때문이다. 호텔 주인은 자리를 비웠고, 대신 그가 남기고 간 여자 관리인이 있었다. 그녀는 일이 잘 돌아갈 때는 호텔을 완벽하게 운영할 수 있는 사람이지만, 난데없는 상황을 처리하는 데는 익숙지 않은 듯했다. 내가 밤부터 아침까지 방에서 머무르겠다고 하자, 이해할 수 없다는 반응을 보였기 때문이다.

지금은 그 이유를 잘 안다. 거기 머무른 첫날 밤, 나는 만과 가까운 해변에서 수영하거나 해변을 산책하며 새벽 2시까지 밖에 있었다. 나는 만 어디에서나 들을 수 있는 시끄러운 파티 소리를 기대하며 주크로 돌아왔다. 그러나 홀에는 엄청나게 많은 남녀가 대기 중이었다. 그날 밤, 객실 다섯 개를 정확히 몇 명이 예약했는지 알 수 없다. 마음만 먹으면 셀 수 있었겠지만 말이다. 사람들은 나무 위의 개미처럼 홀 곳곳을 왔다 갔다 하며 소란을 피웠다. 빈 객실을 찾지 못한 사람들은 문 밖에서 발을 구르며 투덜거렸다. 객실을 차지한 사람도 안에서 편안히 일을 치르지 못할 것처럼 보였다.

나 역시 편히 쉴 수 없었다. 객실 사이 칸막이벽 꼭대기에는 60센티미터 정도 틈이 있었다. 환기에는 도움이 되겠지만, 옆방에서 들리는 소리 하나하나에 촉각이 곤두섰다. 머리와 귀에 수건을 감아봐도 소용이 없었다. 나는 일어나서 불을 켰다. 천장 중앙에서 내 턱 바로 아래까지 내려온 작고 흐릿한 전구였다. 필라멘트가 꼬인 모습까지 보였지만, 손전등을 찾을 수 있을 만큼 밝지는 않았다. 나는 방을 더듬어 손전등을 찾은 다음, 그걸 켜고 옷을 입었다.

문을 열고 밖으로 나가니, 한 남녀가 뭔가 기대하는 표정으로 서 있었다. 나는 인사를 하고 신경질적으로 키를 넣어 돌린 다음, 자물쇠가 단단히 잠겼음에도 문을 다시 흔들었다. 그 커플은 실망한 듯 우울한 표정을 지었다. 나도 기분이 좋지 않았다.

나는 다시 주크로 걸어갔다. 주크는 꽉 차 있었는데, 대부분 크리올 사람이고 중간중간 메스티소도 보였다. 동인도인 두세 명과 중국인 한 명도 있었다. 중국인은 외향적인 젊은이로, 거기에서 상당히 인기가 있는 모양이었다. 홀에는 작고 특색 없는 오케스트라가 있었다. 기타, 트럼펫, 약간 녹이 슨 테너 색소폰 연주자, 드럼을 치는 소년과 우울해 보이는 클라베이스[175] 연주자가 있었다. 현악기 파트는 평범했지만, 기타 연주는 좋았고, 드럼을 치는 소년은 재능이 상당했다. 그 밴드는 그렇게 나쁘지는 않았지만, 가장 큰 문제는 아프리카-보카스 음악이 아니라, 아구스틴 라라Agustin Lala[176]의 곡을 연주한다는 것이었다. 흑인 밴드의 음악이 형편없는 경우는 드물다.

나는 춤추고, 애무하고, 열변을 토하는 사람들을 뚫고 바에서 맥주를 주문했다. 테이블이나 난간 근처에는 자리가 없기 때문에 사다리를 타고 부두로 내려갔다. 그러나 어둑한 곳에 있던 커플과 부딪힌 다음 다시 위층으로 올라왔다. 나는 음악을 듣거나 드럼 치는 소년을 보며 잠깐 서 있었다. 그러나 잠시 뒤 소음이 시끄러워서 방으로 돌아왔다. 나는 홀에 늘어선 남녀 사이를 뚫고 지나가 방문을 연 다음, 그들의 부러움 섞인 중얼거림을 무시하고 안으로 들어왔다. 그리고 손전등을 켜서 침대를 벽으로 바싹 붙이고, 손수건을 몇 조각 찢어 귀를 막았다. 머리 위에 손전등을 달아놓고 벽에 등을 기댄 다음, 그날 오후 그곳의 주교가 보내준 *A History of the Bishops of*

---

175   앤틸리스제도의 아프리카 음악에서 쓰이는 단단한 막대 두 개. 두드려서 독특한 리듬 패턴을 만든다.
176   20세기 멕시코의 유명한 작곡가.

Panama(파나마 교주들의 역사)를 읽기 시작했다.

나는 파나마의 기독교 역사에는 관심이 없었다. 혹시 과거 파나마에 살던 바다거북의 규모나 분포를 알 만한 자료가 있나 싶어 참고 문헌을 살펴보았다. *A History of the Bishops of Panama*에 바다거북에 대한 내용은 별로 없었다. 대신 나는 보카스 델 토로의 역사에 관한 자료를 발견했다. 70년 전 호세 텔레오포로 파레José Teleoforo Pare 교주가 남긴 기록으로, 그는 보카스 델 토로의 크리올 사람들 사이에 만연한 프로테스탄티즘을 보고 불만이 컸던 모양이다. 그는 이곳 감리교도와 침례교도의 우스꽝스러운 행동을 열정적으로 묘사했다. 그중 한 단락을 내 노트에 옮겨 적은 것이 있다.

여기에는 감리교도가 지은 교회가 있다. 다른 하나는 올드 뱅크Old Bank에 있는데, 둘 다 작고 나무로 지은 것이다. 보브론 Bovron이라는 목사가 그곳에서 27년을 살다가, 거의 미쳐서 지난해에 죽었다. 그가 죽고 한 남자와 여자가 왔다. 그들은 알 수 없는 경로로 사람들─특히 여자들─에게 경련을 일으키며 이성을 잃게 하는 질병을 퍼뜨렸다. 그들은 그것을 '부활'이라 불렀다. 그들은 심지어 교회의 의자를 전부 없애고, 밤새도록 문을 걸어 잠갔다. 교회에 모인 사람들은 기도하고, 노래하고, 마법에 씌어 크게 소리 질렀다. 결국 콜론 섬에서 온 목사가 그런 짓을 금지했고, 소동과 질병을 촉발한 사람들은 자취를 감췄다. 그러나 그 목사는 사람들에게 이런 죄를 정화하기 위해서는 물속에 들어가 침례를 받아야 하며, 단순히 물을 뿌리는 세례는 통하지 않는다고 했다. 거의 모든 감리교도가 그에게 이끌려 그가 만든 선창가로 갔다. 그 목사는 바다 한가운데 들어가 사람들에게 침례를 주었다. 신성모독적인 침례를 행한 결과, 8일 뒤 80세에 가까운 노인 한 명이 죽었다. 지금은 감리교도와 침례교도가 오래된 예배당을 점거하고 있다….

이 단락을 다 읽자 졸음이 쏟아졌다. 나는 머리 위에 손전등을 켜둔 채 잠이 들었다. 이튿날 아침에 보니 건전지가 나갔다.

내가 눈을 떴을 때는 오전 8시였다. 도로와 바다에서 새로운 소음이 밀려들었다. 나는 옷을 입고 중국 잡화점 안에 있는, 테이블이 세 개인 카페에서 아침을 먹었다. 조금 있다가 그곳 주인에게 내가 사는 플로리다에서는 중국인이 레스토랑이나 세탁소도 운영하는데, 왜 카리브 해의 중국인은 거의 모두 상점을 운영하는지 아느냐고 물었다. 그는 교활한 표정으로 고개를 저었다. 마치 내가 알 수 없는 동양의 신비에 대해 질문했다는 투였다. 바깥이 점점 더워져서 나는 호텔로 돌아와 주크의 그늘에서 셰퍼드 씨를 기다렸다.

셰퍼드 씨는 중년의 크리올 사람으로, 라군 근처에서 항해용 카누를 몰았다. 그는 치리키 해변 근처에 사는데, 내가 다른 교통수단을 찾지 못하면 데려다 주기로 했다. 다시 바람이 불면 항해할 것이고, 바람이 불지 않으면 노 젓는 소년 몇 명을 붙여주겠다는 것이다.

콜론 섬에서 만난 사람들은 치리키 해변이 훌륭한 바다거북 산란지라고 했다. 어디에서 주워들은 소문을 가지고 막연하게 말했지만, 그들의 이야기를 듣고 직접 그곳을 조사해봐야겠다고 마음먹었다. 내가 코스타리카의 토르투게로 해변을 방문하고 1년 뒤의 일이다. 치리키 해변이 토르투게로 해변과 맞먹는 커다란 산란 해변은 아닐까 조바심이 났다. 앞서 말했듯이 치리키 해변은 보카스 델 토로에서 최소한 60킬로미터 떨어졌고, 바람이 불지 않으면 셰퍼드 씨의 커다란 통나무배로도 그곳에 가기 힘들다. 그러나 셰퍼드 씨는 자신 있어 보였고, 나는 그를 믿고 언제든 배가 뜨는 날이면 아침에 미라마호텔 부두로 나를 데리러 오라고 말했다. 그래서 나는 주크에 앉아 맥주를 마시며, 태평스런 눈으로 바다를 바라보며, 미국철학회에서 지원한 연구비를 까먹고 있었다.

잠시 뒤, 앞쪽의 작은 섬 근처에서 낚시를 하던 늙은 카리브 어부가 졸기 시작했다. 나는 눈을 돌려 오른쪽을 보았다. 보카스 델 토로 시내가 초승달처럼 생긴 만을 따라 조촐하게 형성되었다. 보카스 델 토로는 내가 본 모든 카리브 해 타운 중에서 가장 지저분하고 어수선했다. 보카스 델 토로 해변의 어수선함은 믿기지 않을 정도다. 해변을 따라 세워진 건물들은 형태나 크기가 제각각이고, 낡은 정도 역시 다양하다. 주석 지붕들은 아무렇게나 어리둥절한 각도로 잇대어졌다. 몇몇은 아연이나 알루미늄 지붕이지만, 대부분 오래된 주석 쪼가리를 필요할 때마다 올려놓은 것이다. 어디든 녹슬었고, 갖가지 색 페인트로 칠해졌다.

만에서 조금 가면 해변과 맞닿은 거리가 나온다. 그곳의 건물들은 바다 쪽으로 조금씩 삐져나왔다. 집마다 붙어 있는 구식 화장실은 만조선과 간조선의 중간쯤 되는 얕은 바다에 위태롭게 돌출되었다. 불안정한 받침대가 그 건물들을 지탱하고, 각목이나 막대로 만든, 겨우 지나다닐 수 있는 통로가 본채와 연결되었다. 뒤뜰에는 작은 부두와 막대 통로, 새로 만든 선반, 카누를 넣어두는 창고, 막대로 받쳐놓은 축사, 닭장, 말뚝 울타리, 말뚝으로 지지한 잡동사니 공간이 건물 밖으로 튀어나왔다.

내가 앉은 곳에서 약 50미터 바깥에는 큰 지붕이 달린 중앙시장의 부두가 있고, 그 옆에 자잘한 상점들이 붙어 있다. 중앙시장 지붕이 시야를 막아 둥글게 굽은 해안의 일부가 보이지 않았다. 한편 내가 앉은 곳 바로 아래쪽, 미라마호텔 부지 측면에는 막대와 널빤지, 야자나무 이엉으로 된 복잡한 구조물이 있었다. 살펴보니 돼지우리와 화장실, 바다거북 우리를 다닥다닥 붙여놓은 것이었다.

바다거북 우리에는 푸른바다거북 여섯 마리가 있었다. 모두 전날 잡힌 것으로, 그런 건 신경도 쓰지 않는 게 분명했다. 수컷들이 암컷 한 마리를 계속 쫓아다니고 있었기 때문이다. 나는 여기에 흥미가 생겼다. 이제까지 바다거북의 사생활을 엿봤지만 대서양 푸른바다거북의 짝짓기는 본 적이 없고, 어떤 과학 문헌에도 기록되지 않았다. 바다거북 우리는 내가 앉은 곳에서 1미터 정도 떨어졌을 뿐이고, 내가 있는 곳이 상당히 높아서 우리 내부가 훤히 들여다보였다. 나는 전날 오후에도 녀석들을 한동안 쳐다보았다. 당시 암컷은 내키지 않아 했고, 쫓고 쫓기는 구애가 상당히 격렬해서 녀석들이 수면 위로 올라올 때만 관찰할 수 있었다. 이제 조용한 밤을 보내고 수컷들은 다시 끈덕진 구애를 시작했다. 수컷들은 한 놈씩 얌전한 암컷의 딱딱하고 미끌미끌한 등딱지를 붙잡으려고 애썼다.

나는 테이블에 노트를 펴고 바다거북들이 주목할 만한 행동을 보이면 기록했다. 그러면서 바텐더에게 내가 뭘 하는지 말해주었다. 바텐더는 짙은 남빛 옷을 입고, 머리숱이 풍성하며, 외향적인 젊은 남자였다. 그는 내 말을 듣더니 나를 의사로 판단했다. 그사이 손님들이 속속 도착했다. 바텐더는 내가 뒤쪽 안뜰의 바다거북을 관찰하며 틈틈이 메모하는 걸 보고, 몇 가지 이야기를 들려주었다. 아래층 돼지에게 먹이를 주거나 서빙을 하는 옆집 사람들도 곧 내가 뭘 하는지 알아챘다. 그들은 굵은 삼베로 된 발을 지나 방으로 들어가기 전에 반갑게 인사했다. 잠깐 자리를 비웠다가 테이블로 돌아왔을 때, 뒤쪽 집에서 누군가 킥킥거리며 잡담하는 소리를 들었다. 그 이유가 궁금했지만, 다시 거북들의 특이한 행동을 기록하기 시작했다. 그리고 우리 안에서 수컷들이 싸우는 모습을 틈틈이 카메라에 담았다. 수군거리는 소리는 계속 들렸다. 잠시 뒤 바텐더가 바에서 내려오더니 뒤쪽 집의 문 앞으로 가 소리쳤다.

"도대체 무슨 일이야, 거기?"

삼베로 된 발이 조금 걷히더니 어둑한 안쪽에서 몇몇 사람들의 걱정스런 눈빛이 보였다.

"뭐야? 전부 나와! 뭣들 하는 거야?" 바텐더가 말했다.

발과 문틈 사이로 손이 하나 나오더니 소심하게 내 쪽을 가리키며 말했다.

"저 사람이 뭐 하는 거죠?"

바텐더가 냉소적으로 받아쳤다. "저 의사 선생님이 뭘 하든 무슨 상관이야? 바다거북 짝짓기를 관찰하시는 거다. 그걸 너희한테 말해야 해? 나와! 너희는 할 일 없어!"

발이 걷히고 어린 소녀 셋이 쥐처럼 달려 나왔다. 그들은 막대 통로를 지나 안전한 부엌에 닿을 때까지 소리 내며 달려갔다. 부엌에 숨자마자 안도감을 느끼며 기뻐서 소리 질렀다.

그 뒤 카누를 탄 큰 흑인이 밧줄 올가미를 들고, 노를 저어 바다거북 우리로 다가왔다. 우리를 열고 거북 중 하나를 낚으려는 것 같았다. 나는 그에게 특별히 잡으려는 녀석이 있는지 물었다. 그는 수컷 중 아무나 한 놈을 잡으려 한다고 말했다. 계속 소란을 일으켜서 녀석들의 체중이 줄어든데다, 암컷을 지치거나 때로는 죽을 때까지 괴롭힌다는 것이다. 결국 한 거북의 앞발에 올가미가 감겼다. 남자는 거북을 끌어내 자기 쪽으로 잡아당긴 다음, 거북의 목을 딸 긴 나이프를 꺼냈다. 나는 도살 장면을 보고 싶지 않아 눈길을 돌렸다.

바다는 하늘의 공기만큼이나 투명했다. 바닥에 가라앉은 쓰레기—병, 쓰레기, 형체를 알아볼 수 없거나 충격적이어서 여기에 기록하기 힘든 배설물—를 보고 있으니, 보카스 델 토로처럼 작고 가난한 마을에서 쓰레기가 왜 이렇게 많이 나오는지 궁금했다. 조석이 일어나는 해안 마을의 쓰레기는 대부분 탁한 바닷물로 가려진다. 그러나 이곳에서는 버려진 모든 것이 그대로 보인다. 게다가 바닥에

버려진 것들은 다른 데로 퍼져간다. 이곳의 바닷물은 보카스 델 토로 만 덕분에 날마다 정화되어 에메랄드처럼 맑다. 물속 새우의 더듬이나 말뚝 주변을 도는 앤초비의 눈동자까지 볼 수 있을 정도다. 고등어 같은 원양성 어류는 대부분 작고 더러운 항구 마을 근처로 오지 않는다. 그러나 여기에는 킹피시가 거의 부두 아래까지 찾아온다. 독자들도 알아챘겠지만 나는 여행지의 더러움이나 무질서에 유별나게 까다로운 사람이 아니다. 온갖 잡동사니들이 바닥에 쌓였기 때문에, 해안가가 원래 지저분하다는 것도 안다. 이곳의 문제는 다른 데 있다. 타운이 만이나 강어귀와 붙어 있는 경우, 대부분 적당히 탁한 바닷물이 거기 버려진 쓰레기를 가려준다. 그러나 이곳은 상황이 다르다. 아름답도록 맑은 바닷물 사이로 쓰레기가 훤히 보이고, 에메랄드 빛 열대 연안의 산호초 사이에서 헤엄치는 물고기들이 바닥에 흩어진 쓰레기 사이를 헤엄쳐 다닌다는 점이 심기를 건드린다.

훼손된 풍경을 안타까워하다가 막 접안하는 보트에 따개비들이 으깨지는 소리를 들었다. 나는 난간에 기대서 부두를 내려다보았다. 셰퍼드 씨가 긴 통나무배를 타고 왔다. 그는 밧줄을 말뚝에 던지더니 시간을 물었다. 나는 10시 반이라고 말했다. 그는 지금 출발할 수 있겠느냐고 물었다. 나는 잠깐 그의 배와 하늘 그리고 먼 바다를 보았다. 그럴 수 있다고 말했지만 조금 의심스러웠다. 나는 바람이 불지 않는 것 같다고 말했다. 셰퍼드 씨는 노 젓기를 도와줄 소년 세 명이 있다고 했다. 그는 우리가 가는 동안 잠깐 들러 식사하거나, 날씨가 나빠질 경우 대피할 곳도 마련해놓았다고 했다. 바람이 도와준다면 내일 정오쯤 치리키에 닿을 것이고, 노를 저어 가면 내일 저녁 무렵에는 도착할 수 있다는 것이었다.

나는 그에게 잠깐 기다리라고 말하고 짐을 챙겼다. 그는 배에서 내려 사다리를 타고 올라왔다. 방으로 가는 사이, 셰퍼드 씨가 중앙 시장 쪽을 향해 곧 출발할 테니 노 젓는 친구들에게 전해달라고 소리 질렀다. 나는 방으로 돌아와서 필요한 물건들을 캔버스 백에 담고, 여행 가방을 끌고 가서 호텔 여자 관리인에게 맡겼다. 캔버스 백만 들고 부두로 가서 그 가방을 통나무배 쪽으로 내려보냈고, 셰퍼드 씨는 그걸 낡은 방수포 아래 놓았다. 그는 바텐더가 준 얼음물을 마시며 말했다.

"이게 우리가 마지막으로 마시는 얼음물이에요."

나도 잘 알았다. 셰퍼드 씨는 물을 다 마시고 물병을 부두에 놓았다. 나는 그걸 바텐더에게 건네주고, 말뚝에 맨 밧줄을 걷은 다음 배에 올라섰다. 셰퍼드 씨가 배를 부두에서 민 다음 뱃머리를 바다 쪽으로 돌렸다. 바텐더는 난간에 몸을 기댄 채 담배를 피웠다. 그는 약간 슬퍼 보이는 얼굴로 말했다. "바람도 없고 더운 날이네요. 빌어먹을, 잔잔하고 더운 날이야!"

우리는 부서진 옥외 화장실을 지나쳐 시장의 선창가로 향했다. 건장한 소년 세 명이 우리를 기다리고 있었다. 그중 한 명은 셰퍼드 씨의 조카다. 그들을 태우려고 이동하는 동안 나는 시장 앞에서 모터가 달린 기다란 카누를 보았다. 그 카누에는 매부리거북이 가득했다. 거북들은 사지가 풀로 묶여 뒤집힌 채 차곡차곡 쌓여 있었다.

"저 보트는 어디에서 오는 거죠?" 내가 물었다.

"치리키 해변이오." 셰퍼드 씨가 말했다.

"우리가 가는 곳 말입니까?"

"네, 같은 곳이죠."

"저건 매부리거북인데, 저것들도 거기에 알을 낳습니까?"

시장에서 일하는 소년들과 남자 몇 명이 웃음을 터뜨렸다.

"푸하하하." 그중 한 명이 자지러지듯 웃었다.

"다른 거북들은 거의 없어요." 셰퍼드 씨가 정중하게 말했다.

"잠깐만, 나는 푸른바다거북을 보려고 여기 왔어요. 콜론 섬에 있는 어부들은 치리키에 푸른바다거북이 산란한다고 하던데요. 치리키가 매부리거북 산란지입니까?"

"매부리거북뿐이죠, 선생님."

"확실한가요?"

"확실해요. 필요하다면 저기 거북을 가져온 사람들한테 물어보지요."

"그게 낫겠네요."

부둣가 너머 시장 쪽으로 우리가 방금 매부리거북을 잡아 온 남자와 이야기하고 싶다는 말이 전해졌다. 몇 분 뒤에 한 소년이 달려와 그 남자는 근처의 섬으로 떠나서 정오까지는 오지 않는다고 했다. 누구 말을 믿어야 하고, 당장 뭘 해야 할지 알 수 없었다. 그때 호리호리하고 머리칼이 회색인, 친절해 보이는 물라토 남자가 시장 뒤쪽에서 걸어왔다. 그는 내게 정중한 눈짓을 하고, 사람들에게 내 문제가 무엇인지 물었다. 그는 이야기를 듣더니 내 쪽으로 와서 자신을 피터슨Peterson이라고 소개했다. 그는 셰퍼드 씨의 말이 맞는다고 했다. 치리키 해변에서는 매부리거북만 산란하고, 다른 거북은 없다는 것이다.

간단한 일이 아니었다. 내 예상이 빗나갔고, 앞으로 일정도 수정해야 할지 몰랐다. 내가 열대 연안에 머무를 수 있는 시간은 제한되었다. 매부리거북을 보려고 치리키 해변에서 일주일을 보낼 수는 없다. 매부리거북이 가치 없다는 말이 아니다. 그들의 생활사에도 밝혀지지 않은 부분이 많고, 나 역시 그들에게 큰 호기심이 있다. 그러나 이번 여행은 푸른바다거북을 조사하기 위한 것이다. 치리키 해변에 가기 전에, 그곳에 대한 이야기를 자세히 들어야 했다.

피터슨 씨는 내가 보카스 델 토로에서 만난 사람 중 가장 믿음직해 보였다. 나는 그와 이야기를 나누기 시작했다. 그는 산안드레스 섬 출신이고, 그의 고향에서 많은 사람들이 콜롬비아의 높은 세금을 피해 보카스 델 토로로 온 지 100년도 넘었다고 했다. 그는 산안드레스 섬과 그 옆 올드프로비던스Old Providence 섬[177]의 바다거북 사냥꾼들이 매부리거북을 잡는 데 전문이었다고 말했다. 그들은 등딱지뿐 아니라 고기를 위해서도 매부리거북을 잡았는데, 심지어 푸른바다거북보다 매부리거북 고기를 선호했다는 것이다.

많은 지역에서 매부리거북은 먹을 수 없는 생물로 여겨진다. 어느 곳에서는 이들의 고기에 독이 있다고 여긴다. 피터슨 씨의 이야기를

---

177 카리브 해 서부에 있는 섬들.

듣기까지, 나는 아메리카 연안에서 푸른바다거북보다 매부리거북 고기가 선호된다는 말을 한 번 들었을 뿐이다. 케이맨브랙 섬에서 들은 얘기인데, 그곳에는 매부리거북을 사냥하는 오랜 전통이 있다. 그랜드케이맨 섬 주민들이 푸른바다거북에 대해 그렇듯 말이다. 케이맨브랙 주민들은 푸른바다거북보다 매부리거북 요리를 선호하며, 그들의 어린 매부리거북 찜 요리는 유명하다. 매부리거북은 과연 식용할 수 있는 거북일까? 이 질문에는 양쪽의 주장 모두 어느 정도 일리가 있는 것 같다. 매부리거북은 대체로 육식성이다. 매부리거북은 이것저것 가리지 않고 그때그때 구할 수 있는 먹이를 섭취하는 편이다. 사람들이 식용하는 가축처럼 매부리거북 고기의 맛도 그들이 무엇을 먹었는가에 따라 달라진다. 매부리거북의 고기는 여러 차례 치명적인 중독 사고를 일으킨 적이 있다. 그건 이 거북의 유별난 식습관 때문으로 보인다. 즉 매부리거북이 제한된 장소나 특정한 계절 혹은 평소에 가끔씩, 독이 있는 무척추동물이나 식물을 먹기 때문인 것 같다. 이런 현상은 많은 열대 어류—특히 복어나 비늘돔류 물고기—에게서도 일어난다. 미국에서는 상자거북을 먹은 사람들이 중독 증세를 일으킨 사례가 있다. 여기에 대한 가장 설득력 있는 설명은 상자거북이 독이 든 광대버섯을 먹는다는 사실이다. 상자거북은 그 독에 면역이 되었지만, 체내 조직에 독성분이 있다. 이 때문에 카리브 해 전역에서 매부리거북을 먹는 사람들은 바보라는 풍문이 퍼졌을지도 모른다. 나도 매부리거북을 여러 번 먹었지만 중독 증세를 일으킨 적은 없다. 경험상 푸른바다거북만큼 맛있지는 않지만, 매부리거북도 맛이 괜찮다. 드물게 푸른바다거북만큼 맛있는 매부리거북도 있다.

치리키 해변에 어떤 거북들이 오느냐에 따라 내 여행이 성사될 수도, 취소될 수도 있었다. 피터슨 씨는 내 이야기를 듣고 잠깐 타운 외곽 쪽으로 걷자고 했다. 거기에 보카스 델 토로 최고의 바다거북 전문가가 있다는 것이다. 나는 흔쾌히 그러자고 했다. 셰퍼드 씨는 우리가 돌아올 때까지 선창에서 기다리겠다고 했다. 피터슨 씨는 걸으면서 바다거북에 대한 이야기를 계속했다. 나는 그가 바다거북을 잘 아는 사람이라는 인상을 받았다. 그는 치리키 해변이 단순히 매부리거북이 가끔 산란하러 오는 곳이 아니라, 카리브 해 전역을 통틀어 최고의 매부리거북 산란지일지도 모른다고 했다. 그는 그렇게 말할 자격이 있는 사람이다. 카리브 해 전역을 수없이 항해했고, 내가 모르는 아주 작고 외진 지역도 잘 알기 때문이다. 게다가 그는 토르투게로—그는 터틀 보그Turtle Bogue[178]라고 불렀다—해변이 카리브 해 최대의 푸른바다거북 산란지라고 했는데, 그건 정확한 사실이다. 그는 로빈슨Robinson이라는 남자가 치리키 해변의 바다거북 조업권을 가지고 있다고 했다. 로빈슨 씨는 최근 매부리거북 등딱지 시장을 위협하는 플라스틱 등딱지가 등장했는데도 해마다 조업권을 사들인다는 것이었다.[179] 피터슨 씨는 내게 플라스틱 제품이 진짜 등딱지를 대체할 수 있겠는지 물었다. 나는 훌륭한 매부리거북 등딱지의 품격

---

178 '거북 해변' '거북이 있는 장소'라는 의미.
179 매부리거북의 등딱지는 매우 아름다워 상품으로 거래된다.

이나 아름다움, 견고성은 어떤 모조품도 모방할 수 없다고 말했다. 그는 기뻐하면서 자신도 그렇게 생각한다고 말했다.

피터슨 씨에 따르면, 치리키 해변의 로빈슨 씨는 매부리거북을 대부분 콜론 섬의 수산 시장으로 보낸다. 콜론 섬은 매부리거북 요리가 인기를 얻은 또 다른 지역으로, 매부리거북 고기 때문에 등딱지 판매 사업은 거의 돈이 되지 않는다. 피터슨 씨는 예전에 보카스 델 토로에서 훌륭한 매부리거북 등딱지가 1파운드에 15달러씩 거래되었다고 말했다. 지금은 17달러에 거래되어 로빈슨 씨가 상당히 부자가 되었다는 것이다. 그는 창고를 채울 만큼 매부리거북 등딱지가 많기 때문이다.

집들이 드문드문해질 때쯤, 우리는 도로에서 벗어난 작은 상점에 도착했다. 거기가 타운의 마지막 건물이다. 피터슨 씨가 문을 두드리자, 덩치 큰 흑인이 상점 뒤쪽 방에서 나왔다. 그는 느릿느릿 걸어오면서 우리를 향해 인사했다. 피터슨 씨는 그에게 용건을 말했다. 그 남자는 매부리거북에 대해 이야기하고 싶거나, 그 거북과 관련된 소문의 옳고 그름을 알고 싶다면 우리가 제대로 찾아온 거라고 말했다. 그는 매부리거북에 관한 거짓말이 상당히 많다고 했다.

그는 매부리거북 전문가이자, 보카스 델 토로에서 시사올라까지 카리브 해 북부 해안의 매부리거북 조업권을 가진 사람이다. 거북 시세가 좋을 때면 인부 12~15명을 데리고 해변에서 시즌 내내 작업을 했다. 그는 온갖 속임수로 넘쳐나는 바다거북 시장에 넌더리를 냈다. 여전히 조업권을 가지고 있지만, 지금은 해변에서 일하는 인부들이 여가에 잡아오는 바다거북 등딱지만 수거하는 형편이었다. 벨라도르—바다거북을 잡는 인부—와 그의 이익 배분율은 50대 50이고, 이는 등딱지 1파운드당 1달러 정도에 불과했다. 현재는 벨라도르가 가져오는 양도 적어서 큰 수익을 올릴 수 없다. 그는 우리를 작은 거실로 안내한 다음, 창고와 연결된 문을 열었다. 거기에는 수많은 매부리거북 등딱지가 천장까지 차곡차곡 쌓여 있었다. 치리키 해변의 로빈슨처럼 그 역시 매부리거북 등딱지를 비축했다. 사람들이 플라스틱 등딱지의 조잡함을 깨닫고, 다시 그의 사업에 순풍을 보내줄 날이 올 거라 믿으며 기다리는 것이다.

나는 그에게 치리키 해변의 푸른바다거북에 대해 물었다. 그는 푸른바다거북은 파나마 연안 전역에서 산란하지만, 치리키 해변에 모여드는 거북은 매부리거북이라고 했다. 푸른바다거북의 대규모 산란지는 토르투게로라는 것이다.

피터슨 씨가 미소 지었다. 처음부터 그런 확인은 필요하지 않았지만, 어쨌든 자기 말이 맞아서 기쁜 모양이었다. 나는 그 매부리거북 사내에게 고맙다고 했다. 그는 창고 맨 앞줄에 있는 좋은 등딱지 하나를 선물로 주었다. 우리는 돌아왔다.

치리키로 갈 필요가 없어졌기 때문에 내 감정은 복잡했다. 사람들이 말하던 푸른바다거북 산란지가 치리키에 없다는 소식은 실망스러웠다. 그러나 토르투게로 해변이 푸른바다거북의 독보적인 주요 산란지라는 사실이 분명해졌다. 그렇다면 앞으로 내 행동반경이나 이동 경로 역시 크게 좁아질 거라는 생각이 들었다. 여러 소규모 산

우리 속의 푸른바다거북.
미스키토Miskito 섬, 니카라과.

매부리거북, 푸른바다거북,
그리고 개와 함께 있는 아치 카.

푸른바다거북. 토르투게로 해변, 코스타리카.

어느 날 저녁 바다거북 캠프 현관에 나타난
나무타기산미치광이. 토르투게로 해변.

란지를 찾아 이리저리 오가는 것보다 대규모 산란지 한 곳을 추적하는 편이 경로상으로 훨씬 단순할 것이다. 어느 쪽이 더 나은지는 아직 알 수 없다. 한편 계획이 수정되어 조사 경로가 바뀌었어도, 나와 같이 가기로 한 셰퍼드 씨는 이윤을 목표로 했다. 나 역시 치리키에 가고 싶지만, 통나무배를 타고 60킬로미터나 가야 하는 여행을 취소한 것이 아쉽지는 않았다.

시장에 돌아가서 약속한 교통비를 지불했다. 셰퍼드 씨는 만족한 듯 내일까지 보카스 델 토로에 머무르며 바에서 시원한 음료수나 마시겠다고 했다. 그는 내 짐을 다시 미라마호텔의 방으로 옮겨주겠다고 했다. 나는 고맙다고 말하고, 피터슨 씨와 이야기하기 위해 그곳에 좀더 머물렀다.

우리는 부둣가를 천천히 걸으며 사람들이 바다거북을 도살하는 것을 보았다. 사람들이 바다거북에서 버리는 유일한 부위는 연골부와 붙은 제일 위쪽 등딱지다. 이곳 사람들은 바다거북 등 쪽의 연골부를 등심이라 부르는데, 그것을 얇게 썰어낸 다음 등딱지를 버린다. 배딱지에 있는 연골부, 뱃살 주위의 뼈와 긴 내장은 버리지 않는다. 나머지 부위―고기, 앞발, 머리, 위, 내장, 간, 허파와 다른 부위―는 팔기 위해서 바구니에 나눠 담는다. 다른 지역에서는 바다거북을 손질할 때도 암탉을 손질할 때처럼 까다롭게 굴지만, 이곳 사람들은 바다거북이 돼지처럼 모든 부위를 먹을 수 있는 생물이라는 것을 안다. 보카스 델 토로 주변의 섬사람들은 지금도 많은 곳에서 하듯 바다거북을 통째로 넣고 찜을 만든다. 배딱지와 긴 내장을 제거하고 등딱지를 안쪽 내용물을 익히는 용기처럼 이용하는 것이다. 바다거북이 큰 놈이면 이웃을 초대한다. 이때 초대된 이웃은 찜에 넣을 플랜테인, 참마, 빵나무 열매 등을 가져오고, 구아로를 마셔 입맛을 돋운다. 이렇게 만든 바다거북 요리는 그것이 담긴 용기(등딱지) 이름을 따서 카라파시carapash라 부른다(이는 바다거북의 등살을 뜻하는 영어 단어 캘러패시calipash, 등딱지 캐러페이스carapace와 닮았다).

치리키 해변에서 싣고 온 매부리거북을 제외하고 시장에 있는 모든 거북은 푸른바다거북이었다. 대부분 얕은 만의 입구 근처에서 작살로 잡은 것으로, 전부 수컷이었다. 나는 조금 의아했지만 곧 까닭을 알게 되었다. 앞에서 말했듯 지금은 짝짓기 철이고, 이 거북들은 작살로 잡혔다. 예전에 파코 씨의 비행기에서 푸른바다거북의 구애를 관찰했을 때도, 거기에는 수컷이 거의 두 마리 이상 있었다. 그리고 짝짓기 철에는 일단 암컷을 잡으면 수컷 두세 마리를 잡을 수 있다는 바다거북 사냥꾼들의 오랜 격언이 있다. 사실 나는 발정기 푸른바다거북의 욕정과 염문에 대한 수많은 이야기를 알지만, 대부분 여기에 옮겨 적기는 부적절해 보인다.

그러나 짝짓기 철에 바다거북 수컷이 보여주는 외곬이라 할 만한 구애는 인상적이다. 사람들이 암컷을 잡으면 구애하던 수컷은 그 암컷을 따라 배 위로 올라오려고 애쓴다. 그 배가 바다거북 사냥꾼의 통나무배라면 그런 행위는 무덤으로 뛰어드는 것과 같다. 구애가 좌절되면 수컷은 호르몬 분비 탓에 자제력을 잃는다. 수컷은 배 위에서 암컷을 대신할 것을 찾아 거칠게 날뛰며 난동을 부린다. 녀석은 퍼덕이고, 굵고, 널빤지를 물거나, 어부들의 노를 물고 잡아당기면서 부러질 때까지 놓아주지 않는다. 널빤지나 부표를 발견하면 미친 듯이 공격하며, 사람에게 덤벼들면 그 역시 무사하기 힘들다.

그물로 푸른바다거북을 잡는 여러 지역에서 어부들은 '올라타기용 보드'라고 불리는 조잡한 모형으로 수컷을 유인한다. 몇몇 바다거북 사냥꾼은 아주 리얼하거나 흥미로운 암컷 모형을 만들 수 있다는 데 자부심을 느끼지만, 그렇게 할 필요는 없다. 결국 바다거북들이 그 모형을 망가뜨리기 때문이다. 토바고 섬에서는 거북만 한 널빤지를 그물 옆에 던져놓고, 그 옆에 비스듬히 떠오르는 작은 통나무 조각을 부표처럼 매단다. 어부들에 따르면 수컷 거북이 그 통나무 조각을 산산조각 내기도 한다.

여기에서 말하는 푸른바다거북 수컷은 대부분 무게가 90~140킬로그램이다. 내가 듣기로는 장수거북 수컷 역시 비슷하게 행동한다. 그렇지만 장수거북은 보통 450킬로그램 이상 나가며, 900킬로그램이 넘는 것도 있다. 장수거북 수컷에게 열렬한 구애를 받는다고 생각하면 등골이 오싹해진다.

얼마 전에 트리니다드 섬 수산청에서 일하는 내 친구 펠릭스 아삼 Felix O. Assam이 사랑에 빠진 장수거북을 보고 편지를 보냈다. 그는 가볍게 썼지만 그 이야기는 분명 여기에 언급할 가치가 있다.

어제 오후에 통나무배를 타고 강어귀에서 1킬로미터 정도 올라갔을 때였어. 우리는 굴을 따서 돌아오는 길이었는데, 갑자기

보트 바닥에 쿵 하는 충격을 느꼈지. 뭔지 몰라도 살아 있는 생물이 우리와 부딪힌 게 분명했다네. 그 지역은 매너티로 유명해서 우리는 매너티라 생각하고 안심했어. 몇 미터 더 가니 시커먼 생물이 뱃머리 끝 쪽의 수면에 나타나더군. 우리는 갑자기 불안해져서 배를 빨리 몰려고 했지. 그때 조잡하게 만든 노가 녀석의 앞발과 부딪혔고, 노잡이는 노를 놓쳤어. 숨 돌릴 틈도 없이 녀석이 갑판 위로 올라오려고 애쓰더군. 밀물 때라 해류는 거의 없었고, 노는 붙잡을 수 없는 곳에 있었어. 녀석이 접근하는 바람에 우리는 사방으로 떠밀렸지. 알고 보니 녀석은 거대한 장수거북이었어. 아마 수컷이었을 거야. 짝을 찾아 그 강 근처까지 올라온 녀석이 분명했지. 우리는 그 불청객 때문에 끔찍할 정도로 불안하고 성가셨어. 우리는 배에 있던 굴이 다닥다닥 붙은 맹그로브 가지로 녀석을 있는 힘껏 후려쳤어. 녀석은 25분 정도 지나서 떠났고, 우리는 그제야 노를 잡을 수 있었다네.

나는 장수거북이 물속에서 갑자기 나타나, 작은 배 위로 기어오르려고 했다는 이야기를 여러 번 들었다. 배에 탄 이들은 녀석이 거북이라고는 전혀 생각지 못했다고 한다. 이야기한 사람들은 대부분 자신이 아무 이유 없이 사납고 굶주린 맹수나 미쳐 날뛰는 괴물의 공격을 받았다고 믿었다. 아삼이 말했듯 장수거북이 그런 행동을 보이는 경우는 대부분 사랑에 빠졌을 때다.

바다거북이 그렇게 행동하는 원인이 뭐든, 녀석들이 뱃전으로 올라오는 건 끔찍한 일이다. 예기치 않은 생물이 뱃전으로 올라오거나, 배 가까이 다가오는 일은 유쾌하지 않다. 녀석들이 깊은 곳에서 불쑥 나타나거나, 교활하고 공격적이거나, 뱃전을 심하게 때리거나 으르렁거릴 때는 더욱 그렇다.

나는 배 위에서 특별히 겁이 많은 사람은 아니다. 바람이나 파도에 대한 두려움은 보통 사람들만큼 있다. 그러나 어떤 생물이 뱃전으로 올라오는 것은 질색이다. 원하지 않았는데 바닷속에서 커다란 생물이 올라오면 기가 질린다. 어릴 때부터 그랬던 것 같다. 내 이모는 대왕오징어가 범선 위로 반쯤 올라온, 아주 불쾌한 그림이 담긴 책을 가지고 있었다. 녀석의 촉수 몇 개는 겁에 질린 선원 주위에서 꿈틀거리고, 다른 선원은 앞쪽 돛대를 떼려고 애쓰는 모습이었다. 그 그림은 큰 공포와 충격을 주었다.

예전에 나는 플로리다 레몬Lemon 만에 있던 스튜 스프링어의 상어잡이 배에서 아내와 낚시를 했다. 당시 스튜는 며칠 다른 곳에 가고 없었다. 우리는 스텀프 패스Stump Pass[180]에서 5~6킬로미터 떨어진 멕시코 연안에 있었다. 도르래 그물로 상어를 건져 올리려는데, 갑자기 석양빛을 받은 배 아래에서 뭔가 폭발하는 것 같더니 우리 상어를 두 동강 냈다. 상어는 몸통이 가장 굵은 가슴지느러미 근처에서 베이컨 슬라이스처럼 깨끗하게 두 조각으로 잘렸다. 우리는 물이 튀어 젖은 상태였는데, 다시 뭔가 물속에서 쿵 하고 배 측면을 때렸다. 공격자는 2미터 앞에서 나타났다가 사라졌다. 그러나 움직임이

---

180 플로리다 주 남서부의 해변.

얼마나 빠른지 우리는 무슨 일이 일어났는지도 알 수 없었다. 분명 다른 상어였을 것이다. 그렇지만 도대체 어떤 종류고, 얼마나 큰 상 어란 말인가?

피터슨 씨와 나는 부둣가에서 한동안 이런 이야기를 나누었다. 그 사이 우리 주변에는 상당히 많은 어부들이 모여 한 마디씩 조언하려 고 했다. 피터슨 씨는 충분히 이야기한 다음 이제 가봐야겠다고 말 했다. 우리는 악수를 했다. 나는 덕분에 치리키 해변으로 헛걸음하 지 않게 되어 고맙다고 말했다. 그가 가고 나서 미라마호텔에 돌아 가 일정을 상의할까 하다가 그러지 않기로 했다. 낮에는 그곳에 사 람이 없기 때문이다.

나는 노란색, 핑크색, 흰색 제피란테스[181]가 한 무더기 핀 좁은 길 을 따라 걸어갔다. 제피란테스는 타운 전역에서 자랐고, 종종 정원 이나 도로변에 풀 대신 피었다. 어느 곳에는 한 가지 색깔이 많고 어 느 곳에는 다른 색깔이 풍부한데, 어디에든 세 가지 색 제피란테스 가 몇 포기씩 있었다. 이건 저절로 자라는 풀이다. 아무도 기르려고 애쓰지 않고, 어디에서 와서 피는지 알지 못한다. 몇몇 사람들은 가 끔 연한 파란색 제피란테스도 핀다고 했다. 나는 그 색을 찾아 이곳 저곳 둘러보았지만 끝내 찾지 못했다.

제피란테스가 소복이 핀 모습을 보니, 북부 플로리다 저지대의 4월의 숲이 떠올랐다. 그리고 내 친구 T. 바버Barbour가 게인즈빌의 흰꽃사프란 더미를 얼마나 좋아했는지 생각났고, 그가 거기 있는

---

181 백합목 수선화과 여러해살이풀로, 원산지는 열대와 남아메리카다.

동안 아내와 나를 차에 태우고 날마다 혹은 하루에 두 번씩 그 꽃을 보여준 일이 생각났다. 그가 보여준 꽃은 전부 흰색이었다. 그가 보카스 델 토로 들판의 세 가지 제피란테스를 보면 무슨 말을 할지 궁금했다. 어쩌면 그도 이걸 봤을지 모른다. 그는 참 많은 곳에 다녔으니까.

나는 파란 제피란테스를 찾기 위해 조금 더 걸었다. 그러다 샛길로 빠져 소방서를 발견하고 그곳 서장과 이야기를 나누었다. 나는 40년 된 그곳 소방차의 황동색과 빨간색을 칭찬했다. 그것들은 지독하게 오래된 것으로 광택이 멋졌다. 서장은 그걸 보여주며 자랑스러워했다. 햇빛과 허기 때문에 조금 어지러워 점심을 먹고 싶었다. 나는 그와 작별하고 레스토랑을 찾으러 나섰다. 그러다 난간 달린 베란다가 있는 목조 주택이 늘어선 샛길로 접어들었다. 푸에르토리몬과 블루필즈Bluefields가 생각나는 거리였다. 나는 곧 중국 상점이 늘어선 넓은 길가로 나왔다. 그 길을 따라 걷다 보니 '머피 레스토랑'이라는 간판이 보였다. 광장은 두 블록 앞쪽에 있었다.

나는 전날 그 레스토랑에 들렀다. 내가 북아메리카 출신이라는 사실만 빼면 그곳은 괜찮은 레스토랑이다. 거기에서 내가 먹은 첫 식사는 스팸, 튀긴 감자, 푸른 콩 통조림이다. 대다수 카리브 사람이 괜찮은 식사로 생각하지만, 백인에게는 평범한 것이다. 나는 곧 머피Murphy 씨를 알게 되었다. 그는 케이맨 섬 출신 활기찬 중년 남자로, 보카스 델 토로에서 이름 있는 직책을 맡은 교사와 결혼했다. 내가 보카스 델 토로 음식을 맛보고 싶다고 하자, 그는 안심하는 동시에 자극받은 듯했다. 내가 정말 보카스 델 토로 음식을 원한다는 걸 보여주려고, 밖으로 나가 싱싱한 가재 12마리를 사서 그에게 주었다. 그에게는 커다란 등유 냉장고와 훌륭한 요리사가 있었고, 레스토랑 밖으로 멋진 바다가 펼쳐졌다. 나는 그저 그런 음식은 먹고 싶지 않다고 했다. 두 번째 식사는 첫 번째보다 나았다. 그리고 불쑥 찾아온 지금 세 번째 식사도 만족스러웠다.

"바다거북 요리가 있어요." 머피 씨가 말했다.

"가재 요리도 해줘요." 내가 말했다.

문 뒤에 있던 요리사는 자기 일이 늘어나는 걸 보고 묘하게 웃었다. 머피 씨는 냉장고에서 붉은 가재를 꺼내 그녀에게 건네주었다. 나는 머쓱해서 맥주를 들고 잠깐 자리를 비웠다.

내가 돌아왔을 때 테이블에 가재 요리가 놓여 있었다. 나는 맥주와 함께 그것을 먹었다. 그리고 일본인처럼 보이는 열 살짜리 원주민 소녀가 구운 바다거북 요리를 가져왔다. 평범해 보이지만 훌륭한 요리였다. 항아리에 커다란 푸른바다거북 수컷의 가슴 고기를 넣고 구운 것이다. 맛있는 사슴고기 같으면서도 그렇게 퍽퍽하지 않았다. 머피 씨가 그 바다거북은 와인에 재웠고, 스페인 양파와 그 지역에서 나는 제일 위쪽 줄기에서 수확한 조약돌만 한 토마토로 요리한 것이라고 자랑스럽게 말했다. 그는 그 요리법이 콜롬비아의 산안드레스에서 왔다고 했다. 구운 거북 요리는 처음 먹어본 나는 훌륭한 맛에 놀랐다. 바다거북 요리와 함께 검은콩, 밥, 구운 플랜테인, 파인애플, 커피가 나왔다.

나는 커피를 마시며 내게 요리를 갖다 준 소녀에게 말을 붙였다. 그녀는 몇 번 장난을 쳐도 알아듣지 못했다. 그때 요리사가 그애에게는 그곳 방언인 크리카몰라로 말해야 한다고 소리쳤다. 그건 불가능한 일이어서 점심 값을 지불하고 기울어가는 오후의 햇빛 속으로 나와 광장 쪽으로 걸어갔다.

보카스 델 토로 광장은 볼리바르Bolívar 공원이라고 불린다. 이곳은 내가 코스타리카 리몬에서 한때 나무늘보들과 시간을 보낸 바르가스 공원의 작은 복제품 같다. 이곳도 바르가스 공원처럼 절반은 큰 나무 그늘이 있다. 나머지 반은 격식을 차린 무어풍 정원이다. 기하학적 형태의 화단에 꽃이 피었고, 그 경계는 야자나무로 구획되었다. 그늘지고 시원한 구역으로 갈까 하다가 광장 끝에 정부 기관이 있는 왕궁으로 걸어갔다. 나는 '밀라 마리티마Milla Maritima', 즉 해마다 야자열매와 바다거북을 수확할 수 있도록 파나마와 코스타리카에서 임대하는 공공 해변에 관한 정보를 얻고 싶었다. 이런 '임대 해변' 제도는 얼마 남지 않은 바다거북 산란지를 파괴하는 주원인 가운데 하나다. 나는 이 문제를 해결할 방법을 찾으려고 이 지역의 법규와 시스템을 살펴보는 중이었다. 왕궁에서 아주 길고 낡은 홀 끝에 있는 작은 방으로 안내되었다. 거기에는 중국인, 흑인, 코카서스인의 피가 섞인 듯 쾌활하고 마른 여자가 있었다. 그녀는 정부 소유 해변의 임대에 관한 제반 사항을 책임지는 인물이다. 그녀는 보카스-시시올라 해변의 임대 관련 문서를 한 부 복사해주겠다고 했다. 아프리카-아시아 혼혈 속기사가 그 서류를 타이핑하는 동안 잠깐 밖으로 나왔다.

나는 그늘진 공원 끝으로 걸어가서 벤치에 앉았다. 바깥쪽 시내와 태양의 열기에 둘러싸인 그늘의 분위기가 어찌나 바르가스 공원과 비슷한지 놀라울 정도였다. 햇볕 가득한 거리와 대조되는 그늘의 분위기도 비슷하고, 바닷속에 들어온 듯 눈이 휴식하는 느낌과 피부에 닿는 시원한 공기, 숨 쉴 때의 청량감도 비슷했다. 열대 공원에서 맛볼 수 있는 이런 시원함은 참으로 상쾌하고 반갑다. 내가 다른 장에서 바르가스 공원에 대해 묘사한 것들은 대부분 볼리바르 공원에도 적용할 수 있다. 물론 두 공원의 크기는 다르지만. 독자들도 기억하듯 리몬의 바르가스 공원에는 나무늘보가 사는 나무 28그루가 있었다. 그러나 이곳 볼리바르 공원에는 나무가 2그루뿐이다.

그것들은 아주 크다. 잎사귀가 무성한 가지들이 옆으로 쭉 뻗어 상당히 넓은 지역을 그늘로 덮었다. 바닥에는 작고 둥근 열매들이 떨어졌다. 나는 몸을 굽혀 그중 하나를 주웠는데, 어딘지 눈에 익은 열매였다. 나는 다시 나무를 쳐다보았다. 윤이 나는 뾰족한 잎사귀와 평평한 화관, 세로로 홈이 난 나무둥치가 눈에 들어왔다. 그 아래로는 녹아내린 것처럼 땅속으로 뒤엉켜 들어간 뿌리가 보였다. 그제야 나는 이 나무들이 300킬로미터 북쪽의 바르가스 공원에서 나무늘보들에게 쉼터와 먹이, 그늘을 제공한 인도 월계수라는 것을 깨달았다.

물론 이건 그 자체로는 신기한 일이 아니다. 열대 국가에서 인도 월계수는 도시계획에 쓰이는 차양용 수목 중 하나다. 이것들은 열대 지역의 공원과 광장 전역에서 발견된다. 내가 나무의 종류를 몰랐음에도 그늘 속 희미한 공기의 분위기가 바르가스 공원과 아주 비슷하다는 점이 중요하다. 그늘 속 공기의 느낌 같은 주관적인 내용은 식물학 책에서 읽을 수 없다. 물론 나는 열매와 기둥, 잎사귀를 살펴보고 나서 그 나무를 알아봤지만, 신기하기는 마찬가지다. 심지어 고개를 들어 나뭇가지를 보면 거기에 나무늘보들이 있을 것 같고, 그걸 보고 그 나무의 이름을 맞힐 수도 있을 것 같았다.

나는 한가롭게 생각하다가 고개를 들었고, 거기에서 나무늘보를 보았다. 아니, 보았다고 생각했다. 그것은 움직이지 않는 검은색 덩어리였다. 경험상 월계수 위에서 움직이지 않는 어둑어둑한 덩어리는 언제나 나무늘보다. 나는 벤치에서 일어나 두 손으로 내 눈 위에 그늘을 만들었다. 공원에 있는 다른 이들의 호기심 섞인 시선을 무시한 채, 그 검은색 물체를 찬찬히 보았다. 나는 결국 그것이 움직인다는 것을 알아챘다. 그 덩어리 끝에서 튀어나온 한 부위가 리드미컬하게, 거의 인지할 수 없을 정도로 느리게 움직였다. 녀석은 의심할 여지없이 몸을 긁는 나무늘보다.

독자들은 내 흥분을 상상할 수 있으리라. 타운으로 둘러싸인 공원 속, 뒤엉킨 나무 두 그루 위에 나무늘보가 있었다. 나뭇잎 위쪽을 주의 깊게 보았지만, 다른 검은 덩어리는 찾을 수 없었다. 그렇다면 거기 사는 나무늘보는 한 마리다.

나는 깜짝 놀라서 나무늘보를 가리키며 옆쪽 벤치에 앉은 젊은 커플에게 저 녀석이 어떻게 여기 있느냐고 물었다.

"나무늘보예요." 젊은 여자가 스페인어로 대답했다. 그녀는 메스티소다.

"나무늘보예요." 크리올 남자가 영어로 대답했다.

"알아요. 그런데 저 녀석이 어떻게 저기 있죠?" 나는 다시 물었다.

"그냥 저기 살아요." 남자가 말했다.

여자는 나무늘보가 처음부터 거기 있지는 않았다고 했다. 그녀는 남자 친구와 내게 열성적으로 설명했다. 전에 이 공원을 관리하던 리몬 출신 크리올 노인이 가끔 거기에 나무늘보를 갖다 놓았다는 것이다. 나무늘보는 사람에게 해를 끼치지 않는 생물이라 노인은 그들을 좋아했다. 나무늘보가 그의 고향을 생각나게 하기 때문이라는 거다. 여자는 공원을 빠르게 둘러보았다.

"저기 있네요. 저기, 저분이에요." 그녀는 웅크린 채 빗자루를 들고 월계수 잎사귀를 천천히 도로 밖으로 쓸어내는 노인을 가리켰다.

나는 그녀에게 고맙다고 하고, 노인에게 다가가서 나무늘보에 대해 물었다. 그는 보카스 델 토로가 리몬만큼 좋은 타운은 아니지만, 월계수에 나무늘보가 있는 이 공원은 바르가스 공원과 닮았다고 말했다. 최근에 데려온 나무늘보는 그가 묘지 근처의 세크로피아 나무에서 발견한 것이라고 했다. 그는 3주 전에 그 나무늘보를 공원으로 데려왔다. 그가 이곳으로 데려온 다른 나무늘보처럼 녀석은 잘 적응하는 듯 보였고, 여기 도착하고 며칠 뒤 새끼까지 낳았다. 나는 리몬에서 새끼 나무늘보가 엄마 배 위에서 쉬는 모습을 제대로 본 적이 없다. 나는 다시 나무 쪽으로 걸어갔고, 노인은 나를 따라왔다. 나는 벤치에 서서 몸을 긁는 나무늘보를 자세히 쳐다보았다. 녀석은 높이 있지 않았다. 그러나 어두운 잎사귀와 그 사이로 비쳐드는 햇살 때문에, 녀석이 배에 새끼를 달고 있는지 확인할 수 없었다. 나는 노인에게 나무 위로 올라가도 괜찮은지 물었다. 그는 법에 어긋나지만, 그 법은 대부분 어린이들을 위한 것이고, 나는 백인에 나이도 제법 들었기 때문에 처벌받지는 않을 거라고 했다.

나는 땅 위로 솟구친 나무뿌리 사이에서 사다리처럼 손과 발을 디딜 수 있는 곳을 찾아냈다. 그리고 기둥을 타고 커다란 가지 위로 올라간 다음, 나무늘보가 매달린 곳까지 기어갔다. 이제 암컷의 이상한 얼굴과 건강해 보이지 않는 피부색, 부석부석한 털이 선명하게 보였다. 그런데 암컷의 몸 어디에도 새끼는 없었다. 다시 땅으로 내려오니, 그새 사람들이 몰려들었다. 그들은 나무 위에 올라간 사람을 보려고 몰려든 것이다.

"새끼가 없는데요." 내가 말했다.

노인은 주변을 둘러보더니 누군가 찾기 시작했다. 그의 시선은 열두세 살 되어 보이는, 책을 든 흑인 아이들 예닐곱 명에게 멈췄다.

"나무늘보 새끼가 어디 갔지?"

아이들은 시끄럽게 부인하기 시작했다. 노인은 콧방귀를 뀌며 날카로운 몸짓으로 그들을 조용히 시켰다. 그러더니 가장 만만해 보이는, 리본 몇 개를 가진 깨끗하고 작은 소녀를 바라보며 엄하게 물었다.

"새끼가 어디 갔지?"

나 역시 무서운 눈빛으로 노인을 거들었고, 순간 엄청난 긴장감이 감돌았다. 그 소녀는 눈알을 굴리더니 긴장한 아이들 중 한 소년을 보았다.

"쟤가 데려갔어요. 쟤가 훔쳤어요."

지목받은 소년은 펄쩍 뛰더니 춤을 추듯 발을 구르며 다른 아이들에게 손가락질했다. "쟤들도 같이 했어요! 여기 있는 애들 전부 같이 했다고요!"

한순간 그가 지른 비명은 귀가 아플 지경이었다. 노인은 아이들을 잠깐 쳐다보더니 체념하듯 어깨를 으쓱했다. 그리고 자기 자리로 돌아가서 도로를 쓸기 시작했다. 나 역시 자리를 옮겼다. 그 노인은 한참 동안 머리를 흔들며 40년 전 리몬의 아이들과 지금 이곳의 아이들이 얼마나 다른지 중얼거렸다.

보카스 델 토로에서 보낸 둘째 날은 첫째 날보다 편했다. 그날은 미라마호텔에서 오케스트라 연주가 없었다. 잡담하던 카카오 농장주들도 없었고, 나 역시 피곤해서 피콜로 연주자의 맥 빠진 연주에 신경 쓸 틈이 없었다. 오후에는 비가 왔다. 저녁에 머피 레스토랑에서 구운 킹피시를 먹은 다음, 웅덩이나 목초지에서 개구리가 우는 소리를 들으려고 묘지로 난 길을 따라 산책했다. 다양한 개구리가 울었고, 나는 그중 몇 가지 소리를 알아들었다. 그러나 비 갠 플로리다의 여름밤과 비교하면 초라한 합창이었다. 그런 여름이면 플로리다에서는 한 연못에 10종이 넘는 개구리가 모여 합창한다. 나는 새끼 보아 한 마리를 잡았고, 전등을 비추자 놀라서 굳어버린 거북을 잡으려고 애쓰다가 불어난 도랑에 빠지기도 했다. 그 뒤에 호텔로 돌아와서 글을 조금 쓰고 아침까지 잤다.

주 2회 출발하는 비행기가 그날 아침 떠날 예정이었다. 사무소 직원은 내가 탑승하는 데 아무런 문제가 없다고 말했다. 공항은 미라마호텔에서 300~400미터 거리에 있었다. 공항은 관목을 걷어낸 긴 공터에 불과했고, 한쪽에 작은 나무 건물이 있었다. 그곳에 라디오와 저울이 있었다. 덜거덕거리는 사륜마차 한 대가 멈추더니 내 짐을 가져갔다. 원래 나도 타고 갈 수 있지만 타지 않았다. 착륙하는 비행기 소리가 들리면 걸어가도 충분하기 때문이다. 나는 그늘에서 쉬려고 다시 호텔의 주크로 돌아갔다. 그리고 맥주를 마시며 바다거북 우리에 새 거북이 있는지 살펴보았다.

맥주를 다 마시자 오전 9시 30분이었다. 이륙 시간이지만, 아직 착륙 소리도 들리지 않았다. 나는 바텐더에게 작별 인사를 하고, 도로 위의 도마뱀 따위를 관찰하면서 느긋하게 공항으로 걸어갔다. 공항 옆 작은 사무실에 도착하자, 직원이 내 짐의 무게를 쟀다. 그는 현재 창기놀라Changuinola[182]에서 비행기 엔진에 문제가 생겼지만, 곧 도착할 거라고 말했다. 그런 대화를 하는 중에 무전기 소리가 들렸다. "비행기 착륙 중." 곧 북쪽 하늘에서 붕붕거리는 엔진 소리가 들려왔다. 사람들이 벤치에서 일어나 짐을 들고 입구 쪽으로 몰려들었다. 승객은 거의 부유해 보이는 크리올 사람과 중국인이었다. 그들의 행선지는 대부분 콜론 섬이지만, 나처럼 파나마시티로 가는 사람도 있었다. 젊은 여교사는 콜롬비아 산안드레스에 있는 집으로 가는 길이

---

182 파나마 북서부의 도시.

었다. 비행기가 비스듬히 활주로에 내려앉자, 대부분 뭔가 기대하는 표정으로 짐을 들고 섰다.

나는 느긋하게 빈 벤치에 앉아 있었다. 그때 흑인 아이가 어깨에 박스를 지고 왔고, 그 안에서 향기로운 파인애플 냄새가 났다. 나는 파인애플 하나를 샀다. 비행기는 활주로를 지나 방향을 틀었다. 곧 한쪽 출입문이 열린 채 탑승용 사다리가 내려졌다. 승객 몇 명이 밖으로 걸어 나오며 햇빛에 눈을 찡그렸다. 보카스 델 토로의 직원이 다가와 승객의 숫자를 세고 비행기 안쪽을 힐끗거렸다. 그리고 서류철을 검사했다. 그는 인상을 찡그리더니, 조종사가 비행기에서 나오자 감정을 실어 뭔가 빠르게 말하기 시작했다. 그는 격앙되어 서류철을 톡톡 두드렸고, 때때로 기다리는 승객 쪽을 가리켰다. 조종사는 처음에 화가 난 듯 보였으나, 나중에는 체념한 것 같았다. 잠시 뒤 보조 조종사가 나왔고, 직원의 팔을 잡고 빠르게 말했다. 결국 그도 어깨를 으쓱하더니 체념한 표정을 지었다. 비행기 바퀴를 다 끼운 수리공이 대화에 끼어들었다. 그리고 승객 서너 명이 몇 분 동안 같이 대화했다. 열띤 이야기가 오갔지만 결국 모두 입을 다물고 어깨를 으쓱한 다음, 체념한 표정을 지었다. 잠시 뒤 보카스 델 토로 직원이 내 쪽을 힐끗 보고 다가와 스페인어로 말을 걸었다.

"실례합니다, 선생님. 조금만 더 기다려주세요. 짐을 조정해야 하거든요."

"왜요?" 나는 쌀쌀맞게 말했다.

"짐이 지나치게 많습니다."

"좋아요. 혹시 내 자리가 조정되는 건 아니죠?"

그는 작게 웃다가, 곧 크게 웃음을 터뜨렸다.

"걱정하실 필요 없어요. 화물이랑 이곳 승객들 때문이에요. 30분 정도 기다리시면 됩니다."

그때 내가 장거리 승객이라는 사실이 기뻤다. 나는 파나마지협 위를 150킬로미터 정도 가로질러 파나마시티로 갈 것이다. 나는 직원에게 고맙다고 하고 짐을 화물 계산대 밑에 둔 다음, 미라마호텔로 돌아갔다. 내가 아는 가장 시원한 곳이 주크였기 때문이다. 나는 맥주를 주문했다. 멀리에서 한 노인이 배를 타고 천천히 섬 주위를 돌며 유리 수경으로 바다 밑을 조사하는 모습이 보였다.

잠시 뒤 우르릉거리는 비행기 엔진 소리가 들렸다. 그것은 꺼졌다가 다시 우르릉거렸다. 나는 서둘러 잔을 비우고 바텐더에게 다시 작별 인사를 한 다음 공항으로 걸어갔다.

그러나 그 소리는 가짜였다. 공항의 수리공이 푸른색 불꽃을 지나치게 많이 뿜어내는 엔진 중 하나를 검사하는 소리였다. 직원들의 태도를 보니 짐 문제가 여전히 해결되지 않은 것 같았다. 내가 다가가자 한 직원이 다가와 내 홀쭉한 몸을 훑어보았다.

"선생님, 실례지만 몸무게가 얼마나 되십니까?"

나는 사실대로 말했고, 그는 내 빈약한 몸무게에 놀란 듯 움찔했다. 그는 다음으로 뚱뚱한 크리올 소녀에게 다가갔는데, 같은 질문을 한 모양이다. 그녀는 웃으면서 모른다고 고개를 흔들었고, 직원은 그녀를 화물 저울로 데려갔다. 그가 그녀의 몸무게 눈금을 읽을 때 어떤 표정을 지었는지 몰라도 뒷모습을 보니 꽤 놀란 듯했다. 그는 승객 7~8명의 몸무게를 더 재고 그것들을 전부 더했다. 그 값을 보더니 고통스럽게 얼굴을 찡그리며, 비행기 날개 아래에서 논쟁하는 동료들에게 달려갔다.

그가 총 무게를 알려주자, 모두 손을 허공으로 던지며 소리쳤다. "아, 이런 야만인들!" 그들은 그 일에서 손을 떼겠다는 듯한 몸짓을 했다. 승객은 조금씩 불편함을 느끼는 것 같았다. 다만 동인도 출신 뚱뚱한 세일즈맨은 자신의 권리를 결코 포기할 수 없다는 듯 커다란 가방 두 개 위에 앉았다. 직원들이 그를 향해 은밀하게, 상당한 눈치를 주었으나 그는 꿈쩍도 하지 않았다.

독자들도 알아챘기를 바라지만, 나는 중앙아메리카를 돌아다니며 뭔가 비웃을 거리를 찾는 백인은 아니다. 분명 그런 백인도 있는데 그게 떳떳한 일은 아니다. 나는 열대 지역과 중앙아메리카 사람을 좋아한다. 나는 카리브 사람들이 왜 특정한 방식으로 행동하는지 이해할 수 있고, 그들의 동기에 종종 공감한다. 그들은 나를 성가시게 하지 않을뿐더러 내게 자극이 되기도 한다. 나는 외딴 시골 지역을 여행하면서 맞닥뜨리는 모든 시시콜콜한 사건과 에피소드를 즐기는 편이다. 그러나 중앙아메리카 사람들의 관습 중에서 이해할 수 없는 것이 하나 있다. 바로 승객의 사기를 꺾는 소규모 항공사들의 부실한 서비스다. 온대 지역 항공사들은 비행편이나 장비에 문제가 생겼을 때, 승객에게 어떤 불확실한 기미도 보이지 않으려 한다. 그러나 이곳 열대 지역 항공사들은 어떤 내부적 결함이나 고장도 숨기지 않는다. 그들은 앞으로 있을지 모르는 비행 위험에 대해 승객과 토론하기도 한다. 이렇게 제멋대로인 항공사의 서비스를 승객이 그리 언짢아하지 않는다는 점이 이상하다. 승객은 대부분 이곳 사람인데, 그들은 내가 모르는 독특한 감정을 아는 것 같다. 그런 고장이나 비행 문제가 생기면 상당히 신이 난 듯 보이기 때문이다. 물론 여자들은 문제가 생기면 성모마리아에게 자신의 곤경을 돌봐달라고 기도한다. 그러나 비행기가 이륙할 가망이 없는 순간에도 돌아가거나 포기하는 승객은 거의 없다.

원인은 모르지만 이 지역 비행기가 운반하는 짐의 양은 놀랄 정도로 많다. 승객과 짐의 목록을 훑어보고 갑자기 얼어붙어서 항공사 직원에게 책망의 눈길을 보내는 것은 대부분 조종사다. 그러면 논쟁이 시작되고, 주변 사람들이 모두 그쪽으로 몰려온다. 그다음 거의 항상 여직원 몇 명이 나타난다. 그들이 상황을 듣고 큰 소리로 한 그룹을 공격하며 논쟁을 벌이면 분위기는 걷잡을 수 없는 지경이 된다.

이쯤 되면 승객도 슬슬 자극을 받는다. 이런 상황이 얼마나 미개한지 중얼거리고, 직원들에게 충고나 제안을 하기도 한다. 짐의 무게를 재고 또 재고, 손으로 더해보거나 종이에 계산하기도 한다. 그러다 짐이 많아 사고가 난 우울한 사례를 끄집어내고, 일이 잘못될 수 있는 모든 끔찍한 가능성을 생각해낸다. 한숨이 터지고, 어깨를 들썩이고, 절망감에 팔을 이리저리 휘두른다. 그런 모습을 지켜보는 건 정말이지 고역이다.

그 와중에 특별히 무겁거나, 늦게 왔거나, 행선지가 가까운 승객이 있게 마련인데—아까 말한 뚱뚱한 동인도 세일즈맨처럼—그들은 애물단지가 된다. 그러면 누군가 그들에게 공손히 다가가서 다른 비행편이나 운송 수단의 장점을 이야기한다. 1킬로그램이 아쉬운 상황에도 그 핵심 인물들이 꿈쩍 않는다면 딱히 손쓸 방법은 없다. 그러면 지친 직원들은 모두 체념한 듯 돌아서고, 대화도 줄어든다. 승객이나 직원들은 너나없이 조종사를 쳐다본다.

이때 조종사는 당신의 눈앞에서 완벽하게 변신한다. 새로운 가면을 쓴 듯 또 다른 캐릭터를 연기한다. 나는 열대 지역에 있는 여섯 개 중미 국가에서 이런 광경을 열 번도 넘게 보았다. 그 상황에서 조종사는 아무 말도 하지 않는다. 대신 라틴아메리카 사람 특유의 미묘한 재주로, 절묘한 타이밍에 절묘한 표정과 몸짓을 한다. 그리고 지켜보는 모든 이들에게 비행기를 띄우겠다고 말한다. 그 모든 소동과 혼란, 사람과 기계의 약점, 악천후에도 비행하겠다는 것이다. 분명 조종사는 오랜 경험과 능력으로 승객을 곤경에서 구해낼 것이다.

그러자 나를 빼고 모든 이들이 안도감을 표시했다. 모두 엄청나게 웃어댔다. 직원들은 조종사의 손에 불이 나도록 악수를 했고, 기계공은 엔진을 켜기 위해 달려갔다. 마치 그 비행편이 한 남자의 용기로 구조된 것 같았다. 위태로운 문제 해결이지만, 내가 아는 작은 항공사들에서 의례적으로 일어나는 일이다. 더 나쁜 점은 비행기가 낡은 항공사일수록 더 많은 승객을 태운다는 사실이다.

기계공이 수리를 마치고 다시 엔진이 탈탈거리기 시작하자, 비행기는 그리 나쁘지 않았다. 승객의 염려에도 짐이 많이 초과되지는 않았음이 밝혀졌다. 상황이 정리되자 나는 서둘러 비행기에 올랐다. 콜론 섬으로 가면서 바다를 볼 수 있는 자리에 앉았다. 화물을 다 싣자 조종사는 비행기를 활주로 앞으로 몰고 갔다. 그리고 엔진을 시험하고 발진한 다음, 활주로 끝까지 달려가서 이륙을 시도했다. 적당한 타이밍에 비행기의 쿵쾅거림이 멈췄다. 비행기는 근처의 관목 숲 위로 우아하게 떠올라 만 위로 날았다.

비행기는 다시 한 번 길게 방향을 틀었다. 내가 앉은 쪽 날개가 기울어지더니 보카스 델 토로 시내가 한눈에 들어왔다. 만의 곡선과 그 뒤쪽 내륙에 점점이 흩어진 집들이 보였다. 한순간 중앙시장과 미라마호텔의 긴 지붕 뒤에 있는 주크, 작은 섬과 그 근처에 정박한 어부, 바다 쪽으로 갈수록 초승달 모양 동심원을 그리며 더욱 푸르러지는 바다가 한눈에 들어왔다. 시장 앞 선창가에는 검고 좁은 통나무배가 거의 멈춘 듯 떠 있었다. 배의 고물 쪽에서 노를 쥔 남자가 보였고, 뱃머리 쪽에서 세 사람이 몸을 굽히고 뭔가 열심히 작업하고 있었다. 나를 치리키 해변으로 데려다 줄 뻔한 셰퍼드 씨의 통나무배다. 그들이 떠나기로 한 날도 오늘 아침이다. 비행기가 더 높이 솟아오르며 아래쪽 풍경이 흐릿해졌다. 뱃전에 있는 세 사람이 조금 우스꽝스럽게 보였다. 그들은 돛을 세우려는 중이다. 곧 그들도 시야에서 사라지고, 우스꽝스러운 동작만 뇌리에 남았다.

그때 비행기가 바다 쪽으로 방향을 틀었다. 나는 목을 빼고 아래쪽 만과 황소 모양 바위, 탁 트인 바다를 보았다. 만 앞으로 늘어선 섬 너머로 바람에 굽이치는 검은색 파도가 보였다. 파도가 보카스 델 토로 만 안쪽으로 밀려들어, 셰퍼드 씨의 통나무배가 있는 곳까지 들이쳤다. 저 멀리 파도가 시작된 곳에서는 검푸른 바다가 수평선까지 펼쳐졌다. 그 사이 군데군데 주름 잡힌 하얀 파도가 보였다. 검푸른 바닷물이 시작되는 곳에서는 바다거북 어선 여섯 척이 갈매기 날개만큼이나 희고 날렵한 돛을 비스듬히 올리고, 해변 쪽으로 돌아오고 있었다. 순풍을 받아 속력이 빨라지면 배가 지나간 자리에는 하얀 거품이 남았다.

한순간 돛을 펼치고 달리는 배 여섯 척이 그리웠고, 내가 탄 비행기 엔진 소리가 불편하게 들렸다. 셰퍼드 씨가 나 없이 시작한 항해

박제된 매부리거북. 현재 이들의 등딱지는 중요한 거래 상품이다. 이는 매부리거북의 생존을 크게 위협한다.

는 내가 영원히 잃어버린 것이 되었다.

무역풍이 돌아오고 있었다. 겨울이 온 것처럼 무역풍은 하루 혹은 한 주 동안 계속 불어올 것이다. 바다에서 갑자기 시원하고, 강하고, 지속적인 바람이 불어와 그간의 침체를 날리고 야자나무 숲을 흔들었다. 커다란 통나무 돛배들은 그 바람을 타고, 라군 위에 거품을 일으키며 거의 날아가듯 치리키로 향하고 있었다.

재규어 해변

영문도 모른 채, 내가 어디 있는지도 모른 채 깨어났다. 손전등을 찾으려고 어둠 속을 더듬었다. 나를 깨운 것은 분명 바람이라는 생각이 들었다. 내가 있는 높은 방은 바람으로 가득 찼다. 수그러드는 낮 바람이 마지막 심술을 부리며 내가 있는 오두막과 야자나무를 흔들었다. 바람은 벽 틈과 창문 사이로 들이쳤고, 오두막 나무 기둥 위로 달려들었다.

손전등을 켜니 방바닥의 코코넛 껍데기가 맨 처음 눈에 들어왔다. 느리게 생각을 더듬었다. 내가 잠자리에 들 때는 분명 그 껍데기가 없었다. 무슨 영문일까 생각하는데, 또 다른 코코넛 껍데기가 창문 사이로 날아와 바닥에 떨어졌다. 그때 아래에서 목소리가 들렸다. 바람 소리 때문에 잘 들리지 않았지만 집요하게 이어졌다.

"세뇨르, 에스 오라!(선생님, 시간이 다 됐어요!)"

퍼뜩 그것이 체페Chepe의 목소리고, 내가 오후 내내 잤으며, 오늘

밤에 푸른바다거북 무리를 보러 가기로 했다는 사실이 떠올랐다. 나는 손전등을 창문 쪽으로 흔든 다음 서둘러 옷을 입었다.

토르투게로 해변으로 돌아온 지 일주일이 지난 때였다. 나는 산란하러 올 푸른바다거북 무리를 기다렸다. 할 일 없이 빈둥거리거나, 해변을 걷거나, 낚시하고 조개를 주우며 시간을 보내고 있었다. 이번에도 내가 일찍 온 모양이다. 때 이른 암컷 몇몇이 해변으로 왔을 뿐이고, 바다거북 사냥꾼들은 야자나무 줄기를 엮어 만든 사냥 시즌용 숙소인 '란초rancho'를 설치하지 않은 상태였다. 그러나 리몬에서 일주일에 한 번 출발하는 작은 비행기가 그날 아침 토르투게로에 도착했는데, 조종사 파코 씨는 바다거북들이 이제 올 거라고 말했다. 몇 킬로미터 남쪽에서 엄청나게 큰 푸른바다거북 무리를 보았고, 오늘 밤이나 내일 밤에 분명 토르투게로 해변으로 올 거라는 얘기다. 여기까지 생각이 나자 찬물을 뒤집어쓴 것처럼 잠이 번쩍 깼다.

그날 밤 나는 푸른바다거북을 발견하지 못했다. 생물 조사 측면에서 그날 밤은 실패였다. 그러나 노트의 기록과 내 기억을 참고해 그날 저녁에 벌어진 일도 최대한 자세히 소개해볼까 한다. 야간의 바다거북 조사가 어떤 건지 보여준다는 의미에서 말이다.

열대 탐사를 마치고 미국으로 돌아가면 제일 많이 받는 질문이 있다. 그렇게 먼 곳에 혼자 있으면 지루하지 않느냐는 것이다. 나는 덥고, 습하고, 졸리고, 조바심 나고, 미칠 듯이 화가 나고, 어느 때는 죽을 만큼 배가 고팠지만, 지루하지는 않았다. 미국이라면 지독하게 지루할 상황이 이곳에서는 재미있다. 나는 열대 지역과 그곳 사람들에게 열광한다. 다른 곳에서는 성가시고 지긋지긋해 보이는 일도 이곳에서는 흔쾌히 수락한다. 물론 몇몇 도시나 타운에 발이 묶여서 떠날 수 없을 때 상당히 초조했다. 그러나 정체 상태에서 벗어나면 열정이 살아난다. 바람 소리에 잠을 깬 오늘 밤처럼 말이다.

체페가 다시 부를 때, 나는 신발의 모래를 털어내고 있었다. 나는 창문으로 가서 그에게 손전등을 비췄다.

"Ya voy!(지금 가요!)"

나는 바다거북에 꼬리표를 붙일 때 필요한 몇 가지 물품—손전등, 카메라, 삼각대, 카메라 플래시, 전구, 컬러와 흑백 필름, 꼬리표, 철사, 드릴, 펜치, 물통, 줄자, 노트, 연필—을 챙기고 다시 확인했다. 비옷과 채집용 봉투도 배낭에 넣었다. 나는 배낭 두 개를 들고 사다리처럼 생긴 계단 아래로 내려갔다.

말뚝 울타리 앞 대문에서 체페를 보았다. 그는 나를 도와주기로 한 니카라과 원주민 청년이다. 그런데 지난번에 본 키가 작고, 땀을 잘 흘리며, 산악 지방 악센트로 말하는, 어깨에 바나나 송이를 멘 원주민 청년이 아니었다. 그는 이상한 구김이 있는 푸른색 모직 바지에 주름 접힌 긴 셔츠를 입었다. 구아이아베라[183]를 니카라과 식으로 재단한 듯, 깃이 빳빳한 하얀색 셔츠가 조금 커 보였다. 그는 상점에서 새로 산 묵직한 투톤 구두를 신었다. 맹그로브 물을 들인[184] 단단한 수소 가죽 구두로, 니카라과에서 볼 수 있는 이국적인 패턴이 들

---

183 쿠바 남성들이 즐겨 입는 헐렁하고 긴 셔츠.
184 맹그로브 껍질과 잎사귀는 과거에 직물, 가죽 등의 염색에 쓰였다.

어간 신발이었다. 머리칼은 기름을 발라 검은 유리처럼 광택이 났다. 그는 벨트 뒤쪽에 마체테를 찼지만, 안심이 되지 않아 의심쩍게 쳐다봤다.

"우린 아주 멀리 갈지도 모르는데… 꽤 열심히 작업할 거야."

"괜찮아요. 할 수 있어요."

"왜 이렇게 차려입고 나왔지? 우린 해변에 가는 거야. 모래벌판을 걷는데 왜 이렇게 멋을 냈는지 모르겠군."

"토요일 밤이니까요. 나는 토요일 밤에는 항상 좋은 옷을 입어요. Es que es costumbre(그건 일종의 관습이기 때문이죠)." 체페는 내가 그 사실을 잊기라도 했다는 듯 말했다.

중남미 사람들이 'es que(~ 때문이다)'라고 말하기 시작하면 토를 달지 말고 얼른 포기하는 게 낫다. 그 말은 결국 너는 외국인이고, 그 지역의 미묘한 풍습을 전부 이해하지는 못할 것이며, 자기들은 지금껏 해온 대로 해야겠다는 뜻이다. 윌슨 포피노Wilson Popenoe[185]는 그것을 '에스키스eskies'라 불렀고, 끔찍이 싫어했다. 나는 체페의 옷을 트집 잡아서는 안 된다는 것을 깨달았다.

"좋아, 그럼 출발하지."

나는 체페에게 배낭 하나를 건넸다. 그는 멋진 셔츠 위로 배낭을 둘러멨다. 우리는 깨끗하고 울창하고 좁은 길을 따라 파도 소리가 들리는 쪽으로 걸어갔다. 길은 이리저리 흩어진 모스키토 원주민의 오두막 사이로 났다. 그러다 우리는 작은 광장처럼 생긴 오두막 주

---

185 미국의 농학자이자 탐험가. 라틴아메리카에 오래 머물렀다.

변의 깨끗한 공터를 가로질렀다. 오두막은 대부분 단단히 닫혔고 이상하리만큼 조용했다. 가끔 야자나무 줄기로 엮은 벽 너머로 사람들이 중얼거리는 소리와 아기의 울음소리가 들렸다. 그런데 다른 오두막보다 크고 바다와 가까운, 나뭇가지로 엮어 만든 건물 내부는 왁자지껄했다. 그 집도 문과 창문이 닫혔지만, 벽 틈으로 환한 빛이 새어 나왔다. 그 안에서 사람들이 이야기를 나누고, 흥겹게 연주하는 기타와 드럼 소리도 들렸다.

체페는 그 건물 쪽으로 고개를 획 돌리더니 아랫입술을 삐죽이 내밀어 그곳을 가리켰다.

"모스키토 원주민이에요. 아직 시작도 안 했어요. 조금 있으면 본격적으로 흥을 낼 겁니다."

안에서 드럼과 기타가 서서히 박자를 맞추더니 갑자기 연주하기 시작했다. 타닥, 쿵, 드르륵… 드럼 소리가 템포를 만들면서 천천히 분위기를 끌어 올렸다. 그러자 기타가 선율을 맞췄고, 사람들은 허밍을 하며 발로 바닥을 두드렸다. 그사이에 누군가 흥겨운 목소리로 무슨 말을 했다. 사람들이 가성을 지르며 환호했다. 젊은 알토 가수가 노래를 시작하자 잡담은 멈췄다. 멜로디는 서서히 사람들을 휘어잡았고, 작은 집 전체가 오르간처럼 노래했다.

굳게 닫힌 문과 실내의 음악, 벽 틈으로 희미하게 비치는 불빛이 그곳의 야생적인 자연과 잘 어울렸다. 어릴 때 본 조지아 주 해변의 흑인들이 생각났다. 그들도 토요일 밤이면 작은 통나무집에 모였다. 그들도 모스키토 원주민처럼 수줍은 안도감 속에서, 문을 걸어 잠그고 더운 실내에서 기타와 드럼을 치며 노래 불렀다.

나는 잠깐 어두운 데 앉아서 그들의 노래를 듣고 싶었다. 그러나 마땅한 구실이 없었고, 체페는 그곳에서 벗어나고 싶어 안달이었다. 나는 천천히 그를 따라가면서도 점점 희미해지는 음악의 마력에 붙들렸다. 댄스홀 너머로는 모래벌판 덤불 사이로 길이 있고, 주변에 오두막이 점점이 흩어졌다. 그 길은 낮은 모래언덕을 따라 남쪽의 파리스미나로 향하는 좁은 길이다. 질척거리는 물가보다 마른 모래가 걷기 편하기 때문이다. 우리는 그 길을 따라 마을 끝까지 가서 덤불 한가운데 있는 공터에 도착했다. 그곳은 덥수룩한 풀이 드문드문 흩어진 작은 목초지다. 다족류 생물들이 모래밭을 가로지르는 게 보였다. 공터 가장자리에서는 말뚝에 매인 백마가 드문드문 난 풀을 뜯어 먹었다.

녀석은 귀가 하나뿐이고 초췌했으며, 그 지역의 말들보다 키가 컸다. 이 마을에 새로 도착한 말 같았다. 처음 토르투게로에 온 날, 해변에서 탈 수 있는 말을 찾아 마을을 샅샅이 뒤졌지만 허사였다. 나는 그 말에 구미가 당겼다.

"저 말을 잠깐 빌리고 싶은데, 말 주인은 어디 있지?" 체페에게 물었다.

"취했을 거예요. 주인은 마일 트웰브Mile Twelve 마을에 사는 노인이에요. 바다거북 사냥꾼이죠. 그런데 여기에서는 15일이 되기 전에는 바다거북을 잡을 수 없어요. 저 사람은 술 마시러 온 거예요. 돈이 어디에서 났는지 모르지만."

나는 마일 트웰브까지 걸어가는 한이 있어도 이튿날 그 노인을 찾아보고 싶었다. 밤에 모래벌판 15~30킬로미터를 걸을 때는 어떤 말이라도 사람보다 낫다. 발이 푹푹 빠지는 토르투게로 해변에서는 낙타가 최고지만, 그건 불가능한 일이다. 나는 안장이 얹힌 백마의 날렵한 등을 부드럽게 쓰다듬었다. 말은 고개를 돌리더니 궁금하다는 듯 나를 보았다.

체페는 몸을 굽히고 한 발로 서서 신발을 벗고 나서, 공터 가장자리 나뭇가지에 매달았다. 그는 바짓단을 걷어붙이고 빳빳하게 다려진 셔츠의 단추를 풀었다. 그다음 넓적한 맨발로 모래를 차보더니, 모래에서는 신발이 쓸모없다고 말했다. 신발은 토요일 밤, 도시에서 도로를 걷거나 멋을 내기 위해 신는 것이다.

우리는 15~25킬로미터를 걷기 시작했다. 해변의 모래는 석영과 화산재가 풍화되어 곱고 부드러웠다. 그러나 해변을 몇 킬로미터 걷자, 나 같은 백인의 발바닥은 쓰리기 시작했다. 체페는 자연에서 단련된 산악 지방 원주민이다. 그의 발바닥은 두껍고, 발가락은 뭉툭하고 크고 단단했다. 발가락으로 말등자를 타던 습관 때문에, 그의 엄지발가락은 바깥쪽으로 거의 45도 구부러졌다. 해변을 편하게 걷는 체페가 부러웠다.

"다시 갈까요?" 그가 말했다.

우리는 허리까지 오는 수풀 사이로 난 어둑한 샛길로 접어들었다가 해변 쪽으로 나왔다. 나는 모래밭에서 우리가 얼마나 빠른 속도로 걷는지 생각했다. 그때 체페가 지나가듯 이야기를 시작했다. 나는 체페 역시 외국인으로서 이곳을 어떻게 생각하는지, 그가 얼마나 이곳을 싫어하는지 아무것도 몰랐다. 그는 모스키토 원주민과 모든 흑인, 토르투게로와 리몬을 싫어했다.

"여기 사람들은 죄다 풀렸어요. 내 고향은 달라요. 거기 사람들은 기타를 연주하지 여기처럼 무식하게 때리지 않아요. 거기 사람들은 행복하죠."

"아까 오두막에서 모스키토 원주민도 행복해 보이던데."

"오코탈Ocotal[186]이랑은 달라요. 여긴 문란해요. 리몬은 더 심하죠. 여기 사람들은 모두 거짓으로 살아요. 여자들은 당신을 문 앞에서 낚아챌 거예요. 리몬은 더 썩었어요."

"당신은 고향이 그리운 거야. 여기도 그렇게 나쁘지 않아. 난 여기가 좋고 모스키토 원주민도 좋아."

"백인은 다르겠죠. 여기는 음식이 없어서 굶는 사람들이 많아요."

"맞아, 그건 슬픈 일이지."

"제 고향에는 음식이 넘쳐요. 우리 집에는 야자나무 한 그루가 있고, 음식도 부족하지 않아요. 치즈, 커드 치즈, 가느다란 버터도요. 여긴 허연 밀가루랑 야자 기름뿐이에요. 둘 다 건강에 안 좋죠."

"정말 고향이 그리운가 보군. 먹을 게 있는데 왜 고향으로 돌아가지 않지?"

"갈 거예요. 여기에선 돈을 많이 벌 수 있어요. 돈을 좀 모아서 가려고요."

---

186 니카라과 서북부의 도시.

밤이 깊어갔다. 그때 우리 앞쪽 모래밭에 흩어져 있는 둥글게 말린 알껍데기를 보았다. 나는 몸을 숙여 그중 하나를 집었다. 낳은 지얼마 안 된 가죽질 껍데기였다. 주위를 둘러보았지만 알 도둑이 파헤쳤을 법한 커다란 산란굴은 보이지 않았다.

"새끼들이 부화한 거예요." 체페가 새끼 거북을 찾아 두리번거리며 말했다.

아직 때가 이르지만 매부리거북 알 정도라면 부화할 수도 있다. 나는 모래가 어질러진 곳에 앉아 여기저기 찔러보았다. 그때 한 곳에서 뭔가 느슨하게 채워진 공간이 느껴졌다. 나는 손목 위쪽까지 팔을 넣었다. 손에 작고 부드러운 뭔가가 닿았다. 내가 모래 위로 집어 올리는 동안 녀석은 내 손바닥을 긁고 몸을 꼬았다. 희미한 전율이 내 팔과 어깨를 타고 머리까지 솟구쳤다. 나는 놀라서 녀석을 땅에 털썩 놓았다. 녀석은 어두운 풀 근처로 잽싸게 이동하더니 우리가 알아보기도 전에 사라졌다.

체페가 길고 외설적인 노래를 흥얼거리다가 말했다. "뭐죠?"

"모르겠어. 새끼 거북치고는 상당히 활동적이야. 다시 한 번 해봐야겠어."

나는 손전등을 꺼내 건전지 박스를 벨트에 건 다음 램프를 머리에 묶었다. 체페와 나는 불을 켜고 몸을 숙여 찬찬히 모래를 치우기 시작했다. 체페가 뭔가 느끼고 재빨리 손을 뺐다. 우리는 더 조심스럽게 남은 모래를 걷어냈다. 결국 뭔가가 모습을 드러냈다. 알껍데기밖으로 크고, 푸르고, 새까만 눈이 달린 머리가 튀어나왔다.

체페가 소리쳤다. "뱀이에요!" 그때 1미터쯤 떨어진 곳에서 뭔가 꿈틀거리기 시작했다. 녀석의 반짝거리는 눈이 보였다. 파충류를 어느 정도 아는 내게 녀석은 뱀처럼 보이지 않았다. 그러다가 이구아나도 모래 해변에 산란한다는 사실이 떠올랐다. 나는 축축한 모래가 묻은 새끼를 들어 올렸다. 녀석은 작은 턱으로 내 손가락을 물더니 뒤에 남은 알껍데기를 발로 차서 떼어냈다. 갑자기 다른 두 마리도 굴에서 나타났다. 그들은 내 다리를 가로질러 덤불 속으로 빠르게 기어갔다. 나는 새끼 이구아나의 모래를 털어 체페에게 보여주었다.

"가로보[187]야. 이놈들이 해변에 있다니!"

우리는 굴 근처에 앉아 반시간쯤 새끼 이구아나를 찾기 시작했다. 녀석들은 놀랄 만큼 빠르고, 흥분한 상태였다. 몇몇은 우리 손을 피해 달아났는데, 그중에는 내가 부화를 도와준 녀석도 있다. 우리는 새끼 이구아나 30마리를 배낭에 담았다. 그들은 모두 풀처럼 푸른색이고, 길이는 20~25센티미터다. 굴 주변을 찔러보다가 우리는 1미터도 떨어지지 않은 곳에서 갓 만들어진 매부리거북의 산란 굴을 발견했다.

그때까지 나는 새끼 이구아나가 부화하는 모습을 본 적이 없다. 딱 한 번 니카라과의 강 모래톱에서 이구아나 굴을 찾은 적 있는데—거기에 대해서도 글을 썼다—당시 그 굴은 정확히 카이만의 산란 굴 위에 있었다. 그러나 여기에서 우리가 찾은 굴은 가장 가까운 이

---

187 이구아나. 가로보는 중앙아메리카에서 나무 이구아나와 육지 이구아나를 동시에 가리킨다. 때로는 수컷만 가리키기도 하고, 양성에게 쓰이기도 한다.

구아나 서식지─토르투게로 강을 따라 길게 펼쳐진 숲─에서 거의 1킬로미터나 떨어져 있었다. 이구아나와 매부리거북만큼 생활사가 다른 파충류를 찾기도 힘들 것이다. 매부리거북은 연안의 산호초 근처에서 생활하고, 이구아나는 해변 근처의 키 큰 나무에 기어오르며 나뭇잎을 먹고 산다. 두 생물 모두 알을 숨길 적당한 장소를 찾아야 하지만 말이다. 파충류의 특징 가운데 하나는 알을 땅에 파묻는다는 점이다. 해변의 모래톱은 나무에 사는 도마뱀이나 바다에 사는 매부리거북에게 가장 가깝고 훌륭한 부화 장소다.

이구아나 굴을 바닥까지 팠을 때, 나는 그 굴의 대략적인 크기를 노트에 기록하고 부화하지 않은 알 몇 개를 챙겼다. 그리고 새끼 이구아나가 든 가방을 야자나무 가지에 걸고, 근처의 모래를 손과 발로 평평하게 다졌다. 그다음 짐을 챙겨 다른 곳으로 이동했다.

이제 해변은 완전히 어두웠다. 나는 틈틈이 손전등을 켜서 멀리 앞쪽 해변을 비춰보았다. 체페는 전등을 켜지 않아도 바다거북의 흔적을 볼 수 있다고 했다. 어쩌면 좀더 선명하게.

"어둠의 종류가 조금 달라요."

나는 그가 무슨 말을 하는지 알 것 같았다. 그 말에는 뭔가 있었다. 그러나 지켜보는 눈이 많은 해변에서, 손전등이 있는데도 켜지 않는 건 조금 이상해 보였다. 모래언덕 쪽으로 전등을 비추면 흩뿌려진 라인석[188]처럼, 덤불에서 희미하게 빛나는 별처럼 반짝이는 게 있었다. 모래벼룩을 찾아 해변을 거닐거나, 잠든 곤충을 찾아 풀잎

---

188 단추나 드레스의 장식에 쓰이는 수정.

근처를 돌아다니는 독거미의 눈이다. 혹은 이카코에 앉은 종이처럼 얇은 크랙거미의 눈이다. 그 아래로는 발이 여러 개 달린 게들이 모래 위를 재빨리 가로질렀다. 녀석들은 놀라면 파도나 굴속으로, 그 순간에 가장 안전해 보이는 곳으로 잽싸게 달아난다. 손전등의 긴 광선 앞쪽으로는 노랗게 빛나는 너구리 비슷한 동물의 눈이 보였다. 덤불 앞쪽으로 먹이를 찾는 너구리나 긴코너구리가 없을 때면, 거의 언제나 음울한 쏙독새의 눈빛이 보인다는 게 신기했다. 그런 광대하고 굶주린 듯한 풍경은 볼 때마다 가슴이 뛴다. 때로는 밤하늘을 가득 메운 별 사이에서 희미한 빛을 내며 별똥별이 쏟아진다. 그러다 관목 숲에서 개 짖는 소리가 들린다. 우리가 겁내는 시퀘레스의 개들이 푸른바다거북 무리가 도착하기 전에 매부리거북 알을 약탈하러 온 것이다. 낮은 관목 숲을 지나 내륙의 키 큰 나무들 쪽으로 손전등을 비추면, 5센티미터 정도 되는 나방의 바늘만 한 눈부터 2미터 가까운 악어의 활활 타오르는 눈빛까지 보인다. 아직은 아무리 바다 쪽으로 고개를 돌려도 생물의 눈빛은 보이지 않는다. 수면 위로 파닥파닥 뛰어오르는, 파도 아래에서 먹이를 찾는 작고 납작한 물고기 떼를 제외하고는. 그런 장면을 수없이 본 뒤에야, 파도에서 육지로 알을 낳기 위해 올라오는 매부리거북의 등딱지가 보인다.

해변을 30분쯤 걸었을 때, 앞쪽에서 내게 아주 친숙하지만 이 장소와 어울리지 않는 생물의 눈빛이 보였다. 녀석의 흐릿하고 붉은 눈빛은 반짝이는 별이 아니라 흐릿한 행성 같았다. 눈의 윤곽은 선명하게 둥글었다. 의심할 여지없이 개구리의 눈이다. 가느다란 손전등 불빛 끝에서 그 눈은 허공에 걸린 듯 보였다. 나는 개의치 않고 통나무 하나가 눈앞에 드러날 때까지 걸었다. 통나무는 지름 60센티미터의 풍화된 제재용 목재로, 모래에 반쯤 묻혀 있었다. 위쪽은 소금기 때문에 하얗고, 나머지 부분은 파도에 젖어 검었다. 개구리는 통나무의 젖은 부분과 마른 부분 가운데 앉아 있었다.

다른 사람들에게는 사소해 보일지 모르지만 내게는 경이로운 일이었다. 그 눈은 연못이나 웅덩이에서 종종 발견되는 커다란 열대 청개구리의 눈이었다. 육지에 사는 모든 척추동물 중에서 양서류인 개구리나 도롱뇽은 염분이 있는 바닷물에 가장 취약하다. 그 물리적 원인을 쉬운 용어로 설명하기는 힘들지만, 피부가 늘 젖어 있는 생물은 짠물과 접할 경우 세포의 원형질에서 탈수 현상이 일어나 버틸 수가 없다. 현재까지 알려진 양서류 중에서 바다에 서식하는 것은 없으며, 현생 양서류는 모두 바다와 몸이 닿는 것조차 꺼린다. 물론 두꺼비는 피부가 두꺼워 다른 양서류보다 탈수 현상이 덜 일어난다. 그래서 가끔 두꺼비가 밤에 해변의 모래언덕이나 강어귀에 나오기도 한다.

물보라 튀는 해변 앞에 있는, 이 통나무 위의 청개구리는 내가 아는 한 전례가 없는 것이다. 생물학 교과서에 따르면 녀석은 삼투압 현상으로 큰 곤경에 처했어야 한다. 외부의 염분 때문에 피부는 체액을 잃고 쭈글쭈글해져야 옳다. 그러나 녀석은 가슴 아래 발을 감춘 채, 큰 눈을 뜨고 바닷바람을 맞고 있었다. 소금기 있는 공기를 마실 때마다 목 부분이 부풀었다 오므라들었다 하면서. 녀석은 방심

한 모래벼룩이나 통나무에 사는 이 혹은 영역 안에 있는 다른 먹잇 감을 기다리는 듯했다.

자기 종족의 터부를 깨뜨리고 무심하게 앉은—소금기에 오염된 위험한 해변에서 먹잇감을 찾는—그 개구리를 이곳 토착종이 아니라고 생각할 수도 있을 것이다. 어쨌든 녀석은 바다에서도, 모래에서도 태어나지 않았다. 녀석은 민물에서 부화했을 것이다. 그리고 숲 속 신선한 연못이나 강 근처 늪지대에서 바닷바람이 부는 쪽으로 왔을 것이다. 그러나 마른 관목 지대 너머 해변은 모든 청개구리가 싫어하는 곳이다. 그때 나는 손전등을 야자나무 숲 쪽으로 비췄다. 거기에서 오래된 덩굴이 무성한 공터 위의, 축 늘어진 초가지붕을 발견했다. 개구리와 개구리 따위에는 심드렁한 체페를 남겨두고 공터로 가서 근처를 둘러보았다. 그곳에서 우물의 잔해를 발견했다. 조간대 지역의 강과 바다 사이, 마른 모래 능선을 파보면 나오는 소금기가 약간 있는 우물이다. 덮개는 썩어서 내려앉았고, 우물 벽도 심하게 망가졌다. 그러나 아래쪽에는 반짝거리는 수면이 보였다. 나는 전등을 아래쪽으로 비추고 우물 벽을 가볍게 두드렸다. 그때 우물 아래 탁한 물속에서 분주하게 움직이는 올챙이들이 보였다.

그제야 청개구리가 어떻게 해변 가까이 왔는지 이해할 수 있었다. 그렇지만 녀석이 왜 소금기 섞인 바람을 맞으며 먹이를 찾는지 알 수 없었다. 나는 통나무 쪽으로 돌아왔다. 개구리는 여전히 거기 있었고, 체페는 마른 모래에 앉아 담배를 피웠다. 나는 개구리를 가방에 담고 긴 해변을 따라 남쪽으로 걸어갔다.

3킬로미터 가까이 걸어도 푸른바다거북의 흔적은 보이지 않았다. 그날 밤에는 큰 무리가 오지 않을 것 같았다. 녀석들은 대개 무리 지어 움직이는데, 항상 몇 마리가 그보다 먼저 해변에 도착한다. 한 분야만 연구하는 과학자라면 내일을 기약하며 철수했을 것이다. 그러나 해변은 앞쪽으로 30킬로미터나 펼쳐졌고, 해풍이 불어 성가신 모래파리도 없었다. 저 멀리 동남쪽으로 간혹 소리 없이 번개가 번쩍였다. 스콜이 먼 바다에 비를 뿌리는 모양이었다. 돌아갈 이유가 없었다. 푸른바다거북 한두 마리 혹은 매부리거북이나 장수거북이 올지도 모른다. 물론 아직 바다거북 사냥꾼들이 오기에는 이르고, 해변은 한산하며, 거의 모든 숲 속 생물들이 바다거북의 알을 노리는지도 모른다. 그러나 걸을 수 있는 해변이 있다면 나는 만족했다. 열대지방의 밤바다를 걷는 것은 내게 그 자체로 하나의 목적이었다.

　바다거북 조사 측면에서는 아무 수확이 없었다. 나는 체페에게 오늘 조사는 글렀다고 말하고, 혹시 돌아가고 싶은지 물었다. 어두운 밤에 바람 쐬려고 바다를 산책할 때는 확실한 동행이 있거나 혼자인 편이 낫다. 체페는 같이 걷겠다고 했다.

　"밤에 여기 나오면 기분이 좋거든요."

　구아로가 넘쳐나는 토요일 밤에, 코스타리카의 어느 해변에서든 특별한 대가도 받지 않고 그런 산책을 택하는 젊은이는 없을 거라고 생각한다. 그러나 향수병에 걸린 스페인계 원주민 청년은 실내에 머무르는 대신 해변을 걷겠다고 했다. 체페 같은 남미 원주민에게 향수는 강력한 질병이다.

나는 체페에게 고향을 비롯해 묻기 쉬운 명확한 것들, 즉 가족과 그들이 기르는 작물, 여자, 급여 등에 대해 묻기 시작했다. 그 와중에 나 역시 고향이 그리웠다. 새벽 공기에 떠도는 미모사 향기, 노새가 다니는 소나무 숲 사이로 불던 정오의 바람, 먼 곳에서 들려오는 경쾌한 매의 울음소리, 붉은 밀파milpa[189] 옆 언덕 위나 만의 꼭대기에서 내려다보이는 오두막….

체페는 내가 한때 언덕 지역에 살았고, 그의 고향인 오코탈을 안다는 얘기를 들은 뒤 말은 안 해도 내게 어떤 위안을 바라는 것 같았다. 때는 토요일 밤이고, 그의 외로움은 깊어졌다. 그날 밤 내가 계속 걸었다면 그는 해변 끝까지 따라왔을 것이다.

"여기는 토요일 밤이 되면 미쳐 날뛰는 모스키토인의 파티뿐이에요."

그가 이곳 연안을 싫어한 것은 토요일 밤 때문인 모양이다. 이곳이든 그의 고향이든 토요일 밤 풍경은 거의 비슷하지만, 사람들의 정신은 무척 다르다. 이곳이나 에스텔리Estelí[190]나 구아로와 여자, 기타가 있다. 그러나 파티가 진행되는 방식은 다르다.

그의 말을 들으면 이곳 토요일 밤의 여흥이 얼마나 체페의 마음을 먼 저지대와 산맥 너머, 주말마다 구아로 파티가 벌어지는 고향으로 달려가게 했는지 알 수 있다. 그의 고향에서는 깨끗하게 단장한 남자들이 술집이나 먼지 나는 길가의 교차로 혹은 나무 아래 삼삼오오

---

189 중앙아메리카 등에서 열대 정글을 불태워 개간한 경작지.
190 니카라과 북서부의 도시.

모여, 정부에서 생산한 술을 마시며 여자들을 구경하거나 그들에 대해 이야기했다. 술집이나 나무 아래에서 기타를 연주했지만, 그 소리는 얼마나 다른지! 모스키토 원주민의 기타 연주는 체페에게 검둥이의 엉터리 수작처럼 들리는 모양이다. 검둥이 식인종이 느슨한 기타로 연주하는 댄스곡, 단순한 멜로디에 패턴도 없이 튕기는 운치 없는 음악으로 들리는 듯했다.

모스키토 원주민의 멋진 음악이 체페에게는 아무것도 아니다. 적어도 좋거나 즐거운 것은 아니다. 그 이야기를 하면서 체페는 거의 울 듯한 표정을 지었다. 그의 고향에서는 멕시코 식 기타를 연주했다. 멕시코 식 기타는 달콤한 멜로디나 단순한 무어풍 격정이 담긴 음을 연주한다. 그리고 원주민의 경이와 슬픔을 읊조리듯 애달프게 연주한다. 그들의 음악은 멕시코 지방의 코리도corrido[191]나 가슴을 에는 달콤함으로 가득한 우아팡고huapango[192] 선율과 비견할 만하다. 모스키토 원주민의 기타도 멕시코 식 기타와 비슷하지만, 거기에서 나오는 음악은 체페에게 천양지차다.

무엇보다 최악은 이곳 여자들이 체페와 맞지 않는다는 점이다. 모스키토 여자들은 드럼이나 기타 연주보다 체페를 우울하게 했다. 체격이 크고, 운동선수 같고, 검게 빛나는 여자들은 스페인계 원주민인 체페의 구미에 맞지 않았다. 그 여자들은 사랑할 때 당신을 주저

---

191 춤과 함께하는 노래. 스페인 로맨스 음악에서 유래한 멕시코의 발라드. 4행으로 된 가사가 있으며, 규칙적이고 유쾌하다.
192 나무 단 위에서 구두 뒤축으로 소리를 내면서 추는 율동적인 춤.

없이 덤불 뒤로 끌어당긴다. 라틴아메리카 남자들은 누구보다 섹스에 대해 많은 이야기를 하지만, 여자들이 먼저 숲 속으로 잡아끌면 충격을 받고 욕망을 잃어버린다. 체페의 감정이 상한 것은 라틴아메리카 남자들의 이런 성향 때문이지, 그가 마타갈파 원주민이기 때문은 아니라고 생각한다. 체페가 알던 여자들은 남자가 먼저 접근하고 구애해야 하는 여자들이었다. 토요일 밤 짧고 달콤한 불장난을 할 때도 오코탈 여자들은 내내 상냥하고 수줍은 태도를 보이며, 남자들이 접근하면 부드럽게 거부한다. 그들은 자신을 허락하기까지 상당한 경건함을 유지한다. 그곳 여자들은 자신에게 일어나는 모든 일을 경건한 죄의식의 측면에서 바라본다. 그런 식으로 남자의 성적 욕망을 인정하는 대신, 성행위에 따른 비난은 그런 욕망을 불렀다고 여겨지는 악마의 소행으로 돌린다. 따라서 모든 연애는 불가항력적이고 세련된 것이 된다. 에스텔리에서 섹스는 의식이지만, 이곳 해변에서는 단순한 놀이다.

체페의 두서없는 향수에 신경 쓰느라 바로 앞쪽 해변에 희미한 사람의 형상이 있는 것도 알아채지 못했다. 손전등을 켜보니 메스티소 청년이 로프를 들고 발목 정도 깊이에서 천천히 걷고 있었다. 로프의 끝은 파도 너머 바다 쪽으로 뻗었다. 조금 의외의 장면이어서 그가 뭘 하는지 알 수 없었다. 체페도 곧 사람이 있다는 걸 알아챘다.

"저 사람이 뭘 하는 거지? 낚시?" 내가 물었다.

"글쎄요." 체페 역시 몰랐다.

"그 줄에 뭐가 걸려 있죠?" 나는 그 남자에게 인사했다.

"토르투가(거북), 카레이. 아주 큰 매부리거북."

"그걸로 뭘 하실 건데요?"

"먹을 겁니다."

"그 줄로 뭘 하실 거냐고요. 왜 매부리거북이 매달린 줄을 잡고 계시죠?"

"거북을 이런 식으로 잡는 걸 한 번도 못 보셨습니까?"

"저는 본 적이 없는데요. 체페는 봤어?"

"저도 못 봤어요." 체페가 말했다.

"좋아요, 그러면 어떻게 하는지 보여드리죠. 아주 쉽습니다. 매부리거북을 끌어 올려서 보여줄 순 없지만, 잠깐 여길 보세요."

그는 코일에 감긴 로프를 조금 풀고 물에서 나오더니, 마른 모래 위에서 로프를 밟고 몸을 웅크렸다. 그리고 손가락으로 모래에 원을 그린 다음, 다리 네 개와 머리를 그려 거북 모양을 만들었다. 그는 거북 앞발부터 등딱지까지 직선을 그었다. "이 줄을 등딱지에 묶습니다. 일종의 고삐를 거북 몸통에 두르고 한 바퀴 감아요. 그리고 다시 거북을 풀어줍니다. 줄을 잡은 채 거북이 가는 방향으로 따라가죠. 그게 전부예요. 나머지는 거북이 알아서 합니다. 해변으로 돌아오는 거북들이 이 줄에 걸리거든요."

"기발하군요." 체페가 말했다.

"기뢰 방어기[193] 같네요." 내가 말했다.

---

193 수중에 설치된 기뢰의 케이블을 탐지해서 제거하는 기기. 남자와 거북 사이의 줄에 해변으로 오는 다른 거북들이 걸린다는 뜻이다.

"뭐라고요?" 남자가 물었다.

"스페인어로 설명할 순 없어요. 바다거북이 한 마리만 있는 건 아니지만, 괜찮은 트릭이네요. 바다거북을 다시 해변으로 끌어올 수도 있고요. 이 방법을 어디에서 배웠죠?"

그는 자기 머리를 손가락으로 두드렸다. "여기에서, 내가 개발했어요."

"정말 기발해요." 남자가 자랑스럽다는 표정으로 체페가 말했다.

나는 전에도 거북을 그런 식으로 이용한다는 말을 들은 적이 있지만, 그 말을 할 필요는 없었다. 남자는 다시 로프를 들고 파도 위를 걷기 시작했다.

"줄이 느려졌어요, 이쪽으로. 또 한 마리가 걸렸네요."

"혹시 오늘 밤에 푸른바다거북을 보셨나요?" 그가 어두운 파도 속을 걸어갈 때 내가 물었다.

"아뇨, 선생님. 이번에는 녀석들이 조금 늦어요. 때로 몰려오면 지금처럼 줄을 잡고 고생하지 않겠죠."

남자가 파도 속을 철벅거리고 걸어가자, 그의 정강이 주변에서 환한 야광충[194]들이 빛을 냈다.

"저 사람은 니카라과 출신이에요. 여기에서 만난 유일한 동포죠. 아주 똑똑한 사람이에요." 체페가 말했다.

우리는 어둠 속을 한참 동안 걸었다. 앞쪽으로는 별들과 야광충으로 빛나는 파도가 보였다. 바람 소리와 모래 밟히는 소리가 들릴 뿐

---

194 밤바다에서 반딧불이처럼 빛을 발하는 단세포생물.

바다거북 조업선과 바다거북 사냥꾼의 오두막.
모기와 모래파리를 피하기 위해 육지에서
멀리 떨어진 얕은 바다에 지었다.
미스키토 섬, 니카라과.

파카. 토르투게로, 코스타리카.

바다거북 조업선. 미스키토 섬, 니카라과.

바다거북 사냥꾼의 오두막. 토르투게로, 코스타리카.

이었다. 그사이 체페의 기분도 조금 나아졌다. 기대하지 않은 나의 공감과 방금 만난 고향 사람 덕분에 향수의 고통이 가시고 순수한 애국심만 남았다.

"혹시 엔트레리오스Entre Ríos[195]를 아세요?"

"가장자리만 조금 알아. 온두라스 쪽으로. 절벽에 산디노Augusto César Sandino[196] 초상화가 그려진 건 봤어."

"맞아요, 나는 그 지역을 잘 알아요. 그 지역은 무서운 곳인데, 잘 아는 사람이 별로 없죠. 산디노가 미군을 무찌른 곳이에요."

"산디노는 미군을 무찌르지 않았어. 그는 잡기 힘든 사람이라는 게 더 정확한 설명 같은데…."

"산디노는 미군의 목을 베었어요."

"음… 모든 미군은 아니지."

"그들의 머리나 불알을 잘랐어요." 체페가 말했다.

"니카라과에서 미군 해병을 만나 이야기한 적이 있어. 그들의 머리는 잘 붙어 있고, 병력 손실도 거의 없던데."

"그 말은 못 믿겠어요. 산디노는 아주 능력 있는 남자죠." 체페가 말했다.

그때 발치에 뒹구는 해초 더미 사이에서 유리가 반짝이는 것을 보았다. 유리병이라고 생각하고 걷어찼는데, 병치고는 직선으로 빠르

---

195 아르헨티나 동부에 있는 주. 우루과이 국경과 나란히 흐르는 우루과이(Uruguay) 강과 파라나(Paraná) 강 사이에 있다.

196 니카라과의 혁명 지도자(1893~1934). 1920년대부터 본격화된 미국의 니카라과 점령에 맞서 게릴라 전투를 이끌었다. 니카라과의 국민적 영웅으로 추앙받는다.

게 굴러갔다. 앞쪽으로 가서 주워보니 지름 15센티미터쯤 되는 유리 공으로, 다른 해변에서도 발견되는 그물용 부표였다. 나는 그걸 체페에게 건네주었다.

"여러 개 다발 중 하나군. 그런데 이 부표가 어디에서 왔을까?"

그건 내가 항상 알고 싶은 것들 중 하나다. 분명 그 유리 부표가 어디에서 왔는지 아는 사람들이 있을 것이다. 내가 아는 거라곤 지중해 어부들과 일본인이 그걸 쓴다는 정도다. 카리브 해에서는 그물에 유리 부표가 달린 걸 본 적이 없다. 토르투게로에서 가까운 지역 어부 중 유리 부표를 사용하는 이들은 뉴잉글랜드New England[197]의 시칠리아 어부나 아조레스제도의 포르투갈 어부일 것이다. 예전에 나는 카리브 해의 해류도를 보고 코스타리카 해변의 부표들이 아조레스제도에서 오는 거라고 추정했다. 내 생각이 틀릴 수도 있지만, 이건 흥미로운 주제 같다. 실제로 아조레스제도에서 오는 부표를 하나라도 발견하면 상당한 사건이 될 것이다.

유리 부표에는 출처를 짐작할 만한 표지가 없었다. 초록빛과 희미한 푸른빛 유리가 예뻐서 몇 개 더 찾았으면 싶었다. 그러나 완벽한 구 모양에 상당히 무거웠기 때문에, 여러 개를 들고 멀리까지 갈 수는 없을 것 같았다.

"들어봐요, 물이 새요." 체페가 유리 공을 귀 옆에 대고 흔들었다.

그것도 신기했다. 나는 손전등을 부표에 비추고 안을 보았다. 내

---

197 메인(Maine), 뉴햄프셔(New Hampshire), 버몬트(Vermont), 매사추세츠, 로드아일랜드(Rhode Island), 코네티컷(Connecticut) 주를 포함하는 미국 북동부 지역.

부에는 찻잔 반 잔 정도 물이 있지만, 균열이나 눈에 띄는 빈틈은 없었다.

"물이 어떻게 들어갔을까요?" 체페가 물었다.

"글쎄, 분명 우리 눈에 안 보이는 구멍이 있겠지."

"제 생각엔 파도의 힘 때문인 것 같아요."

나 역시 그 정도밖에 추측할 수 없었다.

체페는 유리 부표를 가방에 넣어도 되는지 물었다. 전부터 집에 하나 가져가고 싶었지만, 오랫동안 발견할 수가 없었다고 한다. 나는 다른 물건이 깨지거나 이구아나가 눌리지 않게 맨 아래 넣으라고 했다. 그는 맨 아래 부표를 놓고, 위쪽에 잡동사니를 얹었다.

"피파[198] 드실래요? 이 근처에 낮은 야자나무들이 있어요."

피파는 내가 좋아하는 과일이다.

"좋아, 낮은 야자나무가 어디 있지?"

"불을 비춰봐요. 조금 더 저쪽으로(ahi no masito)." 아히 노 마시토. 아주 오랜만에 그 표현을 우스꽝스럽게 말하는 걸 듣자, 피파를 발견한 것만큼이나 유쾌했다.

나는 램프를 머리에 달고 야자나무 숲을 찬찬히 보았다. 큰 야자나무 사이에 작은 나무들이 있었다.

"바로 저기예요." 체페가 말했다.

그곳으로 걸어가는데 해변 위쪽에서 뭔가가 날카롭게 빛났다가 사라졌다. 램프를 그쪽으로 돌리자 두 눈동자가 타오르듯 빛나다가

---

198 마시는 야자열매.

다시 사라졌다. 눈동자는 아래쪽 해변에서 다시 타올랐다.

"동물인 것 같은데 뭘까?" 내가 넋을 잃고 말했다.

체페는 몸을 굽히고 광선이 비치는 쪽을 살펴보았다. 눈동자는 빛났다가 사라졌고, 다른 곳에서 다시 나타났다. 녀석은 춤추는 반딧불이처럼 빙빙 돌며 출몰하다가 모래 끝 파도가 치는 곳 앞에서 멈췄다.

"뭔가 뛰어다니고 있어요. 저렇게 파도 앞에 앉은 동물은 처음 봐요." 체페가 말했다.

"그럼 가보자. 내 옆으로 붙어서 걸어."

나는 체페와 붙어 있으려고 그의 어깨에 손을 얹었다. 우리는 빛나는 눈동자 쪽으로 천천히 걸어갔다. 눈동자는 이제 바다 가장자리에서 미친 듯 지그재그를 그리며 움직였다. 우리는 조용히 다가갔고, 나는 그 생물이 우리 움직임을 알아채지 못하도록 손전등을 최대한 반듯하게 들었다. 그러나 그럴 필요가 없었다. 녀석은 지나치게 헉헉거려서 불빛을 의식하지도 못하는 듯했다. 우리가 약 10미터 앞까지 갔을 때 녀석의 눈이 정확히 우리를 향했다. 그리고 내가 쏘는 불빛 아래로 다가오고 있었다.

우리는 걸음을 멈추고 녀석이 오기를 기다렸다. 간격이 줄었고 녀석의 형체가 드러났다. 체페와 내가 동시에 "파카!"라고 소리쳤고, 우리는 녀석이 도주하는 것을 막기 위해 재빨리 앞쪽으로 달려가 바다 쪽으로 몰아붙였다. 우리 동작은 갑자기 민첩해졌다. 체페가 낮은 목소리로 중얼거렸듯이 '저 녀석의 고기 맛은 정말 죽여주기' 때문이다. 파카를 해변에서 만난다는 것은 하늘이 내려준 기회다.

녀석은 넬슨 파카라고 불리는 설치류로, 9킬로그램 정도 나간다. 보통 강가의 숲이나 농장 근처에 살며 야행성이다. 설치류의 캐리커처용 모델 같은 동물로, 괴상할 만큼 커다란 뻐드렁니와 지나치게 발달한 턱 근육 때문에 얼굴이 둥글납작하고 어리숙해 보인다. 다람쥐의 익살스럽고 바보 같은 표정만 강조한 동물이라고 할까. 그것은 『이상한 나라의 앨리스Alice's Adventures in Wonderland』에 매력적으로 그려진 '3월의 토끼'와 비슷하게 생겼다. 그러나 우스꽝스런 외모와 달리 녀석의 고기 맛은 최상급에 속한다. 파카는 산토끼처럼 빠르게 달리거나 홱 움직이는데, 지금 궁지에 몰린 녀석도 그랬다.

우리가 있는 해변은 넓다. 우리가 파카를 놓치거나, 녀석이 예상치 못한 방향으로 달려갈 가능성도 있다. 그러나 긴장한 파카는 우리와 마주치고 앞서 생각한 모든 계획과 경로를 잊어버린 모양이다. 녀석은 여러 방향을 시험하면서, 절망적이고 변덕스런 방식으로 우리를 피하려고 했다. 우리는 여전히 녀석을 잡을 수 없었지만, 파카의 곤궁도 마찬가지였다. 파카는 숨을 데가 없는 모래밭에서 앞을 보지 못한 채 손전등 불빛 아래 노출되었다.

우리 처지도 나을 건 없었다. 우리와 녀석을 이어주는 가느다란 실은 손전등뿐이었다. 그런데 파카를 쫓아 이리저리 움직이는 바람에 틈틈이 건전지 박스가 내 벨트에서 떨어져 덜렁거렸다. 나는 거기에 걸려 넘어질 뻔했고, 이마 위 램프가 벗겨질 뻔한 적도 있었다. 그런 때는 건전지 박스를 제자리에 끼우는 동안 녀석이 달아나지 않기를 바라는 수밖에 없었다. 우리는 물과 육지 양쪽에서 녀석을 향해 달려들었다. 녀석 주위를 빙빙 돌며, 자리를 여러 번 바꾸기도 했다. 거의 정신이 나간 파카는 우리 앞쪽과 우리 사이에서 이리저리 뛰어다녔다. 시야에서 녀석을 놓친 걱정스러운 순간도 있었다. 녀석은 언제나 낚아채려는 우리 손발을 간발의 차이로 비켜 갔다.

독자들이 이 동물을 책이나 동물원에서 봤다면, 우리 행동을 이해하기 힘들지도 모른다. 이 글을 쓰는 나는 대학교수로서 나이도 꽤 들었고, 독특하고 중요한 문명국에서 온 사람이다. 그러니 내 행동이 더욱 이상하게 비칠지도 모른다. 체페 역시 나름 체통과 위엄이 있는 —어쩌면 나보다 훨씬 많은— 원주민이다. 따라서 이런 상황에 우리 행동을 해명하려면, 파카 요리의 기막힌 맛과 매력을 강조하는 수밖에 없다. 별이 빛나는 모래밭 저편에서 아프로디테Aphrodite가 매력이 철철 넘치는 모습으로 나타났다고 해도, 우리는 그 커다란 설치류를 쫓던 열정으로 그녀를 쫓지는 못했을 것이다.

그렇다고 해서 추격이 밤새 이어질 수는 없다. 나는 체페가 뭔가 빛나는 물체를 어깨 뒤로 들어 올리는 걸 보았다. 그러자 상황이 어떻게 흘러갈지 조마조마했다. 체페는 나도 모르는 사이 가방에서 유리 부표를 꺼내 파카에게 던지려는 참이었다. 그 순간 퍼뜩 아이디어가 떠올랐다. 나는 추적을 멈추고 손전등 불빛을 뛰어다니는 파카에게 정확히 비췄다.

"그래요, 거기!" 체페가 잘했다는 듯 소리 질렀다.

괜찮은 작전이다. 내가 손전등을 비추는 사이, 파카가 100미터 안에 있다면 체페는 녀석을 볼 수 있다. 그가 든 유리 부표는 분명 가공할 만한 무기다. 한순간 녀석이 총을 맞아도 쉽게 쓰러지지 않는다는 사실이 생각났다. 그러나 다시 우리의 목표를 떠올리고, 타고난 산 사나이 체페의 민첩성을 생각했다. 그러자 다시 희망이 솟구쳤다. 그때 체페가 온 힘을 다해 유리 부표를 던졌다. 부표는 희미하게 빛나는 포물선을 그리며 파카에게로 날아갔다. 그리고 우리의 추적은 끝났다.

나는 기쁨과 놀라움에 가득 차 그곳으로 달려갔다. 파카는 코끝에 피거품을 물고 쓰러졌다. 체페가 그 위로 몸을 숙였다.

"맞았네요." 그가 겸손하게 말했다.

"정확했어, 그것도 머리에." 내가 말했다.

"정확히 머리에!" 체페가 말했다.

그는 손가락으로 파카를 찔렀고, 그 동물은 다리를 움찔거렸다. 체페는 일어나서 아까 파카를 쫓다가 마체테를 떨어뜨린 곳으로 걸어갔다. 나는 잠깐 숨을 고르기 위해 앉아 있었다. 우리는 힘든 레이스를 펼쳤다. 마음 같아서는 포획물을 들고 그대로 돌아가고 싶었다. 거기에서 잠들 수도 있을 것 같았다.

체페는 어둠 속에서 칼을 찾고 있었다. 나는 그를 위해 손전등을 켰다. 그가 마체테를 찾았을 때 나는 아무 생각 없이 우리가 걸어온 관목 숲 쪽으로 불빛을 돌렸다. 불빛은 먼 곳까지 나갔다. 손전등을 돌리려는 찰나, 바다 앞쪽 관목 숲에서 황록색 불꽃이 일었다. 그 불꽃은 멀리 높은 곳에서 형체 없이 이글거리며 으스스하게 빛났다.

다시 아드레날린이 분출하기 시작했고, 나는 벌떡 몸을 일으켰다. 어느새 피로도 사라졌다. 나는 손전등을 계속 그 지점으로 비췄다. 불꽃은 희미하게 손전등 불빛이 끝나는 지점에서 더욱 커지고 강해졌다. 그것은 잠깐 동안 한 점에서 타오르더니 나란히 두 점에서 타오르다가, 다시 한 점에서 타올랐다. 뭔가가 체페와 나를 번갈아 쳐다보는 것 같았다.

"움직이지 마, 체페." 내가 할 수 있는 가장 낮은 목소리로 체페에게 말했다. 나는 한 손에 파카를, 다른 손에는 전등을 쥐고 그 물체 쪽으로 천천히 걸어갔다. 체페와 같이 가면서도 나는 그에게 내 옆에 있으라고 속삭였다. 나는 그가 내 옆에 올 때까지 기다렸다가 다시 걷기 시작했다. 아플 만큼 목을 뻣뻣하게 치켜들고, 최대한 소리를 내지 않고 조심조심 걸었다. 갑자기 체페가 그 동물을 보았고, 짧은 욕설을 내뱉었다.

"사자예요." 그가 내 귀에 속삭였다.

"아마도… 재규어나 오실롯인지도 모르지. 사슴일 수도 있고."

이번에는 뭔가 훨씬 크고 괜찮은 놈이었다. 녀석의 눈은 사람의 허리쯤에서 빛나고, 눈 사이가 상당히 넓었다. 해변에는 개도 있지만—6월에는 개들이 몰려다닌다—전등을 비추면 으르렁거리거나 짖게 마련이다. 우리가 본 눈은 사람 허리 높이 나뭇가지에 앉은 쏙독새의 것도 아니었다. 무엇보다 머리 크기가 달랐다. 가능한 생물의 목록을 좁혀가다가, 나는 갑자기 불쌍한 파카가 왜 그렇게 행동했는지, 해변을 이리저리 뛰어다니며 파도 쪽으로 달아나려고 한 까닭을 알 것 같았다. 이 눈에게서 달아나기 위해서였다. 그렇다면 사슴의 눈이 아니다. 남은 것은 커다란 고양이과 맹수다. 퓨마나 오실롯, 아니면 재규어.

나는 퓨마의 빛나는 눈을 본 적이 있고, 종종 오실롯의 눈도 보았다. 덤불 속에서 빛나는 것이 그들의 눈일 수도 있지만, 오실롯의 눈치고는 지나치게 불타는 듯했다. 물론 그 눈은 형체도 없이 어둠 속 한 점에서 타오르고, 위치도 불확실했다. 또 주변이 어두워서 어떤 동물인지 판단하기 힘들었다. 예전에 나는 재규어를 보고 싶다는 희망으로 여러 번 재규어 서식지를 어슬렁거렸지만, 한 마리도 본 적이 없다. 나는 녀석이 재규어이길 바랐다.

거리가 12미터 정도로 가까워졌을 때, 나는 그 눈빛이 모자반이 널린 뒤쪽에서 빛나는 것을 알았다. 형체를 보려면 아주 가까이 가야 했지만, 녀석이 우리에게 불편함을 느끼고 다른 데로 가버릴지도 모른다고 생각하자 신경이 곤두섰다. 나는 반쯤 뛰듯이 살금살금 접근했다. 불빛이 내 머리 위에서 흔들렸다. 그 눈이 사라졌고, 나는 체페가 들을 수 있게 스페인어로 욕설을 퍼부었다. 나는 멈춰서 손전등으로 덤불 주변을 살폈다. 거기에는 아무것도 없었다.

"갔어요. 성가신 놈이네요." 체페가 말했다.

나는 실망한 나머지 그 눈이 있던 관목 숲 쪽으로 뛰어갔다. 불빛을 관목 숲 사이로 이리저리 비추다가, 뭔가 불빛을 피해 덤불 아래로 도망가는 것을 보았다. 그러나 덤불 아래 보이는 것은 없었다.

기운이 빠졌다. 다시 피로가 느껴졌다. 그래도 뭔가 해보려고 모자반 더미 뒤쪽의 모래언덕으로 가서 모래에 찍힌 발자국을 살폈다. 그때 나뭇가지에 얼굴을 긁혔고 나는 움찔했다. 손전등 불빛 왼쪽에서 바스락거리는 소리가 들렸고, 고개를 돌리자 얼룩덜룩한 벽이 시야를 막았다. 나는 그 벽을 찬찬히 조사했다. 3미터 앞쪽에 재규어가 서 있었다. 몸의 옆면을 드러낸 채 어딘가로 점프하려고 웅크리고, 주변의 떠는 잎사귀들보다 조용히, 나를 정면으로 바라보면서.

나는 뒤쪽의 체페에게 신호를 보내려 했다. 소리나 몸짓을 쓰지 않고 '재규어'라고 말하고 싶었다. 그러나 얼어붙어서 그 커다란 황금빛 맹수를 쳐다볼 뿐이었다. 반쯤은 매혹된 채, 녀석이 언제 갈까 불안해하면서, 녀석이 오실롯이 아니고 재규어라고 몇 번이나 되새기면서. 녀석의 검은 얼룩은 재규어에게 있는 것이니까. 어쩌면 그 반대인지도 모른다고 생각하다가, 뒤쪽 나무들을 배경으로 보이는 녀석의 커다란 어깨나 가슴팍이 오실롯치고는 건장하다는 사실을 깨달았다. 나는 행복을 느끼며 불빛을 천천히 녀석의 머리에 비췄다. 그 얼굴의 골격과 위용은 오실롯의 것이 아니었다.

독자들은 내가 왜 두 동물을 헷갈렸는지 의아할지도 모른다. 재규어는 거의 벵골호랑이만 하며, 상대적으로 작은 중앙아메리카의 재규어도 보통 90킬로그램 혹은 그 이상 나가기 때문이다. 반면 오실롯은 일반적인 사냥개보다 몸집이 작다. 그러나 밤에 모자반 더미에서 희미한 손전등 불빛으로 3미터 앞쪽에 있는 오실롯과 재규어에게 공통된 검정-노랑 점무늬를 비추면 헷갈리게 마련이다. 나는 확실히 해두고 싶었다. 녀석은 내가 본 첫 번째 재규어다. 나는 녀석이 좋은 인상을 남겨주기 바랐다.

체페는 갑자기 내가 왜 그렇게 조용한지 깨달았다.

"오, 성모마리아여! 재규어!" 그가 말했다.

체페는 앞쪽으로 몸을 숙이더니, 내가 쥐고 있던 파카를 낚아채서 앞쪽 어둠 속으로 던졌다. 그 소란과 쿵 하는 소리에 재규어는 5센티미터 정도 몸을 낮췄다. 나는 녀석이 우리가 훔친 사냥감을 다시 뺏으려고 했다면 얼마나 처참한 상황이 벌어졌을까 생각했다.

나는 희미한 쇳소리를 듣고 체페가 벨트에서 마체테를 빼냈다는 것을 알았다. 나는 쉬잇, 소리를 내고 그에게 손가락을 흔들며 마체테를 쓰지 말라는 몸짓을 보냈다. 그때 반사적으로 아이디어가 떠올랐다. 나는 손전등 불빛을 재규어에게 고정한 채, 뒤쪽에서 체페가 멘 가방을 벗겨냈다. 그리고 카메라를 찾은 다음 가방을 조심스럽게 내려놓았다. 또 내가 들고 있던 가방에서 카메라 플래시를 더듬어 찾았다. 내 행동은 전혀 이치에 맞지 않았지만, 재규어 역시 달아나거나 움직이지 않았다. 나는 재빨리 플래시를 카메라에 끼우고 셔터를 찾았다. 재규어를 비추던 불빛은 흔들리지 않았다. 나는 카메라 셔터를 눌렀다. 찰칵! 가벼운 소리를 내며 사진이 찍혔다.

그러자 재규어의 머리가 움직였고, 녀석은 곧 사라졌다. 정물처럼 서 있던 자리에서 녀석은 조용히 사라졌다. 3미터 앞쪽의 어둠 속으로 완벽하고도 갑작스럽게 사라진 것이다. 그 자리에는 체페와 나만 남았다.

"우와, 굉장하군요!" 체페가 모든 감정을 담아 중얼거렸다. 잠시 뒤 그는 모래에 털썩 주저앉아 담배에 불을 붙였다.

"가죽이 아름답던데요. 그렇지만 아주 사나운 놈이죠!"

"그렇지." 나는 여전히 모자반 더미 앞에 앉아 있던 녀석의 인상을 곱씹었다.

"당신이 총을 가지고 왔어야 해요." 체페가 말했다.

그러나 내가 잘못한 것은 없다. 나는 원하는 것을 얻었다. 심지어 사진을 찍기 위해 재규어 앞에서 우스울 만큼 정신 나간 짓도 했다. 6년을 찾아 헤맨 끝에 드디어 재규어를 만난 것이다. 그날 밤 푸른바다거북은 발견하지 못했지만 괜찮다. 재규어를 봤으니까.

"어쨌든 우리는 파카를 잡았어." 내가 말했다.

체페가 벌떡 일어나서 파카를 던진 곳으로 달려갔다. 그가 파카를 찾으려고 발로 모래를 훑는 소리가 들렸다.

"있어?" 내가 물었다.

"아야! 네, 여기 있어요." 체페가 말했다.

그 뒤로는 우리가 어떻게 마을로 돌아왔는지 잘 생각나지 않는다. 그날 내 여정은 재규어가 사라진 다음 끝난 것이다. 다른 사건은 필요 없었다. 파카를 줍고 나서 우리는 원래 마시려던 피파를 마셨다. 그리고 11킬로미터를 걸어 캠프로 돌아왔다. 그건 두 발을 부지런히 움직이는 일에 불과했고, 푸른바다거북 무리가 해변으로 왔다는 흔적도 없었다. 그날 얼룩덜룩한 재규어의 이미지만큼 내 마음을 흥분시킨 것도 없었다. 나는 머리에서 램프를 벗기고, 내내 어둠 속을 걸었다. 이 여정의 첫 번째 파트는 재규어를 만난 꿈같은 사건이다. 두 번째 파트는 어둠 속에서 졸며 걸은 시간이다. 아까 말했듯이 돌아오는 길에 대해서는 아무것도 생각나지 않는다. 이튿날 내가 쓴 노트를 봐도, 돌아올 때 우리가 흥미로운 것을 보거나 들었다는 기록은 없다. 마을까지 돌아오는 데 세 시간이 걸렸지만, 그 도보에 대해 할 말은 아무것도 없었다. 도보가 끝날 무렵을 제외하고.

우리가 백마를 본 목초지로 돌아오자, 다시 기운이 났다. 체페는 방향을 틀어 신발을 찾으러 갔다. 나는 손전등을 켜서 그의 신발이 있는 덤불 쪽을 비춰주었다. 그가 신발을 신는 사이, 나는 공터 주변 이곳저곳으로 불빛을 비추다가 우리가 떠날 때 거기 서 있던 백마를 발견했다. 그 말은 이제 호기심보다 정중함이 담긴 태도로 고개를 들어 나를 보았다. 그리고 다시 풀을 뜯었다. 어떻게 그 말을 빌릴 수 있을까 생각하는데, 녀석의 가느다란 목 아래 어깨 쪽에 검은 물체가 보였다. 아까 그 말은 완전히 백마였다. 나는 손전등을 켜고 풀숲을 지나 6미터 거리까지 다가갔다. 그리고 말을 보다가 불을 끄고는 체페가 신발 끈을 묶는 곳으로 달려갔다.

"말 등에 흡혈박쥐가 있어." 내가 말했다.

"뭐라고요? 쫓아버려요." 체페는 심드렁하게 말했다.

나는 흡혈박쥐가 동물의 피를 빠는 사진을 본 적이 없다. 그런 사진도 찍힌 적이 있겠지만, 분명 자주 있는 일은 아니다. 전혀 연출되지 않은 흡혈박쥐 사진을 찍으면 어떨까? 괜찮은 생각 같았다. 지금이 그런 기회고, 상황도 나쁘지 않았다.

내가 사진 찍는 데 서투른 건지, 운이 없는 건지 모르지만 상황은 이랬다.

　나는 카메라를 꺼내 플래시를 조립하고 세팅을 완료했다. 체페가 박쥐에게 불빛을 비추는 사이, 나는 초점을 맞추고 3미터 남짓한 거리까지 다가갔다. 구도를 깔끔하게 잡고 초점을 선명하게 맞출 시간도 충분했다. 분명 멋진 사진이 나올 것 같았다. 나는 의기양양하게 셔터를 눌렀다. 그런데 플래시가 터지지 않았다. 어디에서나 작동하던 22볼트 축전기가 있는데도 낡은 플래시 전구가 터지지 않았다. 나는 신경질적으로 전구를 꺼내서 버린 다음, 가방에서 새 전구를 꺼내 끼웠다. 다시 카메라를 올린 순간, 말은 풀을 씹으려고 고개를 들었고, 박쥐는 식사를 마치고 모래밭으로 내려앉았다. 박쥐는 곧 날개를 퍼덕이더니 방향을 홱 틀어 야자나무 숲으로 날아갔다.

　사진을 찍을 때 그런 경우가 종종 있었기 때문에 나는 젠장, 하고 말았다.

　"가버렸네요. 빌어먹을!" 체페가 말했다.

　거기에 자극받아 나는 엄청난 욕설을 쏟아냈다.

　잠시 뒤 말을 쳐다보았다. 말의 목 위로 상당한 피가 흘러내렸다. 나는 그 빌어먹을 플래시를 다시 끼우고, 놓쳐버린 결정적 순간을 찍기로 마음먹었다. 피 흘리는 말의 사진을 찍기로 한 것이다.

　나는 한동안 피가 흐르도록 두었다. 흡혈박쥐의 침에는 혈액응고를 막는 성분이 있다. 그래서 한번 물리면 아무리 작은 상처라도 엄청난 피가 흐른다. 체페는 걸어와서 내가 뭘 하는지 지켜보았다. 그는 흡혈박쥐들이 백마를 좋아한다고 말했다. 온두라스에서도 같은 말을 들은 생각이 났다. 내가 거기에서 타고 다니던 백마 '메토'는 같이 풀을 뜯는 밤색 말이나 얼룩말보다 훨씬 자주 목에 핏자국을 묻히고 다녔다. 물론 그 까닭은 단순히 백마가 눈에 잘 띄기 때문인지도 모른다.

자신이 물렸는지도 모르는 말의 목 주변으로 피가 흘러내려 땅 위로 똑똑 떨어지기 시작했다. 나는 카메라를 올리고 셔터를 눌렀다. 이번에는 모든 것이 완벽하게 작동했다. 나는 다시 욕설을 퍼부었다. 그렇지만 이번에는 또 뭐가 문제인지 체페가 의아해할 것 같아 곧 욕설을 멈췄다.

카메라와 플래시를 분리하자 비가 오기 시작했다. 번개를 동반한 소낙비가 아니라 반쯤은 안개처럼 보이는 보슬비였다. 수증기 덩어리가 하늘로 올라가 떠돌다가 그대로 떨어지는 것 같았다. 어쩐지 오늘밤은 잠이 잘 올 것 같았다. 내 오두막은 거기에서 400미터 거리에 있었다. 우리는 좀더 빠른 속도로 걷기 시작했다. 빗방울이 떨어지기 전에 절반 정도 걸었다. 빗방울이 굵어져서 빳빳한 야자나무 잎사귀를 때리기 시작할 무렵, 앞쪽에서 고함 소리가 들렸다. 체페가 내 어깨를 잡더니 멈춰 섰다.

"웬 소동이지?" 내가 물었다.

"모스키토 원주민이에요. 완전히 취했어요. 빅 드렁크 축제거든요." 그가 고개를 흔들었다.

내가 모스키토 해안을 방문한 것은 이번이 세 번째다. 나는 한 번도 빅 드렁크 축제를 본 적이 없다. 그건 바란다고 되는 일이 아니다. 그 축제는 아주 드물다고 들었기 때문이다. 다른 장에 썼듯이 모스키토 원주민의 빅 드렁크 축제는 원래의 의례적 요소가 사라진, 축소된 광란의 파티다. 거기 쓰이는 술은 전통술에서 럼주로 바뀌었지만, 전부 거나하게 취하기는 마찬가지였다. 축제는 400년 전, 이 해변에 난파한 기니 노예들과 이곳의 원주민 문화가 결합해 생겨났다. 두 문화권에는 모두 의식으로 술을 마시는 풍습이 존재했다. 빅 드렁크 축제에서 기본 성격은 그대로 보존되었고, 일종의 혼성 교배를 통해 강화되었다. 빅 드렁크 축제를 모스키토 원주민의 다른 축제인 5월제와 혼동해서는 안 된다. 5월제는 춤 축제로, 중심 테마 역시 술과는 관계가 없다. 5월제에는 여자들도 참여하는데, 사실 여자들이야말로 5월제의 꽃이며 핵심이다. 반면 빅 드렁크 축제에는 여자들이 참여하지 않는다. 나는 어딜 가든 이곳에서 꼭 봐야 하는 토착 행사 중 하나가 빅 드렁크 축제라고 들었다. 빅 드렁크 축제를 보기 전에는 모스키토 원주민을 제대로 알 수 없다는 것이다.

그러나 동트기 전에 비가 부슬부슬 내리던 그날 아침은, 간밤에 벌어진 일 때문에 피곤해서 모스키토 원주민의 파티에 신경 쓸 여유가 없었다. 가까이 갈수록 축제의 소음이 커졌다. 나는 얼른 오두막으로 돌아가서 자고 싶었다. 그러나 거기에서 빠져나가기도 쉽지 않아 보였다.

우리는 빠르게 걸으며 어느 오두막을 지나쳤다. 그러자 갑자기 소동의 한복판에 있었다. 땅에 떨어져 연기가 나는 횃불과 꺼져가는 장작불이 그 난장판의 윤곽을 보여주었다. 탁 트인 공터 전체는 구르고 날뛰는 모스키토 원주민들로 아수라장이 되었다. 모두 미친 듯이 취해서 싸우거나 울부짖었다. 나는 겁을 먹고 멈춰서 공터 주변을 손전등으로 비춰보았다. 곳곳에서 싸움이 벌어졌다. 아무도 싸움을 해결하거나 중재하려고 하지 않았다. 군중 사이에는 막 분출된 파괴적 욕구가 가득했다. 남자들은 삼삼오오 모여 싸우거나, 몇 명인지 모르게 무리 지어 뒤엉켰다. 몇몇은 비틀거렸고, 몇 명은 팔을 휘두르거나 다른 사람의 멱살을 잡았다. 몇몇은 바닥에 쓰러져 몸을 비틀거나 누군가를 때렸다. 그들은 위협적이거나, 음란하거나, 자비를 구하는 종교적인 말을 내뱉었다. 그냥 증오와 고통과 사악한 기쁨에 찬 소리인지도 몰랐다. 맹세하건대 그건 내가 상상하지 못한 가장 소름 끼치는 폭력적 광경이었다. 완벽하게 피에 굶주린 자들이 연출한 것 같은 충격적인 쇼였다. 그동안 이곳 원주민이 보통 사람들처럼 수더분하다고 생각해온 것이 후회가 되었다. 한순간 내가 이런 지역을 여행하다가 화형을 당하거나, 잡아먹히는 것은 아닌지 궁금해질 정도였다.

그 소란에서 탈출하는 유일한 방법은 지나온 길로 돌아가는 것이었다. 나는 손전등을 끄고 뒷걸음치다가 체페와 부딪쳤다. 돌아서서 그의 얼굴을 보았다. 놀랍게도 그는 나처럼 겁에 질려 뻣뻣해진 게 아니라, 그들이 성가시다는 투였다. 그는 몸짓으로 그들이 있는 곳을 가리켰다.

"앞으로 가요. 비가 오고 있어요. 더 세게 쏟아질 거예요."

나는 믿을 수 없었다. "저쪽으로 가라고? 미친 거 아니야?"

"왜요? 저쪽이 유일한 길이에요."

"하지만 저 악마들이 안 보여? 서로 죽이려고 안달이잖아. 무슨 일이 있어도 저리로는 안 가. 해변으로 돌아가자."

나는 방향을 돌리려고 그의 가슴을 밀었다.

"무슨 소리예요? 가던 길로 가요. 이 인간들은 토요일 밤마다 이 짓거릴 해요. 그냥 여기 풍습이에요. 경비대원들이 마체테랑 다른 칼은 다 수거했어요. 이 인간들은 치고받을 뿐, 취해서 누굴 해치지도 못해요. 당신은 이 근처에 살잖아요. 지난 토요일에 못 봤어요?" 그는 이렇게 말하며 나를 밀었다.

"지난 토요일에는 여기 없었어. 할 수만 있다면 토요일에는 여길 떠나고 싶군."

"아무것도 아니에요." 체페는 나를 비웃으며 내 앞으로 오더니, 앞쪽 길을 따라 아수라장으로 걸어갔다.

나는 서둘러 그를 따라갔고, 우리는 광장으로 들어서 인사불성이 된 무리 주변을 돌아가거나 넘어갔다. 그리고 앞쪽만 보려고 애썼다. 반쯤 통과할 때까지 아무도 우리를 눈치 채지 못했다. 그러다 정확히 우리 앞쪽에 누워 싸우는 두 남자와 마주쳤다. 한 남자가 다른 남자의 가슴 위에 앉았고, 그들은 세 가지 언어로 상대방에게 저주를 퍼부었다. 양쪽 모두 네놈 불알을 까고 내장을 훑어주겠다며 악을 썼다. 우리가 그들 주위로 돌아가자 밑에 깔린 남자가 고함을 멈췄다. 우리를 본 모양이었다. 그가 모스키토 어로 무슨 말을 했다. 그러자 위에 있던 남자가 우리를 올려다보더니, 경고하는 듯 높은 목소리로 고함치기 시작했다. 불길한 침묵이 공터 주위로 퍼졌다.

"어서 빠져나가자, 체페." 내가 말했다.

"걱정 말아요. 이 사람들은 아무 짓도 안 해요. 이래 봬도 백인을 해치진 않아요."

그때 어디에선가 손전등 불빛이 날아와 우리를 비췄다. 우리는 앞쪽을 보면서 걷기만 했다. 이곳저곳에서 중얼거리거나, 욕을 하거나, 취해서 웃음을 터뜨리는 소리가 들렸다. 그러나 움직이는 모스키토 원주민은 없었다. 가까운 곳에서 다시 손전등 불빛이 날아와 체페의 손에서 흔들리던 파카 위에 멈췄다.

광장 근처에서 누군가 흥분해서 욕을 하는 소리가 들렸다. 나는 어디에선가 '에비나ebina'라는 단어를 들었다. 이것이 모스키토 어로 파카를 뜻하며, 그곳 원주민이 파카 고기를 얼마나 좋아하는지 떠올랐다. 우리는 순식간에 그들의 시선을 끌었다. 모든 이들의 시선이 우리에게 떨어졌다. 2분 전만 해도 서로 두들겨 패던 야만인들이 에비나라는 단어를 입에서 입으로 전하고 있었다. 마치 휴전협정 같았다. 그 말이 전해진 곳에서는 어김없이 수다스런 말이 오갔다.

갑자기 닫힌 오두막 안에서 한 여자가 삼보 영어로 뭔가 부르는 소리가 들렸다. 그러더니 갑자기 거구의 젊은 사나이가 올라타고 싸우던 다른 남자의 배 위에서 일어났다.

그는 오두막 안의 여자에게 말했다. "이놈들이 에비나를 갖고 있다네. 스페인 놈이. 내가 가져다주지."

"체페, 서둘러. 바보처럼 있지 말고 달려." 내가 말했다.

그는 여전히 말싸움을 하고 싶어 했다. 그는 영어를 이해하지 못한 것이다. 그러나 웃옷을 벗은 커다란 흑인 청년이 비틀거리며 나타나, 우리 바로 뒤쪽에서 외쳤다.

"이봐, 스페인 놈. 그 에비나를 두고 가, 알겠어? 그 빌어먹을 에비나, 네놈이 '구아르다 티난자'라 부르는 그놈을 우리가 요리하겠다고! 당장 내려놔, 내려놓지 못해?"

체페는 이제 상황을 이해하고 허세를 벗어던졌다. 우리는 앞쪽에서 비틀대던 두 남자를 피해, 비 내리는 숲길을 200미터 정도 달렸다. 그리고 멈춰서 뒤쪽의 소리를 들었다. 우리 뒤로 온갖 더러운 고함이 들렸지만 더 가까워지지는 않았다.

"빌어먹을 놈들! 우리가 파카를 갖고 있었군요. 젠장, 개 같은 흑인 새끼들!" 체페가 헐떡거리면서 말했다.

우리는 말없이 나머지 길을 걸어서 마을로 돌아왔다. 비가 세게 내렸다. 비를 보니 기분이 좋았지만 이제 자야 했다. 마을 입구에 도착했을 때 나는 체페에게 어디 사느냐고 물었다. 그는 강가에 있는 작은 오두막에 산다고 했다. 아침에 뭘 할 거냐고 묻자, 그는 모터 달린 통나무배를 만드는 목수를 도와줄 거라고 했다. 그는 파카를 씻어서 점심 전에 가져다 주겠다고 말했다. 절반은 그에게 주겠다고 하자 행복한 듯했다. 그는 어깨에 멘 배낭에서 유리 부표를 꺼내고 배낭을 돌려주었다. 그는 잘 자라고 말하고 강 쪽으로 걸어갔다.

"모스키토 원주민에게 잡히지 않도록 조심해." 내가 그의 뒤로 소리쳤다.

바다거북 사냥꾼의 숙소와 배. 미스키토 섬, 니카라과.

"그놈들은 아무 짓도 못해요, 병신들이니까. 소란을 피울 뿐이죠." 그는 여전히 경멸을 숨기지 않고 말했다.

나는 오두막 대문을 열고 사다리를 타고 다락방으로 올라갔다. 배낭을 던져놓고 젖은 옷을 벗은 다음 시원한 침대보 위로 몸을 던졌다. 정말 기분이 좋았다. 무사히 재규어를 보았고, 파카 고기도 먹을 수 있을 것이다. 거북들은 다른 날 돌아올 것이다. 야자나무와 오두막 지붕 위로 상쾌하게 빗방울이 떨어지는 소리가 들렸다. 이제 모든 위협은 그 빗소리 너머로, 해변의 파도 소리 너머로 물러났다. 공터를 가득 채운 광란의 코러스 고음부도 들리지 않았다.

선장들

새벽이 되자 바람이 잦아들었다. 소용돌이 모양 안개가 솟아올라 흐릿한 바다 위로 서서히 용해되었다. 낮은 너울이 정박된 돛단배에 부딪혀 찰싹였다. 닻의 쇠사슬 주변으로 튀어 오르는 부드러운 물결에 어린 학꽁치[199]들이 놀란 모양이다. 그들은 보이지 않는 수면 아래에서 소리 없이, 솟구친 바늘처럼 튀어 올랐다. 요리사는 배 난간에 팔꿈치를 기대고 안개 속으로 미끄러져 가는 앞쪽의 삼각돛 배를 졸린 듯 쳐다봤다. 배들은 잘 분간되지 않는 흔적을 남긴 채, 하늘과 바다가 맞닿은 흐릿한 영역 속으로 사라졌다.

삼각돛 배에는 선원 세 명이 탔다. 선장은 뱃머리에 있고, 고물 양쪽에는 노잡이가 있었다. 그들은 억새 줄로 뱃전에 매어둔 노를 힘차게 저었다. 아직 세우지 않은 돛대와 접힌 돛은 좌석에 가로놓였

---

199 동갈치목에 속하며 수면에 사는 바닷물고기. 몸이 작고 가느다란 원통형이며, 입이 길게 튀어나왔는데 위턱이 기이하게 짧다.

다. 그 옆에는 포크처럼 생긴 모스키토 원주민의 노 두 개와 갈고리 장대가 있었다. 선장은 무릎 옆에 커다란 유리 수경을 놓고 앉았다. 그의 파이프에서 나오는 담배 연기는 뒤쪽의 하얀 안개와 대비되는 푸른색을 띠었다. 가끔 선장이 명령이라기보다 제안에 가까운 지시를 내리는 것을 제외하면 아무도 말이 없었다. 삐걱거리며 노 젓는 소리와 뱃전에 부딪혀 갈라지는 물소리가 들릴 뿐이다.

이제 조업 시즌이 끝나간다. 카리브 해로 비스듬히 불어오는 바람은 언제라도 허리케인으로 변할 수 있었다. 선장은 바닷속에 거북이 있으면 즉시 삼각돛 배를 불러 모을 수 있도록, 그물을 배 옆에 준비해두었다. 그때 선장이 앞쪽에서 약간의 소란을 감지했다. 회색 유리처럼 잔잔한 수면에서 뭔가 흔들렸다. 30미터 정도 떨어진 코르크 나무 부표 두 개로, 펼쳐놓은 그물의 양끝에 매단 것이다. 잔파도가 부표 사이로 밀려오면 그물은 수면 위로 올라왔다 내려갔다 하면서 잔잔히 흔들렸다. 그물 한쪽에서 뭔가 휘젓는 듯한 소란이 일었다. 바다거북이 그물에 걸려 몸부림치는 것이다.

선장은 뱃머리에 서서 유리 수경을 집어든 다음 뱃전에 놓았다. 배가 그물과 가까워지자, 소란이 멈추고 물결도 잔잔해졌다. 선장은 한 손을 뒤로 한 채, 선원들에게 노를 놓으라고 지시했다. 그는 유리 수경을 물속에 떨어뜨리고 몸을 굽혀 수면의 평평한 판유리 아래로 펼쳐지는 풍경을 들여다보았다. 아직 해가 뜨지 않아 물속은 어둡고 흐릿했다. 그러나 선장은 그물의 격자형 가닥이 아래쪽으로 이어지다 산호초 위의 한 형체 앞에서 감긴 것을 보았다. 커다란 푸른바다거북이었다. 선장은 거북을 한동안 자세히 쳐다보았다. 그다음 유리 수경을 끌어 올리고 다시 자리에 앉아 담배를 피우기 시작했다. 그는 서두르지 않았지만, 노잡이들은 그렇지 못했다.

"선장님, 어떤가요? 그놈인가요?" 한 노잡이가 말했다.

"있어, 항상 그놈이지." 선장이 말했다.

선장은 유리 수경을 뒤쪽에 놓고 갈고리 장대를 꺼냈다. 기울어진 그물 위로 배가 조금 움직였다. 그는 갈고리 장대를 들어 끝까지 늘린 다음 한두 번 흔들었다.

"머리엔 그물이 안 걸렸어. 끌어 올리게."

두 남자는 그물을 끌어당기기 시작했다. 그들의 몸무게와 그물에 걸린 바다거북 때문에 좁은 배가 기우뚱했다. 선장은 균형을 맞추기 위해 맞은편으로 갔다. 그 모든 행동이 물 흐르듯 자연스러웠다. 상처 난 거북은 어젯밤에 발견한 것이다. 선장은 몇 달 전 아침, 늙은 바다거북을 잡았다가 플로리다 해안에 놓아준 일을 떠올렸다.

갑자기 뭔가 배에 쿵 부딪히더니 수면에서 날카로운 숨소리가 들렸다. 두 남자는 쭈그린 채 거북의 가늘고 넓적한 앞발을 잡고 거북을 들어 올렸다. 거북은 갑판 위에서 등 쪽으로 쿵 하고 떨어졌다. 녀석은 뒤집힌 채 목을 빼고 쉭쉭거리며 눈을 껌벅였다. 그리고 긴 앞발로 퍼덕거리며 자기 가슴을 때렸다. 녀석의 네 발 끄트머리에는 물고기에게 물어뜯긴 흔적이 있었다. 아주 인상적인 상처였다. 분명 수없이 물어뜯긴 흉터로, 네 발 끄트머리에 규칙적인 모양이 나 있었다. 그건 일반적인 바다거북에게서는 볼 수 없는 상처로, 어떤 대담한 물고기들이 그랬을지 궁금했다. 선장은 그 상처 덕분에, 그 거북이 8개월 전 자신이 이곳 연안에서 잡았다가 플로리다에 놓아준 140킬로그램짜리 푸른바다거북 수컷이라는 것을 알아차렸다. 그 상처는 선장에게 필요한 일종의 표지였다. 그는 최종 확인을 하려고 퍼덕이는 거북의 앞발을 누르고 딱딱한 배딱지를 쓸어보았다. 자신이 새긴 문양이 선명하게 남아 있었다.

찰리 부시Charlie Bush 선장이 그 이야기를 해주었을 때 그는 78세였다. 그 일은 거의 30년 전에 일어났고, 정확한 날짜는 기억하지 못했다. 그러나 그 안에 담긴 사건은 그렇지 않았다. 그는 많은 것을 생생하게 기억했지만, 특별한 계기가 없어 정확한 날짜를 기억하지 못할 뿐이었다. 선장은 그게 30년 전이라 했고, 나는 과거의 상황을 재구성했다. 찰리 선장이 북부 카리브 해를 항해하던 중, 태풍 때문에 사지 끝에 상처가 난 푸른바다거북을 놓아준 이야기다.

찰리 선장이 들려준 이야기를 정리해보면, 그 사건은 1923년 혹은 1924년에 일어났다. 나는 태너힐Ivan Ray Tannehill[200]이 쓴 *Hurricane*(허리케인)과 도서관에서 찾아낸 오래된 신문을 보고 당시에 허리케인이 있었다는 것을 확인했다. 10월에 발생한 허리케인으로—이것은 찰리 선장도 기억했다—플로리다 키웨스트 지역을 지나갔다. 그 허리케인은 10월에 키웨스트로 접근한 유일한 태풍이다. 거대한 파도를 몰고 와 톰슨바다거북수프공장의 우리를 부쉈으며, 강도는 태너힐 넘버 7에 해당했다.

---

200 미국의 군인이자 기상예보관. 1930년대부터 태풍에 대한 선구적인 기록을 남겼다.

당시는 태풍을 과학적으로 측정하거나, 태풍에 매력적인 여성의 이름을 붙이던 시대가 아니다. 남쪽 바다에서 시작된 태풍이 움츠린 섬들을 가로지르는 동안, 위태로운 비행기로 태풍을 관측하고 태풍의 세기를 측정하던 시기다. 당시 태풍은 피해를 본 배나 해안가의 어부들이 터뜨린 불만에서 언급될 뿐이었다. 피해를 본 이들은 평생, 완전히 익명으로, 그 태풍들에 대한 말없는 분노에 사로잡혀 지냈다. 따라서 찰리 선장의 거북을 데려간 태풍에 붙일 수 있는 이름은 '1924년 태너힐 넘버 7 태풍'뿐이다.

태너힐 넘버 7 태풍은 상처투성이 거북이 살던 모스키토 연안 북쪽에서 만들어졌다. 이것은 우연의 일치로 여겨지며, 여기에 지나치게 의미를 부여하는 것은 신비주의에 빠진 결과다. 태풍을 의인화하는 데도 한계가 있어야 한다. 매력적인 명칭이나 악명에도 태풍은 결국 바람일 뿐이기 때문이다. 그래도 태너힐 넘버 7 태풍을 처음 본 사람들이 온두라스 연안의 스완Swan 섬 주민이라는 사실은 언급하는 게 좋을 듯하다. 스완 섬은 찰리 선장의 상처투성이 거북이 살던 니카라과 연안에서 하루 정도면 갈 수 있는 곳이다. 신기한 사건은 태너힐 넘버 7 태풍이 플로리다에 있던 톰슨바다거북수프공장의 우리를 파괴하는 바람에, 거기 살던 늙은 바다거북이 1300킬로미터를 헤엄쳐 모스키토 연안의 해초 숲으로 돌아갔다는 사실이다.

그 태풍은 당시 쿠바 서부를 강타했고, 플로리다에 도착했을 때쯤 힘을 잃은 상태였다. 아니면 기상관측소를 비켜 갔을 수도 있는데, 그 뒤에 태풍은 플로리다키스 제도를 가로질러 대서양으로 가버렸기 때문이다. 그 뒤 신문은 태풍이 동반한 폭우에 대해서 떠들었다. 톰슨을 제외하고는 톰슨바다거북수프공장의 우리에 대해 언급한 사람이 거의 없었다. 그러나 그 바다거북 우리에서 일어난 일은 기념비적인 사건이다. 그건 태풍이 끼친 어떤 피해보다 먼저 헤드라인에 올랐어야 한다. 그 일로 상처 난 푸른바다거북이 파괴된 우리를 떠나 경이로운 여정에 올랐기 때문이다.

그 여정의 가치를 이해하려면, 바다거북이 맞서야 했던 고난부터 살펴봐야 한다. 태풍이 바다거북을 우리에서 풀어주었을 때, 녀석은 태어난 곳에서 약 1300킬로미터 떨어진 낯선 바다에 있었다. 바다거북으로서는 어떤 루트로도 이를 수 없을 것 같은 거리다. 거북은 처음에 배로 실려 왔기 때문에, 바닷속의 어떤 지형지물도 눈으로 보거나 익힌 적이 없다. 따라서 그의 고향은 파충류의 희미한 기억 속 어딘가에 있었다. 그건 추적할 수 없는 곳이었고, 꼭 그리로 가야 한다면 이리저리 방황하며 찾을 수밖에 없었다. 녀석은 니카라과의 얕은 연안에서 생애를 대부분 보냈다. 거기에서 녀석은 해저와 연안의 지형에 의존해, 매일 바위 굴과 해초 숲 사이를 오갔을 것이다. 그런데 이제 태풍이 휩쓸고 간 낯선 바다에서 정겨운 고향 바다를 다시 찾아내야 했다. 그 거북에게 고향을 기억하고, 그리워하고, 돌아갈 능력이 있다면 말이다.

플로리다 키웨스트에서 모스키토 연안까지 직선거리 1300킬로미터는 사실 이론적인 거리다. 이 직선 코스는 쿠바의 서쪽 끝을 가로질러 측정한 것인데, 바다거북이 쿠바 서부를 가로질렀다면 피나르

델리오Pinar del Río[201] 연안에서 고급 요리의 재료가 되었을지도 모른다. 그외에도 푸른바다거북은 육지로 이동하지 않는다. 육지에서는 이동이 한없이 서투르기 때문이다. 따라서 실제 가능할 법한 코스는 훨씬 길어진다.

바다거북에게 고향으로 가는 길을 찾는 마술 같은 능력이 있다고 가정해보자. 심지어 배의 갑판 위에서도 말이다. 즉 이들은 일종의 기록형 자이로컴퍼스[202]처럼 수동적으로 끌려간 여행에서도 항해 루트를 기억할 수 있다고 보는 것이다. 그렇다면 상처 난 푸른바다거북의 귀향 경로는 녀석을 플로리다로 데려간 애니 그린로Annie Greenlaw 호의 루트였을 것이다. 바다거북은 그 루트를 되짚어 남쪽으로 가다가 유속 6노트(시속 11킬로미터)의 플로리다 해류, 플로리다키스 제도와 쿠바 사이를 흐르는 멕시코만류와 맞닥뜨렸을 것이다. 여기에서 거북은 서쪽으로 방향을 틀어야 했을 것이다. 녀석이 어떻게 그럴 수 있는지 상상이 안 되지만, 그랬다고 가정하자. 그 해류를 통과해 쿠바 최서단 샌안토니오San Antonio 곶에 이르렀다. 그다음 거북은 애니 그린로 호의 항로를 따라, 적도해류를 거슬러 유카탄해협을 통과해서 멕시코만류 속으로 들어갔을 것이다. 이때도 초능력에 가까운 방향감각이 필요하다. 거기에서 거북은 다시 방향을 바꿔 남동쪽의 탁 트인 바다를 가로질러 항해했다. 서쪽으로 흐르는 느린 해류와 광대한 바다, 해변으로 밀려가는 파도만 있는 곳이다. 녀석이

201 쿠바 서해안의 도시.
202 나침반의 한 종류. 빠르게 회전하는 팽이를 이용한 것으로, 현재 선박 등에서 널리 쓰이는 항해 계기다.

헤엄치는 바다는 수심이 1600미터에 가까웠다.

물론 고향으로 돌아가는 다른 방법도 있다. 어쩌면 거북은 해류를 거스르지 않고 플로리다해협을 통과해 그대로 떠내려갔는지도 모른다. 그러다 케이살Cay Sal 뱅크[203] 근처에서 쿠바 주변을 돌아, 윈드워드해협[204] 사이를 통과하는 해류에 실려 카리브 해로 들어갔는지도 모른다. 아이티 서부의 얕은 연안을 통과하면, 거북은 남서쪽으로 이동해 자메이카와 페드로Pedro 뱅크[205]로 갈 수 있다. 깊은 바다만 항해하던 거북은 그곳에서 먹이와 산란 해변을 찾았을 것이다. 하지만 이 코스는 최소 수천 킬로미터가 더 길고, 니카라과 출신 바다거북에게는 전혀 알려지지 않은 코스다. 그 사이에 어떤 위험과 방해물이 도사리고 있을지도 알 수 없다.

내 생각에 가장 가망이 없는 또 다른 가설은, 상처 난 바다거북이 무질서한 대륙붕을 따라 고향으로 갔다는 것이다. 즉 멕시코 만과 유카탄반도를 돌아 중앙아메리카 연안을 따라 그라시아스아디오스Gracias a Dios 곶[206]까지 간 다음, 따뜻하고 친숙한 모스키토 연안을 가로질러 고향의 산호초로 돌아갔다는 가정이다. 이렇게 되면 온갖 우회로 때문에 항해 거리가 최소 4000킬로미터에 이르는데, 실제로는 그보다 훨씬 길 것이다. 고향에 가겠다는 일념 하나로 한없이 길고 우둘투둘한 연안에서 혼란과 어려움을 모두 극복하고, 하루에 최

---

203 바하마 뱅크 최서단의 환초 지대.
204 쿠바와 아이티 사이의 해협.
205 자메이카에서 약 80킬로미터 남서쪽에 위치한 해저퇴 지형.
206 중앙아메리카 동해안 중앙부에 있는 곶.

소 16킬로미터는 전진해야 하는 것이다.

사람들이 어떻게 생각하든, 거북이 어떻게 고향으로 왔든, 녀석의 귀향은 1924년 태너힐 넘버 7 태풍이 남긴 가장 놀라운 결과다. 그건 단지 톰슨바다거북수프공장의 우리가 망가졌다는 소식의 사소한 일부가 아니다.

찰리 선장이 들려준 이야기는 정확히 내가 찾던 종류였다. 나는 그가 말한 내용을 꼼꼼히, 심지어 그가 말하는 방식까지 적었다.

"나는 선장이고 이 배의 주인입니다. 나는 모스키토 연안에 바다거북 조업선이 30~40대 있을 때부터 거기로 갔어요. 바다거북을 조금은 안다고 자부할 수 있죠. 바다거북의 본능이 때로 사람의 지능을 능가한다는 것도 말할 수 있습니다."

그는 이렇게 말하고 나서 위의 이야기를 해주었다. 그는 간결하게 과장 없이 말했다. 그의 이야기에서 의심스런 부분은 찾아낼 수 없었다. 찰리 선장은 실무적인 사람으로, 자신이 느낀 대로 꾸밈없이 이야기했다. 그는 모든 사건을 일목요연하게 들려주었고, 강조해야 할 포인트도 잘 알았다. 그가 들려준 이야기는 멋진 드라마였다. 그러나 그는 말하지 않은 게 하나 있었고, 나는 그에게 재촉했다.

"그 바다거북은 결국 어떻게 됐습니까?" 나는 그가 거북을 놓아주었을 거라고 생각했다. 대다수 어부들은 그런 거북을 놓아줄 것 같았다.

찰리 선장은 이 질문을 기다린 모양이다. 내가 물어주어 기쁘다는 투였다.

"다음 화물편에 실어서 플로리다로 보냈소. 늙은 톰슨이 우리를 빠져나간 거북들을 다시 사들이고 있었거든." 찰리 선장은 30세 청년처럼 즐거워하며 껄껄 웃었다. "그는 죽어도 모르겠지만 그 거북을 사는 데 두 배 값을 치렀지. 늙은 톰슨이 그러는 건 자주 있는 일이 아니오."

먼 바다에서 고향을 찾아간 바다거북의 이야기를 그때 처음 들은 것은 아니다. 그러나 그 모든 과정을 지켜본 남자에게 들은 것은 처음이다. 그 이야기는 내게 아주 중요했다. 내가 케이맨제도로 간 것도 경험에서 비롯된 찰리 선장의 생생한 이야기를 듣고 나서다.

다음 장에서 언급하겠지만, 현재 푸른바다거북은 위기에 처했다. 미국 연안에 서식하는 푸른바다거북 군집은 국제법에 따라 보호될 필요가 있다. 그 법률은 바다거북의 생활사를 충분히 이해한 다음 제정되어야 한다. 우리는 이들의 생활사에 대해 거의 아는 게 없어 보호 대책도 마련할 수 없다. 예를 들어 이 거북들의 이주 습성에 관한 연구 자료는 전무한 실정이다. 카리브 연안의 어부들은 푸른바다거북이 이주성 생물이라고 믿는다. 원래 서식지에서 먼 바다를 가로질러 산란 해변을 찾아, 계절적으로 긴 이주를 한다는 것이다. 그러나 여기에 대한 실증적인 연구 자료는 없다.

한 생물을 보호하려면 그들의 서식 범위를 알아야 한다. 한 순간에 어느 곳에 있는지가 아니라, 일생 동안 어디에 사는지 밝혀야 한다. 예를 들어 푸른바다거북을 보자. 이들을 효율적으로 보호하려면 특정 계절마다 카리브 해 전역을 폐쇄하고 경비를 세워야 할까?

여기에는 소름 끼치도록 복잡한 국제적 이해관계가 얽힐 것이다. 카리브 해의 유명한 산란 해변을 보호하면 이들의 개체수를 복구할 수 있을까? 이 질문과 다른 비슷한 질문에 대답하기 위해서는 먼저 바다거북이 아주 먼 산란지로 가려고 장거리 이주를 한다는 어부들의 말을 과학적으로 검증해야 한다.

나는 푸른바다거북의 놀라운 귀소본능에 대한 소문을 수집할 무렵부터 과학적 증거를 찾았다. 그 이야기들은 대부분 어부들의 입에서 입으로 몇 단계씩 거쳐 전해지면서 왜곡된 부분도 있었다. 그러나 그런 이야기를 많은 장소에서 들었기 때문에, 그 뒤에 어떤 진실이 있는지 궁금해졌다. 푸른바다거북이 정말 머나먼 거리 혹은 낯선 바다를 가로질러 집으로 돌아가는 길을 찾을 수 있다면, 그들 역시 이주성 생물이라는 주장에 무게가 실리는 셈이다. 이 문제는 그들이 철저하게 자발적으로 고향으로 돌아가는 길을 찾을 수 있는가, 하는 문제와도 일맥상통한다. 정리하면 나는 푸른바다거북이 장거리 항해를 하고, 그들이 천부적인 항해자라는 이야기를 수없이 들었다. 그러나 아무도 그 여정을 과학적으로 추적하지 않았다. 이 질문은 지금도 유효하며, 여기에 관한 정보가 절실한 실정이다.

푸른바다거북의 귀소본능에 대한 소문을 조사할 때마다 케이맨제도의 바다거북 사냥꾼들과 맞닥뜨렸다. 그 이야기를 해준 사람들이 케이맨제도 바다거북 사냥꾼들의 말을 인용했기 때문이다. 그 이유는 이렇다. 케이맨제도의 어부들은 다른 모든 지역의 어부들이 잡는 거북을 합한 것보다 많은 바다거북을 잡는다. 동시에 니카라과부터 플로리다까지 모든 연안에서 모든 종류의 바다거북을 잡는다. 게다가 케이맨제도 어부들은 특정한 배나 선주를 위해, 포획한 거북 등딱지에 일일이 쉽게 지워지지 않는 인각을 한다. 따라서 이런 바다거북들이 허리케인 같은 재난 때문에, 고향에서 멀리 떨어진 바다에 잡혔다가 풀려났다고 생각해보자. 이는 그 자체로 바다거북의 방향감각을 실험하기 위한 최고의 조건이 만들어지는 셈이다.

케이맨제도 어부들은 이런 이야기를 아주 많이 알고, 바다거북에 관한 한 어떤 이들보다 훌륭한 전문가다. 게다가 나는 여섯 살 무렵부터 케이맨제도 어부들이 신비롭고 다재다능한 사람들이라는 인상을 받았다. 나는 결국 그랜드케이맨 섬에 가기로 결심했다.

그랜드케이맨 섬으로 가는 건 쉽지 않다. 탬파에서 작은 모터배로 갈 수 있지만, 원하는 타이밍에 안락하게 갈 수 있는 건 아니다. 마이애미나 킹스턴Kingston[207]에서 브리티시웨스트인디언에어웨이 항공기를 탈 수도 있지만, 여기에도 항상 불확실한 면이 존재한다. 내 경험상 어떤 날짜와 시간대 비행편이라도 종종 변경되거나 취소되기 때문이다. 결국 나는 미국 남부에서 출발해 자메이카를 경유했다. 나는 플로리다에서 그곳으로 가는 친구 콜먼 고인Coleman Goin과 같이 도착하려고 일정을 짰다. 상당히 복잡한 여정이지만, 거의 비슷한 타이밍에 조지타운에서 만났을 때 우리는 꽤 자랑스러웠다.

독자들이 지도에서 케이맨제도를 들여다보면—혹은 '찾아보면'—내가 왜 바다거북 자료를 수집하려고 그곳으로 가려는지 의아할

---

207 자메이카의 수도.

지도 모른다. 지도에서 볼 때 그 섬들은 전혀 인상적이지 않다. 케이맨제도는 거의 아무도 들르지 않는 카리브 해 외곽에 있다. 쿠바에서 남쪽으로 240킬로미터, 자메이카에서 북서쪽으로 290킬로미터 위치에 있다. 이 섬들은 메인 섬[208]도 아니고, 앤틸리스제도에 속하지도 않는다. 아주 깊은 바다로 둘러싸인, 가끔 태풍이나 들르는 작고 외로운 섬들이다. 이 제도의 그랜드케이맨 섬, 리틀케이맨Little Cayman 섬, 케이맨브랙 섬은 쿠바의 시에라마에스트라Sierra Maestra 산맥[209]과 연결된 해저산맥 중의 일부가 해수면 위로 드러난 것이다. 또 케이맨제도 서쪽에는 중앙아메리카 대륙을 향해 뻗은 미스테리오사Misteriosa 해저 언덕이 있다. 케이맨제도는 자메이카령[210]이며, 인구는 7600명이다. 주민들은 대부분 그랜드케이맨 섬에 산다. 통계 수치를 보면 그중 1052명이 아프리카인이고, 혼혈인이 3518명이며, 유럽계 후손이 2100명이다. 이런 인구 비율이 케이맨제도에서 중요한 건 아니다. 케이맨제도에는 말이 79마리 있고, 당나귀 101마리, 가축 1858마리가 있다. 또 돼지 397마리, 염소 118마리가 있다. 주요 수출 품목은 바다거북, 야자나무 줄기 노끈, 상어 지느러미다. 주요 수입원은 어업인데, 케이맨제도의 선원들은 전 세계 선박에서 일한다. 현재 이 섬들의 주된 골칫거리는 이민자다. 케이맨제도의 어업 환경은 뛰어나다. 암초에 사는 물고기들이 놀랄 만큼 풍부할 뿐만 아니라, 섬 바로 앞에서 원양어업도 가능하다—이곳에서는 킹피

208 버뮤다제도에서 가장 큰 섬.
209 쿠바 최남단에 있는 동서 방향의 산맥.
210 현재는 영국령이다.

시, 돛새치, 청새치, 와후와 다른 물고기들이 내가 아는 어느 곳보다 풍부하고 쉽게 잡힌다. 풀잉어나 여울멸도 많다.

케이맨제도의 한 정부 기관 보고서에는 다음과 같이 쓰여 있다. "이 섬들은 깨끗하고 정돈되었다. 범죄도 거의 없고 감옥은 텅 비었다. 부랑아는 거의 없고 거지는 아예 없으며, 섬 주위는 눈부신 바다뿐이다."

이 섬들이 얼마나 낙원 같은지, 어업자원이 얼마나 풍부한지 생각하면 괴롭다. 관광객이 이곳을 찾는 것은 시간문제이기 때문이다. 야생적이면서 낙원 같은 이 섬들이 훼손되는 것도 시간문제다.

앞서 말했듯이 내가 케이맨제도를 찾은 것은 그곳 바다거북 선장들에 대한 평판 때문이다. 그들은 어릴 때부터 바다거북을 접했고, 그들의 할아버지에게 푸른바다거북의 생활사를 배웠다. 그들은 고된 어업의 전문가들이며, 어떤 동물학자도 알지 못하는 것을 안다. 그래야 자신의 천직에서 성공할 수 있기 때문이다. 케이맨제도의 선장들은 모두 푸른바다거북이 산란철이 되면 장거리 이주를 한다고 믿는다. 그들이 왜 그런 말을 하는지, 그들의 의견이 왜 존중받아야하는지 알려면 바다거북의 조업 실태부터 살펴보자.

마지막 장에서 언급하겠지만, 케이맨제도의 어부들이 외국시장으로 수출하는 거북은 케이맨제도 근처에서 잡은 것이 아니다. 그 거북들은 그랜드케이맨 섬에서 약 560킬로미터 떨어진 모스키토 제도, 즉 니카라과 연안의 섬들 근처에서 잡힌 것이다. 케이맨제도의 바다거북 조업선들은 가을에 그곳으로 가서, 마실 수 있는 물이 나오는 섬을 찾아 본부 캠프를 짓는다. 그들은 캠프 근처 얕은 연안에 맹그로브 말뚝으로 된 바다거북 우리를 짓는다. 거기에 그 시즌에 잡은 거북을 모두 넣어두는 것이다. 바다거북 조업선들은 월요일 아침에 연안을 떠나 토요일이 되면 섬으로 온다. 바다거북은 얕은 바다 아래의 평평하고 넓은 해저 언덕에 머무른다. 모래 바닥에 잎이 길고 좁은 거북말[211] 숲이 넓게 펼쳐지고, 바위와 모래톱, 산호 등이 흩어진 곳이다. 산호는 바다거북의 서식에 특히 중요하다. 바다거북은 산호 위나 아래에서 자는데, 매일 아침 해초 밭으로 먹이를 찾으러 갔다가 저녁에는 특정한 암초 근처로 돌아온다. 어느 때는 잠자리와 먹이가 있는 장소를 오가며 왕복 6~8킬로미터를 헤엄치기도 한다. 이런 내용은 동물학 책에 나오지 않는다. 바다거북 선장들은 거북의 이런 일상적인 움직임을 보았기 때문에, 거북이 자발적으로 정확하게 이주할 수 있다고 믿는다.

연안으로 나오면 배들은 구역을 나눠 조업한다. 이들은 돛을 올리고 각자 구역 위를 조심스럽게 항해한다. 그리고 솟아오른 암초 사이를 교묘한 방법으로 헤치고 바다거북이 사는 굴을 찾아낸다. 바다거북이 풀을 뜯어 먹은 깨끗한 모래 구역을 찾아내면 된다. 그런 곳에 닻을 매단 목재 부표를 떨어뜨려 표시하는 것이다.

늦은 오후가 되면 본선에서 캣보트─길이가 5미터쯤 되는 소형 어선 혹은 양끝이 뾰족한 보트─를 띄운다. 캣보트는 아까 표시한 바위 근처에 그물을 설치한다. 이 그물은 길이가 15~27미터, 깊이

---

211 바다거북이 좋아하는 해초의 일종.

가 4~5미터 되며, 25~30센티미터 간격으로 그물코가 있다. 이 그물이 부표 아래 바다거북 굴 위로 펼쳐진다. 바다거북이 숨을 쉬러 수면으로 올라올 때(물론 거북은 그럴 수밖에 없으며, 심지어 잠잘 때도 그래야 한다) 어부들은 그물을 당겨 거북이 빠져나갈 수 없게 옭아맨다. 캣보트는 아침마다 그물에 감긴 거북을 떼어 본선에 넘겨준다. 토요일이면 그 주에 잡은 거북을 캠프에 있는 커다란 바다거북 우리로 운반한다.

바다거북 조업은 1년 내내 하는 게 아니다. 초여름이 되면 바다거북들에게 무슨 일이 벌어진다. 4월에 바다거북 암컷들은 가죽질 껍데기로 둘러싸인 알을 밴다. 그러면 무리 사이로 희미한 동요가 퍼진다. 이제 거북의 행동은 예측할 수 없어지고, 포획량도 줄기 시작한다. 5월 말이나 6월 초가 되면 대다수 바다거북이 연안에서 떠난다. 그들은 7월 내내 다른 곳에 머무르다가 8월 무렵에야 연안 근처로 온다. 선박들도 이때 다시 모스키토 해안으로 온다. 수지를 맞출 수 있기 때문이다. 바다거북 선장들에 따르면, 거북들이 여름에 사라지는 것은 산란을 위해 이주하기 때문이다. 앞서 말했듯이 이 문제는 과학적으로 입증되지 않았지만, 케이맨제도의 선장들은 오래 전부터 이 일을 목격해왔다. 그들은 이런 생각이 학자들에 의해 검증되지 않았다는 사실을 신경 쓰지 않는다.

선장들은 여름에 사라진 푸른바다거북들이 토르투게로 해변으로 간다고 말한다. 그곳은 모스키토 연안에서 대략 500킬로미터 남쪽에 있는 코스타리카의 해변이다. 케이맨제도 어부들은 그곳을 터틀 보그라 부른다. 그들은 모스키토 연안의 거북은 물론, 카리브 해 서부의 모든 푸른바다거북이 토르투게로로 간다고 말한다. 토르투게로 해변의 코스타리카 어부들도 똑같이 말했다. 그들은 순수한 경험적 관찰에서 그런 말을 했고, 나는 그들이 옳다고 생각한다.

케이맨제도 어부들이 모스키토 연안에서 거북들이 떠나는 것을 볼 때, 코스타리카 어부들은 수많은 푸른바다거북 무리가 검은 해변으로 알을 낳으러 오는 것을 본다. 코스타리카 어부들이 '군단'이라고 부르는 거북들은 느슨한 무리를 지어 도착한다. 그다음 녀석들은 쇄파대[212] 너머 수백 미터 바깥에서 무리 짓거나 빈둥거린다. 거기에서 그들은 서로 싸우거나 구애하거나, 다음 시즌에 산란하기 위해 사랑을 나눈다. 바다거북의 짝짓기 역시 산란철에 일어난다.

7월에 토르투게로에서 볼 수 있는 바다거북 '군단'은 규모가 엄청나서, 단순히 그 지역 거북들이 몰려든 거라고 보기 힘들다. 거북들은 다른 곳에서 온다. 케이맨제도의 선장들과 코스타리카 어부들은 6월에 모스키토 연안에서 거북들이 사라지는 것과, 토르투게로 해변에서 대규모로 등장하는 것이 같은 현상이라고 말한다. 이 사례는 명백해 보여서 실험적 증거가 없다는 점을 들먹이는 건 공연한 트집처럼 들린다. 그럼에도 증거는 없었고, 증거를 입수하는 것이 내 목표 중 하나였다. 나는 토르투게로 해변에 가서 산란 거북 수백 마리에게 금속 꼬리표를 달아주고 싶었다. 꼬리표에는 그 거북이 발견된 위치와 경위를 자세히 적어 내 주소로 보내주면 사례하겠다는 내용

212 파도나 너울이 해변으로 밀려오다 부서지기 시작하는 지점. 육지와 가까운 얕은 연안에 있음.

을 담을 생각이었다. 나는 그렇게 꼬리표를 붙인 거북들이 모스키토 연안에 나타날 거라고 확신했다.

그 꼬리표는 다른 곳에서도 회수될 것이다. 바다거북 선장들과 코스타리카 어부들은 토르투게로 해변이 니카라과 밖에서 오는 바다거북 무리의 집결지라고 믿었다. 멕시코와 윈드워드제도[213] 사이에는 다른 산란 해변도 몇 군데 있지만, 토르투게로 해변에 비할 정도는 아니다. 토르투게로 해변에서 바다거북 무리가 몰려오는 것을 보면, 당신은 대번에 그 거북들이 북쪽과 남쪽에서 동시에 도착한다는 인상을 받을 것이다. 게다가 토르투게로 주민들은 북쪽에서 온 거북들(즉 모스키토 연안이나 그 위쪽에서 온 거북들)과 파나마나 남미 북부 연안의 남쪽에서 온 거북들이 따로 도착한다고 말한다. 남쪽에서 오는 바다거북들이 항상 먼저 도착한다는 것이다. 토르투게로 해변의 최남단으로 오는 거북들이 며칠 더 일찍 도착하기 때문이다. 이곳 주민들은 이를 남미 '군단'이 먼저 오는 거라고 말한다.

나는 두 해 동안 산란철이 시작될 무렵인 6월 하순, 토르투게로 해변을 찾았다. 두 해 모두 바다거북이 도착하기 시작할 무렵에 토르투게로 남쪽 해변에서 훨씬 많은 거북들이 관찰되었다. 두 번째 방문했을 때는 소규모 산란 행렬이 이어지고 있었다. 당시 나는 경비행기를 빌려 토르투게로 해변에서 리몬까지 해안가를 전부 훑어보았다. 30미터 상공에서 날며 모래 해변에 있는 거북의 산란 흔적을

213 서인도제도 동남부의 섬들.

일일이 추적했다. 전체 길이가 40킬로미터 정도 되는 토르투게로 해변에는 사흘 밤 동안 바다거북 25마리가 산란하러 왔다. 레벤타손 Reventazón 강어귀[214]에서 남쪽의 다른 강어귀 사이 13킬로미터 해변에서는 산란 흔적이 거의 관찰되지 않았다. 그러나 그곳 너머부터 갑자기 수많은 흔적이 관찰되었다. 10킬로미터 정도 이어진 해변에 바다거북 산란 흔적이 수백, 수천 개 있었다. 한 흔적이 다른 흔적들에 의해 중첩되고, 지워지고, 어질러져 전부 몇 마리가 왔는지 헤아릴 수 없었다. 놀라운 것은 어디에도 산란굴의 흔적이 없다는 점이다. 수많은 거북들은 만조선 위로 이동했다가 방향을 틀어 바다로 돌아간 모양이었다. 알을 낳았음을 보여주는 어수선하고, 봉긋하고, 적당한 모래에 덮인 구역이 없었다. 비행기에서 볼 때 수많은 바다거북들은 바다에서 나와 마른 모래 해변으로 기어간 다음, 바다로 돌아간 것 외에 한 일이 없는 듯했다.

당시 나는 바다거북 선장들과 이야기하고, 토르투게로 해변을 걷고, 그곳 사람들과 함께 남쪽 '군단'이 도착하기를 기다리고 있었다. 그래서 비행기에서 본 수많은 흔적은 남쪽에서 오는 푸른바다거북 무리가 토르투게로로 가고 있다는 징표 같았다. 바다거북 무리가 목적지에 거의 다 왔다는 사실을 알기 때문에 시험 착륙했는지도 모른다는 생각이 든다. 그러나 이런 내용은 토르투게로 해변의 모래에 어떤 신비한 성질이 있기에 그 많은 바다거북이 모여드는지 과학적

---

214 코스타리카 중부에서 카리브 해로 흘러드는 강. 전체 길이가 145킬로미터에 이른다.

으로 검증한 뒤에야 확신할 수 있을 것이다.

내가 관찰한 내용은 바다거북이 먼 거리를 이동한다는 그곳 어부들의 믿음과 완벽하게 일치했다. 그걸 거의 확정된 사실이라 말하고 싶을 정도였다. 그러나 그 순간에도 증명된 것은 없었다. 내가 비행기에서 본 바다거북 무리의 흔적은 분명 토르투게로 어부들의 추론에 힘을 실어주는 것이었다. 그러나 넓은 바다에서 장거리를 이주할 수 있는 파충류가 존재하는가 하는 것은 간단한 질문이 아니다. 그러려면 바다거북이 다른 파충류에게 없는 방향감각이 있다고 가정해야 하는데, 우리는 어떻게 그런 일이 가능한지 거의 알지 못한다. 많은 동물이 방향감각이 뛰어난 것은 사실이다. 그러나 그런 특별한 동물의 목록에 바다거북을 추가하는 것은 엄밀한 증거 없이 처리할 일이 아니다.

신뢰할 만한 여러 증거를 찾던 중에, 나는 카리브 해 전역에 광범위하게 퍼진 소문을 접했다. 푸른바다거북은 몇몇 특정한 해역에 애착이 강한데, 잘 아는 바다든 낯선 바다든 상관없이 그리로 돌아올 수 있는 신비한 능력이 있다는 것이다. 푸른바다거북에게 정말 그런 능력이 있다면 이들에게는 일종의 내장된 항해 감각이 있는 게 틀림없다. 목적지의 위치와 자신의 위치를 탐지하고, 정확한 회귀 루트를 찾아 이동할 수 있는 감각 말이다. 이런 감각은 고향으로 돌아올 때뿐만 아니라, 다른 곳으로 이주할 때도 쓰이는 게 분명하다. 어떤 경우든 문제는 동일했다. 나는 떠도는 이야기들의 근원을 추적하고 싶었다. 앞에서 말했듯이 나는 이런 이야기를 플로리다부터 베네수엘라까지 수많은 어부들에게서 들었다. 이 이야기는 케이맨제도 어부들에게서 전해진 것이었다.

나는 케이맨제도로 가서 그곳 어부들의 이야기에 귀 기울였다. 그곳에서는 누구나 푸른바다거북의 놀라운 귀소본능을 알고 있었다. 가는 데마다 사람들이 서투른 영어로 말했다. "물론이죠, 선생님, 거북은 어디에서든 집으로 갈 수 있어요. 비둘기처럼 말이에요." 케이맨제도의 어부들은 이런 사실을 자라면서 배웠다. 바다거북 수확이 좋은 시즌이면 주민들은 그랜드케이맨 섬에서 바다거북 시합을 연다. 잡힌 바다거북의 앞발에 여러 가지 색 풍선을 묶고 가까운 바다에 놓아주면, 거북들은 한 치의 망설임도 없이 먼 바다로 나가 남쪽으로 향한다. 이때 놀라는 사람은 없다. 남쪽은 거북들의 고향인 모스키토 연안이 있는 곳이다. 섬 주민들에게 바다거북이 집으로 가는지 어떻게 아느냐고 물어보라. 그들은 개가 고양이를 쫓는지 어떻게 아느냐고 되물을 것이다. 이런 이야기를 민간에 떠도는 속설로 치부하는 사람도 있을지 모르지만, 그건 가장 정확한 진실이다. 그렇지 않으면 어부들이 굶기 때문이다. 케이맨제도 어부들의 바다거북 이야기가 왜 믿을 만한지 이해하려면 그들의 삶이 바다거북과 얼마나 가까운지, 그들이 그곳 앞바다에 사는 바다거북의 습성과 계략을 얼마나 면밀히 연구했는지 깨달아야 한다.

앞에서 바다거북 선박은 한 시즌에—때로는 연속적인 시즌에— 연안의 특정한 구역에서 조업을 한다고 말했다. 선장들은 바다거북의 일상적인 움직임과 이들이 서식하는 해저지형에 정통해야 한다.

케이맨제도에서 가장 유명한
바다거북 선장 앨리 이뱅크스의 말년 모습.
그랜드케이맨 섬.

카레이에로(careyero : 매부리거북 사냥꾼) 챔피언
베르티 다우네스Bertie Downes가 거북을 잡기 위해 기다리는
모습. 그는 포즈를 취한 것이 아니다. 카레이에로는 작살을
쥐고 몇 시간씩 멈춰 서 있기도 한다.

사진_ 조 코너(Jo Conner)

토르투게로 해변의 바다거북 우리. 코스타리카.

푸른바다거북 암컷. 어센션Ascension 섬.

그래서 선장들은 유리 수경으로 오랫동안 연구한다. 선장들은 자기 구역의 바위와 암초, 모래톱, 해초 숲의 특징, 그곳의 거주자들에 대해 수많은 사실을 터득한다. 그들은 수년간 바닷속을 관찰하고 바다거북과 두뇌 싸움을 벌이면서 육지 사람은 도저히 분간할 수 없는 거북의 크기, 성별, 모양, 상처, 색깔까지 알게 된다. 이는 선장들이 각각의 생물을 하나의 개체로 여기고, 그곳 해저를 선박의 갑판처럼 훤히 알기 때문에 가능한 일이다. 선장들은 바다거북이 그들의 굴과 해초 숲 사이를 매일 주기적으로 왕래한다는 사실도 안다. 이런 일상적 이동 거리는 왕복 수 킬로미터에 이르기도 한다. 그래서 그들은 바다거북이 방향을 구분할 수 있고, 집으로 돌아가려는 본능이 있다고 생각하는 것이다. 그렇다면 연어나 바다표범, 붉은머리오리, 뱀장어처럼 바다거북도 아직 밝혀지지 않은 표지를 따라 대양을 가로질러 집으로 가는 길을 찾아낼 수 있음을 증명하는 일만 남았다.

바다거북을 먼 바다로 실어 날라, 이들이 먼 거리를 가로질러 집으로 돌아오는 것을 지켜보는 방법으로 증명할 수 있다. 선장들은 모스키토 연안에서 이런 사례를 많이 보았다. 당시 바다거북들은 모스키토 연안의 우리를 탈출해서 16~48킬로미터 헤엄쳐 살던 곳으로 돌아가곤 했다. 바다거북 우리에는 여러 배에서 잡은 거북이 있어서, 어부들은 보통 거북 배딱지의 연골에 이니셜 형태로 포획한 선박의 표지를 새겨둔다. 이런 표지는 나중에 플로리다 수산 시장에서 수익을 정산할 때도 필요하다. 지난 수십 년간 바다거북 우리가 태풍 때문에 부서지거나 범람한 적이 몇 번 있다. 그때마다 바다거북들이 바다로 풀려나는데, 그중 몇몇은 고향으로 돌아간다. 그것도 단지 연안이 아니라, 종종 그들이 살던 바위 굴로 돌아간다.

나는 그랜드케이맨 섬에 가기 전에도 바다거북의 짧은 귀향에 관한 이야기를 여러 번 들었고, 그것이 사실이라고 생각했다. 그런 이야기가 터무니없지는 않다. 바다거북은 순전히 시행착오를 통해, 50킬로미터 떨어진 얕은 연안을 가로지르는지도 모른다. 나는 수백 킬로미터를 헤엄쳐 고향으로 돌아온 바다거북을 직접 본 사람의 이야기를 찾고 있었다. 해류를 거슬러, 끝없는 수평선을 지나, 까마득한 망망대해를 가로질러 돌아온 바다거북 말이다. 내가 케이맨제도의 선장들을 찾아간 것은 당연한 일이다. 그런 이야기를 해줄 수 있는 이들이 바로 그들이기 때문이다.

지금은 예전만큼 바다거북 선장이 많지 않다. 지난 40년간 바다거북의 숫자는 줄었고, 선장들도 대부분 나이를 먹었다. 바다거북 선장은 젊은이보다 나이 든 이들이 많다. 물론 그들은 여전히 정정하다. 그들은 이야기할 때 동정심을 자극하거나, 칭찬을 바라거나, 상대방을 즐겁게 하려고 애쓰지 않는다. 내가 보기에 그들은 자연의 불가해성을 보여주기 위해 많은 이야기를 하는 것 같다. 선장들은 외모나 체구가 전부 다르지만, 공통적으로 감각이 뛰어나다. 거의 80대에 접어든 그들은 단순하고, 바다에서 평생을 보냈으며, 아는 게 많은 남자들이다. 그들은 허술한 계획이나 관찰은 치명적인 재난으로 이어질 수 있는, 바다라는 현장에서 단련된 타고난 자연학자들이다. 그들은 사소한 디테일은 기억하지 못해도 이야기를 꾸미거나 윤색하지 않았다.

찰리 부시 선장은 타는 듯이 더운 날, 조지타운에서 만난 늙은 어부 중 한 사람이다. 그는 네 발에 상처가 있는 거북 이야기를 들려주었다.

테디 보덴Teddy Bodden 선장과 진 톰슨Gene Thompson 선장도 있다. 그들은 각각 82세, 83세의 정정한 노인이다. 테디 선장은 약간 귀가 먹었지만, 기민하고 쾌활했다. 그들은 지금 들어도 놀라운 이야깃거리가 많다. 내가 찾아갔을 때, 그들은 테디 선장의 집 베란다에 앉아 있었다. 해변에서 조금 떨어진 도로변의 하얀 집으로, 빵나무와 자귀나무가 집 위로 그늘을 늘어뜨렸다. 테디 선장은 짧고 삐걱대는 그네를 타고 있었다. 혈색이 좋고, 그곳에 있는 것이 행복하며, 내 용건을 몰라도 새로운 사람을 봐서 행복하다는 듯한 표정이었다.

"이리 오쇼, 잠깐 앉아요!" 내가 말뚝 울타리 밖에서 안쪽을 살필 때 그가 소리쳤다. "반갑소. 그래, 용건이 뭐요?"

나는 몇 걸음 걸어가 내가 온 이유를 말했다. 그는 전혀 이해한 것 같지 않았다. 그러나 진 선장은 내 말을 알아들었다. "푸른바다거북에 대해 이야기하고 싶다는구려."

"뭐에 대해서? 거북? 그게 당신이 찾는 거요, 젊은이?"

나는 그렇다고 말했다. 두 사람은 마주 보더니 눈가를 찡그렸고, 빙긋이 웃기 시작했다. 그들은 두 가지 때문에 웃는 것 같았다. 하나는 그런 이야기를 하기 위해서라면 내가 제대로 찾아왔기 때문이고, 다른 하나는 한가로운 잡담이나 어울릴 무더운 오후에 방대한 주제를 들고 왔기 때문이다. 그들은 한동안 빙긋이 웃기만 했는데, 분명 위와 같은 생각을 했을 것이다.

"제대로 찾아왔는데, 저 친구. 앉아요, 젊은이. 거북에 대해서라면 우린 아주 긴 이야기를 나눌 수 있지." 테디 선장이 말했다.

우리는 그렇게 했다. 그러나 내가 정확히 알고 싶은 부분을 그들에게 듣기는 쉽지 않았다. 그들이 여러 가지 이야기를 들려주고 싶은 나머지 매번 대화의 방향을 미묘하게 틀어, 정말 알고 싶은 내용에서 벗어났기 때문이다. 그들은 모두 80대였고, 무더운 오후 그늘 아래에서 기억할 것이 아주 많았다. 내 목적은 그들의 바다거북 이야기를 듣는 것이었다. 그들의 이야기가 일목요연하지는 않았지만, 그들이 소년이고 젊은 선장이던 시절의 바다거북 이야기는 귀 기울일 만한 가치가 있었다. 솜씨 좋은 배와 그렇지 않은 배, 좋은 해와 나쁜 해, 태풍이 불어 모두 빈털터리로 만들고, 여자들을 해변에서 울린 해…. 그 시절을 대충 회고할 뿐인데도 그들은 들려줄 이야기가 참으로 많았다. 시간은 즐겁게 흘렀고, 내가 정말 궁금한 내용을 수집하는 데는 상당한 인내심이 필요했다.

그러나 이야기 막바지에 내가 찾던 주제가 나왔다. 주제를 벗어난 열띤 이야기 사이사이에 단편적으로 박힌 것들이다. 나는 필요한 내용을 노트에 적었다. 일단 두 선장 모두 거북들이 여러 번 모스키토 연안의 우리를 탈출해서, 30~50킬로미터를 헤엄쳐 그들이 살던 암초 근처로 돌아간 일을 회상했다. 바다거북 산란철 사이사이에 원양 항해를 한 테디 선장은 콜론 섬 외해에서 서쪽으로 헤엄치는 푸른바다거북 무리를 두 번 만났다고 한다.

"토르투게로 해변으로 가는 거였지." 그는 마치 기정사실처럼 거리낌 없이 말했다.

그들과 두 시간쯤 이야기하고 나서 놀랄 만큼 신기한 사실을 많이 알았다. 두 번에 걸친 푸른바다거북의 귀향 이야기도 들었다. 찰리 부시 선장이 들려준 상처 난 바다거북 이야기와 패턴이 비슷했다.

먼저 이야기한 사람은 진 선장이다. 그는 그 사건이 여러 해 전에 일어났다고 말했다. —여기에서 정확한 연도를 묻는 것은 의미가 없다. 바다거북 산란철 끝 무렵에 그는 모스키토 바다거북 40~50마리를 잡아서 조지타운으로 돌아왔다. 그곳에서 거북들을 플로리다 키웨스트로 보낼 예정이었다. 그때 토머스 에덴Thomas Eden이라는 자메이카 남자가 거북을 사려고 찾아왔다. 진 선장은 그에게 모스키토 연안에서 잡은 거북을 팔았다. 에덴은 거북을 킹스턴으로 운반해 그곳 항구의 우리에 넣었다. 그때 킹스턴에 폭풍과 만조가 밀어닥쳤다. 커다란 파도가 바다거북 우리의 말뚝을 부숴버렸고, 거북들 일부가 달아났다. 두세 달 뒤 바다거북 사냥철이 되어, 진 선장은 다시 모스키토 연안 구역으로 조업을 하러 갔다. 그때 조수 한 명이 킹스턴으로 팔려간 거북을 잡았다. 배딱지에 이니셜이 새겨진 녀석은 자메이카에서 옛 서식지로 돌아와, 처음 자신을 잡은 어부들에게 다시 잡힌 것이다. 그 바다거북은 최단 거리로 계산해도 680킬로미터 이상 헤엄친 셈이다.

그것이 이야기의 핵심이다. 진 선장은 서두르지 않고 회상에 잠겨 천천히 이야기했다. 테디 선장은 친구의 이야기에 입이 근질거리는 걸 참다가, 결국 정곡을 찔렀다. 그는 며칠 생각을 정리하고 옛 항해 일지나 기록을 들춰보면 진 선장과 비슷한 이야기를 몇 개 더 들려 줄 수 있을 거라고 했다. 그러나 지금 생각나는 이야기는 하나뿐이 라고 했다. 예전에도 신기해서 다른 사람들에게 여러 번 들려준 이 야기다. 푸른바다거북 두 마리가 고향에 돌아온 이야기로, 테디 선 장은 아무에게도 그런 이야기를 들어본 적이 없었다.

그 일이 일어난 것은 1915년 여름이다. ─그는 1915년이나 1916년 인데 아마 1915년인 것 같다고 했다. 여름이 끝나갈 무렵, 테디 선장 은 배딱지에 이니셜을 새긴 니카라과 바다거북들을 배에 실어 플로 리다의 수산 시장으로 보냈다. 그러나 그 배는 플로리다에 도착하지 못했다. 플로리다 남동부 연안의 피노스Pines 섬 근처에서 짧고 격렬 한 스콜이 몰아쳐 난파되었다. 그러다 이듬해─테디 선장이 기억하 기로는 9개월 뒤─그의 조수들이 난파된 배에 있던 바다거북 두 마 리를 잡았다. 처음 그 거북을 잡은 조업 구역에서 2킬로미터도 떨어 지지 않은 곳이었다.

최소한 1170킬로미터를 헤엄쳐 돌아온 거북 두 마리가 두 번이나 잡혔다는 것은 통계적으로 조금 의심쩍어 보인다. 그러나 바다거북 조업선은 해마다 같은 구역에서 작업한다. 또 바다거북의 귀소본능 은 비유하자면 단순히 특정한 도시로 돌아가는 게 아니라, 정확한 거리와 주소로 돌아가는 것이다. 이 사실을 염두에 두면 황당무계한 이야기로 들리지는 않을 것이다.

나는 선장들이 한 이야기를 노트에 받아 적었다. 여기에서 이야기의 내용은 전할 수 있어도, 그 느릿느릿하고 구수한 이야기의 질감은 옮길 수가 없다. 한 노인은 다른 노인의 단어 선택에 고개를 끄덕이거나 웃었고, 몇 가지 세부 사항을 고쳐주거나 과거의 기억을 되살리기도 했다. 깊은 그늘 아래 그네가 흔들리며 삐걱거리는 소리. 뜨거운 하늘 아래 반짝이던 빵나무 잎들. 현관 앞에 앉은 두 늙은 선장의 이야기 사이사이로 찾아오던 긴 침묵과 바람 소리도 여기 옮길 수 없다. 해도를 보며 위험한 암초 사이를 항해하던 날들, 용기를 시험하던 힘든 시절은 지나갔지만, 옛 시절의 용기는 단단한 마호가니로 만든 배의 용골처럼 여전히 그 조용한 선장들 안에 있었다.

그들이 아는 섬과 바다거북 이야기는 수없이 많다. 그건 모두 들을 만한 가치가 있는 이야기고, 선장들이 말하기 시작하면 나는 귀담아들었다. 그때 콜리Coley가 무더운 거리 끝에서 두리번거리는 것이 보였다. 그는 나를 보더니 조지가 나를 웨스트 베이West Bay[215]에 데려가려고 기다린다고 했다. 나는 테디 선장에게 이야기를 계속 듣고 싶지만, 해가 지기 전에 꼭 들러야 할 곳이 있다고 말했다. 나는 웨스트 베이에 사는 앨리 선장을 만나야 했다. 오후가 거의 저물었다.

앨리 선장은 케이맨제도의 다른 선장들처럼 늙었거나 은퇴한 게 아니라, 한창 전성기의 나이였다. 그는 몇 년 전, 산란철 약 12주 동안 바다거북 725마리를 잡았다. 그건 역대 최고 기록이다. 우리가 웨

---

215 그랜드케이맨 섬 서쪽에 있는 지구.

스트 베이에 갔을 때 앨리 선장은 애덤스Adams 호에서 막 돌아온 참이었다. 그는 베란다 위 흔들의자에 위풍당당하게 앉아 파이프 담배를 피웠다. 떡 벌어진 체구에 크고 다부진 남자였다. 그곳의 모든 바다거북 선장들처럼 그의 얼굴에는 참을성과 유능함이 서렸다.

그가 막 바다에서 돌아왔으니, 바다거북에 대해서는 신경 쓰기 싫었을 거라고 생각하는 사람이 있을지도 모른다. 그러나 앨리 선장은 거북에 관해 이야기하는 게 즐거워 보였다. 내가 바다거북의 귀소성에 대한 이야기를 수집한다고 하자, 그는 그게 사실임을 보증할 수 있다고 했다. 그런 사건은 모든 바다거북 어부에게 일어난다는 것이다. 그는 기억을 더듬다가 한두 가지 경험담을 들려주었다.

먼저 그는 1948년 여름 이야기를 했다. 그때 그는 유카탄반도의 동해안에 있는 킨타나로Quintana Roo 섬 연안으로 바다거북들을 수거하러 갔다. 그곳은 '여자들의 섬Isla de Mujeres'이라 불렸는데, 사람들의 어떤 열정이나 욕구, 갈망이 투영되어 그런 이름이 붙었는지 찾아보는 것도 흥미로울 것이다.[216] 그 섬은 토르투게로 해변을 제외한 몇 안 되는 푸른바다거북의 산란지 중 하나다. 어부들은 그곳에서 잡히는 거북들이 멕시코 만에서 왔다고 생각한다. 사실인지 알 수 없지만, 나도 그곳의 거북들을 본 적이 있는데 토르투게로 해변에서 잡힌 것보다 몸집이 크다. 토르투게로 해변의 거북들은 평균 몸무게가 70~110킬로그램이지만, 멕시코 연안에서 온 바다거북은 160킬로

---

216 과거 이 섬은 마야 신화에 나오는 출산과 의학의 여신 익스켈(Ix Chel)에게 바쳐진 신성한 땅이었다. 그래서 섬에는 익스켈의 형상이나 그림이 많았는데, 16세기 스페인 탐험가들이 이를 보고 '여자들의 섬'이라 불렀다.

그램에 가깝고 180킬로그램이 넘는 것도 드물지 않다. 이런 차이 외에도 여자들의 섬 근해에서 잡힌 거북들은 조금 낮게 쳐준다. 고기에서 나는 사향 냄새 때문이다. 소문에 따르면 고기 맛이 좋은 코스타리카 푸른바다거북은 거북풀[217]만 먹는데, 그곳 거북들은 해면류도 섭취하기 때문이라고 한다. 여기에 대해서도 나는 아는 바가 없다. 도살된 멕시코 연안의 바다거북 내장에 플로리다나 니카라과 거북들에 비해 동물성 음식물이 많지만, 이 때문에 고기 맛이 달라진다고 보는 것은 아직 추측에 불과하다. 어쨌든 멕시코 연안의 거북도 먹을 만하다. 모스키토 연안의 바다거북 포획량이 적을 때는 케이맨제도의 어부들도 플로리다로 출하할 바다거북을 사러 여자들의 섬에 간다.

앨리 선장의 이야기로 돌아가자. 여자들의 섬에서 그가 고른 거북은 전부 그 지역에서 잡힌 덩치가 큰 놈이었다. 어부들이 거북 배딱지에 송곳이나 칼로 유카탄 스타일 이니셜이나 문양을 새겨둔 상태였다. 앨리 선장은 그 거북들을 플로리다로 가져갔고, 니카라과에서 잡힌 바다거북 몇 마리와 함께 우리에 넣었다. 바다거북들이 상품으로 출하되기 직전에 폭풍이 그곳을 덮쳤고, 거북들은 모두 방출되었다.

이 일은 10월에 일어났다. 그러다 다음 사냥철에—앨리 선장이 기억하기로는 이듬해 5월경—모스키토 연안에 쳐놓은 그물에 그 멕시코 거북 중 한 마리가 걸렸다. 의심할 여지가 없었다. 그 거북에는

217 잎사귀가 끈처럼 생긴 거북말속 바다풀.

앨리 선장이 잘 아는 여자들의 섬 출신 소년이 새긴 표식이 있었기 때문이다. 그 거북의 배딱지에는 애덤스 호에서 찍은 소인도 있었다. 그 거북이 어디에서 잡혔는지 의심할 여지가 없었다.

그렇다면 멕시코 연안의 바다거북이 왜 니카라과 연안으로 갔을까 하는 의문이 생긴다. 그 거북이 여자들의 섬으로 돌아가는 중이었다고 말하는 사람이 있을지도 모른다. 그러나 지도를 보면 그렇게 말하기 어렵다. 왜 모스키토 연안을 거쳐서 간단 말인가? 카리브 해의 모든 지역 중에서 굳이 앨리 선장이 그를 잡으려고 기다리는 곳으로 돌아간단 말인가? 위와 같은 추측은 다소 설득력이 떨어진다. 앨리 선장은 더 나은 설명을 내놓았다.

앨리 선장과 선원들은 오랜 생각 끝에, 유카탄반도의 거북들이 모스키토 연안으로 돌아가는 거북들과 어울려 니카라과로 갔다고 결론지었다. 앞에서 말했듯이 플로리다의 바다거북 우리에는 모스키토 연안의 거북과 멕시코 연안의 거북이 섞여 있었다. 그들은 폭풍 때문에 함께 방출되었다. 아마 그들은 친구나 동행을 찾으려고, 아니면 단순히 습관 때문에 같이 이동했는지도 모른다. 모스키토 연안으로 돌아가는 거북이 많았거나 '목소리가 커서', 나머지 거북들도 여자들의 섬 대신 모스키토 연안으로 갔는지도 모른다. 이건 추측에 불과하지만, 내가 들은 가장 나은 설명이다. 이런 설명마저 없다면 모든 건 수수께끼가 된다. 여기에서 니카라과 거북 중 하나가 다시 잡힌 것이라면, 이 설명은 더욱 설득력 있을 것이다. 그러나 실제 그런 거북은 없었고, 그 답은 앞으로도 영영 밝혀지지 않을 것이다.

이 일화는 수수께끼로는 흥미롭고 난해하지만, 푸른바다거북의 항해 능력에 대한 증거로는 불충분하다. 앨리 선장도 내 의견에 동의했다. 그는 다른 이야기를 들려주었다. 그건 훨씬 훌륭한 이야기다. 어떤 의미에서 그건 바다거북 선장들이 들려준 바다거북의 귀소 본능에 관한 이야기 중 최고다.

그 에피소드는 1942년 겨울, 애덤스 호가 모스키토 연안에서 북동쪽으로 18킬로미터 떨어진 모래톱 주변에서 조업할 때 일어났다. 어느 날 이른 아침, 한 남자가 소형 작업선에 푸른바다거북을 가득 싣고 그의 범선으로 다가왔다. 그 남자는 바다거북 평가와 감별에 일가견이 있는 앨리 선장에게 거북 몇 마리를 고향으로 보내려고 하는데, 괜찮은 녀석들을 골라줄 수 있느냐고 물었다. 앨리 선장은 그 배로 내려가서 거북들을 만져보고 뒤집어보고 하다가, 가장 괜찮아 보이는 다섯 마리를 골라주었다. 앨리 선장은 그 남자가 배의 가로대에 걸터앉아 바다거북 배딱지에 이니셜을 새기는 걸 쳐다보았다.

사흘 뒤, 이니셜이 새겨진 바다거북 다섯 마리는 귀항하는 윌슨 Wilson 호에 실려 그랜드케이맨 섬으로 향했다. 그런데 윌슨 호는 정기적으로 바다거북을 운반하는 선박이 아니다. 선원들은 거북 다섯 마리를 갑판 아래 창고에 넣고 단단히 묶지 않았다. 대신 그들은 거북을 갑판 가장자리에 뒤집어놓았다. 이건 기억할 만한 일이다.

윌슨 호는 그랜드케이맨 섬으로 빠르게 항해했다. 특별한 사건은 없었다. 조지타운에 도착할 무렵, 거북들은 로이 아치Roy Arch라는 남자에게 넘겨졌다. 그는 거북들을 주인에게 돌려주기 전에 조선소

근처 작은 우리에 두었다. 그때 갑자기 강한 북동풍이 불어 바닷물
이 우리 안으로 들이닥쳤고, 푸른바다거북 다섯 마리는 사라졌다.

　12일이 흘렀다. 처음 사흘은 카리브 해 서쪽 끝 연안에서 폭풍이
불어닥쳤다. 앨리 선장은 모스키토 연안에서 폭풍이 끝나기를 기다
렸다. 스콜이 물러가고 날씨가 개었을 때 그는 다시 조업 구역으로
가서 사냥을 시작했다. 폭풍이 조지타운을 강타한 지 12일째 되던 날
아침, 앨리 선장은 애덤스 호 옆쪽으로 보트가 부딪히는 소리를 들었
다. 동시에 낮고, 걱정스럽고, 흥분된 목소리가 들렸다. 목소리의 주
인공은 얼마 전 바다거북 다섯 마리를 고향으로 보낸 어부였다. 그
는 걱정에 빠져 혼란스러워했는데, 뭔가 큰일이 있다는 건 알지만 상
황이 어떻게 그리되었는지 모르는 사람처럼 보였다. 앨리 선장은 난
간에 기대서 어부에게 고민이 뭐냐고 물었다. 그 남자는 바다를 보며
어부들이 감정을 숨길 때 그렇듯이 무심한 표정으로 말했다.

　"정말 웃겨요. 선장님, 윌슨 호가 어떻게 됐는지 아십니까?"

　윌슨 호는 자신이 골라준 바다거북 다섯 마리가 실려 간 배다. 앨
리 선장은 거기에 대해서 아는 게 없었다. 15년 전이지만 그때는 지
금과 상황이 달라서, 바다거북 배들은 연안의 기지국과 무선통신을
할 수 없었다. 아무도 윌슨 호에 무슨 일이 일어났는지 몰랐다. 그
남자는 두려워하면서 말하기를 꺼렸지만 사태는 뻔했다. 그 남자는
윌슨 호가 난파되었다고 생각했다.

　앨리 선장은 전부 말해보라고 남자를 채근했다. 무슨 일 때문에
그렇게 생각하느냐는 것이었다. 그 남자는 그 소식을 간접적으로 전

해준 것은 바다거북이라고 했다. 지난주에 고향으로 보낸 최상급 바다거북 다섯 마리 중 한 마리가 모스키토 연안으로 돌아왔고, 그날 아침 그에게 잡힌 것이다. 남자는 그 거북이 윌슨 호에 실려 가기 전에도 같은 산호초 구역에서 동일한 그물로 녀석을 잡았다.

앨리 선장은 빠르게 날짜를 계산했고, 12일이라는 숫자가 나왔다. 그때는 앨리 선장도 분명 믿을 수 없다는 표정을 지었을 것이다. 남자가 허리를 숙여 갑판의 매트를 치우자, 거기 바다거북이 누워 있었다. 의심할 여지없이 앨리 선장이 전에 골라준 다섯 마리 중 하나와 비슷한 녀석이었다. 게다가 배딱지에는 남자가 새긴 이니셜이 있었다. 바다거북은 곤경에 처한 줄 알고 본능적으로 네 발을 퍼덕이며, 자기 배를 때리고 있었다. 녀석은 다시 잡혔다는 아이러니를 이해할 수도, 어부들이 자기를 보고 어떤 재난을 두려워하는지 이해할 수도 없었을 것이다.

앨리 선장은 잘못 본 게 아닐까 싶어 다시 거북을 찬찬히 들여다보았다. 그의 생각에 사건은 둘 중 하나였다. 그 거북이 새들이나 날아올 법한 560킬로미터를 헤엄쳐 그랜드케이맨 섬에서 그곳 연안으로 돌아왔거나, 윌슨 호가 폭풍에 난파되어 배에 있던 거북들이 풀려난 것이다. 앨리 선장은 뒤쪽 설명이 더 그럴듯하다고 생각했고, 큰 슬픔을 느꼈다.

그 이야기가 연안으로 빠르게 퍼져 나가자, 사람들의 근심도 커졌다. 윌슨은 그들이 잘 아는 회사였고, 윌슨 호 선원들은 그곳 어부들의 동료였기 때문이다. 초조한 상태가 일주일쯤 이어졌다. 어부들은 흥이 나지 않은 채 바다거북 사냥을 계속했다. 그러다 어느 날씨 좋은 아침, 무역풍을 타고 배 한 척이 물살을 가르며 다가왔다. 그랜드 케이맨 섬에서 막 도착한 배였다. 앨리 선장은 반갑게 인사하고, 곧바로 윌슨 호에 대해 물었다. 상대방은 무슨 소리냐는 듯, 윌슨 호는 웨스트 베이로 잘 돌아가 정박 중이라고 말했다. 그 뒤 윌슨 호가 모스키토 연안으로 돌아왔다. 고향이 그립고 일터로 돌아와 잔뜩 신이 난 윌슨 호 선장은 자초지종을 늘어놨다. 그날 거센 북동풍이 불고 바다거북 우리에 파도가 들이닥친 일과 별로 중요하지 않은 세세한 이야기를 크게 떠들었다.

이야기의 주제는 단숨에 비극에서 자연의 경이로움으로 바뀌었다. 지도를 보면 거북들이 조지타운의 우리를 빠져나와, 12일 만에 고향 앞바다로 돌아올 수 있는 얕은 연안 쪽 항로는 없다. 그 거북이 카리브 해 서해안을 직선으로 가로질렀다 해도, 하루에 50킬로미터는 이동해야 한다. 방향을 잘못 잡거나 이리저리 헤맨 경우를 감안하면, 하루에 이동해야 하는 거리는 더 늘어난다. 그러면 12일은 불가능할 만큼 짧아 보인다. 이 일화는 바다거북의 귀소본능과 길 찾기 능력이 절대 단순하지 않다는 것을 보여주는 듯하다. 이 경우처럼 바다거북은 자신이 택할 수 있는 가장 짧고 훌륭한 루트를 택해 움직인 것 같다. 이런 일이 정말로 일어났다면—앨리 선장을 아는 사람이라면 그의 이야기에 거짓이 섞였다고 믿기 힘든데—푸른바다거북은 망망대해에서 정확하게 장거리 항해를 할 수 있는 제6의 감각이 있거나, 종전의 감각을 특별하게 이용하는 능력이 있는 것 같다.[218] 우리가 궁금해한 것도 이 능력이다. 이 이야기는 또한 푸른바다거북이 먼 바다의 짝짓기 장소를 향해 긴 항해를 한다는 주장을 지지하는 것이다.

따라서 아직 실험적 증거는 없더라도, 6월에 토르투게로 해변으로 오는 푸른바다거북 무리가 모스키토 연안뿐 아니라 카리브 해의 여러 장소에서 온다는 사실은 의심하기 힘들다.

토르투게로 해변에서 일주일을 더 기다린 끝에, 나는 푸른바다거북 무리를 보았다. 그때 나는 카추밍가Cachuminga라는 남자와 같이 있었다. 그는 지저분하고 왜소하며 가망 없는 술주정뱅이에, 벼룩만큼이나 성마르고, 까마귀 깃펜만큼이나 마른 사내다. 이상한 향료에 심취해서 독특한 향을 풍기고 다녔으며, 괴상한 민간 지식을 많이 알고, 언제나 남들에게 굽실거리는 남자다. 그가 왜 나를 따라왔는지는 모르겠다. 그는 내게 전혀 도움이 되지 않았고, 나를 따라오는 바람에 마을에서 구아로도 얻어 마실 수 없었을 텐데 말이다. 내 생각에 그는 어떤 식으로든 다른 사람에게 도움이 되고 싶었던 것 같다. 커다란 푸른바다거북들이 파도 속에서 천천히 기어 올라와 위쪽 모래언덕에서 굴을 파려고 모래를 퍼 올리기 시작했을 때, 카추밍가는 자랑스러워하며 우쭐거렸다. 조금 전에 그가 바다거북들이 곧 올 거라고 했기 때문이다. 그는 모래 위를 빠르게 기어가는 유령게나 바람에 흩날리는 비닐처럼 거북들 사이를 이리저리 뛰어다녔다. 그

---

218 현재는 바다거북이 철새나 벌들처럼 지구자기장을 감지해 길을 찾는다는 사실이 알려졌다. 간단한 GPS가 그렇듯 바다거북은 자신이 태어난 해변의 위도와 경도, 자신의 위치 등을 비교적 정확히 인식할 수 있다.

는 부드러운 거북 등딱지를 찰싹 때리고는 과장된 동작을 취하며 말했다. "선생님, 보세요. 녀석들이 오고 있어요."

그가 호들갑을 떨지 않아도 거북들이 도착한 걸 보고 있다고 말하고 싶지는 않았다. 그런데 갑자기 어떤 질문이 내 안에서 솟구쳤다. 나는 정말 진지하게 대답을 기대한 사람처럼 그에게 물었다.

"카추밍가, 저 거북들은 전부 어디에서 오지요?"

그는 손으로 천천히 바다 쪽을 가리킨 다음, 턱을 가슴 쪽으로 떨구더니 눈을 감았다. 그 거북들이 오는 머나먼 어딘가를 생각하는 듯했다.

"오, 그들은 전부… 그들은 저기 멀리… 멀리 어딘가에서… 모든 곳에서 와요." 그는 경이로움을 느끼듯 말했다.

나는 카추밍가가 어디에서 그런 말을 들었는지 알 수 없지만, 그가 한 말에는 어떤 진실이 있었다고 생각한다.

바다거북 무리의 귀환

1503년 5월 1일, 네 번째 항해를 마치고 본국으로 돌아가는 콜럼버스의 배 뒤로 파나마지협의 수평선이 멀어졌다. 그때를 마지막으로 콜럼버스는 다시 아메리카 대륙을 보지 못했다. 히스파니올라 Hispaniola 섬[219]으로 가는 항로 때문에 도선사들과 다툰 끝에, 동쪽으로 거의 전진하지 못한 그는 배를 바람 부는 북쪽으로 돌렸다. 5월의 무역풍은 변덕스러웠고, 해류는 계속 서쪽으로 흘렀다. 그는 500킬로미터 차이로 목적지에 도달하지 못했고, 자메이카도 놓쳤다. 그러나 열 번째 시도 끝에 낮은 섬 두 개를 발견했고, 그 사이를 지나갔다. 연대기에 따르면 투덜거리던 그의 선원들은 그곳 연안에 우글거려 뱃길에 방해가 된, 작은 바위처럼 생긴 바다거북들을 보고 즐거워했다. 콜럼버스는 그 섬들에 '라스 토르투가스(Las Tortugas : 거북들)'

---

219 서인도제도에서 쿠바 다음으로 큰 섬. 히스파니올라 섬의 서쪽 3분의 1이 아이티공화국이고, 동쪽 3분의 2가 도미니카공화국이다.

라는 이름을 붙였다. 그리고 그가 중국이라 믿은 쿠바를 향해 항해했다. 그는 썩어가는 배들을 '여왕의 정원Gardens of the Queen'[220]에 정박했다.

토르투가스 섬은 콜럼버스가 붙인 이름을 간직하지 못했다. 15년 뒤 폰세 데 레온Ponce de León[221]은 그 섬들을 플로리다 근해의 군도로 여겼다. 이것은 세심한 지도 제작자들을 혼란에 빠뜨렸다. 콜럼버스의 토르투가스 섬은 케이맨제도가 되었고, 그 뒤 300년 동안 그곳의 플로타스—산란하러 온 푸른바다거북 무리—는 카리브 해의 성장을 떠받친 핵심 원인이 되었다. 옛 작가들에 따르면 바다거북은 히스파니올라 섬에서 루카스Lucayos 섬[222], 유카탄해협에서 버뮤다제도 연안까지 수백 군데 해변에서 케이맨제도로 찾아왔다. 그곳 연안에서 짝짓기를 하고 황금빛 모래에 산란하기 위해서다.

그러다 섬에 배고픈 정착민이 늘어나기 시작했다. 6월이면 각국의 배들이 그 무방비의 섬으로 모여들었다. 자메이카의 포트로열Port Royal[223]에는 한 번에 40척이 정박하기도 했다. 전부 바다거북이 거의 찾아오지 않는 카리브 연안의 화산섬에서 온 배다. 그들은 잡을 수 있고, 배에 실을 수 있는 만큼 거북을 무진장 잡았다. 바다거북 떼는 청어 떼처럼 무한한 것처럼 보였다.

그러나 콜먼 고인과 내가 그랜드케이맨 섬의 모자반 더미를 헤치

220 쿠바 본토에서 약 50킬로미터 남쪽에 있는 산호섬 군락.
221 스페인의 탐험가.
222 코스타리카 외해에 있는 섬.
223 자메이카 동남부의 항구도시.

며 16킬로미터 정도 되는 모래 해변을 지치도록 걸었을 때, 그곳에는 바다거북 한 마리의 흔적밖에 없었다. 때는 7월 6일로 바다거북이 돌아오는 산란철의 절정기였다. 그날은 24시간 동안 한 마리의 흔적이 바람에 씻겼다. 그것도 붉은바다거북의 흔적 같았다.

바다거북 개체수의 급감은 미국 서부 평원의 아메리카들소 이야기만큼 드라마틱하지는 않을 것이다. 아메리카들소는 처음부터 사람들에게 잘 알려졌다. 그들은 한때 지금 일리노이Illinois 주의 부동산이 들어선 땅을 가득 메웠다. 이 들소들은 아메리카 원주민의 중요한 식량이고, 자랑스러운 사막 철도 위로 드문드문 달리던 기차를 방해하는 존재였다. 이 들소들은 장엄하게 사라졌고, 모두 그 모습을 지켜보았다. 여기저기 슬퍼하는 소리가 들렸지만, 크게 제지하는 손길은 없었다. 이성적으로 생각하면 그 동물은 사라져야 했기 때문이다. 발전과 진보에 방해가 되었으니까. 그러나 푸른바다거북 떼는 아무것도 방해하지 않았는데, 은밀하게 아무런 소란도 없이 사라졌다. 그들은 생존하기에 지나치게 고상했을 뿐이다.

카리브 연안을 지나간 탐험가들의 가장 큰 바람은 중국으로 가는 항로를 발견하는 것이었다. 거기에서 그들이 맞닥뜨린 가장 큰 난관은 적도무풍대에 대한 맹목적인 두려움과 서서히 찾아오는 비타민 결핍—이 질병은 난데없이 나타나 잇몸을 붓게 하고, 선원들의 목숨을 하나씩 앗아갔다—이었다. 선원들의 자산은 항해를 가능하게 하는 무역풍이었다. 거기에 하나 보탠다면 나는 푸른바다거북을 꼽을 것이다. 이런 비교는 과장이 아니다.

요지는 이렇다. 고갈되는 선박의 식량 창고를 채울 만한 다른 식량도 많지만, 바다거북만큼 맛 좋고 풍부하며 확실한 식량원은 아니었다는 것이다. 또 어떤 식용 생물도 항해할 때 거북만큼 오래 살아 있지 못했다. 원주민에게서 얻을 수 있는 빵 종류의 식량은 양분도 적고 쉽게 상했다. 바다에는 물고기가 있지만, 유럽 선원들에게 열대 암초나 깊은 원양에서 낚시는 힘든 일이었다. 이것은 오늘날 많은 카리브 어부들에게도 쉽지 않은 일이다. 한때는 푸른바다거북만큼 맛 좋고 몸집이 더 큰 매너티 무리가 있었다. 그러나 그들은 포획에 취약해서 풍부하고 확실한 식량 자원이 될 수 없었다. 곧 대다수 서식지에서 사라졌기 때문이다. 한편 섬 연안에는 아라와크Arawak 원주민[224]이 '후티아jutia'라고 부르는 커다란 설치류가 많았다. 이들은 식량으로 비축할 수 있었고, 한동안 곤궁에 빠진 많은 선박을 먹여 살렸다. 그러나 그들 역시 차례차례 사라졌다. 바위이구아나 역시 같은 운명을 겪었다. 강 근처의 열대우림과 야자나무 정글에는 맥이나 파카, 페커리가 많았지만, 이들은 대량으로 잡아들이기에 지나치게 민첩했다. 그 외에도 굶주린 선원들이 찾아서 식량으로 쓸 수 있는 것이 많았는데, 전부 사소한 것들이고 배의 식량으로 쓸 수는 없었다.

결국 방랑과 약탈을 위해 선원들이 상한 쇠고기 대신 쓸 수 있는 음식은 푸른바다거북뿐이었다. 아메리카 대륙의 열대 지역에서 일어난 모든 초기 활동—착취, 식민지화, 해적질, 심지어 해군의 훈

---

224 콜럼버스가 1492년 아메리카 대륙을 발견했을 때 현재의 쿠바, 자메이카, 아이티 등지에 살던 사람들.

런까지―은 어떤 의미에서 바다거북에 의존했다. 바다거북 요리는 괴혈병에 즉시 통하는 치료제였고, 난파한 선원들은 바다거북만 먹고 몇 달 심지어 몇 년 동안 살 수 있었다. 선원들은 배에서도 소금에 절이거나 말린 바다거북을 먹었다. 이 요리는 순식간에 선원들의 주식이자 별미가 되었다. 그건 노예들에게 주어지는 배급품이고, 대형 농장에서 나오는 자랑스러운 보양식이기도 했다. 포르토벨로 Portobelo[225]에서 온 스페인 함대와 카르타헤나Cartagena[226]에서 온 갈레온galeón[227]들이 고국으로 돌아가기 위해 아바나의 항구에 모였을 때, 바다거북은 영국 해군의 군수품 목록에 포함되었다. 푸른바다거북은 유럽인의 카리브 해 탐험에 어떤 음식보다 기여한 셈이다.

바다거북은 역사적인 식량원이 될 만한 모든 특성을 갖췄다. 바다거북은 크고, 풍부하며, 쉽게 잡히고, 맛이 좋으며, 자급자족적이고, 놀라울 만큼 생존력이 강하다. 이런 특성은 해양 초식동물―평원에서 무리 지어 풀을 뜯는 아메리카들소처럼 바다 밑바닥에서 해초를 먹으며 때로 엄청난 무리를 짓는, 폐로 호흡하는 척추동물―중에서도 찾아보기 힘들다. 바다거북은 간단한 도구로도 쉽게 잡을 수 있다. 녀석들이 사는 풀밭이 맑고 얕은 바다에 있기 때문이다. 이들은 6월이면 모래 해변으로 올라오기 시작하는데, 이때는 녀석들의 등을 뒤집기만 해도 잡을 수 있다.

---

225 파나마 동북쪽에 있는 작은 항구도시. 스페인령 아메리카 식민지의 주요 항구였다.
226 스페인 동남부의 항구도시.
227 15~17세기에 사용된 스페인의 대형 범선.

푸른바다거북이 살아가는 방식은 단순하다. 이들의 풍부함은 생태학적으로 명쾌하게 설명된다. 바다거북은 바다 밑바닥에 방대하게 펼쳐진 해초 한 종류를 먹는다. 바닷속 날씨는 계절의 영향을 받지 않아 언제나 먹을 것이 풍부하다. 이는 완벽하게 고전적이고 목가적인 삶의 방식이다. 이 때문에 푸른바다거북은 늘 풍부한 개체수를 유지할 수 있다. 게다가 다 자란 푸른바다거북은 천적들에게 크고 강하며, 빠르거나 민첩하다. 그래서 주변 환경이 허용하는 한계까지 번식할 수 있다.

바다에는 다른 거북도 살지만, 그랜드케이맨 섬에서는 푸른바다거북이 잡힐 뿐이다. 다른 바다거북들은 동물성먹이도 먹는데, 여기에는 나름의 고충과 불확실성이 있다. 육식성 바다거북들은 먹이를 따라 계속 움직여야 한다. 그래서 이리저리 흩어져 고독해지며, 거북들의 맛도 그리 좋지 않다. 반면 푸른바다거북은 한 장소에 머무르며 하루 종일 풀을 뜯는다. 녀석들은 풍성한 풀밭 위에서 서두르거나 고민하는 법이 없다. 먹이사슬에서 태양에너지가 한 단계만 전환된 식물을 섭취하기 때문이다. 푸른바다거북은 살집이 많고, 개체수가 풍부하며, 살에 즙이 많다. 이는 모든 면에서 축복이다. 앞에서 말했듯이 이들은 생존하기에 지나치게 많은 축복을 받았다.

오늘날 대서양의 푸른바다거북은 숫자가 엄청나게 줄어 이제 주요 생물자원이라 할 수 없다. 더 나쁜 소식은 이들이 효율적으로 보호되지 못한다면 아메리카 연안에서 멸종될 거라는 사실이다.

내가 본 바에 따르면, 바다거북 사냥꾼이나 바다거북 산업에 종사하는 사람들은 이런 비관적 견해에 거의 공감하지 않는다. 그들은 바다거북의 미래에 대한 경각심이 없다. 그들이 작업하는 동안 개체 수 감소를 경험하지 않았기 때문이다. 오히려 그들은 불안정한 바다거북 시장을 걱정한다. 그들이 사는 곳에서는 바다거북을 주식으로 먹는데 다른 곳에서는 왜 미식가들만 푸른바다거북을 찾는가 하는 점에 대해서. 바다거북을 운반할 수단이 부족하고, 영국에서 바다거북수프 수요가 줄었다는 점 등을 고민한다. 바다거북의 미래를 걱정하는 어부들은 극소수다.

그들은 바다거북이 크게 줄어들기 전부터, 녀석들이 아주 풍부한 시절부터 조업했다는 사실을 잊고 있다. 그들은 아직도 바다거북 무리가 상당히 모여드는 몇몇 해변에서 사냥하거나, 과거의 영광스러운 서식지 주변을 배회하는 떠돌이 거북을 잡는다. 오늘날 젊은 어부들은 그들의 아버지가 잡은 것만큼 많은 거북을 잡기 때문에 경각심이 없다. 그들은 현재의 바다거북 조업선이 잡는 거북이 앞 세대의 대대적인 바다거북 사냥에서 살아남은 것이라는 사실을 잊고 있다. 이것이 지금 바다거북 조업의 현실이다. 여기에 대한 문헌 증거는 넘칠 만큼 풍부하다.

유명한 바다거북 산란 해변은 하나씩 파괴되었다. 제일 먼저 사라진 것은 버뮤다제도, 그다음은 대앤틸리스제도의 해변이다. 그 뒤 바하마 제도에서도 바다거북이 사라졌다. 거기에서 작업하던 배들은 멕시코만류를 건너와 플로리다 연안에서 거북의 씨를 말리기 시작했다. 플로리다 연안에는 한때 거북이 닭보다 많았다. 바다거북 선장 찰스 피크Charles Peake는 1886년 플로리다 세바스티안Sebastian 연안에서 푸른바다거북 2500마리를 잡았다. 그러나 1895년에는 60마리가 전부였다. 플로리다에는 한때 방대한 바다거북 무리가 동해안의 강어귀와 반도 상부의 멕시코 만 연안에 살았으며, 해마다 엄청난 규모의 거북들이 드라이토르투가스 해변으로 산란하러 왔다.

그중에서도 독보적인 산란 해변이 있으니, 그곳은 사람들의 경이로움을 자아낼 정도로 풍요로웠다. 바로 케이맨제도다. 그곳으로 모여드는 바다거북 무리는 아메리카 연안에서 가장 큰 바다거북 산업을 지탱했으며, 아메리카 대륙의 식민지화에도 큰 영향을 끼쳤다. 이런 바다거북 사냥의 역사—바다거북의 남획과 고갈, 알을 낳으러 오는 암컷을 무분별하게 포획한 결과 황폐해진 바다거북 산란지, 다른 생존 방법이 없어 바다거북의 서식지를 차례로 돌며 감소 중인 바다거북을 집요하게 잡아들이는 어부들—는 생태적 측면이나 자원 고갈 측면에서 결코 예삿일이 아니다.

자메이카 출신 어부 버나드 루이스Bernard Lewis는 내게 케이맨제도의 바다거북 조업지가 이제 외국 연안으로 옮겨 갔다는 우울한 이야기를 들려주었다. 배들은 잠시 쿠바의 남쪽 연안에서 조업했다. 그러자 그곳의 바다거북 개체수가 감소했다. 그들은 더 먼 곳으로 나갔다. 더 큰 배를 만들고, 더 먼 연안을 탐색했다. 그러다 우연히 그랜드케이맨 섬에서 560킬로미터 떨어진 니카라과 모스키토 연안에서 방대한 바다거북 산란지를 발견했다. 그곳에는 식수를 얻을 수 있는 섬, 모래톱과 바위가 있는 얕은 바다, 수 킬로미터 펼쳐진 해초 숲 그리고 바다거북 무리가 있었다. 바다거북 선장들에겐 그 지역이 그들 할아버지 시절의 케이맨제도처럼 비쳤을 것이다.

이것이 100년도 더 된 일이다. 케이맨제도의 어부들은 여전히 카리브 해에서 가장 중요한 바다거북 수출업자고, 모스키토 연안은 아메리카 시장에서 가장 중요한 바다거북 공급지다. 케이맨제도에서는 더 빠르고 튼튼한 배를 만들기 위해 뛰어난 조선공이 양성되었고, 선원을 길러내기 위해 전통 있는 항해술이 발달했다. 조업하러 나가는 배들은 해마다 줄어서, 한때 30척이던 우아한 범선이 이제 5~6척뿐이다. 그러나 케이맨제도에는 바다거북과 수백 년 혹은 그 이상을 함께 살아온 사람들이 있고, 모스키토 연안에는 바위 사이에 숨은 바다거북들이 있다.

이런 암울한 설명을 통해 내가 하려는 말은, 케이맨제도의 어부들이 푸른바다거북의 씨를 말릴 거라는 이야기가 아니다. 케이맨제도의 작살잡이들은 해초가 풍부한 연안에서 거북을 사냥한다. 그런 곳에서는 바다거북 개체수가 빨리 회복될 수 있다. 바다거북은 그런 종류의 압력은 상당히 오래 견딜 수 있다. 그러나 번식의 기회를 박탈당하는 것은 견딜 수 없다. 푸른바다거북은 어린 시기의 상당한 포식압을 견디고, 무리 짓거나 소규모 집단생활을 하며 어디에서든 꿋꿋이 생존할 수 있는 생물학적 강인함을 타고난 것 같다. 이들은 원래 무리 지어 한 가지 풀을 뜯어 먹도록 진화했다. 그러나 다른 해초도 먹을 수 있고, 매너티 풀[228]이나 조류, 드물지만 동물도 먹는

---

228 열대 아메리카 연안의 해저 식물. 바늘처럼 뾰족한 원통형 잎이 쌍으로 난다.

다. 해파리나 해면동물, 잡힌 상태에서는 생선을 먹기도 한다. 어린 푸른바다거북은 리들리거북처럼 전 세계 해류에 몸을 싣고 오랜 수동적 표류를 견딜 수 있다. 그들은 때로 멕시코만류를 타고 건강한 모습으로 영국 연안에 도착한다. 바다거북은 번식만 허용된다면 강인한 생물이다. 나는 그들이 어떤 시련도 견딜 수 있는 생물이라고 생각한다.

바다거북을 보전하는 기본 방향은 자명하다. 그러나 세부 계획으로 들어가면 우리가 그들의 생태에 무지하다는 점이 앞길을 가로막는다. 푸른바다거북은 어떻게 번식시킬 수 있는가? 거기에는 무엇이 필요하고, 무엇이 가능한가? 50년 동안 거의 모든 암컷들이 산란을 저지당한 끝에 어린 거북들만 잡히는 오늘날 플로리다 서부 연안에서, 해변 보호를 강화하면 바다거북 군락이 회복될 수 있을까? 대다수 카리브 연안국과 그곳 관계자들은 푸른바다거북을 살리자는 제안에 동의할 것이다. 그러나 바다거북을 보호할 필요성을 납득하면, 그들은 우리가 정확히 뭘 해야 하는지 알려달라고 집요하게 요구할 것이다. 이 요구가 난감한 까닭은 아직 우리도 바다거북의 생태에 관해 아는 게 거의 없기 때문이다.

최근까지만 해도 바다거북 문제는 그리 심각하지 않았다. 혹은 그렇게 보이지 않았다. 아무도 살지 않는 수백 개 섬과 군도, 본토의 해변이 있었고, 거기 있는 수천 개 산란굴에서는 해마다 사냥철에 잡힌 거북만큼 많은 새끼 거북이 태어났다. 그러나 세계대전 이후 그런 야생 해변이 점점 줄어든다. 카리브 원주민은 지구에서 번 갓 부화한 장수거북. 토르투게로, 코스타리카.

매부리거북을 들고 있는 아치 카와 미스키토 원주민.
미스키토 섬, 니카라과.

사진_ 앤 메일런

몸을 넣을 자리를 파내는 푸른바다거북.
이들은 작은 항아리 모양 굴을 파고 거기에
알을 낳는다. 토르투게로 해변.

꼬리표를 단 어린 붉은바다거북. 플로리다 커내버럴 곶.

식력이 왕성한 사람들 중 하나다. 그들의 인구는 빠른 속도로 늘고 있다. 이제는 이곳 카누에도 모터가 달렸고, 작은 비행기들은 카리브 해 거의 모든 지역으로 승객을 실어 나른다. 20년 전에 카리브 해변은 대부분 황량하고 쓸쓸했지만, 지금은 해변의 덤불 사이로 알루미늄 지붕이 반짝인다. 바다거북에 비해 이곳 사람들은 빠르게 늘고 있다. 바다거북 산란 해변이 파괴되는 속도도 급격히 빨라졌다. 제어하기 힘든 산란지 파괴는 언젠가 푸른바다거북을 끝장내고 말 것이다.

앞 장에서 살펴본 푸른바다거북의 장거리 이주에 핵심이 있는 것 같다. 어쩌면 토르투게로 해변은 카리브 해의 바다거북 군집 보호에 필수적인 산란 해변인지도 모른다. 그렇다면 이 모래 해변의 무엇이 그토록 먼 거리에서도 바다거북 무리를 모여들게 할까? 바다거북 수천 마리가 30킬로미터 남짓한 이 해변으로 몰려든다. 다른 해변으로 가서 알을 낳는 거북은 몇몇 낙오자뿐이다.

바다거북이 찾아오기 쉬운 해변이 있고, 그렇지 않은 해변이 있는 모양이다. 토르투게로 해변은 어떤 루트에서도 접근이 용이하고 인적이 드물며, 모래가 알맞고 긴 해변인 것 같다. 한때 바다거북이 그곳으로 모여들 이유가 있었고, 이제는 그런 생존상의 이익이 없는데도 진화적 타성에 따라 계속 같은 행동을 반복하는지도 모른다. 새들이 시대에 뒤떨어진 여행 패턴을 고수한다고 알려진 것처럼 말이다.

그 밖에 잘 알려지지 않은 설명도 살펴볼 필요가 있다. 토르투게로 해변의 형태나 구조에는 딱히 눈에 띄는 매력이 없기 때문이다.

토르투게로 해변은 38킬로미터에 정도 되는 검은 해변이다. 파도를 막아주는 뱅크나 암초가 없고, 파도와 해류에 흑요석과 부석이 풍화되어 만들어진 고운 모래밭이 있다. 시오트와 모자반, 이카코 열매로 뒤덮인 낮은 모래언덕이 있고, 그 뒤로 관목 숲이 완만한 경사를 이루며 늪을 향해 이어지거나, 천천히 흐르는 강가의 숲과 맞닿았다. 해변의 몇몇 지역은 끊임없이 침식된다. 만조가 들면 1.2미터 높이 모래언덕 아랫부분이 크게 깎여, 바다거북이 기어오르기에는 가파르다.

수많은 해변이 이곳과 비슷하다. 토르투게로 해변이 다른 해변과 구별되는 점은 색깔이다. 그곳 모래는 검은 흑요석과 화산암으로 구성되었다. 검은 후춧가루와 소금을 섞어놓은 듯한데, 소금보다 후춧가루가 훨씬 많아 보여 젖으면 거의 검은색이다. 석영질 모래 해변은 대부분 파도가 핥고 간 부분이 단단해진다. 그러나 토르투게로 해변은 젖었을 때 빵처럼 부풀어, 한없이 부드러우며 파도 가장자리를 걸으면 발목까지 푹푹 빠진다.

어쩌면 모래 색깔 때문에 그곳이 훌륭한 산란 해변이 되었는지도 모른다. 그것이 바다거북이 알을 낳는 깊숙한 위치에 좋은 영향을 미치는지도 모른다. 희거나 노란 모래 해변과 비교해 토르투게로 해변은 정오에 맨발로 걸을 수 없을 만큼 뜨겁고, 밤에는 훨씬 빨리 식는다. 이런 특징은 바다거북 알에게 긍정적으로 보이지 않는다. 그러나 지금은 푸른바다거북 알이 부화하기 적당한 조건을 모르기 때문에, 이 해변의 검은 모래가 부화에 도움이 될 수도 있다.

토르투게로에서 산란하는 거북이 푸른바다거북만은 아니다. 앞 장에 썼듯이, 푸른바다거북 무리가 도착하기 전인 5월과 6월 초에 매부리거북과 장수거북이 온다. 이들은 1.6킬로미터 간격으로 서너 마리씩 오기도 하며, 토르투게로 해변은 장수거북 산란지로 손색이 없다. 그러나 매부리거북 산란지로는 그리 적합하지 않다. 남쪽의 치리키 해변이나 산안드레스 남서쪽의 작은 섬들, 그곳의 해변 등과는 비교가 되지 않기 때문이다. 표류하는 붉은바다거북도 드물게 거기에서 알을 낳는다지만, 나는 본 적이 없다. 토르투게로에서는 바다와 강이 나란히 흐르는데, 이는 몇 킬로미터 정도 이어진다. 그래서 이구아나들이 커다란 숲을 가로질러 와 바다거북 산란굴 사이에 알을 낳기도 한다.

토르투게로 해변에도 바다거북의 천적은 많다. 어디를 가나 볼 수 있는 알 약탈자들이 여기에서도 어슬렁거린다. 해변에는 종종 파헤쳐진 산란굴에서 나온 뭉개진 알껍데기가 널렸다. 알을 약탈하는 천적으로는 아메리카너구리와 긴코너구리가 있다. 바다거북 무리가 도착했을 때는 오실롯, 뱀 심지어 재규어도 내륙의 숲에서 찾아온다. 많은 해변처럼 이곳에서도 가장 큰 골칫덩이는 개다. 앞에서 말했듯이, 6월 말이 되면 수 킬로미터 떨어진 고지대 타운의 개들이 험한 들판을 가로질러 해변으로 온다. 그들은 푸른바다거북이 오는 타이밍을 귀신처럼 알아채고 와서, 후각을 이용해 갓 만들어진 굴을 신속하게 파헤친다. 때로는 알을 낳은 바다거북 암컷이 해변으로 돌아가기도 전에 그런 짓을 한다. 사람을 제외하면 개들이 바다거북 알의 가장 강력한 천적일 것이다.

개나 너구리, 거센 비에 씻기지 않은 산란굴도 무사하다고 볼 수는 없다. 어린 새끼들이 낮에 부화하면 독수리들이 알아채고 먼 데서 날아와, 굴 위를 배회하다 새끼들 위로 달려든다. 개들이 몰려와도 검은 독수리들은 꼿꼿이 서서 개들과 싸운다. 이 맹금류는 이빨이 없어도 개들만큼 위협적이고, 개들과 숫자에서 밀릴 때만 싸움에서 물러난다. 푸른바다거북이 알을 낳을 때면 토르투게로 해변은 난장판이 된다.

새끼들은 대부분 밤에 부화한다. 그때 독수리들은 잠들지만, 강꼬치고기를 비롯한 어류는 그렇지 않다. 밤에 파도 너머로 손전등을 비춰보면 초승달 모양 꼬리가 달린 물고기들이 어린 거북을 삼키느라 어지럽게 물을 튀긴다. 새끼들은 배에 난황을 달고, 집중적인 공격을 받으며, 절망적으로, 아무도 모르는 목적지를 향해 나가야 한다. 따라서 토르투게로 해변에 천적이 없어서 거북이 몰려드는 건 아니다.

나는 토르투게로 해변에서 특별한 점을 발견하지 못했다. 물론 그곳은 좋은 해변이다. 길고, 굴을 파기 쉽고, 해변 양끝의 작은 마을을 제외하면 거의 아무도 살지 않는다. 해변 뒤로 거리의 불빛도 없고, 술집의 음악 소리도 없다. 거기에서 맞닥뜨리는 위험 요소도 바다 생물이 육지로 올라와 마주치는 일상적인 위험뿐이다. 푸른바다거북 무리를 그리로 이끄는 특징이 뭔지 모르겠다.

그러나 토르투게로는 개를 비롯한 천적이 많은데도 카리브 연안에서 가장 중요한 산란 해변이다. 따라서 푸른바다거북 구조 계획을 수립할 때, 그 해변의 잠재적 역할을 무시할 수 없다. 케이맨제도의 선장들은 바다거북 산업이 전적으로 이 해변에 달렸다고 말한다. 그건 최소한 부분적으로 맞는 말이다. 앞서 살펴보았듯이, 그 산란 해변의 중요성은 훨씬 더 큰지도 모른다. 그렇다면 자연스럽게 나오는 질문은 다음과 같다. 지금 토르투게로 해변의 바다거북은 어떤 상황에 처했는가? 토르투게로에 거북들의 미래가 있다면, 그 미래에는 무엇이 있는가?

내가 예측하기로는 멸종이 있다.

전 세계 바다거북이나 대서양 바다거북 혹은 카리브 서부 연안 거북의 멸종은 아닐지 몰라도, 코스타리카 해변에서 산란했고 앞으로 산란할 바다거북 일부는 분명 사라질 것이다. 현재의 정교한 상업적 시스템에서는 토르투게로 거북들의 번식이 언제라도 끊길 수 있다. 지금 토르투게로에 오는 모든 암컷은 알을 낳지도 못한 채 뒤집혀서 끌려가기 때문이다.

중앙아메리카 연안국들은 해안선에서 내륙까지 뻗은 1.6킬로미터 남짓한 땅을 국유지로 소유하고 있다. 이 국유지의 주요 수입원은 두 가지다. 하나는 그들이 '코코테로cocotero'라고 부르는 광대한 야자나무 숲이고, 다른 하나는 매부리거북과 푸른바다거북의 산란 해변이다. 파나마와 코스타리카는 해마다 코코넛과 바다거북을 수확할 수 있는 권리를 공매로 임대한다. 그중 가장 값나가는 구역은 유카탄반도와 오리노코 강 사이의 마인Main 구역이다. 이 구역은 코스타리카에 속하는데, 레벤타손 강어귀의 고립된 파리스미나 마을부터 토르투게로 강어귀의 작은 제재소 근처까지 뻗어 있다. 토르투게로의 유일한 고지대는 토르투게로 강 너머, 모래언덕 뒤쪽의 평원에 있는 낮은 돔형 산뿐이다. 그곳은 '거북언덕Cerro de Tortuga'이라 불리는데, 그 외로운 언덕이 바다에서 보면 거북을 닮았기 때문이다. 거북언덕은 수많은 바다거북이 찾는 토르투게로 해변의 북쪽 끝에 있다.

토르투게로 해변도 다른 해변처럼 해마다 임대된다. 최근의 최고 입찰자는 리몬에 사는 남자로, 그가 직접 해변에 오는 경우는 거의 없다. 그는 매니저를 임명하는데, 매니저가 벨라도르들을 직접 관리한다. 벨라도르는 일종의 밤샘 사냥꾼으로, 6월 15일경부터 여름까지 해변을 순찰하면서 해변으로 오는 거북들을 뒤집어놓는다. 벨라도르 한 명이 토르투게로 남쪽 해변부터 1.6킬로미터씩 담당한다. 가끔 아주 능숙한 벨라도르는 3.2킬로미터를 맡는다. 벨라도르는 담요와 랜턴, 로프를 지급받는다. 토르투게로 해변의 가장자리를 맡았을 때는 해변 끝에 있는 마을에 머무를 수 있다. 그러나 대다수 벨라도르는 야자나무 줄기로 란초라는 임시 숙소를 짓는다. 그들은 작업철에 종종 가족을 데려와 거기 함께 머무른다.

해가 지면 벨라도르는 순찰을 시작한다. 자기가 맡은 1.6킬로미터를 자식이나 친척 할 것 없이 여러 명에게 나눠 맡기는데, 그들은 해변으로 오는 모든 거북을 뒤집어놓는다. 해변으로 올라올 때 뒤집기도 하고, 거북이 위쪽 모래언덕의 덤불 근처까지 갔을 때 뒤집기도 한다. 코스타리카 법률에 따르면 벨라도르는 바다거북이 굴을 파고 알을 낳을 때까지 기다려야 한다. 그러려면 적어도 30분은 필요하고 주위에 아는 사람도 없기 때문에, 벨라도르는 거북을 발견하면 일단 뒤집고 본다. 그리고 다른 거북을 찾아 나서는 것이다. 보통 7월 둘째~셋째 주에 해당하는 산란철 전성기에는 해 질 무렵부터 해 뜰 무렵까지 보통 30~40마리를 뒤집는다. 석 달 평균을 내면 보통 하룻밤에 5~10마리 뒤집는 셈이다. 벨라도르가 뒤집은 거북을 전부 수거하면, 그들은 한 마리당 3.5콜론(50센트 정도)을 받는다.

토르투게로는 뒤편이 늪과 구불구불한 강에 막혔고, 무역풍에 밀려온 높은 파도를 막아줄 모래톱도 없는, 위험하고 외딴 해안이다. 따라서 벨라도르는 자기가 잡은 거북을 시장에 옮길 방법이 없다. 발견한 거북을 뒤집어놓고 리몬에서 배가 오기를 기다려야 한다. 뒤집힌 거북은 햇볕에 노출되면 몇 시간 안에 죽기 때문에, 벨라도르는 거북을 만조선 위로 옮겨놓고 야자나무 줄기로 작은 움막을 짓는다. 거북을 움막에 이틀간 쌓아두면 배가 도착한다. 법률에 따르면, 뒤집힌 거북은 이틀 안에 배로 수거해야 한다. 둘째 날 밤에도 배가 오지 않으면 벨라도르는 뒤집힌 거북을 전부 놓아줘야 한다. 배는 한 척뿐이고, 종종 스콜이 그라시아스아디오 곶에서 파나마운하 사이 연안을 덮친다. 그래서 이틀, 사흘 혹은 일주일이 지나도 배가 오지 않는 경우도 있다. 몇 년 전, 뒤집힌 거북들이 방치되어 무더기로 죽어간 사례가 있다. 그때 코스타리카 농림부에서는 비슷한 사건이 재발하는 것을 막기 위해 바다거북 보관 기간을 이틀로 제한했다.

그러나 이틀이 지나면 바다거북을 살려주라는 법률은 거북이 죽든 말든 개의치 않는 벨라도르에게 귀찮은 일일 뿐이다. 그들은 아무리 잡아도 거북이 고갈되지 않는다고 생각한다. 가까운 곳에 마을이 있어 그날 당번이 한 번쯤 해변을 둘러볼 수 있는 해변 가장자리를 제외하고 다른 구역에서는 야자나무 움막 아래, 거북이 얼마나 오래 뒤집혀 있었는지 누가 신경 쓰겠는가?

때로는 7월에도 날씨가 좋아 리몬에서 배가 온다. 벨라도르가 1.6 킬로미터 정도 밖에서 그 배를 발견하고 어린 자식들에게 소리 지르면, 모두 앞다퉈 마체테와 로프를 들고 바다거북이 쌓인 움막으로 달려간다. 그들은 움막을 해체하고 3미터짜리 줄을 맨 발사나무 막대를 거북 앞발에 묶는다. 그리고 거북을 바른 방향으로 뒤집은 다음, 파도에 담그고 막대기로 가볍게 치면 바닷물 때문에 녀석들이 정신을 차린다. 거북들이 바다 쪽으로 기어가면 발사나무 막대는 부표처럼 까닥거리며 끌려간다. 그러는 사이 배는 해변에서 수백 미터 떨어진 곳에서 엔진을 끄고 기다린다. 이제 배에서 통나무 카누들이 내려진다. 카누들은 물 위에서 움직이는 나무 부표를 쫓아가 거북들을 잡아 올린다. 이렇게 리몬으로 실려간 거북들은 우리에 갇혀 출하를 기다린다. 이들은 뉴욕이나 런던London으로도 출하되지만 대부분 키웨스트와 탬파, 콜론 섬으로 간다.

이것은 악질적인 시스템이다. 이런 시스템이 카리브 해 전역의 소규모 산란 해변까지 파괴하고 있다. 이 시스템이 완벽하게 작동한다면 카리브 해의 바다거북은 씨가 마를 것이다. 그럴 수 없는 유일한 까닭은 벨라도르들이 풀타임으로 일하지 않기 때문이다. 벨라도르는 1.6킬로미터마다 한 명씩 배치되지만, 항상 자기 구역을 지키지는 않는다. 그들은 사소한 용건만 있어도 숙소로 가서 쉰다. 그래서 아직도 거북이 조금이나마 살아남을 수 있다. 벨라도르가 빈둥거리는 것은 바다거북을 수거하는 배가 불규칙하게 오기 때문이다. 벨라도르가 바다에서 일한 시간은 일종의 도박인데, 잡은 거북이 수거되지 않을 경우 돈을 받지 못한다. 배가 불규칙하게 오는 것은 2차 세계대전이 끝나고 불안정한 경기 때문이다. 수출 시장에 조금이라도 청신호가 들어오면—뉴욕으로 가는 호화품 출하량이 늘어난다거나, 바다거북을 냉동해 내륙의 소비자에게도 보급할 수 있다거나, 영국 화폐가치가 조금이라도 오르는 기미가 보이면—스콜이 아무리 불어닥쳐도 바다거북을 수거하는 배는 예정대로 올 것이다. 그것도 한 척이 아니라 여러 척이. 그러면 해변의 벨라도르는 모두 밤새워 자기 구역을 감시하고, 봉쇄망은 완벽해질 것이다. 그러는 사이 해변 임대료는 놀랄 만큼 뛰고, 바다거북 수요도 증가하며, 푸른바다거북이 산란지를 확보할 기회는 완전히 사라질 것이다. 이렇게 보면 지금 상황은 암울하다.

그러나 어떤 식으로든 개입할 여지가 있다면 상황은 달라진다. 푸른바다거북의 생존을 위협하는 이주 습성이 이들을 보호하기 위한 발판, 심지어 이들의 개체수를 예전까지 회복할 수 있는 가능성의 토대가 될지도 모른다. 푸른바다거북은 예전의 아메리카들소처럼 인간과 대치하는 생물이 아니다. 우리는 푸른바다거북을 생각 없이,

바다목장에서 기른
어린 푸른바다거북들.
토러스Torres해협, 오스트레일리아.

목적 없이, 뚜렷한 확신도 없이 죽이고 있다. 우리는 대부분 현재 무슨 일이 일어나는지도 모른다. 우리는 바다거북의 서식지를 강탈할 필요가 없다. 영토상으로 바다거북과 인간은 해변에서 만날 뿐이다. 그것도 푸른바다거북은 우리가 잠든 시간에 찾아온다. 그러나 바다거북이 해마다 해변으로 오는 것은 짝을 찾고 알을 낳기 위해서다. 그러니 몇몇 해변에서 엄격히 보호한다면 현재 멸종 위기에 처한 이 종의 복구를 도울 뿐만 아니라, 오래전 콜럼버스가 본 장엄한 바다거북 '군단'이 부활할 수 있을지도 모른다.

국립중앙도서관 출판예정도서목록(CIP)

바람이 불어오는 길 : 한 자연학자의 카리브 해 탐험 / 지은
이 : 아치 카 ; 옮긴이 : 강대훈. ─ 서울 : 황소걸음, 2015
    p. ;   cm

원표제: Windward road : adventures of a naturalist on re
mote Caribbean shores
표제관련정보: 바로스 상과 오 헨리 상에 빛나는 바다거북
생태탐사 여행기
원저자명: Archie Carr
영어 원작을 한국어로 번역
ISBN 978-89-89370-94-9 03840 : ₩15000

바다 거북
생태계 보호[生態系保護]
카리브해[─海]

529.69-KDO6
639.977-DDC23   CIP2015002750

한 자연학자의 카리브 해 탐험

바람이 불어오는 길

펴낸날 2015년 2월 16일 초판 1쇄

지은이 아치 카(Archie Carr)

옮긴이 강대훈

만들어 펴낸이 정우진 강진영 김지영

꾸민이 Moon&Park(dacida@hanmail.net)

펴낸곳 121-856 서울 마포구 신수동 448-6 한국출판협동조합 내 도서출판 황소걸음

편집부 (02) 3272-8863

영업부 (02) 3272-8865

팩 스 (02) 717-7725

이메일 bullsbook@hanmail.net / bullsbook@naver.com

등 록 제22-243호(2000년 9월 18일)

ISBN 978-89-89370-94-9 03840

이 책의 저작권자를 찾기 위해 노력하고 있습니다.

정성을 다해 만든 책입니다. 읽고 주위에 권해주시길…
잘못된 책은 바꿔드립니다. 값은 뒤표지에 있습니다.